本书系国家社会科学基金项目"E·L·多克托罗小说的叙事伦理研究"(项目编号:17BWW047)成果

Poetics of Engagement

参与的诗学

E.L.多克托罗小说的叙事伦理

朱云 —— 著

Narrative Ethics in E. L. Doctorow's Novels

中国社会科学出版社

图书在版编目（CIP）数据

参与的诗学：E.L.多克托罗小说的叙事伦理／朱云著. -- 北京：中国社会科学出版社，2024.8. -- ISBN 978-7-5227-4121-5

Ⅰ.I712.074

中国国家版本馆 CIP 数据核字第 2024B7V719 号

出 版 人	赵剑英	
责任编辑	梁世超	
责任校对	周 昊	
责任印制	戴 宽	
出　　版	中国社会科学出版社	
社　　址	北京鼓楼西大街甲 158 号	
邮　　编	100720	
网　　址	http://www.csspw.cn	
发 行 部	010-84083685	
门 市 部	010-84029450	
经　　销	新华书店及其他书店	
印　　刷	北京君升印刷有限公司	
装　　订	廊坊市广阳区广增装订厂	
版　　次	2024 年 8 月第 1 版	
印　　次	2024 年 8 月第 1 次印刷	
开　　本	710×1000　1/16	
印　　张	21.5	
字　　数	301 千字	
定　　价	119.00 元	

凡购买中国社会科学出版社图书，如有质量问题请与本社营销中心联系调换
电话：010-84083683
版权所有　侵权必究

目 录

导　论 …………………………………………………………（1）
  第一节　国内外多克托罗小说研究现状………………………（4）
  第二节　选题缘由与意义 ………………………………………（30）
  第三节　研究方法及研究思路 …………………………………（40）
  第四节　研究内容及研究框架 …………………………………（54）

第一章　20世纪60—70年代小说中的叙事人称与政治伦理 …（59）
  概论　叙事人称与叙事的客观性：多克托罗的"超级
　　　　历史"与政治正义 ………………………………………（60）
  第一节　历史编撰与个体言说：《欢迎来到哈德泰姆镇》
　　　　　中的"我"叙事 …………………………………………（73）
　　一　小镇历史编撰的实与虚："我"的叙事时空 …………（77）
　　二　小镇历史编撰的重与轻："我"的叙述动机 …………（80）
　　三　小镇"账簿"的更与替："我"的个体生命叙事 ……（84）
  第二节　历史真相的追问与双重视域：《但以理书》中的
　　　　　混合人称叙事 ……………………………………（87）
　　一　书写历史事件：丹尼尔的诘问与第三人称叙事 ………（90）

1

二　还原历史真相：丹尼尔的愤怒与第一人称叙事 ……… (95)
　　三　重回历史现场：丹尼尔的意图与混合人称叙事 ……… (98)
第三节　谁在讲述谁的历史：《拉格泰姆时代》中的
　　　　"我们"叙事 …………………………………………… (102)
　　一　非人称叙事中的个体杂音与作为"我们"的
　　　　叙述者 ……………………………………………… (105)
　　二　"我们"的叙述聚焦与"拉格泰姆时代"中的
　　　　他者群体 …………………………………………… (112)
　　三　"我们"的叙述立场与"拉格泰姆时代"的
　　　　历史重述 …………………………………………… (119)
本章小结 ……………………………………………………… (123)

第二章　20世纪80—90年代小说中的叙述者干预与
　　　　个体伦理 ………………………………………… (126)
概论　叙述者功能与叙述者干预：多克托罗小说中的
　　　个体正义 ……………………………………………… (127)
第一节　主人公叙事干预与身份意识：《比利·巴思
　　　　格特》和《鱼鹰湖》中的个体身份 ……………… (137)
　　一　主人公回忆性叙述：比利和乔的成长欲望与
　　　　自我辩白 …………………………………………… (139)
　　二　主人公亲历叙述：比利和乔的"弑父"情结与
　　　　自我身份认知 ……………………………………… (147)
　　三　主人公评论性叙述：比利和乔的自得心理与
　　　　身份遮掩 …………………………………………… (156)
第二节　系列人物叙事干预与文化认同：《世界博览会》
　　　　中的族裔身份 ……………………………………… (160)
　　一　"典型美国男孩"：埃德加的认知叙事与双重文化
　　　　意识 ………………………………………………… (164)

二　自由与家庭：母亲和姑妈的女性声音与族裔传统 … (174)
　三　文化交融：埃德加一家的代际对话与身份定位 …… (179)
第三节　人物叙述者叙事干预与都市探恶：《供水系统》
　　　　中的个体生命置换 ………………………………… (183)
　一　城市寻踪：麦基尔文的报道式叙述与马丁失踪案 … (185)
　二　市井纳垢：麦基尔文的阐释性叙述与案中的
　　　超自然现象 ……………………………………………… (188)
　三　地下揭恶：麦基尔文的评判式叙述与供水
　　　系统里的生与死 ……………………………………… (191)
第四节　"作者"叙事干预与作家的可能世界：《上帝
　　　　之城》中的自反性叙事 ………………………… (198)
　一　"作者"工作日志：艾弗瑞特记述虚构与创作
　　　素材中的生活世界 …………………………………… (201)
　二　格托纪事：艾弗瑞特创作的布鲁门撒尔的
　　　犹太生存口述实录 …………………………………… (206)
　三　"偷窃"事件：艾弗瑞特对话笔下人物佩姆的
　　　真实与虚构 …………………………………………… (210)
本章小结 ………………………………………………………… (219)

第三章　"后9·11"小说中的叙述视点与家庭伦理 ………… (222)
概论　叙述视点的定与变：多克托罗小说中的家庭正义 … (223)
第一节　不定式叙述视点与破裂的血亲关系：《大进军》
　　　　中家园的毁与建 …………………………………… (229)
　一　南方他者的内聚焦：家园坍塌与战争裹挟下的
　　　流浪 …………………………………………………… (233)
　二　南北方兵将的外聚焦：进军中的屠戮与迷途的
　　　个体 …………………………………………………… (238)
　三　"镜头"下的零聚焦：行进中的民族与家园重建 …… (245)

第二节　固定式叙述视点与物欲中的兄弟亲情:《霍默与
　　　　兰利》中的隐士与囤积癖……………………………（254）
　一　"老鼠洞"中的隐士：霍默的空间记忆与压缩的
　　　社会关系 ………………………………………………（258）
　二　黑暗中的"聆听"者：霍默的时间意识与个体
　　　孤独 ……………………………………………………（264）
　三　"我哥哥的弟弟"：偏执的囤积癖与孤寂中的兄弟
　　　温情 ……………………………………………………（272）
第三节　交替式叙述视点与被困的"夫"与"父"：
　　　　《安德鲁的大脑》中的创伤与身份危机……………（278）
　一　内、外聚焦的交替：失败的谈话疗法与自我
　　　否定的安德鲁 …………………………………………（280）
　二　自我与他我交替的视点："圣愚"的孤独复仇
　　　与失妻的安德鲁 ………………………………………（285）
　三　清醒与混乱自我的交替：残存的个体记忆与
　　　"弃"女的安德鲁 ………………………………………（292）
本章小结 ……………………………………………………………（298）

**结论　"连接可见与不可见"的"参与诗学"：多克托罗
　　　　小说的正义观**……………………………………（300）

引用文献 …………………………………………………………（311）

后　　记 …………………………………………………………（336）

导　　论

　　E. L. 多克托罗（Edgar Lawrence Doctorow，1931—2015）故去之时，美国《卫报》冠之为"过去一百年间伟大的美国小说家"；韦伯州立大学教授迈克尔·伍兹（Michael Wutz）在其悼文的标题中用"美国的良心"（the conscience of the USA）称呼他；时任美国总统的奥巴马也在推特上发文，肯定多克托罗是美国一位杰出的小说家，并称，"他的作品教了我很多，他将被众人怀念"。[①] 这些追忆再次肯定了多克托罗的文学成就，也再次从侧面印证了多克托罗作品的不同受众——评论界与普通读者对其的青睐与崇敬。迈克尔·伍兹教授将多克托罗、与他同年出生的黑人女作家托尼·莫里森（Toni Morrison，1931—2019），以及菲利普·罗斯（Philip Roth，1933—2018）并置，认为他们代表了"传统故事讲述者的正直品性，用充满矛盾又诗性的故事对文化进行了诊断"。他还

[①]《卫报》悼文详见 https://www.theguardian.com/books/2015/jul/22/el-doctorow，其中有对其作为左翼政治作家的分析。迈克尔·伍兹教授所撰写的悼文的完整题名为《怀念多克托罗——美国的良心》（"Remembering E. L. Doctorow, the Conscience of the USA"）。文中，伍兹教授提出，多克托罗在其近六十载的创作生涯中，将自己"写入了美国文学正典"。该悼文极为中肯地点明了多克托罗的文学创作生涯始终致力于揭示美国历史中被隐藏的真实，也提及了其创作形式及多克托罗的文学地位。（参见 https://theconversation.com/remembering-el-doctorow-the-conscience-of-the-usa-45043）奥巴马的推特发文账号为@POTUS。

1

表示，多克托罗的小说是美国"广受欢迎的各种神话和各种自我建构故事的一面镜子"，他本人的名字也成了"批判性自我审视"的同义词。多克托罗从不惮于审视美国的黑暗面，他常认为自己的创作是"一点点开掘美国不为人知的历史"，认为他本人是"未被认可的知识的考古学者"①。

多克托罗的文学生涯始于类型小说的创作②。从 1960 年的《欢迎来到哈德泰姆镇》（*Welcome to Hard Times*）到 2014 年的《安德鲁的大脑》（*Andrew's Brain*），在他逾半个世纪的创作生涯中，多克托罗共出版了十二部长篇小说、三部短篇小说集、一部戏剧、三部随笔集及多篇阐释其文学创作主张的文字③。多克托罗的许多作品，尤其

---

① 参见 Michael Wutz, "Remembering E. L. Doctorow, the Conscience of the USA", *The Conversation*, July 22, 2015。

② 多克托罗曾做过九年的编辑工作，20 世纪五六十年代编辑审读过多部西部小说，他认为那些作品文笔质量不高，坚信自己可以写得更好，于是便有了他的第一部小说《欢迎来到哈德泰姆镇》。这是一部典型的发生在美国西部的小说，带有同类型小说的特征。这部小说虽没有让多克托罗一炮而红，但他在《拉格泰姆时代》获得成功之后也赢得了较多的关注。1966 年，多克托罗又尝试了科幻小说的写作——《大如生活》，后因作者本人对之的不认可，直接不再出版。多克托罗此后的小说有被贴上"政治小说"或"历史小说"等标签的，但若以类型小说界定其自《但以理书》之后的小说，显然不合适。

③ 按出版时间的先后，这十二部小说分别是：《欢迎来到哈德泰姆镇》（*Welcome to Hard Times*, 1960）、《大如生活》（*Big As Life*, 1966）、《但以理书》（*The Book of Daniel*, 1971）、《拉格泰姆时代》（*Ragtime*, 1975）、《鱼鹰湖》（*Loon Lake*, 1980）、《世界博览会》（*World's Fair*, 1985）、《比利·巴思格特》（*Billy Bathgate*, 1989）、《供水系统》（*The Waterworks*, 1994）、《上帝之城》（*City of God*, 2000）、《大进军》（*The March*, 2005）、《霍默与兰利》（又译《纽约兄弟》，*Homer & Langley*, 2009）及《安德鲁的大脑》（*Andrew's Brain*, 2014）。其中，1966 年的科幻小说《大如生活》被作者本人视为其创作生涯的败笔，经他要求不再出版。三部短篇小说集包括《诗人的生活》（*Lives of the Poets: Six Stories and a Novel*, 1984）、《幸福国故事集》（*Sweet Land Stories*, 2004）及《一直在此世》（*All the Time in the World: New and Selected Stories*, 2011）。多克托罗的小说《拉格泰姆时代》《比利·巴思格特》都曾被改编搬上过大荧幕，多克托罗也因此具有编剧的身份。他在 1978 年还写过他虚构文学创作中的唯一一部戏剧《餐前小酌》（*Drinks Before Dinner*）。此外，他还出版过《杰克·伦敦、海明威及宪法》[*Jack London, Hemingway and the Constitution*, 1993；在英国出版时，题名为《诗人与总统》（*Poets and Presidents*, 1993）]、《记述宇宙万象》（*Reporting the Universe*, 2003）、《创作者们》（*Creationists*, 2006）等收录多克托罗解读文学作品并阐释自己创作思想的文集。

是其20世纪七八十年代的作品被评论者们贴上了"政治小说""历史小说""历史传奇"等的标签。但如果我们只简单地将他视为一位类型小说作家，那就在很大程度上忽视了他在文学方面的成就，尤其是他在每一部小说中对叙事技巧进行的不同尝试，他对那些小说次文类的创新性再运用，以及他在小说中投注的哲思和他对真实、对美国历史真相的不懈探问。从《但以理书》（*The Book of Daniel*，1970）开始，他的每一部小说都聚焦了美国的一段特殊历史时期。《但以理书》具有鲜明的政治时代感，其中的事件直指美国麦卡锡时代的间谍案。令其扬名的《拉格泰姆时代》（*Ragtime*，1975）再现了19世纪末20世纪初二三十年间的美国，揭示了美国蓬勃发展表象下的种种问题。《鱼鹰湖》（*Loon Lake*，1980）、《世界博览会》（*World's Fair*，1985）及《比利·巴思格特》（*Billy Bathgate*，1989）共同聚焦多克托罗的童年时期——美国20世纪30年代，书写了这个时期的不同社会阶层、重要历史事件与文化现象。《供水系统》（*The Waterworks*，1994）则回到内战后的美国，揭示美国日益繁荣的经济背后隐藏的诸多令人不安的秘密。与圣奥古斯丁的著作同名的《上帝之城》（*City of God*，2000）再现了21世纪转折期的纽约城百态，探问了宗教信仰、犹太大屠杀、文学创作的素材与真实性等种种问题。《大进军》（*The March*，2005）重现了美国内战时期谢尔曼大军孤军深入南方联邦腹地的进军经过与最后战役。《霍默与兰利》（*Homer & Langley*，2009）以虚构的形式为美国历史上臭名昭著的纽约科利尔兄弟立传，以极为细腻的笔触书写了由边缘小人物所见证的从19世纪末至20世纪80年代的美国历史及个体命运。《安德鲁的大脑》（*Andrew's Brain*，2014）直击"9·11"事件，揭示该事件发生的十余年后，那些因灾难而失去亲人的人们仍在经受的折磨，这是多克托罗所有小说中故事时间最接近当下美国的一部。

正是因为多克托罗始终以虚构书写与官方历史对话，开掘历史真实，甚至让他的虚构人物与真实历史人物同台竞技，他的小说被学界冠以

"编史元小说"（*historiographic metafiction*）①之名。《拉格泰姆时代》《但以理书》《比利·巴思格特》和《大进军》等是其中最具代表性的作品，它们先后为他赢得了美国各主要文学类奖项或提名，助他获得了美国艺术与文学学院授予的豪威尔斯奖章（1990年）、由美国总统颁发的国家人文勋章（1998年），并在2013年成为第26位荣膺美国文学杰出贡献奖这一终身成就奖的作家②。虽然多克托罗一生都在拒绝标签，但"后现代作家""新现实主义小说家""编史元小说作家""历史小说家""政治小说家""激进的犹太主义作家"等标签却伴随了他的整个创作生涯。无论哪一种单一的标签用在多克托罗身上或许都有以偏概全之嫌，无法适切地界定作为作家的多克托罗以及他不断进行的创新性写作尝试，但它们都或多或少地体现了多克托罗小说的写作技巧、风格和主题，而这些也始终激发学界从不同的视角解读多克托罗的作品及作品中饱含的作者创作立场。

第一节　国内外多克托罗小说研究现状

一　国外多克托罗研究

1960年《欢迎来到哈德泰姆镇》的出版并未在学界激起回响，

---

① 琳达·哈琴（Linda Hutcheon）提出这一概念并进行界定时提出，"编史元小说"指的是"那些众所周知的畅销小说，这类小说具有极度的自反性，同时又矛盾地宣称其所再现的历史事件与历史人物具有真实性"（详见 Linda Hutcheon, *A Poetics of Postmodernism: History, Theory, Fiction*, New York: Routledge, 1988, p.112）。多克托罗的《拉格泰姆时代》就是哈琴所列举的例证小说之一。哈琴解释说，"编史元小说"融合了文学、历史与理论（这三个领域中的主要焦点是叙事），"它在理论上具有自我意识，认识到历史与小说是人的建构，这成为其对历史进行重新思考，对历史的内容与形式进行重新加工的基础"（详见 Linda Hutcheon, *A Poetics of Postmodernism: History, Theory, Fiction*, New York: Routledge, 1988, p.112）。
② 多克托罗获得过美国文学界的多类奖项，包括三次美国国家书评人协会奖（《拉格泰姆时代》《比利·巴思格特》《大进军》）、两次笔会/福克纳小说奖（《比利·巴思格特》《大进军》）、美国国家图书奖（《世界博览会》）、笔会/索尔·贝娄小说奖等。他的文学创作不仅赢得了普通大众的喜爱，同时也受许多美国作家的推崇，乔治·桑德斯（George Saunders）就曾盛赞其为"我们的国家宝藏"（our national treasure）。

除了三篇书评外，这部被归入西部小说文类的作品几乎鲜有问津。1975年《拉格泰姆时代》出版后即刻收获了学术界的热捧，学者们不断撰文对之进行阐释并将之确立为美国"后现代主义小说""编史元小说"的典型代表。此后，自20世纪80年代开始，多克托罗的前期作品重新进入学界视野，获得了学者们不同程度的关注和新的读解。就多克托罗研究成果而言，现有包括专著、编著、论文集及访谈集在内的13部著作出版；约有250篇学术论文见诸各类学术期刊；另还有数篇硕士、博士论文或致力于解读多克托罗的单部作品，或对多克托罗的多部作品进行了系统性阐释。综合观之，对多克托罗历史书写的研究贯穿于多克托罗研究的始终，多克托罗本人对历史及那些"权威""客观性"话语的质疑为这方面的学术研究提供了作家本人的"创作注解"。也因此，不少学者将视野越出《但以理书》，解读多克托罗其他作品中的政治话题，即作家在作品中表现出的政治倾向。当然，学界之所以会为其贴上"后现代主义小说家"的标签，主要因为其在创作中所使用的后现代主义策略。研究者们常关注其小说形式方面的"后现代性"，包括作家在叙事策略及叙事风格等方面的创新。这三条研究主线可基本呈现多克托罗研究的概貌。

20世纪六七十年代，历史学家们开始强调历史的叙事性，不少思想家也加入这一话题的讨论。罗兰·巴特（Roland Barthes）在《历史话语》（"The Discourse of History"，1981）一文中强调历史话语在本质上是一种"意识形态的阐释……想象性的阐释"①。小说与历史使用同样的能指符号，小说在对过去的再现方面具有同样的可能性。多克托罗在其散文《伪文献》（"False Documents"，1977）中表达了同样的思考："历史与小说具有相同的影响世界的方式，其目的

---

① Roland Barthes, "The Discourse of History", trans., Stephen Bann, *Comparative Criticism*, No. 3, 1981, p. 16. 罗兰·巴特在这篇论文中从语言的能指与所指功能入手，论证"客观"历史中，"真实"不过是未经系统阐释的所指，被明显拥有无上权威的能指遮蔽。

参与的诗学：E. L. 多克托罗小说的叙事伦理

都是表达意义与价值。历史与小说都发端于文化权威，也正是文化权威解释了哪些可被视为事实。"[①] 这一思想赢得了琳达·哈琴（Linda Hutcheon）、弗里德里克·詹明信（Frederic Jameson）等学者的共鸣。哈琴相信，多克托罗的《拉格泰姆时代》中"对历史漫无目的地情景化"不应被视作缺乏历史背景、"不夹带任何历史记忆"[②]；尽管詹明信与哈琴的观点相去甚远，但他也评价《拉格泰姆时代》是"新型历史小说的典范"[③]。《拉格泰姆时代》奠定了多克托罗后现代历史书写代表人物的地位，而对其小说与历史书写关系的研究始终在多克托罗研究中占据中心地位。

评论者们首先关注多克托罗对待历史的态度。芭芭拉·弗利（Barbara Foley）透过多克托罗对小说与历史之间关系问题的处理，敏锐地发现多克托罗将历史置于小说的从属位置，如此的处理方式实则表明他与许多同代人一样对历史持有怀疑态度，质疑"历史现实具有'客观性'的本质"[④]。还有学者发现，他的小说，形式上带有"拼贴与自反的性质"，内容上则表现出"强烈的历史悲剧感"，在指涉历史方面呈现出"非真实性的距离式写作风格"[⑤]，使它们之间形成了辩证张力。大卫·恩布里奇（David Emblidge）在多克托罗的小说中读出了历史循环论。他提出多克托罗的小说中隐含着悲观主义存在论，认为"进步只是幻想"："历史是一个重复的过程，几乎是循

---

① E. L. Doctorow, "False Documents", in E. L. Doctorow, *Poets and Presidents*, New York: Random House, Inc., 1993, p. 161.
② Linda Hutcheon, "Beginning to Theorize Postmodernism", in Joseph Natoli and Linda Hutcheon, eds., *A Postmodern Reader*, New York: State University of New York Press, 1993, p. 259.
③ [美]詹明信：《晚期资本主义的文化逻辑：詹明信批评理论文选》，张旭东编，陈清桥等译，生活·读书·新知三联书店1997年版，第468页。
④ Barbara Foley, "From *U.S.A* to *Ragtime*: Notes on the Forms of Historical Consciousness in Modern Fiction", *American Literature*, Vol. 50, No. 1, 1978, p. 103.
⑤ David Gross, "E. L. Doctorow", in Larry McCaffery, ed., *Postmodern Fiction: A Bio-Bibliographical Guide*, New York: Greenwood Press, 1986, pp. 339, 341.

环往复的。身处其中的人只是被强迫的、无知的棋子，他们很容易被诱惑，从而相信'历史是逐步向前发展'的论调。"在恩布里奇看来，多克托罗小说中的人物寻求报复的行为增强了历史的重复性，这表明作家持有"类似于麦尔维尔式的悲观世界观"。①

多克托罗如何借助虚构形式书写历史是研究者们聚焦的又一重要话题。威尼弗雷德·法朗特·贝维莱科瓦（Winifred Farrant Bevilacqua）撰写了三篇论文，较为系统地探讨了多克托罗在《但以理书》《拉格泰姆时代》和《鱼鹰湖》三部作品中的历史书写方式。他论证说多克托罗"解构了历史原型意象，将历史真实与虚构并置，否定了历史进步论的模式"，他在小说中提供了一种"变化的、暂时的模式"②，这样的历史书写形成了"与历史决定论的对抗"③。德国学者赫维希·弗里德尔（Herwig Friedl）持有相同的观点。他在其编著的《E. L. 多克托罗：民主的洞见》（*E. L. Doctorow: A Democracy of Perception*，1988）中强调，多克托罗的历史书写"面对的是权力的丑恶现实"，作家在书写的过程中会被迫"付出巨大的精神代价"④。

多克托罗擅长再现美国历史，他的历史书写的灵感来源或是一张照片，或是一则异域故事；他喜欢探究照片背后的历史，喜欢将异域故事移置到美国历史背景当中，喜欢对另一种历史可能性进行探讨。克丽斯廷·莫拉鲁（Christian Moraru）在对《拉格泰姆时代》的研读中探查出其中心故事源自德国剧作家海因里希·冯·克莱斯特（Heinrich von Kleist，1777—1811）的中篇小说《迈克尔·科尔哈斯》

---

① David Emblidge, "Marching Backward into the Future: Progress as Illusion in Doctorow's Novels", *Southwest Review*, Vol. 62, 1977, pp. 397, 408.
② Winifred Bevilacqua, "Narration and History in E. L. Doctorow", *American Studies in Scandinavia*, No. 22, 1990, pp. 101–104.
③ John Williams, *Fiction as False Document: The Reception of E. L. Doctorow in the Postmodern Age*, Columbia: Camden House, 1996, p. 90.
④ Herwig Friedl, "Power and Degradation: Patterns of Historical Process in the Novels of E. L. Doctorow", in Herwig Friedl and Dieter Schulz, eds., *E. L. Doctorow: A Democracy of Perception*, Essen: Blaue Eule, 1988, p. 35.

(*Michael Kohlhaas*, 1810),多克托罗对这则中篇故事进行了阐释性的改写。莫拉鲁指出,"多克托罗通过双重的互文性和对基本情节的重复,巧妙地处理了原文本的情节结构,'操演'了克莱斯特的故事",从而挑战性地"以跨越历史的模式界定了什么是现代性"①。

什么样的个体能成为多克托罗笔下的历史主体?芭芭拉·库珀(Barbara Cooper)在其专著《作为历史学家的艺术家:多克托罗小说研究》(*The Artist as Historian in the Novels of E. L. Doctorow*, 1980)中解读了多克托罗已有的四部作品,包括《欢迎来到哈德泰姆镇》《大如生活》《但以理书》和《拉格泰姆时代》。通过对这几部小说中的虚构叙事人物进行分析,她发现他们分别承担着艺术家与历史学家的双重角色,并陷入主客体分离的困境,在主客体分离的世界中产生了内心世界与外部现实之间的张力,这两者之间的张力既是小说中的人物面临的问题,也是作家多克托罗渴望摆脱的问题。

历史应当如何被记忆?小说能提供历史记忆吗?斯科特·黑尔斯(Scott Hales)在《在记忆中行进:多克托罗的〈大进军〉对记忆的修正》("Marching through Memory: Revising Memory in E. L. Doctorow's *The March*", 2009)一文中探查了历史记忆中的真实与虚构问题。黑尔斯着重搜集了诸多与南北战争时期的谢尔曼将军相关的历史事实,在对比中凸显了多克托罗在这部小说中刻画谢尔曼将军时将真实与虚构珠联璧合的做法,强调《大进军》以其独特的方式展现了"这场战争的历史和对这场战争的记忆"②。劳拉·巴雷特(Laura Barrett)探讨了多克托罗小说中的摄影在历史记忆与历史中发挥的作用。在《现实的建构:摄影、历史与〈拉格泰姆时代〉》("Compositions of

---

① Christian Moraru, "The Reincarnated Plot: E. L. Doctorow's *Ragtime*, Heinrich von Kleist's 'Michael Kohlhaas', and the Spectacle of Modernity", *The Comparatist*, Vol. 21, 1997, p. 94.

② Scott Hales, "Marching through Memory: Revising Memory in E. L. Doctorow's *The March*", *War, Literature, and the Arts: An International Journal of the Humanities*, Vol. 21, 2009, p. 149.

Reality: Photography, History, and *Ragtime*",2000)及其随后与埃里克·西摩尔(Eric Seymour)合著的《重构：多克托罗〈大进军〉中的摄影与历史》("Reconstruction: Photography and History in E. L. Doctorow's *The March*",2009)中，她详细论证了摄影在《拉格泰姆时代》中发挥的历史建构作用以及在《大进军》中展示出的历史重构的能力，肯定了摄影在促进历史知识生产方面的作用。巴雷特强调，正因"摄影具有的潜在的民主性与其强化国家意识形态的能力"之间存在矛盾，它才能在"反思重要的政治、文化事件的表征中承担极佳的媒介作用"[①]。

多克托罗曾在1977年写作的《伪文献》("False Documents")一文中区分了"政权的语言"(a regime language)与"自由的语言"(a language of freedom)，认为前者规定了"我们应当是什么样子"，后者则在提醒"我们有变成什么样的危险"。他主张，无论是用于虚构还是非虚构写作，语言都具有政治性，因为这两种语言之间存在着冲突。他明确指出，文学是所有艺术形式中唯一能够"混淆事实与虚构"边界的艺术形式，文学也是"政治性的"[②]。多克托罗本人的创作思想促使研究者围绕他的小说中的政治话题进行探讨，形成了多克托罗研究的又一个焦点。

在对多克托罗小说的政治话题的研究中，学者们关注最多的是他的小说中所表达的公平、公正诉求。保罗·列文(Paul Levine)注意到，"历史与想象之间的关系、精英文化与大众文化之间的关系、政治内容与实验性风格之间的关系"是多克托罗作品中反复出现的主题。他认为多克托罗的小说揭示了现代美国文化的现状，每一部都可

[①] Eric Seymour and Laura Barrett, "Reconstruction: Photography and History in E. L. Doctorow's *The March*", *Literature and History*, Vol. 18, No. 2, 2009, p. 49.
[②] E. L. Doctorow, "False Documents", in E. L. Doctorow, *Poets and Presidents*, New York: Random House, Inc., 1993, pp. 153, 154, 158.

参与的诗学：E. L. 多克托罗小说的叙事伦理

以算作政治小说，每一部小说都以不同方式阐释了"公正的观念"[①]。约翰·克莱顿（John Clayton）结合多克托罗的犹太背景探讨了他小说中的"公正"观念。在《激进犹太人文主义：多克托罗的视域》（"Radical Jewish Humanism: The Vision of E. L. Doctorow", 1983）一文中，克莱顿提出，多克托罗与索尔·贝娄（Saul Bellow, 1915—2005）、伯纳德·马拉默德（Bernard Malamud, 1914—1986）、菲利普·罗斯等犹太作家共享了相同的犹太文学传统并拥有相似的对待"公正与不公"的态度，持有激进犹太人文主义思想。他认为，多克托罗的小说反映的是20世纪人类"最根本的集体体验，包括剥削、阶级斗争和种族压迫"。他论证称，不管多克托罗的书写是否涉及犹太人的生存境遇问题，他秉持的"道德上的严肃性绝对是犹太人的特性……这是多克托罗想象力的源泉之一"。[②] 米歇尔·托卡尔奇克（Michelle M. Tokarczyk）在《E. L. 多克托罗的怀疑性使命》（E. L. Doctorow's Skeptical Commitment, 2000）一书中系统解读了多克托罗从《欢迎来到哈德泰姆镇》到《供水系统》的共八部小说，该书是多克托罗研究中涉及作品最多的一部专著。托卡尔奇克在研究中主张，多克托罗的小说"充满质疑、具有优秀的审美性"，它们蕴含了作家的政治观点，不仅"提升了政治小说的文类潜力"，而且在当时的历史环境下——彼时政府"限制公共领域讨论政治""政治讨论不关注公正与平等问题"，有助于"激发真正的政治对话"[③]。

学者们对多克托罗小说中公平、公正问题的开掘也引发其他学者就其作品中与政治相关的自由问题进行探讨。约翰·麦高恩（John McGowan）在《塑造世界的不同方式：论汉娜·阿伦特与多克托罗对

[①] Paul Levin, *E. L. Doctorow*, New York: Methuen & Co., 1985, pp. 8, 19.
[②] John Clayton, "Radical Jewish Humanism: The Vision of E. L. Doctorow", in Richard Trenner, ed., *E. L. Doctorow: Essays and Conversations*, New Jersey: Ontario Review Press, 1983, pp. 113, 118.
[③] Michelle M. Tokarczyk, *E. L. Doctorow's Skeptical Commitment*, New York: Peter Lang, 2000, p. 1.

现代性的回应》("Ways of Worldmaking: Hannah Arendt and E. L. Doctorow Respond to Modernity", 2011) 一文中直接将多克托罗的小说当成政治小说进行解读。他对比了多克托罗与汉娜·阿伦特 (Hannah Arendt) 分别对现代主义的"悲观绝望"做出的不同回应，指明阿伦特是尽力为"可能的无意义存在提供意义和无限的自由"，而多克托罗常将不公正性置于现代性的无意义性之前。麦高恩认为，多克托罗对阿伦特的现代主义思想进行了驳斥，指出多克托罗想要的是一个"公众的群体世界"，一个通过"共同的行动必然会引起变化的世界"[①]。

一些学者主张，多克托罗的小说带有鲜明的政治倾向，他们为他贴上了"新左派"的标签。史蒂芬·库珀 (Stephen Cooper) 认为，多克托罗的政治思想不仅不同于美国老左派思想，他还对老左派提出了质疑。在《双刃之剑：论多克托罗对左派的批判》("Cutting Both Ways: E. L. Doctorow's Critique of the Left", 1993) 一文中，库珀发现多克托罗并不支持带有社会主义或共产主义性质的乌托邦理想，他的每一部小说的结尾都暗示了当下社会不可能发生社会变迁。在库珀看来，多克托罗对小说结尾的处理方式是在逼迫读者认识到后现代政治所强调的"见证的多样性"(a multiplicity of witness)[②]。克里斯托弗·莫里斯 (Christopher D. Morris) 坚定地将多克托罗认作"新左派"的代表，认为他的作品批判了美国资本主义的操纵力，这种操纵力是由西奥多·阿多诺 (Theodor Adorno) 所称的"文化工业" ("culture industry") 带来的[③]。

"政治小说"的标签显然不足以概述多克托罗小说的复杂性，也有学者将研究的兴趣转向了多克托罗小说的写作策略与政治主题之间

[①] John McGowan, "Ways of Worldmaking: Hannah Arendt and E. L. Doctorow Respond to Modernity", *College Literature*, Vol. 38, No. 1, 2011, pp. 151, 153, 171, 172.

[②] Stephen Cooper, "Cutting Both Ways: E. L. Doctorow's Critique of the Left", *South Atlantic Review*, Vol. 58, No. 2, 1993, pp. 113, 123.

[③] Christopher D. Morris, "Introduction", in Christopher D. Morris, ed., *Conversations with E. L. Doctorow*, Jackson: University Press of Mississippi, 1999, p. vii.

的关系方面。两部同名专著《E. L. 多克托罗》（*E. L. Doctorow*）当中对该话题皆有探讨。哈特和汤姆森（Carol C. Harter and James R. Thompson）的《E. L. 多克托罗》（*E. L. Doctorow*，1990）评价多克托罗是探讨政治问题的艺术家。在他们看来，多克托罗作品的"风格，包括视角、结构及其他技巧策略，很大程度上取决于他如何看待个体与群体经历"，他的作品中始终存在"个体与社会之间不可调和的矛盾"[1]。约翰·帕克斯（John G. Parks）的《E. L. 多克托罗》（*E. L. Doctorow*，1991）从巴赫金的"复调"理论出发，给出了与哈特和汤姆森相似的论点，强调多克托罗的写作技巧本身就与政治主题紧密相关，政治主题构成了小说审美的一部分。

考察多克托罗小说中的政治主题时，研究者们也关注到了其中的人物形象，捕捉到了他们的局外人身份，讨论了作品中使其摆脱异化感的可能。约翰·斯塔克（John Stark）的《多克托罗〈但以理书〉中的异化与分析》（"Alienation and Analysis in Doctorow's *The Book of Daniel*"，1975）聚焦公认的政治小说《但以理书》[2]，并以《圣经》中的局外人但以理的形象为参照，解读小说中丹尼尔的异化感受，突出其中"异化与分析"的关系，并给丹尼尔提出建议，要摆脱异化感，他寻求的不应该是马克思主义提供的理性分析方式，而只能借助"具体形象分析"或"想象性分析"（imaginative analysis）[3]的方式。

探究多克托罗作品中的政治命题的路径并不局限于政治批评方法，有部分学者从心理学角度研究作品中的人物与主题。芭芭拉·埃

---

[1] Carol C. Harter and James R. Thompson, *E. L. Doctorow*, Boston: G. K. Hall & Co., 1999, pp. 120, 121.

[2] 这部著作与《圣经》中关于先知但以理的故事为同一名称，国内研究者在对书名的翻译上有取《圣经》同名的《但以理书》，也有翻译成《丹尼尔之书》，故而在讨论其中的主人公时，在文献综述部分还是用了通用名"丹尼尔"而非先知之名"但以理"。

[3] John Stark, "Alienation and Analysis in Doctorow's *The Book of Daniel*", *Critique: Studies in Contemporary Fiction*, Vol. 16, No. 3, 1975, pp. 101, 110.

斯特林（Barbara L. Estrin）阐释了《但以理书》中政治、艺术与心理间的相互作用。在她看来，《但以理书》揭示了"麦卡锡主义的疯狂"，相较于同时期出版的其他作品，它以微观的个体视角更深刻地反思了"核时代的文学与政治的关系"[1]。但她也评论，由丹尼尔进行的个体叙事、也被称作"丹尼尔之书"的个体书写没能清晰直击他本人最深处的心理创伤，他的自述没能帮他找到自我，反而使他成了"迷失的孩子"[2]，被残暴的国家机器剥夺了家园和自我。佩吉·纳普（Peggy Knapp）、苏珊·洛尔施（Susan Lorsch）、罗伯特·福里（Robert Forrey）等考察了丹尼尔的写作行为以及《但以理书》对"艺术家成长小说"（Künstlerroman）传统的继承与发扬。他们的研究提出了如下结论：丹尼尔在自述中理解了权力，顺从了社会压力，避免了走上妹妹萨拉选择的道路，即以自杀对抗政权[3]；虽然丹尼尔与自己的政治身份和家庭身份达成了和解，但他始终持有激进的质疑的态度，质疑意识形态的本质，质疑语言本身，因此，丹尼尔可以被称为典型的现代作家[4]。

保罗·列文评价多克托罗是"一位政治小说家，同时也是一位在语言风格和文体上具有独特性的作家"，他"具有原创性却又极擅兼收并蓄"，他是一位"严肃作家，同时又是一位畅销小说家"，"他是一位虚构了过去的历史小说家"；列文认为，正是这些使多克托罗

---

[1] Barbara L. Estrin, "Surviving McCarthyism: E. L. Doctorow's *The Book of Daniel*", *Massachusetts Review: A Quarterly of Literature, the Arts and Public Affairs*, Vol. 16, No. 3, 1975, p. 577.

[2] Barbara L. Estrin, "Surviving McCarthyism: E. L. Doctorow's *The Book of Daniel*", *Massachusetts Review: A Quarterly of Literature, the Arts and Public Affairs*, Vol. 16, No. 3, 1975, p. 585.

[3] Peggy A. Knapp, "Hamlet and Daniel (and Freud and Marx)", *Massachusetts Review*, Vol. 21, No. 3, 1980, p. 491.

[4] Susan E. Lorsch, "Doctorow's *The Book of Daniel* as Künstlerroman: The Politics of Art", *Papers on Language and Literature*, Vol. 18, No. 4, 1982, p. 388.

参与的诗学：E. L. 多克托罗小说的叙事伦理

成就了"一种不同寻常的现象"①。列文于 20 世纪 80 年代对多克托罗及其创作特色进行的概述，精准地把握住了多克托罗的写作风格与文本特征，也在一定程度上成了多克托罗研究的纲领性文字。与之相呼应，学界除探讨多克托罗的历史书写及政治话题外，研究最多的中心话题还有其小说的风格和呈现方式，尤其是小说中的叙事策略。

多克托罗之所以被认为是后现代作家，很大程度上是因为他在小说叙事模式、文体类别等方面进行了不同程度的尝试与创新。叙事的自反性是后现代小说的一大典型特征，多克托罗的作品中不乏自反性的叙事模式。阿瑟·索兹曼（Arthur Saltzman）的《多克托罗创作技巧的活力》（"The Stylistic Energy of E. L. Doctorow"，1983）一文发现，多克托罗的每一部小说（此文聚焦多克托罗从《欢迎来到哈德泰姆镇》到《鱼鹰湖》的最早五部作品）中都有作家"有意为之的叙事创新"，他有时会借用先锋派的创新技巧，尤其兼收并蓄了约翰·多斯·帕索斯（John Dos Passos，1896—1970）和詹姆斯·乔伊斯（James Joyce，1882—1941）的叙事技巧，从而在其小说中适切地表现出叙事的自觉性，这样的叙事自觉性更有助于表现具体的场景与主题②。芭芭拉·库珀同样论证，多克托罗的每一部小说都在努力开掘一种合适的叙事视角，从而在叙事的自我主体与叙事策略之间建立起联系。相比较而言，杰弗里·哈帕姆（Geoffrey Harpham）的《多克托罗与叙事技艺》（"E. L. Doctorow and the Technology of Narrative"，1985）更具标志性地呈现了多克托罗小说的后现代叙事模式。哈帕姆提出，虚构本身成了其小说的主题，他的小说也因此具有极强的后现代性。许多书评者认为，多克托罗小说中"令人目眩的、精湛的写作技巧"其实是次要的，因为他的小说中值得关注的重点是他的"历史观"、他对"美国性的看法"。但哈帕姆提出了不同的观点。在

---

① Paul Levin, *E. L. Doctorow*, New York: Methuen & Co., 1985, p. 8.
② Arthur Saltzman, "The Stylistic Energy of E. L. Doctorow", in Richard Trenner, ed., *E. L. Doctorow: Essays and Conversations*, Princeton: Ontario Review Press, 1983, p. 75.

导 论

他看来，多克托罗小说中的叙事技巧与主题不应有主次之分，因为多克托罗本人给予"主题与写作技巧"以同等的地位，在他的小说中，"叙述性优先于指涉性"[1]。

多克托罗小说的叙事技巧并不局限于对文学传统中叙事模式的运用与突破，有研究者就发现他的小说叙事也吸收了电影及电视方面的表现技巧。多克托罗在访谈中提到，当今没有作家会无视过去七十年来视觉艺术的发展与影响。他坦言，电影艺术教会了他很多："剪辑，借助视觉形象创造情感，重复"等叙事艺术在许多方面影响了小说家对"小说的节奏"的控制，让他们在小说叙事中通过重复、视觉形象等干扰"读者的专注时限……"[2]。拉里·麦卡弗里（Larry McCaffery）甚至称多克托罗的小说是"电影式的"（cinematic），电影与电视艺术对他的文本结构有着较大的影响。多克托罗对此评价回应时指出，当今人们的阅读方式极大地受到了电影艺术和人们对电影、电视的看法的影响，他本人从创作第三部小说《但以理书》时，便不再遵从19世纪的传统现实主义小说的叙事规范。电影艺术教会他去直接呈现事件，而非解释事件的发生，读者可以自行阅读、自己消化。他相信，有过观看电影、电视经历的读者，在阅读他的作品中的那些信息的中断、消隐，声音、角色、场景的转换时，应该不会有阅读困难的感觉[3]。他在作品中借用的这些电影、电视叙事技巧也体现出他的小说叙事的现代主义与后现代主义倾向。

不少研究者尤为关注多克托罗如何在不同的作品中借助元小说技巧表现主题。苏珊·布里恩扎（Susan Brienza）概括了多克托罗小说

---

[1] Geoffrey Galt Harpham, "E. L. Doctorow and the Technology of Narrative", *PMLA*, Vol. 100, No. 1, 1985, pp. 81, 83.

[2] 转引自 Jared Lubarsky, "History and the Forms of Fiction: An Interview with E. L. Doctorow", in Christopher D. Morris, ed., *Conversations with E. L. Doctorow*, Jackson: University Press of Mississippi, 1999, p. 40。

[3] Larry McCaffery, "A Spirit of Transgression", in Christopher D. Morris, ed., *Conversations with E. L. Doctorow*, Jackson: University Press of Mississippi, 1999, pp. 80–81.

的叙事技巧与主题之间的关系，她发现，多克托罗在每一部小说中都"精心设计出具有强烈自我意识的叙述者、元小说式的技巧、拼接手法、多重视角"，但不管他改变或创造了怎样不同的写作方式，他的小说都表现出了"语言的丰富性和结构的多样性"①。因此，布里恩扎提出，多克托罗的每一部新小说都是他文学创作中的新起点，每一部小说都是实验性的，出乎读者的意料，尽管非读者可预测，却都赢得了读者的赞誉且实现了审美价值。布里恩扎评价，在多克托罗的小说中，叙述的语言中融入了道德意识，见证并重新书写了美国，甚至他作品中的"道德观也是审美观"②。罗德里格斯（Francisco Collado Rodriguez）对多克托罗21世纪转折时期创作的《上帝之城》进行了解读，认为这部小说可被视为"20世纪文化的万花筒""一个创造性的园地"，多克托罗创作它的目标"在于避免后现代的折中主义"③。罗德里格斯还指出，多克托罗在这部小说中提出了"一种与当代科学概念相关的道德立场"，提供了"一种理解生活的后人文主义观点"，而"元小说技巧、声音和进一步转喻法"等明显的后现代叙事技巧"有助于消解科学与宗教之间的对抗""宣告了支配20世纪后期数十年的后现代折中精神的消亡"④。

叙事与修辞、隐喻的结合性研究是21世纪以来多克托罗小说叙事研究中的新焦点。迈克尔·伍兹在《文学叙事与信息文化：多克托罗作品中的垃圾、废物与破烂》（"Literary Narrative and Information Culture: Garbage, Waste, and Residue in the Works of E. L. Doctorow",

---

① Susan Brienza, "Writing as Witnessing: The Many Voices of E. L. Doctorow", in Ben Siegel, ed., *Critical Essays on E. L. Doctorow*, New York: G. K. Hall & Co., 2000, p. 213.
② Susan Brienza, "Writing as Witnessing: The Many Voices of E. L. Doctorow", in Ben Siegel, ed., *Critical Essays on E. L. Doctorow*, New York: G. K. Hall & Co., 2000, p. 214.
③ Francisco Collado Rodriguez, "The Profane Becomes Sacred: Escaping Eclecticism in Doctorow's *City of God*", *Atlantis*, Vol. 24, No. 1, 2002, p. 59.
④ Francisco Collado Rodriguez, "The Profane Becomes Sacred: Escaping Eclecticism in Doctorow's *City of God*", *Atlantis*, Vol. 24, No. 1, 2002, p. 59.

2003）中细致审视了多克托罗小说中的"垃圾修辞"。W. B. 叶芝（William Butler Yeats，1865—1939）提出的垃圾修辞，指的是"废物"（refuse）和"破烂"（rags）可被重新使用，成为"精妙描绘"的原材料。伍兹称赞多克托罗将各种"垃圾"意象聚合融入复杂的故事，形成了"暗淡却与叶芝一脉相承的精湛技艺"[①]。伍兹还借这些垃圾意象考察了小说的功能，"现代文化中的垃圾与废料的修辞令小说形成了独特的知识领域，小说本身既不属于被普遍接受的学科，也非当代媒介范畴"，垃圾修辞被赋予了叙事功能，小说被比喻为废弃物，是那些被废弃与被重组的知识构成的文本，它使知识记述更加复杂，引导读者质疑其他媒介所记述的真实[②]。伍兹总结，多克托罗的小说中融入了许多知识，有些不被人们理解，有些被认为无懈可击，他被喻为废物的小说变成了知识的等价物。

学者们既在文本微观层面考察了多克托罗的叙事技巧与策略，也在文本宏观层面研究了多克托罗对不同文类的使用以及对这些文类模式的突破，考察这些文类在表现小说主题方面的作用。比如道格拉斯·福勒（Douglas Fowler）发现，在后现代思潮对文学创作的影响下，多克托罗一直尝试要寻找到一条中间道路，既能照顾到传统小说的故事性，又有先锋派小说的创新性。福勒于是为他的小说贴上了"说教式寓言"[③] 的标签。在帕克斯看来，多克托罗的小说都可被称作"传奇"，作家意欲借此文类来揭露并挑战各种"被神圣化和制度化的言说方式"，推动新思想体系和行为的产生[④]。尽管多克托罗的第一部小说并未引起学界太多的关注，但也有学者从文类视角出发，

---

① Michael Wutz, "Literary Narrative and Information Culture: Garbage, Waste, and Residue in the Work of E. L. Doctorow", *Contemporary Literature*, Vol. 44, No. 3, 2003, p. 501.
② Michael Wutz, "Literary Narrative and Information Culture: Garbage, Waste, and Residue in the Work of E. L. Doctorow", *Contemporary Literature*, Vol. 44, No. 3, 2003, pp. 502, 502-503.
③ Douglas Fowler, *Understanding E. L. Doctorow*, Columbia: University of South Carolina, 1992, p. 6.
④ John G. Parks, *E. L. Doctorow*, New York: The Continuum Publishing Company, 1991, p. 126.

参与的诗学：E. L. 多克托罗小说的叙事伦理

探讨这一西部小说与美国梦之间的内在勾连。米歇尔·托卡尔奇克则主张关注文类与政治观之间的关系，提出解读多克托罗的政治观点最好"与他在每一部作品中使用的具体文类、他的实验性创作技巧、他对美国神话的持续修正相结合"[1]。詹特里（Marshall Bruce Gentry）和狄美尔特（Brian Diemert）分别考察了《供水系统》中体现的侦探小说的风格，探究了爱伦·坡所创立的侦探小说传统对多克托罗作品的影响，以及这部小说中，侦探小说模式对多克托罗探究形而上学问题的助益。

除去上述三大研究焦点，即与历史、政治相关的话题研究和叙事研究外，国外多克托罗研究还涉及了其他命题，包括存在主义话题、美国性问题、宗教思想等。例如，有学者探讨了《欢迎来到哈德泰姆镇》中的存在主义命题；德国学者考察了多克托罗作品中的美国性，判定他的每一部小说都在表现"美国经验中极为重要的变动性"[2]；茱莉亚·艾克尔伯格（Julia Eichelberger）对比了多克托罗的短篇小说《海斯特》与长篇小说《上帝之城》，重申了多克托罗作品暗含的无信仰立场，认为作品人物对真相的追寻是多克托罗想要呈现的精神重生的典范[3]。

就研究视角而言，国外多克托罗研究并不局限于文学批评理论的运用，有不少学者还借用了文化批评理论对多克托罗的小说文本进行阐释。除了在上述三大研究焦点中使用的叙事学、马克思主义与物质文化批评、新历史主义、伦理学等视角，女性主义、后结构主义等理论视角也成为阐释多克托罗作品的有力工具。多克托罗作品中的女性人物相较于男性人物而言并不那么出彩，有学者注意到这一点后，运

---

[1] Michelle M. Tokarczyk, *E. L. Doctorow's Skeptical Commitment*, New York: Peter Lang, 2000, p. 2.

[2] Dieter Schulz, "E. L. Doctorow's America: An Introduction to His Fiction", in Herwig Friedl and Dieter Schulz, eds., *E. L. Doctorow: A Democracy of Perception*, Essen: Blaue Eule, 1988, p. 9.

[3] Julia Eichelberger, "Spiritual Regeneration in E. L. Doctorow's 'Heist' and *City of God*", *Studies in American Jewish Literature*, Vol. 24, 2005, p. 82.

用女性主义批评理论解析《但以理书》《比利·巴思格特》等作品，研究发现，多克托罗作品中的女性都很无力，她们在文本中常常处于理想的沉默状态。克里斯托弗·莫里斯（Christopher D. Morris）则运用后结构主义对多克托罗的作品进行阐释。他所撰写的《错误表征的典型：E. L. 多克托罗小说研究》（*Models of Misrepresentation*: *On the Fiction of E. L. Doctorow*，1991）继承了弗里德里希·威廉·尼采、马丁·海德格尔、保罗·德曼（Paul de Man）、雅克·德里达（Jacques Derrida）和 J. 希里斯·米勒（J. Hillis Miller）等思想家对西方哲学传统的挑战精神，反对"真理可以通过表征阐明"[1] 的观点。莫里斯主张，多克托罗持有与他相同的观点，同样反对"文本必然表征一种意指的、文本之外的存在"的看法，他因而得出结论，认为多克托罗作品中的人物"并不表征政治幻想所认定的真实"，不仅如此，那些人物"成就英雄行为的潜力其实只是较为普遍的错觉"[2]。莫里斯反对对多克托罗的文本进行现象学阐释，但他的读解不可避免地陷入自相矛盾：他本人所做的研究也是现象阐释。他的研究的另一易受指摘之处在于，他的哲学阐释框架将多克托罗小说文本中的多重主题简化成了唯一现实的主题——语言[3]。约翰·威廉姆斯（John Williams）在《作为伪文献的小说：多克托罗在后现代的接受情况》（*Fiction as False Document*: *The Reception of E. L. Doctorow in the Postmodern Age*，1996）一书中系统梳理了多克托罗研究的已有成果，肯定了多克托罗作为后现代作家的地位。威廉姆斯以"后结构主义"为关键词，考察了多克托罗作品在约二十年间的接受情况，称赞了多克托罗作为后现代作家却始终试图确立小说意义的创作努力。

---

[1] Christopher D. Morris, "Introduction", in Christopher D. Morris, ed., *Conversations with E. L. Doctorow*, Jackson: University Press of Mississippi, 1999, p. 4.

[2] Christopher D. Morris, "Introduction", in Christopher D. Morris, ed., *Conversations with E. L. Doctorow*, Jackson: University Press of Mississippi, 1999, pp. 13, 14.

[3] John Williams, *Fiction as False Document*: *The Reception of E. L. Doctorow in the Postmodern Age*, Columbia: Camden House, 1996, p. 108.

参与的诗学：E. L. 多克托罗小说的叙事伦理

　　文化批评理论是解读多克托罗小说的又一重要的批评视角。迈克尔·罗伯特森（Michael Robertson）运用文化霸权与消费文化理论阐释了《世博会》中的消费文化，指出了消费者在文化建设及大众文化转向方面发挥的参与作用。斯蒂芬妮·威曼（Stefanie Weymann）借助空间批评理论细致探讨了《霍默与兰利》中的城市书写。她在《表现纽约，讲述城市复杂性：多克托罗的〈霍默与兰利〉》（"Performing New York, Narrating Urban Complexity: E. L. Doctorow's *Homer and Langley*", 2011）[1]中以城市景观为观察视角，解析了纽约城市结构及多克托罗小说中城市表征的复杂性。安尼克·于斯克（Annike B. Hüske）以《但以理书》为研究对象，结合生态批评原则和文学美学准则，从"文化批评元话语（cultural-critical metadiscourse）、虚构性反话语（imaginative counter-discourse）以及重新整合性交汇话语（reintegrative inter-discourse）"三个方面讨论小说的形式与内容，解析这两方面如何令小说获得审美力量，从而"融入充满意义的文化生态中"[2]。

　　此外，在研究方法方面，比较研究法进一步确立了多克托罗在美国文学传统中的位置。芭芭拉·弗利比较了约翰·多斯·帕索斯和多克托罗，这两位作家分属不同创作时代，但在一定程度上都被认为是历史小说家，他们都在作品中表达了自己对历史的态度。弗利赞扬帕索斯将历史真实作为《美国》（*U.S.A*）三部曲的中心问题，使作品具有了"外在的连贯性"，但她同时也指出，多克托罗将历史真实与虚构并置的书写方式，体现了作家质疑历史"具有'客观性'本质"[3]。德

---

[1] 该文收录于《美国内外的城市景观：文学与电影对城市复杂性的表征》（*Cityscapes in the Americas and Beyond: Representations of Urban Complexity in Literature and Film*, 2011）一书中。该书以文化研究为视角，探讨了小说、电影和其他媒介形式对城市复杂性的表征，触及了城市中的多种问题，包括流动性、文化碰撞、世界主义、犯罪与暴力等。

[2] Annike B. Hüske, *The Cultural Ecology of the Postmodern American Novel: E. L. Doctorow, The Book of Daniel and T. C. Boyle, The Tortilla Curtain*, Saarbrücken: VDM Verlad Dr. Müller, 2008, pp. 28, 74.

[3] Barbara Foley, "From *U.S.A* to *Ragtime*: Notes on the Forms of Historical Consciousness in Modern Fiction", *American Literature*, Vol. 50, No. 2, 1978, p. 103.

国学者赫维希·弗里德尔在美国文学传统中找到了多克托罗的两位前辈纳撒尼尔·霍桑（Nathaniel Hawthorne，1804—1864）和埃德加·艾伦·坡（Edgar Allan Poe，1809—1849），认为多克托罗小说中表现出的对人类历史的哲学悲观主义[1]与他们一脉相承。也有学者比较了多克托罗的小说与其他作家的作品主题。莫里斯高度赞扬多克托罗的作品，甚至称其堪与马克·吐温（Mark Twain，1835—1910）的后期作品比肩，原因在于这些作品再现的都是美国这个"经受理想腐化之苦的国度"[2]。在小说形式方面，研究者们认为多克托罗擅用霍桑所界定的罗曼司（romance），与霍桑的作品一样，多克托罗的小说属于"历史传奇，它们谋求的是推动社会与道德的变迁"[3]。

综合来说，国外多克托罗研究关注到了多克托罗的每一部作品，包括其短篇小说，这方面的研究成果虽不多，且一般都是与其长篇作品相结合进行讨论，却也说明了国外学者对其作品关注的广度。但就系统性而言，多克托罗研究的专著多为 2000 年前所出，不可能存在囊括多克托罗所有作品的系统研究。即便 2019 年与 2020 年分别有两部新的专著问世[4]，但其研究仍是聚焦多克托罗 12 部作品中的某几部，仍然未对多克托罗的所有

---

[1] Herwig Friedl, "Power and Degradation: Patterns of Historical Process in the Novels of E. L. Doctorow", in Herwig Friedl and Dieter Schulz, eds., *E. L. Doctorow: A Democracy of Perception*, Essen: Blaue Eule, 1988, p. 40.

[2] Christopher D. Morris, "Introduction", in Christopher D. Morris, ed., *Conversations with E. L. Doctorow*, Jackson: University Press of Mississippi, 1999, p. 7.

[3] John G. Parks, *E. L. Doctorow*, New York: The Continuum Publishing Company, 1991, p. 126.

[4] 2019 年，爱丁堡大学出版社出版了《多克托罗：新思考》（*E. L. Docotorow: A Reconsideration*）一书。该书是一本论文集，其中收录了许多著名作家和多克托罗的友人，包括唐·德里罗（Don DeLillo, 1936— ）、维克多·纳瓦斯基（Victor Navasky）、珍妮弗·伊根（Jennifer Egan）等人所撰文章，内容涉及多克托罗小说所关注的政权、宗教的力量、认知科学、大众文化等内容。2020 年出版的《多克托罗作品中的创伤、性别与伦理》（*Trauma, Gender and Ethics in the Works of E. L. Doctorow*）以《欢迎来到哈德泰姆镇》《但以理书》《拉格泰姆时代》及《上帝之城》为研究对象，以女性主义和创伤理论为阐释视角，考察多克托罗文学作品对心理创伤的表征及其性别态度，认为多克托罗的文学创作可被理解为一种呼唤，呼唤反对个体漠视及更宽泛的社会、政治结构和意识形态，因为正是它们造成了当代美国社会边缘人所遭受的不公正待遇与压迫。

作品进行整体性考量。此外,之前列文、帕克斯等的研究专著很大程度上采用的方法仍是文本细读,在研究视角和理论方法上面有待拓展。

二 国内多克托罗研究

国内多克托罗研究始于1984年董鼎山对美国犹太作家的介绍。其时,他对多克托罗作品的评价是"没有强调犹太性"[①]。此后,随着对多克托罗作品的译介和书讯的增多,期刊论文数量也逐渐上升,博士、硕士研究生也加入了这一研究领域。就数量而言,现有期刊论文约150篇,硕士论文37篇,博士论文8篇,专著5部,译著8部[②]。就研究对象而言,国内研究者多以阐释《拉格泰姆时代》为主,更为关注多克托罗新世纪以来的作品[③]。就研究视角而言,国内多克托罗研究往往紧跟当下较为新潮的文学、文化批评思潮,具体包括新现实主义、新历史主义、叙事学、空间批评等。

最早对多克托罗的作品进行较有深度的研究出现在杨仁敬、王守仁等编著的《美国文学史》中。随后,美国文学研究的相关专著中也开始收录对多克托罗作品相关主题及写作技巧的研究。受西方后现代思潮影响,国内学者明确将多克托罗界定为后现代作家并尤为关注多

---

① 董鼎山:《犹太小说与犹太作家》,《读书》1984年第4期。
② 现有的8篇博士论文包括《后现代的历史关注》(胡选恩,2007),《犹太主题》(王丽艳,2011),《历史、政治、人文关怀》(高巍,2012),《去神话书写》(蔡玉侠,2013),《地方与感知的诗学:E.L多克托罗小说中纽约的"小小都市漫游者"研究》(袁源,2014),《E.L多克托罗小说中的纽约城市书写研究》(鲜于静,2015),《论E.L多克托罗的历史小说对例外主义美国国家身份的解构》(徐在中,2015)和《走向他者——E.L.多克托罗小说中的越界研究》(汤瑶,2017),其中5篇已经以专著形式出版。另有37篇硕士论文从新历史主义、伦理、叙事、宗教、消费、空间、隐喻等方面对多克托罗的作品展开研究。代表性专著为胡选恩的《E.L.多克托罗历史小说的后现代派艺术研究》(2012),在其博士论文的基础上撰写而成。译著包括《拉格泰姆时代》《世界博览会》《比利·巴思格特》《上帝之城》《大进军》《纽约兄弟》,短篇小说集《幸福国故事集》以及随笔集《创造灵魂的人》。
③ 对《拉格泰姆时代》的研究有32篇,《比利·巴思格特》10篇,新世纪的作品《霍默与兰利》10篇,《大进军》16篇,《上帝之城》13篇。

克托罗小说的后现代叙事策略。21世纪之初，杨仁敬撰写了《关注历史和政治的美国后现代派作家E.L.多克托罗》一文，标题中的"历史""政治""后现代"三个关键词基本成为国内多克托罗小说研究的三大焦点。该文讨论了多克托罗的五部小说，作者围绕其主题进行介绍性解读后总结：多克托罗的作品多描写20世纪美国的历史变迁，再现了现代美国的重要历史时期。他往往将故事背景设定在他所熟悉的纽约市，尤其关注"欧洲移民的苦斗、社会冲突、政治事件造成的后果和城市生活的阴暗面"；"他以一个严肃作家的责任感，展示了美国社会的方方面面"；"他继承了爱伦·坡和麦尔维尔的传统，又学习了前期后现代派的小说技巧"。[1] 杨仁敬强调，多克托罗的长篇小说"打破了历史与虚构的界限、通俗小说与严肃小说的界限、小说与诗歌和戏剧的界限，将后现代派的艺术技巧与现实主义细节描写融为一体"[2]。在另一篇分析多克托罗短篇小说的文章中，杨仁敬具体阐释了多克托罗小说的后现代艺术技巧，包括"模糊的时空、拼贴的画面和多种体裁文字的交织"[3]。在此基础上，有学者还注意到其短篇小说中的"叙事视角的转换"策略，认为"不断转换的叙事视角颠覆了传统小说理性逻辑的叙事结构，表现了人物性格的支离破碎"[4]。当然，也有学者尤为关注多克托罗短篇《皮男人》中的杂糅与拼贴等后现代叙事特征[5]。另有研究者

---

[1] 杨仁敬：《关注历史和政治的美国后现代派作家E.L.多克托罗》，载李德恩、马文香主编《后现代主义文学导读》（上），河南大学出版社2007年版，第417页。
[2] 杨仁敬：《关注历史和政治的美国后现代派作家E.L.多克托罗》，载李德恩、马文香主编《后现代主义文学导读》（上），河南大学出版社2007年版，第417页。
[3] 杨仁敬：《模糊的时空　无言的反讽——评多克托罗的〈皮男人〉和〈追求者〉》，《外国文学》2001年第5期。
[4] 王桂荣：《论〈皮男人〉的后现代主义叙事策略》，《内蒙古师范大学学报》（哲学社会科学版）2012年第1期。
[5] 该学者从历史事件和虚构事件的巧妙杂糅、历史人物与虚构人物的身份杂糅、人物命名杂糅的历史影射三个方面探讨《皮男人》中历史与虚构杂糅的后现代叙事特征，揭示了作家对种族、性别、阶级歧视问题的关注，凸显现代社会行为的表演性、话语的虚假性以及权威的压抑性。参见龙云《〈皮男人〉中历史与虚构的杂糅》，《外国文学》2015年第1期。

参与的诗学：E. L. 多克托罗小说的叙事伦理

聚焦《比利·巴思格特》，提出其"推翻了传统线性叙述模式"，在叙事中引入空间，"构建了全新的时间和空间秩序"①。笔者也关注到了该部小说中的自白式叙事模式，阐释了比利的自白叙事悬置了伦理评判，而自白叙事背后隐藏的舒尔兹的自白则再现了美国黑帮文化，这双重自白让读者在阅读犯罪叙事的过程中与作者形成了合谋关系②。叙事学研究方法在《霍默与兰利》的解读中同样有不小的施展空间。有学者指出，《霍默与兰利》运用了较为新颖的叙事策略，其作用在于"叙写美国神话、美国历史和当今的美国消费社会"，这样的叙事具有"新传记小说的特点，即在传统小说叙事的基础上大量融入虚构因素以便建构一种传记叙事模式"③。

多克托罗的小说将"后现代派的艺术技巧与现实主义细节描写融为一体"，这一断言得到了王守仁的进一步拓展。他在《美国后现代现实主义小说》一文中，将多克托罗与当代美国文坛的另外三位重要作家置于后现代现实主义的视域之下，认为《大进军》等几部作品采用"现实主义的叙事手法，追求细节的真实，营造出逼真的外表，但虚构的故事本身又对这种逼真进行了颠覆，从而使作品表现出现实主义的真实细节与反现实主义情节之间的反差与张力"④。李顺春认为《拉格泰姆时代》中存在着三个方面的新现实主义写作特征：在人物和情节方面融合了历史真实人物、真实历史事件和小说中的虚构人物与情节；在小说人物、社会环境及情节结构的设置方面转向并回归传统，对现实投入更多的关注；在创作手法方面结合了独特的叙事、音乐和电影叙事技术⑤。

---

① 魏婷等：《历史的碎片与拼图式叙事空间——〈比利·巴思格特〉的后现代叙事策略分析》，《中北大学学报》（社会科学版）2014 年第 3 期。
② 朱云：《〈比利·巴思格特〉中的自白叙事》，《外国文学研究》2020 年第 3 期。
③ 林莉：《〈霍默和兰利〉的新传记叙事策略研究》，《当代外国文学》2011 年第 2 期。
④ 王守仁、童庆生：《回忆 理解 想像 知识——论美国后现代现实主义小说》，《外国文学评论》2007 年第 1 期。
⑤ 李顺春：《历史与现实——〈拉格泰姆时代〉的新现实主义视域》，《当代外国文学》2011 年第 3 期。

该文作者还在新现实主义的视野下考察了《上帝之城》中的宗教情怀，认为多克托罗在小说中内化了宗教思想，使宗教成了"具有现实意义的精神信仰，成为解救现实社会危机的精神力量"①。

除了讨论多克托罗小说中的后现代主义与新现实主义小说叙事策略及写作方式，国内学者也对多克托罗小说中的主题进行了多角度的探讨，包括暴力、美国梦、大屠杀意识、存在主义思想、清教思想等。金衡山探讨了被视为政治小说的《但以理书》中的"左派"，认为多克托罗以"批判的眼光对冷战背景进行了深入剖析，左翼的'激进'同样也表现在右翼的冷战政策和迫害之中"②。在文本细读的基础上，该文指出了冷战思维在作品中的反映，强调了该思维对作家创作的影响。也有研究性论文探查了小说的伦理主题。有研究者聚焦《霍默与兰利》中的"家庭伦理""个体道德"和"社会伦理"，论证多克托罗重视"伦理、道德问题"，有着"坚持社会正义的伦理精神"③。徐在中先后发表过三篇论文，分别讨论科技伦理、城市贫困及多克托罗的调和政治观。在对《供水系统》和《大进军》的解读中，他从"科学家在实验中对弱势群体的无情利用，科学与财富和权力的勾结以及科学家在对理性知识的过度追求中所体现的伦理情感异化"三个层面，阐释了"当代美国科学主义影响下的科学伦理危机"④。解读带有传记色彩的《霍默与兰利》时，徐在中揭示了现代美国"丰裕"背后的另一面，那个美国充满了被"垃圾化"处理的、处于贫困亚文化中的社会存在⑤。多克托罗被普遍认为是犹太激进作家，

---

① 王维倩、李顺春：《新现实主义视域下的宗教情怀——评 E. L. 多克托罗小说〈上帝之城〉》，《外语研究》2013 年第 5 期。
② 金衡山：《"老左"、"新左"与冷战——〈但以理书〉中对激进主义的批判和历史再现》，《国外文学》2012 年第 2 期。
③ 杨茜：《〈霍默与兰利〉的伦理内涵及伦理批判》，《学术交流》2015 年第 12 期。
④ 徐在中：《论 E. L. 多克托罗〈自来水厂〉和〈大进军〉中的美国科学伦理危机》，《国外文学》2015 年第 2 期。
⑤ 徐在中：《"丰裕社会"中的"另一个美国"——从〈霍默和兰利〉看当代美国城市贫困》，《国外文学》2017 年第 4 期。

参与的诗学：E. L. 多克托罗小说的叙事伦理

徐在中则从《拉格泰姆时代》中读出了多克托罗在种族、性别、阶级上的调和观①。多克托罗在《大进军》中对战争的描写还激发了李公昭讨论战争与生态的关系，探讨战争对生态的破坏及战争伦理问题②。

除此之外，一些西方学者关注到的主题，如犹太激进主义、历史书写、创伤记忆等话题，国内的研究者们在多克托罗研究中也同样进行了开掘。当然，这些方面的研究也有新的拓展，例如，对《拉格泰姆时代》中的音乐哲学的探讨，对包括《安德鲁的大脑》等在内的创伤与记忆问题的阐释。不少博士、硕士论文具体考察了其作品中的犹太思想发展轨迹、去神话书写、编元史小说对政治的介入、城市书写、美国排他主义等。

国内学者所借助的研究视角丰富多样，其中最为突出的是用空间批评进行文本阐释。有几位研究者以《霍默与兰利》为研究对象，或借用爱德华·苏贾（Edward W. Soja）的三种空间认识论讨论小说中"房子"的隐喻，并简要阐释了小说中的物质空间、想象空间和社会空间的内涵；或运用文化地理学家迈克·克朗（Mike Crang）的都市空间理论，探讨小说中的背景城市纽约，解析其由街道、家宅、公园等建构的都市空间，指出它们充当的"现实生存空间的物质符号"以及"沉淀于城市之中的精神文化因素"，具有"记载社会变迁史的功能"③。笔者借用亨利·列斐伏尔（Henri Lefebvre）的"空间政治"概念阐释了《拉格泰姆时代》中的"社会空间"，论证了20世纪美国的"民族、种族与阶级身份的问题"，认为作者借之讽喻了其本人生活的当下社会。④ 袁源试图解读多克托罗"纽约书写的文化

---

① 徐在中：《种族、性别与阶级——〈拉格泰姆时代〉中多克托罗的政治调和观》，《国外文学》2019年第3期。
② 李公昭：《机器与战争机器——美国战争小说中的士兵命运》，《外国文学》2013年第2期。
③ 李俊丽：《论E. L. 多克托罗小说〈霍默与兰利〉的空间建构》，《长春工业大学学报》（社会科学版）2012年第3期。
④ 朱云：《空间政治视域下的身份流变——〈拉格泰姆时代〉中的身份问题剖析》，《当代外语研究》2013年第10期。

内涵",并提出作者"借助小说绘制的纽约文化地图",表达了对纽约曼哈顿、布朗克斯区的不同态度,而这些态度背后的文化动因在于他试图将自己的"犹太裔""美国人"和"纽约客"三种身份融合在一起。这说明多克托罗的创作视野超越了犹太移民群体,他关注的是"不同文化背景的人群在纽约这个国际大都市如何共生共存的情况,具有'混杂性世界主义'的特征",因而,他创造出了"一种独特的都市美学",使他不同于许多同时代的美国后现代派作家。① 也有研究者运用芒福德的城市历史观以及戈特迪纳和哈奇森等人的新城市社会学理论,聚焦多克托罗对纽约这座城市的再现,认为他的小说"挖掘纽约城的历史文化、城市社会问题",体现的是"作家对城市出路的探索",它们共同揭示了多克托罗作为城市作家的"书写特质"②。

整体来说,国内多克托罗研究在涵盖的作品与探查的问题方面都有拓展,研究论文的数量在21世纪以来大幅上涨,研究视角更加丰富,其中还不乏针对多克托罗小说翻译的研究。不过,国内多克托罗研究中存在不少重复性研究,例如在探讨《拉格泰姆时代》中的历史书写时有些仍是老生常谈,没有提出新颖的观点,也没有采用创新性的研究视角。整体论文质量上还存在良莠不齐的现象,研究还有不少值得深入开掘的话题。

三 国内外多克托罗小说的叙事伦理研究

多克托罗小说的叙事伦理研究在国内外多克托罗研究中算不上显学。概括说来,国外多克托罗小说的叙事伦理研究偏重伦理研究,多用道德话语进行评析,多进行论断性陈述,集中于某几部作品的解读;国内这方面的解读无论在研究数量与研究的关注点方面都相对更少。

---

① 袁源:《论多克托罗纽约书写的文化内涵》,《中南大学学报》(社会科学版)2016年第4期。
② 鲜于静:《E.L 多克托罗小说中的纽约城市书写研究》,博士学位论文,北京外国语大学,2015年,第 iii 页。

参与的诗学：E. L. 多克托罗小说的叙事伦理

国外多克托罗小说的叙事伦理研究突出了对多克托罗小说中呈现的伦理原则的判断。理查德·特雷纳（Richard Trenner）发现多克托罗"注重关联性与割裂性之间的道德本质"，他意识到存在着相悖于人们共有观念的社会力量，便在小说中刻意并"直觉地忠于普遍正义原则"，由此，他认为多克托罗小说最重要的特征就在于其"道德特征"①。约翰·帕克斯解析了多克托罗的历史书写与重塑道德之间的关系。在他看来，多克托罗的小说以历史为书写对象，是为借助历史事实，揭示美国始终未能实现其立国之初便设立的自由与公正的理想。帕克斯认为，像多克托罗这般有社会责任感的小说家，当察觉到理想与现实之间的差异，便会借助"一系列形似无限螺旋形的历史模式"②纠正历史在道德方面的败笔，重塑道德观念。帕克斯在分析中强调，家庭是多克托罗虚构作品中的道德载体。多克托罗笔下的家庭中似乎充斥着父子之间的冲突，它们在社会的重压下总是表现出不完整的样态。多克托罗借助它们质疑了美国社会的公正性，不断修正流行的公平、正义的神话，以"道德力量挑战历史与神话"，从而促使"新的思考与行动"的出现③。

就单部作品而言，研究者们集中以《比利·巴思格特》和《供水系统》为研究对象，讨论其中的伦理问题。奈尔逊·维埃拉（Nelson H. Vieira）考察了《比利·巴思格特》中后现代美学与伦理间的相互作用，提出这部帮派小说将"高雅"与"低俗"艺术扭曲地融合在了一起，公然偏离了伦理标准④。对于小说中的叙述者比利，许多评论

---

① Richard Trenner, "Politics and the Mode of Fiction", in Christopher D. Morris, ed., *Conversations with E. L. Doctorow*, Jackson: University Press of Mississippi, 1999, p. 65.
② John G. Parks, *E. L. Doctorow*, New York: The Continuum Publishing Company, 1991, pp. 123 – 124.
③ John G. Parks, *E. L. Doctorow*, New York: The Continuum Publishing Company, 1991, p. 128.
④ Nelson H. Vieira, "'Evil Be Thou My Good': Postmodern Heroics and Ethics in *Billy Bathgate* and *Bufo & Spallanzani*", *Comparative Literature Studies*, Vol. 28, No. 4, 1991, p. 356.

者都提出，多克托罗让比利回顾自己少年时期的经历时，似乎并未让其对当时的行为进行评判，这就要求读者做出各自的判断，这实则体现的是福柯提出的"非普遍接受的开放式伦理"[1]。亚当·凯利（Adam Kelly）借助列维纳斯（Emmanuel Levinas）与德里达的观点讨论了《供水系统》中的科学伦理思想，揭示尚未准备好接受科技创新的社会里，有着科学独创性但道德感不强的科学家所面临的种种境遇，解析小说中的不同人物对公正问题持有的不同看法，并揭示语言在法律应用中承担的作用[2]。

西方也有一位学者凯瑟琳·沃克·伯格斯特龙（Catharine Walker Bergström）系统探讨了多克托罗七部作品中的叙事伦理与后现代灵智问题。在《无限责任的直觉：E. L. 多克托罗小说中的叙事伦理与后现代灵智》（*Intuition of an Infinite Obligation: Narrative Ethics and Postmodern Gnostics in the Fiction of E. L. Doctorow*，2010）一书中，伯格斯特龙借助亚当·纽顿（Adam Zachary Newton）的叙事伦理框架，结合列维纳斯的他者伦理学，讨论了多克托罗小说中人物—叙述者的功能；通过聚焦叙述者的反讽声音，发现了多克托罗小说中的伦理问题尚未得到有效阐释。她进而从两个层面对多克托罗小说中的伦理主题展开讨论，即"细查不断变化的人物—叙述者对他者的责任感""揭示对构成了小说文本的互文本的他者所做的各种回应"，最终以"列维纳斯对他者的无限伦理责任的概念"，证明了多克托罗"阐释了后现代不确定性的困境"，也即伊哈布·哈桑（Ihab Hassan）所界定的"一种'神秘莫测感'，'涵盖了反讽、陈腔滥调及拼贴'，虽然经受着虚无主义的威胁，却'期待着希望'"[3]。

---

[1] Nelson H. Vieira, "'Evil Be Thou My Good': Postmodern Heroics and Ethics in *Billy Bathgate* and *Bufo & Spallanzani*", *Comparative Literature Studies*, Vol. 28, No. 4, 1991, p. 374.

[2] Adam Kelly, "Society, Justice and the Other: E. L. Doctorow's *The Waterworks*", *Phrasis: Studies in Language and Literature*, Vol. 47, No. 1, 2006, p. 49.

[3] Catharine Walker Bergström, *Intuition of an Infinite Obligation: Narrative Ethics and Postmodern Gnostics in the Fiction of E. L. Doctorow*, Frankfurt am Main: Peter Lang, 2010, pp. 23, 27, 12.

不可否认，凯瑟琳的研究具有相当的创新性，也已经开始从叙述层面解析叙事与伦理的关系。

国内虽有研究者谈及《供水系统》中的科技伦理，《霍默与兰利》中的个体、家庭和社会伦理，《大进军》中的战争伦理，但这些研究要么只提及伦理主题，并未展开探讨，要么只是泛泛而谈，学理性不足。而且，叙事与伦理主题之间的关系更是未有涉及。

从以上梳理明显可以看出，国内外多克托罗小说的叙事伦理研究的论文数量欠丰，系统性探究尤少，该领域研究尚大有可为。如保罗·列文所说，多克托罗的每一部小说都是不同风格的尝试。实际上，其小说中的叙事策略尤为突出，这方面的研究值得深入开掘。在将叙事与伦理主题进行结合研究的过程中，我们可以拓展多克托罗小说叙事伦理的内涵，重新审视多克托罗文学创作的美学价值。本书拟聚焦多克托罗不同作品中的叙事形式，探讨作者使用它们的伦理意蕴，彰显多克托罗小说的叙事伦理与叙事美学。

第二节 选题缘由与意义

与许多曾活跃于美国当代文坛的同代作家如托尼·莫里森、菲利普·罗斯一样，多克托罗在进行虚构性文学创作的同时，也会撰文批判美国社会、政治与文化，阐发自己对文学创作和美国文学的个体观点，有着独属于自己的文学创作观。除了《作家与政客》("Writers and Politicians"，1976)、《伪文献》(1977)、《栖居于小说之屋》("Living in the House of Fiction"，1978)、《虚构的重要性》("The Importance of Fiction"，1994)[①] 和《第三种叙事》("Narrative C"，2012)等散见于报刊的文章之外，多克托罗另出版了三部随笔集：《诗人与总

---

① 最早以《终极话语》("Ultimate Discourse")为题，发表于1986年。

统》(*Poets and Presidents*, 1995)①、《记述世间万象》(*Reporting the Universe*, 2003)和《创造灵魂的人：随笔选，1993—2006》(*Creationists: Selected Essays, 1993 - 2006*, 2006)。它们与《多克托罗访谈集》(*Conversations with E. L. Doctorow*, 1999)共同折射出多克托罗的文学创作思想。概括而言，多克托罗始终关注故事，关注讲故事的行为及故事或虚构的作用，亦即重视虚构及呈现虚构的方式，重视虚构故事起到的教化作用。

在《虚构的重要性》中，多克托罗反复强调故事与讲故事的重要性。在他看来，人皆会讲故事，且人之初，本没有真实与虚构之分，有的只是言说与演唱的差异。"虚构是人们获取知识的古老方式"②，在多克托罗这里，语言是进行虚构的重要媒介，在不同的使用者手中，可以产生不同的力量。历史学家、新闻记者、社会学者和从政者尽管声称他们使用语言是为了讲述事实与真相，但多克托罗认为，他们借之所建构的史实、真相与作家用语言进行虚构一样，都是在用语言所表征的"意象"讲故事，这些故事告诉我们"应该是谁"，又会"变成谁"③。多克托罗在英国作家乔治·奥威尔（George Orwell, 1903—1950）的政治寓言《一九八四》(*Nineteen Eighty-Four*, 1949)中读到，奥威尔对历史的建构与对语言的使用极像"政府统治者"④们的做法。

作家应该讲什么样的故事？多克托罗提出了"小说是'超级历史'"的理念。他从虚构与讲故事的角度将历史与小说都视为用语言

---

① 又名《杰克·伦敦、海明威与宪法：随笔集 1977—1992》(*Jack London, Hemingway and the Constitution: Selected Essays 1977 - 1992*)。与《诗人与总统》同年由不同出版社出版。
② E. L. Doctorow, "Ultimate Discourse", *Esquire*, Vol. 106, 1986, p. 41.
③ E. L. Doctorow, "False Documents", *Poets and Presidents*, New York: Random House, Inc., 1993, pp. 162, 153.
④ E. L. Doctorow, "Orwell's 1984", *Poets and Presidents*, New York: Random House, 1993, p. 64.

建构的产物。相比于历史所宣称的客观真实性，小说是"推测性的历史"，可以比历史学家们使用更多的策略与更丰富的素材来讲述历史。① 他提出，不存在所谓的"虚构与非虚构"，存在的"只是叙事"②，也即讲故事与如何讲故事的问题。他还进一步提出，真实与虚构"都只是故事"，本质上并无差异。相比较而言，虚构"具有民主性"，能够独立于代表权威的政府、机构、家庭等，专注于个体思维，能为我们提供安顿自身的外在故事③。此外，他还认识到故事具有交流作用，可以让读者自己去发现"故事如何进行，故事讲了什么，故事如何产生"，实现文本内外的信息交流④。

多克托罗本人的创作体裁多样，但相较于散文、戏剧等文学类型，他更倾向于小说这种讲故事的方式，因为他可以"选择那些被抛弃的声音"，让他们自己讲故事并开掘"这些声音的隐义"⑤。多克托罗的小说始终会给读者以小人物见证、参与大历史之感。历史从个体视角出发重新得到了演绎，作为官方历史中失声的群体，他们的叙述为读者描摹出了"特定历史时期应有的真实原貌"，向读者"展示了当时人们的思想、感觉"，揭示了"他们言行举止的原因"⑥。在对历史现实的再现方面，多克托罗部分地沿袭了19世纪现实主义作家们再现社会现实的手法，并在其中融入了更多的后现代叙事技巧⑦，

---

① E. L. Doctorow, "False Documents", *Poets and Presidents*, New York: Random House, Inc., 1993, p. 162.
② E. L. Doctorow, "False Documents", *Poets and Presidents*, New York: Random House, Inc., 1993, p. 163.
③ E. L. Doctorow, "Ultimate Discourse", *Esquire*, Vol. 106, 1986, p. 41.
④ E. L. Doctorow, *Creationists: Selected Essays, 1993-2006*, New York: Random House, 2006, p. 37.
⑤ E. L. Doctorow, *Poets and Presidents*, New York: Random House, Inc., 1993, p. ix.
⑥ E. L. Doctorow, *Poets and Presidents*, New York: Random House, Inc., 1993, p. 26.
⑦ 《哥伦比亚美洲小说史》的"新现实主义小说"一章中提出，20世纪四五十年代是现实主义的复兴时期，此后，如多克托罗与黑人女作家托尼·莫里斯、华裔作家汤婷婷等作家的文学创作手法皆沿袭了拉美魔幻现实主义的写作方式，以超越常规的想象方式书写现实问题，他们的创作可被称作"后现代现实主义"（Postmodern Realism）（转下页）

(接上页)（详见［美］埃默里·埃利奥特（Emory Elliot）编《哥伦比亚美洲小说史》，外语教学与研究出版社 2005 年版，第 1698 页）。实际上，有学者认为 20 世纪 60 年代以来的长篇小说写作呈现三大主要倾向，其中之一便是现实主义方向的文学创作。与主张实验主义作家们的主张不同，如诺曼·梅勒（Norman Mailer, 1923—2007）、菲利普·罗斯等作家在创作中以故事和人物为中心，这些作品"似乎更类似于 19 世纪的现实主义作品，而不是 20 世纪的先锋派作品"（［美］萨克文·伯科维奇主编：《剑桥美国文学史（第七卷）》，孙宏主译，中央编译出版社 2005 年版，第 591 页）。可见，"新现实主义"的小说创作模式始终伴随着后现代小说创作的其他模式共同发展。相比较而言，"新现实主义"的命名方式更强调与 19 世纪的现实主义创作相比的承继性与新发展，而"后现代现实主义"的命名方式更强调在整个后现代创作中，有别于实验性、技巧性的创作方式的小说创作模式。它们在讨论中所涉及的问题其实具有共通性，都暗示了一种与后现代实验精神并行的创作倾向。马尔科姆·布拉德伯里（Malcolm Bradbury）认为："这种崭新的新现实主义，很难像 19 世纪现实主义小说那样，成为改造和认识世界的一种方式。确切点说，它是在寻求一种洞察力，这种洞察力能把对社会和历史的某种受压迫的反映，与个人孤独的意识以及道德的和超验的需要联系起来"（Malcolm Bradbury, *The Novel Today*: *Contemporary Writers on Modern Fiction*, Manchester: Manchester University Press, 1977, p. 958），在其创作形式方面，产生了"一种荒诞主义的、黑色幽默的和超虚构的新倾向和新精神"（Malcolm Bradbury, *The Novel Today*: *Contemporary Writers on Modern Fiction*, Manchester: Manchester University Press, 1977, p. 959）。他在《90 年代的小说创作》（"Writing Fiction in the 90s"）一文中进一步指出："现实主义最核心的问题是人文主义的道德概念问题。现实主义仍然与表征人类的体验相关，仍然与叙事艺术的感知力相关"（Malcolm Bradbury, "Writing Fiction in the 90s", in Kristiaan Versluys, ed., *Neo-Realism in Contemporary American Fiction*, Amsterdam-Atlanta, GA: Rodopi, 1992, p. 24）。显然，马尔科姆的"新现实主义"小说理论更注重对道德的强调，以摆脱后现代小说过于关注自身，乃至脱离社会与道德意识的顽疾。阿尔都塞则关注意识形态问题，他强调，"'现实主义'并非对世界毫不歪曲的反映方式"，它所表征的是"在意识形态上支配我们构想与表达我们与周围世界的关系的方式"（Jose David Saldivar, "Literature in the Late Half of 20th Century", in Elliott Emory, Cathy N. Davidson et al., ed., *The Columbia History of the American Novel*, Beijing: Foreign Language Teaching and Research Press; New York: Columbia University Press, 2005, p. 522）。其实，不管这些后现代/新现实主义理论家们论述的着重点如何，对小说创作的脉络做一梳理可以发现，现实主义小说以真实反映和再现现实为创作目的和宗旨，现代主义小说则以表现自我、表现人物内在心理情感和结构为己任，后现代主义对真实本身进行解构，"许多前卫作品采用戏仿、拼贴等手法，刻意披露文本所提供的语言现实的虚构性。后现代现实主义小说既保持了 19 世纪现实主义小说纪实的传统，又糅合了现代主义小说中常见的自我意识和前卫小说对小说创作自身进行反思的特点"（王守仁、童庆生：《回忆　理解　想象　知识——论美国后现代现实主义小说》，《外国文学评论》2007 年第 1 期）。可以说，后现代现实主义在表征现实的过程中常带有对现实的批判意识，这典型地体现在多克托罗的后现代现实主义小说创作中。

参与的诗学：E. L. 多克托罗小说的叙事伦理

正如他在《记述世间万象》中所主张的，小说要讲述人的多样性，拥有全面描绘人的能力，"真正的民主应允许多重声音的存在，确保创作出获得认可的社会现实具有自我修正性，如此才能在数代的变迁中，接近人们所想要的真实"[①]。多克托罗说他的小说或可称为"超级历史"，它们往往再现美国特定历史时期，其故事世界里既有历史上的真实人物，也有那些虚构的、很有可能真实存在过却未被列入历史的无名小人物。历史只会记录成王败寇的经过，揭示历史规律，小说则可通过想象、编撰、记述被历史遗漏的世间万物，去开掘并无限接近历史真实。曾有研究者问及《拉格泰姆时代》中的一个细节，即美国两大巨头摩根与福特的会面，历史上真实发生过吗？多克托罗回答说，这场会面在小说中真实发生了。也就是说，他的小说提出了一种可能性，即便历史文献未曾记载，两大巨头的碰面未必没有真实发生过。小说对现实的模仿实际上提供了更多的或然性，能够发现被湮没的历史声音，张扬历史他性。

被称作"美国诗人"的 W. H. 奥登（W. H. Auden，1907—1973）曾说过，"作家的政治观点甚至比他的贪婪更具危害性"[②]。与欧洲作家例如列夫·托尔斯泰（Alexei Tolstoy，1883—1945）对社会问题的聚焦不同，美国大多数作家并不会热衷关注"艺术的社会价值，便也不会经常陷入良知危机"[③]。他们担心，如果作品由外在于作品的观念组成，如果作品中有某种计划好的目的，要去阐释一系列的真相，那么作品必然会因之受到损害。这类作品与其说是艺术，毋宁说是论辩。他们要的是"纯粹的小说"[④]。令多克托罗感到奇怪的是，

[①] E. L. Doctorow, *Reporting the Universe*, Cambridge: Harvard University Press, 2004, p. 3.
[②] 参见 E. L. Doctorow, *Poets and Presidents*, New York: Random House, Inc., 1993, p. 107。
[③] 参见 E. L. Doctorow, *Poets and Presidents*, New York: Random House, Inc., 1993, p. 106。
[④] 参见 E. L. Doctorow, *Poets and Presidents*, New York: Random House, Inc., 1993, p. 107。

导　论

"这种审美上的纯粹性使作者关于自身的观点成了他们所书写的美国的中心话题"①。作者愿意在他的艺术中涉及什么与排除什么，这其实表达的正是美国个人主义的神话。在《栖居于小说之屋》（"Living in the House of Fiction"）中，多克托罗指责当今的小说"缺乏社会效力"，强调小说具有多种可能性："能发现问题、产生意识、给予勇气"，"小说（虚构）是获取知识的不同方式，是直觉性、整体性的知识，早于包括政治学在内的所有现代专门学科"②。他意识到当今美国文学存在的问题在于，作家已"不再指望写作能改变任何事，不再追求彻底了解并记述各种邪恶行径与事件，不再寻找对抗邪恶的各种方法。什么都不会改变。变化的只是旧的表达方式被重新使用和艺术所能发挥的作用"③。针对该问题，多克托罗着重强调了写作的重要性与作家的责任：首先，写作能够"见证"并承担"道德责任"④；其次，故事对于生存很重要，是"记忆、不可见之物与苦难经历的传递"；最后，小说能够呈现善与恶、好与坏，因而具有"民主性"⑤。这明显呼应了多克托罗"参与的诗学"（"A poetics of engagement"）⑥的主张——作家呼吁在保持美学张力的同时，创造出新的参与的美学。也因此，他将自己的文学创作溯源至霍桑所定义的罗曼司，认为他的作品旨在"赋予生活以意义"，他

---

① 参见 E. L. Doctorow, *Poets and Presidents*, New York: Random House, Inc., 1993, p. 107。
② E. L. Doctorow, "The Beliefs of Writers", *Poets and Presidents*, New York: Random House, 1993, p. 112。
③ E. L. Doctorow, "The Beliefs of Writers", *Poets and Presidents*, New York: Random House, 1993, p. 115。
④ 《终极话语》与《小说的重要性》（"The Importance of Fiction", 1994）这两篇文章实为一篇，只是于不同时间发表于不同刊物中。该文如标题"小说的重要性"所示，突出小说在小说的故事性特征及其开掘历史真相方面的重要性，集中体现了早期多克托罗小说的创作思想。
⑤ E. L. Doctorow, "Ultimate Discourse", *Esquire*, Vol. 106, 1986, p. 41。
⑥ 参见 Richard Trenner, "Politics and the Mode of Fiction", in Christopher D. Morris, ed., *Conversations with E. L. Doctorow*, Jackson: University Press of Mississippi, 1999, p. 64。

参与的诗学：E.L. 多克托罗小说的叙事伦理

"写作过去的事情"就是要还原那些"遗落在过去的事情"[①]。

正因此，不少研究者称多克托罗的小说具有激进的政治主张，他的作品中常常可以读解出拨乱反正的实例。多克托罗早期的作品中，政治主张尤为突出。《但以理书》对20世纪50年代卢森堡案进行了再现，在其叙述者丹尼尔双重视角的凝视中质疑了声称自由与民主的美国社会的公正性问题。他在《拉格泰姆时代》中揭示了美国20世纪转折时期充斥着各种繁荣盛景的光鲜社会掩映之下的各种冲突，包括种族、阶级等方面的诸多不公，从而对这一美国的黄金时代做了新的诠释。他新世纪的作品以更人文化的情怀关注物质极大丰富之下隐藏的贫穷与不公。以纽约著名的隐士兄弟为原型创作的《霍默与兰利》就揭示了物极度丰富的20世纪美国淡漠的人际关系，以物串联起近一个世纪美国社会的变迁。

多克托罗所强调的"公正"与伦理学家、道德哲学家约翰·罗尔斯（John Rowls）主张的社会制度与社会结构的正义论观点相近。在罗尔斯那里，"正义"主要指"公平原则"[②]，具有伦理意义。多克托罗同样将他所认为的"公正性"与"道德"纠缠在一起。我国学者聂珍钊谈及文学时说过，"文学的任务就是描写……伦理秩序的变化及其变化所引发的道德问题和导致的结果，为人类的文明进步提供经验和教诲"[③]。在多克托罗的《诗人与总统》《创造灵魂的人》等随笔作品中，可以见到他极为关注美国作家们的创作与"道德"一词的关联，不管这些作家本人是否意识到这一点。多克托罗注重故事的启示性作用，认为故事所提供的事实结构能产生道德影响。他所论析的美国作家作品中的"道德"问题涵涉较广，他们作品中的故

---

① Christopher Morris, "Fiction Is a System of Belief", in Christopher D. Morris, ed., *Conversations with E. L. Doctorow*, Jackson: University Press of Mississippi, 1999, p. 169.
② ［美］约翰·罗尔斯：《正义论》，何怀宏、何包钢、廖申白译，中国社会科学出版社2009年版，第12页。
③ 聂珍钊、王松林：《总序（一）》，聂珍钊、王松林主编《文学伦理学批评理论研究》，北京大学出版社2020年版，第7页。

事内容实则启发了他的道德思考。

在其所进行的道德思考中，多克托罗尤为强调善恶观念问题。他在杰克·伦敦（Jack London，1876—1916）那里读出了拟人化的动物英雄与恶棍的对立，认为这样弱肉强食的自然世界为人类世界提供了一面镜子，照射出"人类的天真与邪恶，轻信与狡猾，懦弱与高贵"①。故事中的主人公巴克及围绕巴克所展开的事件向读者展现了"道德的意义"②。但这样的道德意义在工业时代遭到了冲击。多克托罗提出，西奥多·德莱赛（Theodore Dreiser，1871—1945）通过《嘉莉妹妹》（Sister Carrie，1900）想要让读者看到的是工业时代中物质追求对人的道德感的支配作用。这样的故事中没有道德引领者或救赎者，所有人物，哪怕遭遇"不公"待遇的人物都处于物质价值的驱使之中。多克托罗从中解读出的就是贯穿小说始终，且"本身就是一种视域"的生活的道德意义③。美国其他作家的作品中同样可见这样的道德意义在个体人物身上的体现。多克托罗认为阿瑟·米勒（Arthur Miller，1915—2005）在戏剧中创作的那些没有能力进行自我反思，从而选择自我摧毁的角色给读者带来了冲击，迫使其直面戏剧中个体的道德缺失，并进而引领其感知自身的道德意义。如多克托罗一样具有犹太血统的阿瑟·米勒谈及犹太大屠杀时强调，那是一场严重的社会灾难，但其成因在于"普通个体身上的怯懦与自欺欺人"④。多克托罗赞同米勒的观点，认为个体的灾难往往因个体对生活的不解而酿成，这灾难也成了个体的一部分。如此的看法表明多克托罗对道德与个体之间关系的强调，突出了检验个体的道德标准。

多克托罗的许多先辈作家，尤其是那些20世纪的旅居作家受两

---

① E. L. Doctorow, *Poets and Presidents*, New York: Random House, Inc., 1993, p. 15.
② E. L. Doctorow, *Poets and Presidents*, New York: Random House, Inc., 1993, p. 15.
③ E. L. Doctorow, *Poets and Presidents*, New York: Random House, Inc., 1993, pp. 27 – 28.
④ E. L. Doctorow, *Creationists: Selected Essays, 1993 – 2006*, New York: Random House, 2006, p. 128.

参与的诗学：E.L. 多克托罗小说的叙事伦理

次世界大战的影响，多将战争事件作为考验个体道德状况的特殊事件。他们多将故事置于彼时的欧洲，讲述战争中的个人主义及战争造就的"英雄"。这些英雄往往表现出超脱于当时社会和时代的道德观，他们急于反叛、逃离偏狭的美国地方主义，但却遭到了当时整个社会的排斥。美国人经历了百年的工业化战争与种族性屠杀，他们曾经笃信的进步观念成了人们须哀悼之物。多克托罗在以其出生年代为背景创作的三部小说——皆写作于20世纪80年代，分别是《鱼鹰湖》《世界博览会》和《比利·巴思格特》——中，分别以工人阶级、移民、亲近黑帮的三位少年的视角报道、解读、评判了美国20世纪30年代社会飞速发展、科技快速进步及黑帮文化盛行背后的伦理内涵。

无论是开掘美国作家作品中的善恶主题，探寻作品蕴含的道德意义，还是拷问作品中不同个体持有的道德立场，多克托罗实际关切的是创作者们的伦理态度及其创作年代的道德风尚。他列数了美国19世纪文坛的杰出作家如何通过文字与故事书写出的一个"纸上之国"，表达对这个为"世俗民主观念"冲击的国家在精神方面的忧虑。麦尔维尔的《白鲸》，其故事虽远离喧嚣的人类世界，但一方船只之上的世界何尝不是人类世界更精妙的缩影，那里如水手们要猎捕的白鲸脑袋一样坚硬，"缺乏道德"又"极为丑陋"；斯托夫人（Harriet Beecher Stowe, 1811—1896）借助黑白肤色间的种族的对立描摹了一个经济快速发展但经济模式相对落后的国家在"道德与文化挣扎"中寻求希望的社会；马克·吐温（Mark Twain, 1835—1910）则借助哈克旅行中的视角呈现黑白分明的美国南方"令人烦恼的道德困惑"[1]。及至20世纪，美国作家仍在借助各类故事抒发情感，进行道德想象。美国首位获得诺贝尔文学奖的辛克莱·刘易

---

[1] E. L. Doctorow, *Creationists*: *Selected Essays*, *1993 - 2006*, New York: Random House, 2006, pp. 18, 32, 65.

斯（Sinclair Lewis，1885—1951）在作品中描绘了各种凶残的行为，探讨了其后的道德真相；历史小说创作者多斯·帕索斯揭示了工业社会存在的各种机构无力改变个体命运，在自己的创作中致力于追踪其背后的道德指向。作为一位"有良心"的作家，多克托罗承袭了他的先辈作家们的传统，以美国百年历史为书写题材，以虚构方式还原普通而真实的美国人的生活，记述进步论思想支配之下的美国，用"叙事性的话语和形式……恰如其分"地表现人类生活的真理[①]，探究不同历史时期的美国人所遭遇的伦理困境的独特性与共性。

多克托罗在其散文作品中表现出的对讲故事的重要性、社会公正及美国社会与个体道德等问题的关注，也同样是他的小说创作中始终关注的主题。概言之，他的作品以叙事，即在故事层面通过虚构人物、真实历史人物与事件构建起的故事世界传递道德情感，在话语层面用个体叙事挑战官方叙事，凸显社会公正性问题。他还原那些"被抛弃的声音"，探求那些声音背后的"隐义"，"书写社会的心灵"[②]，让历史显现出他性，进而更接近历史的本真。多克托罗的每一部叙事作品都表现出了叙事技巧与策略的差异，包括小人物的不定聚焦叙述大历史，多重视角讲述家族的移民经历，个体双重视角透视社会政治，还包括对"犯罪小说""侦探小说"等亚文类叙事模式的使用，令之成为表达其创作思想的叙事工具，并将其提升至纯文学的殿堂中。多克托罗的虚构作品中叙事策略多样，叙述的故事中往往包含对人之生存、社会之公正的伦理关怀，学界虽对这方面有零星关注，但系统性研究尚显不足。本书旨在系统探究多克托罗虚构性叙事作品中的叙事交流及其所取得的伦理效应，解析多克托罗叙事中蕴含

---

① Martha Nussbaum, *Love's Knowledge*: *Essays on Philosophy and Literature*, Oxford: Oxford University Press, 1992, p. 5.
② E. L. Doctorow, *Creationists*: *Selected Essays*, *1993 – 2006*, New York: Random House, 2006, p. 79.

的文学创作伦理观。

第三节　研究方法及研究思路

20世纪80年代前后，随着女性主义、后殖民主义等具有政治倾向的文学批评方法中对"平等、尊重、责任等的伦理价值"[1] 的呼求逐渐高涨，与此同时，文学批评实践中愈加关注"唯文本"的批评方法，人文研究领域几乎同时进行着研究的"伦理转向"与"叙事转向"，而将二者相结合的"叙事伦理"也成为新兴的热门话题。文学研究何以会在20世纪90年代出现"伦理转向"，其原因复杂多样，正如这个时期前后出现的"叙事转向""空间转向"及近年来的"动物转向""非人类转向"一样。但究其根本，伦理转向的出现一方面有时代因素，此时，学界厌倦了政治批评，想要回归文学传统批评，"注重讨论道德主题和文学文本内在的价值责任"[2]，哲学此时也转向文学，将文学视为"道德哲学的补充"[3]；另一方面有文学研究回归文学本质的因素，即文学研究不再只关注文本之外，也注重文本内部的审美。以此为基础，伦理考量与叙事研究的结合便有了机会，毕竟如韦恩·布思（Wayne Booth）所说，叙事修辞是一种"道德想象"[4]。

重新关注文学作品中的伦理问题是摒弃既往文学研究中偏重文本文法结构的做法，回到文学的教诲功能，凸显文学作为人学的伦理价值。探讨文学作品中的伦理问题与伦理价值的研究传统久已有之。文学勾连着世界、作者、文本与读者。作为对现实世界的再现，文学书

---

[1] Tang Weisheng and James Phelan, "The Ethical Turn and Rhetorical Narrative Ethics: An Interview with Professor James Phelan", *Foreign Literature Studies*, No. 3, 2007, p. 10.

[2] Lawrence Buell, "Introduction: In Pursuit of Ethics", *Ethics and Literary Study*, coordinated by Buell, special issue of *PMLA*, Vol. 114, No. 1, 1999, p. 7.

[3] Martha Nussbaum, *Love's Knowledge and Poetic Justice*, Oxford: Oxford University Press, 1992, p. 9.

[4] Wayne Booth, *The Rhetoric of Fiction*, Chicago: Chicago University Press, 1983, p. 408.

导 论

写了现实世界中的各种矛盾与冲突，表达了对社会问题的认识与反思，它本身被视为一种独具自身特色且"不可被替代的道德思考形式"[1]。文学的修辞功能使其能对读者产生包括道德影响在内的各种影响。柏拉图（Plato）之所以要将诗人驱逐出理想国，便源于诗人对现实的模仿会给读者带来影响这一担忧，但他也愿意包容那些"对有秩序的管理和人们的全部生活有益的"[2]诗歌，即那些能引导人们向善并行正义之事的诗。到了亚里士多德（Aristotle）这里，他将善与正义具体落实在文学作品对人的道德影响上。与之一脉相承的包括贺拉斯，他主张诗可以"左右读者的心灵"并为其提供生活上的帮助[3]。经此古希腊、古罗马对文学教化功能的强调，西方文学形成了艺术应具有道德倾向性的观点，突出艺术在"改善生活"方面的功能[4]。在《伟大的传统》一书中，F. R. 利维斯（F. R. Leavis）聚焦英国文学中四位最有成就的小说家[5]，用"伟大"一词赞誉其作品中蕴含的道德主题与美学成就，认为他们不仅以故事世界为实践者提供了"改变一生的可能性"，也提升了"人类生存的可能性"[6]。尽管前有唯美主义主张的"为艺术而艺术"，后又有消解文学与伦理关联的后现代主义思潮，当"愈加平淡的语言越来越无法表述我们

---

[1] S. L. Goldberg, *Agents and Lives*: *Moral Thinking in Literature*, Cambridge: Cambridge University Press, 1993, p. 63.

[2] ［古希腊］柏拉图:《理想国》，郭斌和、张竹明译，商务印书馆1986年版，第411页。

[3] ［古希腊］亚理斯多德、［古罗马］贺拉斯:《诗学 诗艺》，罗念生、杨周翰译，人民文学出版社1962年版，第142页。

[4] John Gardner, *On Moral Fiction*, New York: Basic Books Inc., 1977.

[5] 利维斯给予高度赞誉的四位小说家包括简·奥斯丁、乔治·艾略特、亨利·詹姆斯和约瑟夫·康拉德。他阐释了四位作家作品中的艺术形式与内容，认为那些具有道德权威的作品创造了一种理性的"文明感知方式"，人们可以通过作品中"精心设计的暗示和变形进行交流"（详见［英］F. R. 利维斯《伟大的传统》，袁伟译，生活·读书·新知三联书店2009年版，第16页）。利维斯主要发掘了几位作家文学作品中的道德意义，并由此提出了小说中的道德关怀与艺术的关系。

[6] F. R. Leavis, *The Great Tradition*: *George Eliot*, *Henry James*, *Joseph Conrad*, New York: G. W. Stewart, 1948, p. 2.

参与的诗学：E. L. 多克托罗小说的叙事伦理

所经历的现实之重"，经历文学创作危机①后的作家与作品又重新回归对伦理问题的关注与再现。

与之相应，文学研究也从新批评尤其是结构主义文学批评等专注于文本内部结构等的批评传统，开始转而关注文学作品产生的历史语境、意识形态、文化习俗等文本外部的因素。带着鲜明政治立场与意识形态的女性主义批评、后殖民批评、族裔批评等始终坚持文学文本内外的结合，此时也更凸显对伦理价值的吁求。以德里达、保罗·德·曼、希利斯·米勒（Hillis Miller）等为代表的后结构主义、解构主义思想家在主张意义与价值不确定性的基础上，同样突出了对他者伦理问题的关注。麦金泰尔（Alasdair Chalmers McIntyre）、罗蒂（Richard Rorty）、努斯鲍姆（Martha Nussbaum）等道德哲学家加入文学与伦理学关系的探讨，重新将文学所表现的伦理道德问题带入文学研究的中心。他们借助叙事作品阐释伦理价值，正如努斯鲍姆所说，文学是伦理学的主要载体，"人类生活的某些真相只能经由叙事艺术家的语言和形式适切且准确地陈述出来"②。她还指出叙事性作品具

---

① 以"为艺术而艺术"为口号的唯美主义专注于文学自身的特性、功能和构成，摒弃道德因素，甚至主张，艺术若表现任何道德因素或提及善恶标准，这"常常是想象力不完美的表征，标志着艺术创作中和谐之错乱"（详见赵澧、徐京安主编《唯美主义》，中国人民大学出版社 1988 年版，第 97 页）。文学研究领域的语言论转向强调文学的语言、风格、结构等的内部规律，进一步割裂文学与伦理之间的联系。后现代思潮更为激进的唯文本论思想，认为一切言说都是没有所指的"能指链"，拒绝挖掘文本深层的象征与寓意，消解文学与伦理的关联。这也造成了 20 世纪 60 年代以来的文学创作危机，部分作家玩起了文字游戏，令文学呈现明显的自我指涉性倾向。约翰·巴思（John Barth）、罗纳德·苏克尼克（Ronald Sukenick）等作家建议将"现实主义的问题留给社会学家、符号学家和历史学家们"。大卫·洛奇（David Lodge）对这些作家放弃关涉社会政治领域的问题、专注于探讨自我的文学现象进行了评述："艺术已无法与生活同日而语，无法以细节表现普世内容。艺术或是专注于细节……或是彻底抛弃历史，转而进行纯粹的虚构，情感化地或是抽象化地反映嘈杂的现实经历"（David Lodge, *The Novelist at the Crossroads and Other Essays on Fiction and Criticism*, Ithaca: Cornell University Press, 1971, p. 33）。详见 John Barth, "The Literature of Replenishment", *Atlantic*, 1980, pp. 29–34。

② Martha Nussbaum, *Love's Knowledge: Essays on Philosophy and Literature*, Oxford: Oxford University Press, 1992, p. 5.

有相当的优势,因为其能忠实表现知识与伦理的困境,在故事中揭示"人类思虑的复杂性与艰涩性"[1]。这些哲学家对叙事的交流作用给予了同样的关注。在他们看来,叙事促进了与读者间的交流,这符合"亚里士多德哲学传统",便于读者形成"我们"的认识,进而产生"我们是一体,我们分享着共同的价值观念"[2]的认知。

不过,格雷布斯(Herbert Grabes)等学者指出,像麦金泰尔、努斯鲍曼、罗蒂等哲学家到底在多大程度上视叙事为个体生活完整性的反映,还需要回到"现代化之前的和谐美学"[3]寻找参照。这些哲学家没有以怀旧的态度试图恢复"道德心的本质主义或普遍主义观点",重申"人性"或道德价值[4],也没有主张用道德"准则"或"秩序"去思考,但他们往往还是将伦理学的观点与本质主义的道德观念结合。因而他们更专注于分析具有现实主义传统的作品,借助伦理学的观点和本质主义道德观对相应小说进行哲学描述,毕竟现实主义小说中的角色常具有某些典型特征,这些特征可以彼此联系、形成图解、构成准则与秩序。这与关注叙事作品中作者与读者交流问题的韦恩·布思有着相似的关注点。

在《后现代性、伦理与小说:从利维斯到列维纳斯》(*Postmodernity, Ethics and Novel: From Leavis to Levinas*,1999)一书中,安德鲁·吉布森(Andrew Gibson)肯定了哈帕姆(Geoffrey Galt Harpham)对伦理一词的界定,即伦理与"渴望趋同、理性、解脱、超然性紧密相

---

[1] R. W. Beardsmore, "Literary Examples and Philosophical Confusion", in A. Phillips Griffiths, ed., *Philosophy and Literature*, Cambridge: Cambridge University Press, 1989, p. 73.

[2] Martha Nussbaum, *The Fragility of Goodness: Luck and Ethics in Greek Tragedy and Philosophy*, Cambridge: Cambridge University Press, 1986, p. 14.

[3] Herbert Grabes, "Ethics, Aesthetics and Alterity", in Gerhard Hoffmann and Alfred Hornung, eds., *Ethics and Aesthetics: the Moral Turn of Postmodernism*, Heidelberg: Universitätsverlag C., 1996, pp. 15, 17.

[4] David Parker, *Ethics, Theory and the Novel*, Cambridge: Cambridge University Press, 1994, p. 45.

参与的诗学：E.L. 多克托罗小说的叙事伦理

关"，但其同时"保持着令人感到威严的沉默和坚守原则的优柔性"①。伦理与道德存在着差异性，伦理作为原则存在，而道德则作为规范存在。伦理可以在不同的情境中表现出"完全的公正性"，先于并支配着我们政治及道德上的"偏见"②。可以说，伦理的基本要素是"遭遇道德决定性的完全不可判定性"③。吉布森提醒，必须"意识到伦理道义的多种多样、缺乏根据、不可通约，且具有无限性"④，才可更有效地探究后现代语境中的各种伦理问题。同时，吉布森也指出了努斯鲍姆等新人文主义伦理批评存在的问题，认为他们所进行的文学阐释一定程度上"忽视了20世纪60年代以来的小说理论中的叙事问题意识与叙事'形式'"，他们偏重现实主义小说，而叙事问题意识与叙事形式的问题则源于现代小说的出现，完全属于后现代⑤。在他看来，小说研究的中心应聚焦"叙述、表征与作品的完整性"⑥，但伦理学家与新人文主义者们明显更注重伦理考量。

---

① Geoffrey Galt Harpham, *Getting It Right: Language, Literature and Ethics*, Chicago and London: University of Chicago Press, 1992, pp. 1, 5.
② Andrew Gibson, *Postmodernity, Ethics and Novel: From Leavis to Levinas*, London and New York: Routledge, 1999, p. 55.
③ Andrew Gibson, *Postmodernity, Ethics and Novel: From Leavis to Levinas*, London and New York: Routledge, 1999, p. 56.
④ Andrew Gibson, *Postmodernity, Ethics and Novel: From Leavis to Levinas*, London and New York: Routledge, 1999, p. 14.
⑤ Andrew Gibson, *Postmodernity, Ethics and Novel: From Leavis to Levinas*, London and New York: Routledge, 1999, p. 11.
⑥ Andrew Gibson, *Postmodernity, Ethics and Novel: From Leavis to Levinas*, London and New York: Routledge, 1999, p. 17. 热拉尔·热奈特（Gerard Gennett）认为"叙事"一词具有三层含义，即故事（story）、叙事（narrative）与叙述（narrating）。英文 diegesis 一词的希腊语词源为 diègesis，意为叙述。亚里士多德在《修辞学》中使用该词表达证人在法庭上陈述证词的行为。柏拉图在《理想国》中则将之与模仿（mimèsis）一词相对应，表述"纯粹的叙述"（详见［古希腊］柏拉图《理想国》，郭斌和、张竹明译，商务印书馆1986年版，第96页）。经由从古至今的发展，作为"叙事"而解的 diegesis 一词通常指"详细叙述一系列事实或事件并确定和安排它们之间的关系"（详见［英］罗吉·福勒《现代西方文学批评术语词典》，袁德成译，四川人民出版社1987年版，第172页）。热奈特的故事是指对一个或一系列事件的叙述、陈述，使用了或（转下页）

导 论

　　在此趋势中，文学批评的伦理转向中出现了叙事学的转向，也促使"叙事伦理"成为愈加受关注的概念与话题。但"叙事伦理"绝不是"叙事学"与"伦理学"的简单相加。实际上，"叙事伦理"的概念直到 1995 年才由亚当·纽顿（Adams Zachary Newton）在其博士论文中正式进行界定。纽顿显然深受列维纳斯对"所说"与"言说"的区分[①]的影响，他从中看到了言语所引起的说话人与他者的伦理关系。纽顿模仿"所说"与"言说"的区分，从相似的两个方面

（接上页）口头或书面的话语；叙事是指真实或虚构的、作为话语对象的接连发生的事件，以及事件之间连贯、反衬、重复等不同的关系；叙述则是指一个事件，但不是讲述的事件，而是讲述某事的事件（详见［法］热拉尔·热奈特《叙事话语　新叙事话语》，王文融译，中国社会科学出版社 1990 年版，第 6 页）。之后，他又用"所指""能指"对其进行概括。热奈特把"所指"或叙述内容称作故事（即使该内容戏剧性不强或包含的事件不多）；用"能指"指称陈述、话语或叙事文本，并辅之以生产性叙述行为的说法，以将叙述行为所处的或真或假的总情境包含在内（详见［法］热拉尔·热奈特《叙事话语　新叙事话语》，王文融译，中国社会科学出版社 1990 年版，第 7 页）。实际上，热奈特的阐释包含了之后叙事学界对"叙事"一词的界定，即"叙述"和"故事"。詹姆斯·费伦（James Phelan）等学者在《叙事的本质》一书中归纳："被意指为叙事的文学作品具有两大特点：一是有故事，二是讲故事的人。"（详见［美］罗伯特·斯科尔斯、詹姆斯·费伦、罗伯特·凯洛格《叙事的本质》，于雷译，南京大学出版社 2015 年版，第 2 页）文学研究中的伦理批评长久以来都是针对叙事中的"故事"进行的。

[①] 谈论与他者关系的伦理时，列维纳斯提出面孔与话语都是与他者接触的模式，其中面孔充当了语言的源泉："面孔说话。面孔的表现已经是话语。"（详见［法］埃马纽埃尔·列维纳斯《塔木德四讲》，关宝艳译，商务印书馆 2002 年版，第 61 页）语言的本质是"召唤"（interpellation），是他者对我说的话，也是我对他者说的话（详见［法］埃马纽埃尔·列维纳斯《塔木德四讲》，关宝艳译，商务印书馆 2002 年版，第 65 页）。通过话语，我发现世界并非为我独占，并在其中发现了我与他者的关系。列维纳斯指出，"话语"的本质是善性："话语最初的本质是对他者的承诺：特别的行为、社会的规范。话语的初始功能主要不是在一个无关紧要的活动中确指一个对象来和他人交流，而是在于某个人对他人承担的一种职责。说话，就是为人类的利益担保。责任或许是语言的本质"。话语涉及他者自身的表达和主体与他者的关系，列维纳斯说，"我们将这种在话语中由面对面所接近的东西称为正义"（Emmanuel Levinas, *Totality and Infinity: An Essay on Exteriority*, trans. , Alphonso Lingis, The Hague, Boston, London: Martinus Nijhoff Publishers, 1979, p. 71）。在讨论话语时，列维纳斯区分了"言说"与"所说"。在他看来，"所说"包括各种关于世界、真理、存在和个人同一性的陈述，它们容易引发论争、证实或证伪；"言说"则指每一表达之下［尽管阐释了其（转下页）

参与的诗学：E.L. 多克托罗小说的叙事伦理

"叙事伦理"的内涵，即叙事伦理首先指涉"叙事话语的伦理形态"，同时也指用"合乎文法的叙事形式，呈现叙事与伦理之间的相互关系"[1]。在纽顿的表述与研究中，主体与"主体间的责任"[2]是其关注的焦点。他对"叙事伦理"两方面的界定呼应了文学批评传统中故事承载伦理的看法，突出了讲述的伦理，更考察了讲述者与受述者之间的责任关系，也即叙事中的讲述行为及其所涉及的作者、叙述者、读者之间的"主体间责任"关系。纽顿也关注作者所采用的叙事方式、叙述者及文本的结构铺排背后的伦理意蕴，关注叙述者处理伦理话语与叙事方式的关系时所持有的伦理立场，看它们是如何作用于读者以促成其伦理观念的建构。从纽顿对巴赫金形式批评与文学之间的关系、努斯鲍姆文学与伦理学之间的关系的追溯，到纽顿研究的包括"言说与所说之间的差异"[3]和其分别所蕴含的责任关系，我们不难看出，纽顿所界定的"叙事伦理"是继承自列维纳斯他者伦理学的叙事伦理。

也有更多学者参与了对"叙事伦理"概念的阐释。吉布森显然赞同纽曼的分析，他从叙事行为入手，认为其主要是一种"行为方式，

（接上页）所说不能完全展现］存在着一种情境、结构或事件，在其中"我"面临着一个作为言说者或话语接收者的他者（Emmanuel Levinas, *Time and the Other*, trans., Richard A. Cohen, Pittsburg: Duquesne University Press, 1987, pp. 4 – 7）。"言说"所造成的后果是暴露在他者面前，这一后果是伦理关系的核心。按照列维纳斯的说法："言说就是去接近邻人，令他'表意'。这并没有在'意义给予'中耗尽，这些'意义'作为故事被刻写在'所说'中。当然，'言说'是交流，是作为暴露。"（Emmanuel Levinas, *Time and the Other*, trans., Richard A. Cohen, Pittsburg: Duquesne University Press, 1987, pp. 81 – 82）暴露的伦理本性体现在应答能力和责任之中，因为"说"就是对别人负责。不过，列维纳斯也强调，主体具有独特性与不可替代性，它的暴露是伦理、言说、交流和社会正义的必要前提（Emmanuel Levinas, *Time and the Other*, trans., Richard A. Cohen, Pittsburg: Duquesne University Press, 1987, p. 81）。

[1] Adam Zachary Newton, *Narrative Ethics*, Cambridge, Massachusetts: Harvard University Press, 1997, p. 17.
[2] Adam Zachary Newton, *Narrative Ethics*, Cambridge, Massachusetts: Harvard University Press, 1997, p. 18.
[3] Adam Zachary Newton, *Narrative Ethics*, Cambridge, Massachusetts: Harvard University Press, 1997, p. 69.

其中主体将另一主体、他者、世界作为认知的客体并尝试了解他们"①。作为叙事的主体，叙述者承担着讲述的责任，通过其视角呈现的叙述内容通常最能体现其所持有的伦理立场。这与芝加哥学派的布思和他的衣钵传人詹姆斯·费伦等所代表的修辞学派持有的叙事伦理观一致。

自布思以降的修辞学派尤为注重叙事的交流功能，关注作者如何将自己的伦理立场传递给读者，在此，文本中的叙事视角、叙述者、叙事聚焦的选择都被赋予了一定的意义。在布思看来，叙事视角的选择"是一个道德选择，而不只是决定说故事的技巧角度"②。研究道德价值传播与伦理问题的德国学者沃尔夫冈·穆勒（Wolfgang G. Müller）持有相似观点。他关注叙事视角，因为这是读者解码文本中人物及行动所体现的道德品质的窗口。与此同时，他关注第一人称叙事，认为这可以让读者直接面对"同故事叙述者对人物、事件的态度和其中折射出的道德品质"③。在布思那里，视角的选择更与"隐含作者"（implied author）相关。华莱士·马丁（Wallace Martin）曾将叙事交流的经过绘制成一张图（见图0-1），其中凸显了从作者、隐含作者、戏剧化的作者、戏剧化的叙述者（dramatized narrator），到受述者、模范读者、作者的读者，最终抵达真实读者的交流过程④：

---

① Andrew Gibson, *Postmodernity, Ethics and Novel: From Leavis to Levinas*, London and New York: Routledge, 1999, p. 24.
② Wayne C. Booth, *The Rhetoric of Fiction*, Chicago: Chicago University Press, 1983, p. 265.
③ Wolfgang G. Müller, "An Ethical Narratology", in Astrid Erll, Herbert Grabes, and Ansgar Nunning, eds., *Ethics in Culture: The Dissemination of Values Through Literature and Other Media*, Berlin: De Gruyter, 2008, p. 18.
④ 华莱士·马丁在此处叙事交流图表中所使用的术语，整合了布思的"隐含作者"，苏珊·兰瑟（Susan Lanser）的"私人叙述者"（private narrator），杰拉德·普林斯（Gerald Prince）的"受述者"（narratee），伊泽尔（Wolfgang Iser）的"隐含读者"（implied reader），安伯托·埃柯（Umberto Eco）的"模范读者"（model reader）及彼得·拉比诺维奇（Peter Rabinowitz）的"作者的读者"（authorial reader）等概念。当然，修辞学派在进行叙事交流分析时，并未采用如此复杂的结构，而是将其简化成了从作者、隐含作者、叙述者、受述者、隐含读者，最后到真实读者的叙事交流过程。参见 Wallace Martin, *Recent Theories of Narrative*, 北京大学出版社2006年版，p. 154。

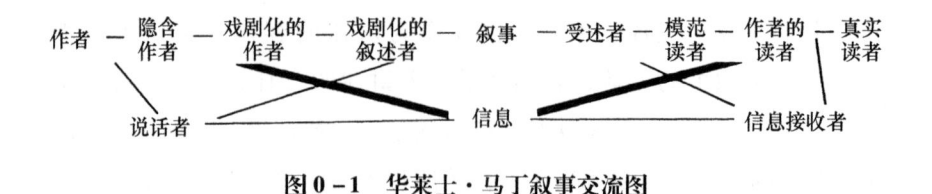

参与的诗学：E.L. 多克托罗小说的叙事伦理

```
作者 ─ 隐含 ─ 戏剧化的 ─ 戏剧化的 ─ 叙事 ─ 受述者 ─ 模范 ─ 作者的 ─ 真实
       作者    作者        叙述者              读者    读者    读者
       说话者                    信息                  信息接收者
```

图 0-1　华莱士·马丁叙事交流图

　　布思在1961年的《小说修辞学》及其后的研究中反复提及"隐含作者"的概念，提出作为真实作者"第二自我"的"隐含作者"往往是"高度有教养且有选择的状态，更睿智、更敏感、更有洞察力"①。"隐含作者"的伦理立场往往也代表了文本所要传递的伦理立场。这个隐含作者的立场是借助小说中"我"的第一人称叙述呈现，还是采用凌驾于整个故事世界之上的第三人称叙述来展现（也就是通过同故事的叙述者还是异故事的叙述者来表现），抑或是通过叙述者讲述的故事中的某个人物去呈现，这些都是叙事伦理学可以探讨的话题。实际上，布思强调，在阅读过程中，哪怕是最天真的读者也须认识到"自作者在故事中明确设置了叙述者那刻起，故事中就出现了干预与变化"②。费伦吸收了布思对叙述者功能的二分法，补充并进一步细分了叙述者发挥的三方面作用，即对故事进行"报道、阐释和评价"③。在其报道、

---

① Wayne C. Booth, "Distance and Point-of-View: An Essay in Classification", in Michael J. Hoffman and Patric D. Murphy, eds., *Essentials of the Theory of Fiction*, Durham: Duke University Press, 1996, p. 175.
② Wayne C. Booth, "Distance and Point-of-View: An Essay in Classification", in Michael J. Hoffman and Patric D. Murphy, eds., *Essentials of the Theory of Fiction*, Durham: Duke University Press, 1996, p. 176.
③ 费伦在多处阐述了他对叙述者三方面作用的划分，在探讨契约型（bonding）与疏远型（estranging）不可靠叙事时，他进而将契约型不可靠叙事又细分为六种次类型，而划分的依据则来自其对人物叙述者功能的三组划分。在费伦看来，小说中的人物叙述者的叙述可以分别从事实/事件轴、价值/判断轴、知识/感知轴上进行辨析。费伦认为，围绕这三组轴线，可能出现错误报道与报道不足，错误评价与评价不足，错误解读与解读不充分等问题，相应地也就出现了叙述不可靠性的问题。费伦对不可靠叙述者存在的不可靠叙述现象的分析可以直接用于解读文学作品价值层面的内容，也成为叙事伦理研究中需要着重思考的方面。

导 论

阐释与评价的过程中,叙述者总会对自己的讲述行为、对自己或他人的故事进行评判,表现出"讲故事的人"的立场,这既关涉到叙述者的叙述是否可靠的问题,同时也必然会与叙述行为所涉及的伦理问题相关。费伦强调,"任何人物的行为都会具有伦理维度,任何叙述者对待这些行为的方式也会不可避免地传递出他对待某些主题及受述者的态度。这些态度体现的是其对待所述内容和受述对象的责任感与关注"[①]。

费伦在2014年给"叙事伦理"重新下定义并对如何从"叙事伦理"角度进行文本阐释提供了系统的方法。费伦界定叙事伦理时探讨的是"故事领域、故事讲述及道德价值之间的交叉"。他提出,叙事伦理主张"道德价值是故事和故事讲述中不可分割的部分",因为叙事或隐或显地都在提出这样的问题,即"作为作者、叙述者、人物抑或读者,他们该如何思考、评判、行动,才能实现最大的善?"[②] 正是以此为考量,费伦修正了华莱士·马丁的叙事交流图,尤其丰富了交流图中(真实或隐含)作者与(真实或隐含/理想)读者之间交流的信息。在费伦的交流图(图0-2)中,信息部分被资源(resources)取代,原先较为单一的从叙述者到受述者的交流信息变得更加细化,将讲述的情境、时间、空间、互文、文类、人物等故事内容及呈现方式皆纳入其中,从而使修辞性交流的内容与方式呈现出更丰富的态势。这些都是费伦建构叙事伦理研究框架及阐释研究关注点的重要组成部分。[③]

在总结了老师布思及叙事伦理研究方面的已有成果基础上,费伦最终提出了叙事伦理研究聚焦的四个基本问题:(1)被讲述的内容的伦理(the ethics of the told);(2)讲述的伦理(the ethics of

---

[①] James Phelan, *Living to Tell about It: A Rhetoric and Ethics of Character Narration*, Ithaca: Cornell University Press, 2005, p. 20.

[②] James Phelan, "Narrative Ethics", Dec. 2014, http://www.lhn.uni-hamburg.de/article/narrative-ethics.

[③] James Phelan, *Somebody Telling Somebody Else: A Rhetorical Poetics of Narrative*, Columbus: The Ohio State University Press, 2017, p. 26.

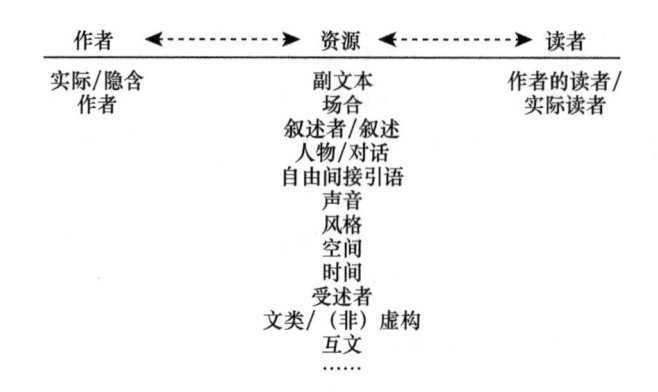

```
作者 ◄--------► 资源 ◄--------► 读者
实际/隐含        副文本         作者的读者/
作者             场合           实际读者
                叙述者/叙述
                人物/对话
                自由间接引语
                声音
                风格
                空间
                时间
                受述者
                文类/（非）虚构
                互文
                ……
```

图 0-2 费论叙事交流图

the telling）；（3）书写/创作的伦理；（4）阅读/接受的伦理。被讲述的内容的伦理主要聚焦于人物与事件，关注人物面对冲突及应对冲突时所做的选择的伦理维度，人物间相互作用的伦理维度，及叙事情节的安排如何表征人物面临伦理问题时的立场。讲述的伦理主要探讨文本内部与隐含作者、叙述者与读者相关的话题，包括故事讲述者对其讲述对象的伦理责任，叙事的伦理维度，叙事的策略所传递的故事讲述者与其讲述内容之间的价值关系等。书写/创作的伦理关注真实作者：真实作者处理叙事与其故事素材时的伦理责任；选择特定历史时期的这个故事而非那个故事，这样的选择中蕴含的伦理思考等。阅读/接受的伦理主要关注读者及读者阅读所产生的效果，读者与故事、故事素材及作者之间的伦理责任，读者如果未能履行上述伦理责任会产生怎样的影响以及读者如何通过阅读变成更好的伦理人[①]。

事实上，费伦针对以上"叙事伦理"四个方面须探究的问题，相应地提出了故事层面与讲述层面的四种伦理取位，包括：人物彼此之间的关系、人物面对不同情境时的伦理取位；叙述者与人物、叙述

---

① James Phelan, "Narrative Ethics", Dec. 2014, http://www.lhn.uni-hamburg.de/article/narrative-ethics.

者与受述者之间关系的伦理取位；隐含作者与人物、叙述者、隐含读者及真实读者之间的伦理取位；真实读者对前三种伦理取位持有的伦理立场①。作品如何对读者产生伦理方面的影响，读者在阅读中应持有怎样的伦理立场，叙述者处理伦理话语与叙事方式的关系时所持有的伦理立场如何作用于读者以促成其伦理观念的建构，针对这些问题，费伦引入了"叙事进程"概念。在他看来，叙事进程"是叙事确立其自身前进运动逻辑的方式，是这种运动自身在读者中引发的不同反应。……进程产生于故事诸因素所发生的一切……也可以产生于话语诸因素所发生的一切"②。费伦在此突出了关涉叙事结构的叙事进程对读者阅读过程中的伦理建构所产生的作用。安斯加尔·纽宁（Ansgar Nünning）同样探讨了"文本线索"，包括叙述者叙事话语的内在矛盾或叙述者言行的不一致、叙述者个人的言语习惯（不遵守语言规范，爱使用感叹句、省略句）、对同一事件多重视角的叙述、

---

① James Phelan, "Narrative Ethics", Dec. 2014, http://www.lhn.uni-hamburg.de/article/narrative-ethics. 在修辞性叙事尤其是叙事交流方面，申丹赞同费伦的观点。她在费伦对华莱士·马丁叙事交流图所做修改的基础上，将线性的交流图变成了叙事交流层（见图0-3）：

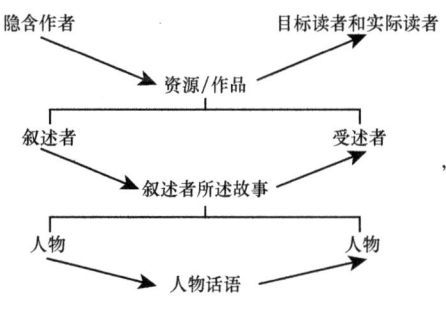

图 0-3　申丹叙事交流图

形成了较为清晰的涵盖文本内外的交流过程。（该交流层次图参见申丹教授2021年1月于"新文科背景下的叙事学研究"学术研讨会上发表的题为《修辞性叙事学：关于基本模式和立场的辩论》的大会发言）

② James Phelan, "Narrative Ethics", Dec. 2014, http://www.lhn.uni-hamburg.de/article/narrative-ethics, p.63.

参与的诗学：E. L. 多克托罗小说的叙事伦理

超文本符号（如标题、副标题、前言等）的使用①，为读者甄别叙述者的不可靠叙述提供了方向，有助于读者在"自然化"②的叙事世界里开掘文本所要表现的伦理立场。

讲故事/叙事的行为，无论是报道、阐释，抑或进行评价，究其根本是叙述者的一种认知行为，这认知与聚焦密不可分。热奈特所提出的"聚焦"概念区分了"谁说"与"谁看"，在叙述层面更加细化，让文本内部的研究脉络更为清晰。叙述者到底是自己在看，还是用人物的眼睛在看，这其中涉及的是主体的认知与感知。米克·巴尔（Mieke Bal）断言，所有的认知行为都源自特定主体的规划与建构，主体借助叙事独特的能力绘制出一张不同主体所获取的信息及主体间相互关系的网。知识具有位置/立场依赖性（position-dependent），传递知识的主体所持有的立场，知识来源的主体所持有的立场，也就是无论是持有知识的人物还是传递知识的叙述者，他们的看或聚焦体现的是他们作为主体的评判与伦理态度③。安斯卡·纽宁提出文学是唯一能够对世界进行主体化建构的领域，叙事可以将与各种世界建构的模式相关的问题主体化并对其结构进行再现，这个再现的过程就是个体或集体积极进行主观世界建构的过程，展现的是"故事层面不同

---

① Ansgar Nünning, "Unreliable, Compared to What? Towards a Cognitive Theory of Unreliable Narration: Prolegomena and Hypotheses", in Walter Grnzweig and Andreas Solbach, eds., *Transcending Boundaries: Narratology in Context*, Tubingen: Gunther Narr Verlag, 1999, pp. 64–65.

② Ansgar Nünning, "Unreliable, Compared to What? Towards a Cognitive Theory of Unreliable Narration: Prolegomena and Hypotheses", in Walter Grnzweig and Andreas Solbach, eds., *Transcending Boundaries: Narratology in Context*, Tubingen: Gunther Narr Verlag, 1999, p. 60. 乔纳森·卡勒（Jonathan Culler）在《结构主义诗学》(*Structuralist Poetics: Structualism, Lingistics and the Study of Literature*, 1975）中最先提出"自然化"（naturalization）的术语，解释说："自然化一个文本就是要把它引入到一个已经存在的、在某种意义上可被理解的、自然的话语类型。"（详见 Jonathan Culler, *Structuralism Poetics: Structuralism, Lingistics and the Study of Literature*, London: Routledge, 1975, p. 135）

③ Mieke Bal, "First Person, Second Person, Same Person: Narrative as Epistemology", *New Literary History*, Vol. 24, 1993, pp. 293–320.

导　论

人物聚焦下所呈现的世界"[1]。加拿大学者皮埃尔·威勒特（Pierre Ouellet）认为，人物或叙述者所建构的主体经验来自认知与感知的体验，它们从来都不是客观的[2]。既然这样的聚焦与再现不是客观的，而是带有主观评判与选择的呈现，也就具有了价值判断与伦理意蕴。

　　文学作品中的人与他人、人与社会之间都存在着一定的伦理秩序，伦理秩序的基础上又会有道德观念及维护秩序存在的规范，这些是文学描述和再现的对象。如何进行再现？不可否认，文学再现的方式具有伦理维度。作者如何建构文本，在宏观层面，涉及如何借助叙事结构、叙事人称，在微观层面，包括如何借助隐含作者、叙述者、叙事视角、叙事聚焦等向读者传递信息，这些本身就蕴含着不同的伦理立场。探讨多克托罗小说中的叙事伦理，既需要探究多克托罗小说文本中的故事内容所蕴含的伦理维度，也需要开掘作为隐含作者的多克托罗在创作呈现故事时所选择的叙事策略，观照这些讲故事的方式如何令读者产生共鸣与反思，考察隐含作者借助叙事形式与内容所要传递的伦理立场，进而揭示多克托罗不同时期作品中的社会、历史与文化关怀。可以发现，多克托罗在不同的创作时期表现出了不同的关注点。在其创作之初的二十年间，多克托罗在尝试类型小说创作的过程中，已开始探索自己的创作方向，逐渐表现出对美国官方历史书写的质疑，这不仅奠定了他后来文学创作的主基调，也确立了他开掘历史真相的政治伦理立场。这一立场延续在了他 20 世纪 80—90 年代创作的五部小说中。尽管还原历史的真实样貌仍是多克托罗书写的重点，但这个时期的作品表明作家对特定历史时期与伦理境遇中的个体选择投入了更多的书写热情。21 世纪以来（"9·11"事件后）的三

---

[1] Ansgar Nünning, "On the Perspective Structure of Narrative Texts", in W. van Peer & S. Chatman, eds., *New Perspectives on Narrative Perspective*, Albany: SUNY Press, 2001, p. 212.

[2] Pierre Ouellet, "The Perception of Fictional Worlds", in C. A. Mihailescu & W. Hamarneh, eds., *Fiction Updated*, Toronto: University of Toronto Press, 1996, p. 83.

部作品标志着多克托罗对美国历史与文化的深刻反思，他聚焦战争、灾难给个体带来的创伤，书写经历灾难后的美国人对家庭与温情的呼唤。总的来说，多克托罗的小说多以历史为载体，尝试不同的后现代叙事策略，赋予历史他者以叙事主体的身份，对话历史事实，表达他对后现代语境中的开放性伦理的思考。多克托罗的小说写作模式从早期作品表现出的鲜明的后现代叙事特征，日益转化为21世纪以来更为趋向现实主义的书写，这体现的是作家不同创作阶段对政治伦理、个体伦理乃至家庭伦理的偏向，以及由之建构起的独属于多克托罗的参与的诗学。

第四节 研究内容及研究框架

本书借助叙事学、叙事伦理学及文学伦理学批评的相关概念，考察多克托罗小说的叙事伦理所蕴含的三方面含义：一是叙述者在再现历史、记述个体、安排结构情节、设置话语表述方面体现出的伦理价值观念；二是作家对叙事形式的选择中所折射出的伦理意识；三是作家创作动机背后的伦理诉求。研究拟兼顾叙事的故事、话语及叙述层面，考察多克托罗小说中与叙述者密不可分但侧重点不同的叙事要素，即叙事人称、叙述者干预及叙述视点，辨析谁在说，怎么说和为什么这么说的问题，由之阐释多克托罗小说中的不同叙事特征与叙事策略如何能更好地呈现故事伦理，解析叙述者对事件与视点的选择所蕴含的讲述伦理，以及它们如何更有效地引导了读者的共鸣性反应和伦理回应，进而揭示作家本人对美国历史书写中的政治、个体与家庭的伦理关怀。

本书的第一部分以"20世纪60—70年代小说中的叙事人称与政治伦理"为中心话题，聚焦多克托罗早期的三部作品《欢迎来到哈德泰姆镇》《但以理书》和《拉格泰姆时代》，探讨多克托罗以不同的叙事人称再现历史，借此与历史叙事的客观性与政治话语中的历史真实对话。他在小说中让他的叙述者或显或隐、若隐若现地进行着"客观"的历史叙事，又结合戏仿、互文、时空拼贴等后现代策略来揭示历史客观叙事的真实面貌，彰显他开掘历史多面性的政治伦理观。《欢迎来到哈德泰姆镇》中自封为小镇历史编撰者的布鲁，以亲历者的第一人称叙事记述了哈德泰姆小镇的创建—发展—覆灭史，多克托罗借布鲁的历史编撰揭示了客观历史记述的局限性及第一人称历史叙事中隐藏的主观欲望，表现了被政治边缘化的社会群体言说自我的渴望。《但以理书》是多克托罗对卢森堡事件进行的互文式再写，小说虚构了卢森堡夫妇之子丹尼尔，以他撰写博士论文为契机，重新审视并讲述了卢森堡案件。丹尼尔时而现身为亲历者与回忆者，时而退回到旁观者与评述者的位置，在叙述者"我"与见证事件发生的小男孩和书写那段历史的学者身份之间自由切换，展现出了第一、第三人称混合人称叙事所蕴含的双重视域，多克托罗借此引导读者思考历史记录中的"真实与谎言"，反思极权政治之下的政治不自由。《拉格泰姆时代》则戏仿宏观历史叙事，多克托罗以非人称叙事的方式再现了20世纪转折前后的美国拉格泰姆时代，叙事中叙述者时不时地现身，以"我们"的立场引导读者跟随少年/成年后的白人小男孩和少年/成年后的犹太小女孩的视角，去见证被正史抹除的有色人种与移民历史，以此展现历史应有的真实面貌，还原被政治湮没的历史他者及其对社会公正的诉求。多克托罗提出的小说作为"超级历史"的概念，即"历史与小说都是叙事"的论断，实际是将作为叙事性文学的小说置于与历史同样的层面进行考量，强调叙事在丰富性与想象性方面的特质，论证叙事参与历史建构，有助于发掘历史的潜在真实性，凸显历史记述的意图和历史存在的多种可能性。

研究的第二部分以"20世纪80—90年代小说中的叙述者干预现象与个体伦理"为研究关注点，聚焦多克托罗在20世纪80—90年代创作的五部作品，包括《鱼鹰湖》《世界博览会》《比利·巴思格特》《供水系统》和《上帝之城》，着重关注叙述层面的叙述者干预

参与的诗学：E.L. 多克托罗小说的叙事伦理

现象，解析叙述者如何讲述故事的问题。研究通过分析叙述者在讲述时有意识地调整讲述的顺序、故意增加或省略事件或细节、形成对话、进行评述等，探讨叙述者干预对读者阅读的影响和其中折射出的讲故事的人的伦理观。《比利·巴思格特》和《鱼鹰湖》中的比利与乔有着相似的成长经历，他们在讲述自己有意接近帮助他们成长的"父亲"和"弑父"行为时，明显是在为自己辩驳，刻意掩盖自己为实现成功而抛弃血亲、背叛"资助者"的行径，以成功者自居，隐匿了自己的真实身份。多克托罗借他们的成长叙事深思了美国式成功与伦理匮乏之间的潜在关联。《世界博览会》是多克托罗带有自传性质的作品，其中的人名、家谱几乎都复刻了多克托罗父母双方的家庭。小说主要由埃德加讲述自己所认知的家人与所处的社会空间，他的讲述与哥哥、母亲与姑妈的叙述形成了小说中的系列人物叙事和复调性对话，他们的讲述被穿插在埃德加的叙述当中，与之互为补充并彼此纠正，呈现了犹太移民后裔融入美国社会中遭遇的个体自由与犹太家庭观念的碰撞与融合、对族裔身份的迷茫与认同，以及犹太裔女性对社会现实的抗争与融入。《供水系统》中的报业主编麦基尔文在寻踪马丁的过程中，目睹了内战后的纽约城里的各种罪恶。他叙述了寻找失踪的马克的经过并对其失踪原因进行了描述，但作为见证者与寻踪的主导者，麦基尔文在叙述中不断插入自己对所报道的事件的评述与伦理干预，始终邀请读者与之一起见证罪恶，审视罪恶的发端，对牺牲贫儿生命来延续富人生命的个体生命置换行为进行伦理省思。《上帝之城》中的作家艾弗瑞特深谙讲述故事之道，整部小说是他故事素材的积累，也是他对创作过程的描述，具有典型的后现代"自反"小说的特征。作为创作者与叙述者的艾弗瑞特将素材与创作融为一体，不断调整自己的叙述以引导读者关注作者的创作世界，发掘虚构再现真实的可能性，进而探查作者再现人与上帝、人与他人之间的关系以及再现社会现实时的价值取向。叙述者的叙述干预与不可靠叙事之间有着密不可分的关联，多克托罗往往让"那些被抛弃的声音"充当其叙述者，由于受到身份、家庭、生活环境等的影响，他们的叙述与对叙述的干预中会出现对信息的报道、判断等方面的可靠与不可靠问题，读者在他们的叙述中能够认识那些边缘化与他者化的人群，审视他们的故事与他们的讲述中蕴含的个体伦理立场。

　　研究的第三部分以"'后9·11'小说中的叙述视点与家庭伦理"为考察对象，聚焦多克托罗新世纪以来的三部作品——《大进军》《霍默与兰利》及《安德鲁的大脑》，探讨小说叙事中微观层面的叙述视点，解读隐含作者与叙述者为什么如此讲故事的问题，由之管窥多克托罗小说中的家庭伦理和他本人对饱受创伤的美国个体与家庭的关怀，以及以家庭温暖抚慰沉溺创伤的个体的呼吁。《大进军》借助不定式视点再现了美国内战最后阶段谢尔曼将军的大进军。小说以进军为主线，绘制了一个融合了北方将领、士兵、医护以及南方军队、白人平民与黑人的流动中的群体，他们被进军裹挟着行进，饱受战争带来的创伤。多克托罗在叙事中不断切换叙述视点，有谢尔曼将军面对战争灾难的无奈与悲鸣，更有无数被历史淹没的他者面对战争时的悲伤、迷茫与希望，展示了战争、极权造成的父子、母子、父女等血亲关系的断裂，表达了多克托罗对重建稳定家庭关系的渴望。《霍默与兰利》以盲人霍默的固定式视点再现了在美国历史上有着传奇色彩的纽约兄弟霍默与兰利的一生，呈现了一个被世界抛弃的囤积者的生活世界。霍默的固定视点虽存在视域方面的不足，但霍默的看有助于叙述者从自身出发揭示其所感受到的个体孤独，暴露物欲之下疏离的人际关系，彰扬可贵的兄弟亲情。《安德鲁的大脑》以谈话疗法的形式呈现了"9·11"事件对事件中失去家人的个体的创伤性影响。书中的心理医生与神经学家安德鲁形成了交替式双重视点，揭示了创伤受害者安德鲁丧失爱妻的自责、困惑与自我封闭，让读者在他们的对话与安德鲁的自我剖析中感受安德鲁的创伤，从对话中认识政权与个体对创伤事件的不同反应，从而对安德鲁产生同情，进而解读出多克托罗向以爱与宽恕为基础的家庭伦理关系的基本立场的回归。

参与的诗学：E.L. 多克托罗小说的叙事伦理

多克托罗新世纪以来的三部小说无论是重写美国历史上著名的进军事件，追忆文化名人科利尔兄弟，还是直击"9·11"事件，无一不体现老年多克托罗怀旧与宽恕的情感，表达了他对创伤性灾难中的个体的关怀，展示了他对以血缘亲情与宽恕为基础的稳定家庭关系的期盼。

多克托罗认为讲故事很重要，他努力通过讲故事记述世间万象，在作品中尽量选择那些被抛弃的声音与声音的隐义，我们会发现，他的每一部作品都会选取那些边缘化、他者化的个体去讲述故事，由他们规划、安排自己要讲的内容及如何讲述。多克托罗与历史书写方式对话，认为历史是承载政治主张的载体，他的小说着意凸显历史书写中的政治性与个体性，借历史的个体书写探求历史可能的真相，表达个体的诉求与欲望，体现了作家还历史应有面目的政治伦理立场。讲故事很重要，怎么讲同样重要。多克托罗小说的叙事伦理便也体现在其所选择的叙述者如何讲述他们自己的或他们亲历的事件方面。他笔下的叙述者会如实展示，也总会有意识地隐瞒自己的经历和思考，会邀请读者在他们的讲述中了解他们在事件呈现、选择及评判方面的立场与价值观，感知个体的伦理境遇及伦理取位，判断他们的讲述是否可靠，对他们所讲述的故事和他们的讲述行为做出相应的伦理回应。多克托罗的小说之所以选择那些被抛弃的声音和视点呈现故事，是因为那些普通个体眼中呈现的世界或许存在各种局限，但它们是个体真切的体验，能让读者看到他们在痛苦与孤独中的挣扎和他们对亲情的渴望，从而服务于多克托罗对以爱为基础的家庭伦理关系的守望。多克托罗的创作初衷便是通过叙事，也就是借助故事和故事讲述连接可见与不可见，让文学参与历史与社会现实的建构，承担起作家作为见证者的正义立场。

第一章　20世纪60—70年代小说中的叙事人称与政治伦理

多克托罗在《作家的信仰》("The Beliefs of Writers", 1985)一文中曾主张,作家应书写当下社会中"权力运作的方式,权力为谁拥有,权力又如何创造着历史",并提出作家或多或少都会受到意识形态的影响,持有一定的政治立场,坚持文学的"见证及承担道德责任"[①]的功能。作为多克托罗研究领域最早的专著,保罗·列文的《E. L. 多克托罗》从一开始就关注到多克托罗小说中的政治主题。列文强调多克托罗小说的特色之一便是"政治内容与实验性风格之间的关系"[②],这种实验性在很大程度上体现在其小说的"叙述性"。哈帕姆甚至认为多克托罗小说的"写作技巧与主题之间有着同等的地位"[③]。如何从写作技巧上下功夫,找到自己的文学创作路径并借此展现自己的政治关怀,这是多克托罗小说创作初

---

① E. L. Doctorow, "The Beliefs of Writers", *Poets and Presidents*, New York: Random House, 1993, pp. 116, 115.
② Paul Levin, *E. L. Doctorow*, New York: Methuen & Co., 1985, p. 8.
③ Geoffrey Galt Harpham, "E. L. Doctorow and the Technology of Narrative", *PMLA*, Vol. 100, No. 1, 1985, pp. 83, 81.

期的探索方向。他想要还那些被湮没在历史中的众生以面目，以虚构性文本的方式见证历史，承担起作家对历史他者的责任。

历史学领域的纪实性编撰多以非人称叙事为主，以凸显历史不是主观构想，而是客观事实的记录。多克托罗之所以说小说可以作为"超级历史"，很大程度上在于小说创作的灵活多样，也即可以将历史客观事实以故事或想象的方式呈现出来。这也决定了小说进行历史叙事时并不会拘泥于非人称宏大叙事，它既可以是个体的"客观"编撰，也可以是"编史元小说"式的书写。探讨多克托罗小说中的叙事人称与政治伦理，重心在揭示历史由谁书写、是谁叙述的问题。多克托罗以虚构作品参与历史书写、对话历史学领域的历史撰写，其目的是揭示历史书写的主观性，揭示宏大叙事与官方历史受意识形态左右的真相。他笔下的"历史编撰者"往往明确地表明自己编撰的目的和叙述的愿望，有意引导读者看到那些在历史的画面中被抹除的人与事。

概论　叙事人称与叙事的客观性：多克托罗的"超级历史"与政治正义

什么是历史？美国历史学家大卫·布莱特（David W. Blight）说，"历史"一词的含义言人人殊，主要看使用者持有怎样的历史哲学思想。对于从事研究的专业历史学家而言，"历史"意味着"以研究为基础，对过去进行合理重构"，这些研究"重申了学术训练的权威，尊重证据的正统性"。作为一个专业研究领域，"历史"细察各种文本与情境，细究因果关系，以质疑性的、反通俗性的观点解释过去。这样的"历史"具有修正性，它视"变化""进步"等概念为相对概念，"依赖于地域、年表和等级体系"。相较而言，对通俗历史学家和大众来说，"历史"往往更厚重、更神圣，也是个绝对的概念，

第一章　20 世纪 60—70 年代小说中的叙事人称与政治伦理

因为在他们看来，关于过去的概念代表的是"记忆"。① 布莱特认为，"记忆"激发人们去纪念，对历史遗迹进行保护，对历史进行演绎。人们正是以"民族、族裔、种族、宗教及对民族性的需求"为名义对过去进行讲述②。不同于学院派历史学家们，通俗历史学家往往会借用那些记忆，这就在一定程度上与历史小说对记忆的依赖有了共同之处。

作为文学的特殊类型，历史小说的独特性在于其与历史之间的"独特联系"，也即真实的历史人物可以与"虚构人物形成互动"③。历史小说的创作目的往往是要"通过想象性的历史叙述强化读者的历史意识和历史记忆"④，哪怕其编造了历史事实。如此看来，似乎历史与历史小说的主要区别仅在于是否忠实于历史事实。事实上，如果追溯到文明早期，历史与文学之分并不存在，历史与文学其时都只是关于传奇性过去的故事和神秘性叙事。

文学与历史之间相互依存又彼此竞争的关系存在已久。早在古希腊、古罗马时期，文学（诗）与历史都属于修辞艺术，依据一定的修辞技巧撰写，服务于一定的政治目的。亚里士多德在其《诗学》中曾从素材来源上区分过文学与历史：历史面对的是真实事件，文学面对的则是可能性事件⑤，这些事件在其故事背景中具有合理性，能

---

① David W. Blight, *Beyond the Battlefield: Race, Memory, and the American Civil War*, Boston: University of Massachusetts Press, 2002, pp. 1–2, 4.
② David W. Blight, "Between Memory and History: Les Lieux de Memoire", *Representations*, Vol. 26, 1989, p. 13.
③ Avronm Fleishman, *The English Historical Novel: Walter Scott to Virginia Woolf*, Baltimore: Johns Hopkins Press, 1971, p. 4.
④ Scott Hales, "Marching through Memory: Revising Memory in E. L. Doctorow's *The March*", *War, Literature, and the Arts: An International Journal of the Humanities*, Vol. 21, 2009, p. 148.
⑤ 可能事件既可以是真实的、无从解释的，也可以是虚构的，因此，历史与文学之间才有了竞争关系。亚里士多德甚至认为，诗歌比历史编撰更具哲理。或许正因此，柏拉图才坚持将诗人驱逐出其理想国，认为诗人有惑乱世人之嫌。

参与的诗学：E.L. 多克托罗小说的叙事伦理

揭示人类命运的典型和本质。相较而言，历史编撰始终与真实事件相关联，它们具有偶然性，往往缺乏像诗所表现出的那种富有哲理的教导性和内在逻辑。因而，在将历史作为文献记载的科学方法出现之前，历史学家记述历史也如作家们一般，需要考虑合理性。但历史与文学终有分道扬镳的时候，尤其是历史学家们强调历史具有文献功能，这是任何文学作品都无法比拟的。这样的想法在19世纪和20世纪上半叶尤为受欢迎。但是海登·怀特（Haiden White）在20世纪70年代所掀起的历史学领域的革命中，坚决主张历史就其本质而言只是叙事，这得到了许多作家的支持。多克托罗在1974年的《伪文献》中就同样提出，本没有文学与历史之分，"有的只是叙事"。

一　隐藏的叙述者与历史叙事的"客观性"

始自亚里士多德的文学、历史并置及文学、历史之争，之所以会出现，究其根本，是因为无论是文学还是历史，都需要用文字进行再现与表征，而历史在很长的时间里都要借助修辞的手法，要尽可能地"确立权威的道德观，令人信服"[1]。以"权威的道德观"及"令人信服"为前提，历史在对真实的追寻与再现方面便更趋向于以文献的形式呈现，力图展现利奥波德·冯·兰克（Leopold von Ranke, 1795—1886）所主张的"还原过去真实的样子"[2]。也就是说，历史话语应尽可能地不受价值观的影响，给读者展示一幅客观的世界画面。这在很大程度上限制了这幅画面中的内容。鉴于历史学家们更专注于对那些在历史进程中起重大作用的人物与事件的研究与撰述，因而那些关于人类的日常经验的内容与人群（尤其是被边缘化的人）

---

[1] Kuisma Korhonen, "General Introduction: The History/Literature Debate", in Kuisma Korhonen, ed., *Tropes for the Past: Hayden White and the History/Literature Debate*, Amsterdam-New York: Rodopi, 2006, p. 10.

[2] 参见 Kuisma Korhonen, "General Introduction: The History/Literature Debate", in Kuisma Korhonen, ed., *Tropes for the Past: Hayden White and the History/Literature Debate*, Amsterdam-New York: Rodopi, 2006, p. 10。

第一章　20世纪60—70年代小说中的叙事人称与政治伦理

便不在"过去真实的样子"之列。与之相对,文学则可以再现人类更宽广的生活体验,尤其是那些"小"的历史。而这些显然遭到了历史学领域的漠视。

历史学家科林伍德(R. G. Collingwood)早在20世纪上半叶就提出历史编撰是在讲故事,但是直到海登·怀特在史学界和文学界以历史的叙事性判断掀起热潮之前,史学家们始终抵制这样的定性。(当然,即便海登·怀特的思想影响极大,其后许多历史学家仍然坚持文学的虚构性不可与历史编撰同日而语[1]。)海登·怀特所强调的历史叙事基于历史是讲故事,因而他突出了故事与情节结构及其所产生的"解释效应"[2]。在他看来,所谓的历史叙事,是对"已知或可知事物、曾经知道又被遗忘的事物、可以通过适当的话语手段被重新召回

---

[1] 随着后现代理论的兴起,历史学的"科学性与文化基础"都发生了动摇(Joyce Appleby, Lynn Hunt and Margaret Jacob, *Telling the Truth about History*, New York: W. W. Norton & Company, 1995, p.1),不少历史学家认为,历史研究被拖入了"一场大范围的认识论危机"(David Harlan, "Intellectual History and the Return of Literature", *American Historical Review*, Vol.94, 1989, p.581)。此后,许多历史学家加入讨论,形成了历史学领域关于是否可以真实客观再现历史的争鸣。雷蒙·马丁(Raymond Martin)较为公正地评论道,"我们要理解过去,历史学家必然是公认的专家;但我们要理解我们是如何理解过去时,没有人可以是专家"(Raymond Martin, "Objectivity and Meaning in Historical Studies: Toward a Post-Analytic View", *History and Theory*, Vol.32, 1993, p.31)。尽管历史学领域面临着前所未有的挑战与危机,仍然还是有许多的历史学家致力于寻找历史的客观性。在历史学家爱德华·哈雷特·卡尔(Edward Hallett Carr)看来,历史之所以成为历史只是因为它依赖于元叙事(meta-narrative),历史学家必须找到客观性,但他们既不能通过外在于历史的道德或宗教标准获取,也不能回避大规模的归纳与坚持详述事实,他们只能依赖从变动的过去到现在直至未来的历史内部发现意义并获取客观性(Edward Hallett Carr, *What is History?*, R. W. Davies, ed., New York: Penguin Books, 1990, p.115)。理查德·埃文斯(Richard J. Evans)在《捍卫历史》(*In Defence of History*, 1997)一书中则主张,历史学家当谨小慎微且保持自我批判以发现历史如何发生并获得一些站得住脚的结论,哪怕这些结论并不能为所有含义盖棺论定(Richard J. Evans, *In Defence of History*, London: Granta Books, 1997, p.253)。正是因为许多的历史结论并不能盖棺论定,合乎逻辑的虚构性想象,尤其是小说便有了参与历史书写的空间,可以进一步丰富历史的含义。

[2] [美]海登·怀特:《叙事的虚构性:有关历史、文学和理论的论文1957—2007》,[美]罗伯特·多兰编,马丽莉、马云、孙晶姝译,南京大学出版社2019年版,第170页。

的事物的描述"。这样的叙事会预设一个"'知者'告诉我们他所知道的"①。显然,历史叙事中既有需要讲述的故事,也同样存在讲故事的人。这个隐身的叙述者或显现的叙述声音是作为"指令功能"存在,是"组织数据的方式",在历史学家们看来,它们不带有任何的情感与判断,只是"以特定的方式组织一段经验"②。

如何组织才能体现历史作为"客观"的存在?作为与文学具有相似特征的历史叙事,其通常以看似客观的第三人称全知视角进行故事描述。米克·巴尔用第一人称与第三人称区分叙事作品时强调,它们的差别主要在表达对象而不是讲话者本身③,其根本的差别其实是叙述者所讲的是自己的故事还是他人故事。叙事学界普遍认为,相比第一人称叙述,第三人称叙述的作品"客观性强"。尽管这种观点存在问题,但究其原因,无怪乎第一人称叙述的叙述者往往现身于文本,有时是故事中,并常常在叙述中展现自己的心理,显得较具主观性。第三人称叙述中,叙述者则往往隐身,看似旁观地、不掺杂情感地讲述所发生的事件,但因为撰述历史的主体受其个体背景、社会现实、研究预设及理论观照等的影响,常会对所发生事件进行议论与评述,因而其客观性也遭到了叙事学家们的诟病。

这一诟病的根源实际在于对历史本体及历史本体的呈现方式区分不明。历史学领域一般将"历史"划分为三个层面,分别是"历史事实、历史叙述与历史解释",历史的客观性问题便应该包括这三个层面各自的客观性问题。就历史叙述层面而言,客观性的本质在于忠于历史真相,即对"可信资料"进行"组织严密的过

---

① [美]海登·怀特:《叙事的虚构性:有关历史、文学和理论的论文1957—2007》,[美]罗伯特·多兰编,马丽莉、马云、孙晶姝译,南京大学出版社2019年版,第171页。
② [美]海登·怀特:《叙事的虚构性:有关历史、文学和理论的论文1957—2007》,[美]罗伯特·多兰编,马丽莉、马云、孙晶姝译,南京大学出版社2019年版,第171页。
③ Mieke Bal, *Narratology*, Toronto: University of Toronto Press, 1999, p. 22.

第一章 20世纪60—70年代小说中的叙事人称与政治伦理

程再现",但这种再现的叙事过程必然只能是有取舍和选择的过程,是依据特定历史观点进行编写的过程①,而这个过程与历史小说的书写方式不谋而合。在后现代主义思潮的冲击之下,历史的叙事性被反复强调,其客观性及其作为历史真实唯一客观的反映的说法不断受到质疑。

后现代主义思想家们认为历史只是"作为文本而存在",是"人建构的产物",后现代历史小说所呈现的正是这样的事实及其建构所带来的结果②。后现代主义学者提出,"故事""历史"与真实之间的关系在于:"每一段历史都是某个在一段合理的时间里存在的实体,历史学家希望能陈述其客观真实性,其陈述的方式不同于叙述者虚构或捏造的方式。"③ 这一区分仍然在强调小说与历史在表现真实时的方式上存在差异。事实上,琳达·哈琴对比了历史撰写与后现代历史小说,提出"编史元小说"(historiographical metafiction)概念,主张"小说与历史只是叙事框架的差异",用真实性去讨论小说并不合适,"通过小说和历史重写或再现过去,都只是让历史面对当下,以防止过去成为不容置疑、目的论的存在"。④ 如果历史编撰记录的是历史事实,目的在于以史为鉴、知兴替,呈现历史发展规律并发挥其对现实的启迪作用,那么面对同样的历史素材,文学对历史的再现为什么会被史学界批驳?文学再现历史的目的是什么?

二 从宏大叙事到个体叙事:历史小说再现历史"真实"

直到19世纪,历史学领域强调用科学的方法记载历史,历史撰

---

① 王学典:《论历史研究的客观性问题》,《东岳论丛》2004年第1期。
② Linda Hutcheon, *A Poetics of Postmodernism: History, Theory, Fiction*, New York: Routledge, 1988, p. 256.
③ Linda Hutcheon, *A Poetics of Postmodernism: History, Theory, Fiction*, New York: Routledge, 1988, p. 107.
④ Linda Hutcheon, *A Poetics of Postmodernism: History, Theory, Fiction*, New York: Routledge, 1988, pp. 109 – 110.

参与的诗学：E. L. 多克托罗小说的叙事伦理

写更偏重于文献记载，在对真实的再现方面，文学从先前与历史的齐头并进，开始与后者朝着两个不同的方向发展：历史编撰不再注重修辞或虚构因素，而文学则被视为揭示生活中"基本存在原则"的工具，在同历史学家一样的现实分析中，文学能揭示历史学家们无法触及的"日常生活的体验与结构"[1]。海登·怀特比较历史与小说的差异时称，对于历史书写而言，"构成故事情节的事件不是（或不应该是）历史学家想象的产物"，它需要"提供证据"或提供基于文献的合理推断[2]。尽管怀特坚持历史的叙事性与文本性，但显然他更强调历史编撰的事实基础与合理推断。历史小说除了事实基础与合理推断外，也加入了作家的想象，它作为特殊的文类形式在建构民族性、宣扬个体道德等方面都有着优势。

多丽特·科恩（Dorrit Cohn）提出，"历史更关注复数的而非单个的人，关注影响整个社会而非个体生活的事件和变化"[3]。以历史为背景与叙述对象的历史小说表现出与历史编撰明显的差异。历史小说远在瓦尔特·司各特（Walter Scott，1771—1832）创作《威弗利》（*Waverley*，1814）之前便已存在，它所涵涉的内容极为广博，与很多其他的文学类型，包括浪漫传奇、冒险故事、侦探小说等都有重合之处[4]。20世纪70年代以来，后现代历史小说的兴起及21世纪以来的"历史转向"可被视为历史小说的两个发展阶段[5]。尽管历史小说似乎包罗万象，不同时期仍有不同学者试图对之进行界定。哈利·肖

---

[1] Kuisma Korhonen, "General Introduction: The History/Literature Debate", in Kuisma Korhonen, ed., *Tropes for the Past: Hayden White and the History/Literature Debate*, Amsterdam-New York: Rodopi, 2006, p. 10.

[2] ［美］海登·怀特：《叙事的虚构性：有关历史、文学和理论的论文1957—2007》，［美］罗伯特·多兰编，马丽莉、马云、孙晶姝译，南京大学出版社2019年版，第173页。

[3] Dorrit Cohn, *The Distinction of Fiction*, Baltimore, Baltimore: The Johns Hopkins University Press, 1999, p. 18.

[4] Jerome de Groot, *The Historical Novel*, London: Routledge, 2010, p. 50.

[5] Suzanne Keen, "The Historical Turn in British Fiction", in J. F. English, ed., *A Concise Companion to Contemporary British Fiction*, Oxford: Blackwell, 2006, p. 167.

第一章 20世纪60—70年代小说中的叙事人称与政治伦理

(Harry E. Shaw)从历史小说与过去的关系出发,认为历史小说就是"使历史的可能性在结构上凸显"[1]。另有学者则从时限上进行考量,认为历史小说中的"大部分事件应至少是小说发表六十年前的事件,应该是作者拥有成熟的个人经验之前发生的事"[2]。这些定义实际关涉两个重要的因素:一是历史小说与过去之间的关系,因为历史往往不同于记忆;二是叙事所依赖的事件的经验现实。后一种因素与亚里士多德对历史与小说的区分相关。还有一种具有影响的定义出自多丽特·科恩的《小说的特质》(The Distinction of Fiction, 1999):"历史叙事具有指涉性的分析功能","虚构性的叙事则不存在"[3]。这些界定依据历史编撰与历史小说中的历史叙事到底是以"事实"还是"虚构"为基础,它们试图强调历史小说是一种杂糅体,既描述"发生过的",也描述"可能发生的事件",有时还描述"肯定没发生的事件"[4]。因而,历史小说这一叙事文类对历史书写的本质做了注解。

从19世纪中期到20世纪中期,历史小说一直被视为历史的附属品,以其独特的形式呈现对历史的洞见。历史小说家们在进行历史书写时不仅需要再现作为"历史骨骼的"历史事实,还要提供"更为丰富、更为全面的历史血肉"[5],呈现"历史学家们看不到的视域"[6]。雷蒙·威廉姆斯(Raymond Henry Williams)在《关键词》

---

[1] Harry E. Shaw, *The Forms of Historical Fiction: Sir Walter Scott and His Successors*, Ithaca: Cornell University Press, 1983, p. 22.
[2] Paul Wake, "'Except in the Case of Historical Fact': History and the Historical Novel", *Rethinking History*, Vol. 20, No. 1, 2016, p. 82.
[3] Dorrit Cohn, *The Distinction of Fiction*, Baltimore: The Johns Hopkins University Press, 1999, p. 112.
[4] Paul Wake, "'Except in the Case of Historical Fact': History and the Historical Novel", *Rethinking History*, Vol. 20, No. 1, 2016, p. 83.
[5] Alessandro Manzoni, *On the Historical Novel*, trans., S. Bermann, Lincoln: University of Nebraska Press, 1986, pp. 67–68.
[6] Jerome de Groot, *The Historical Novel*, London: Routledge, 2010, p. 47.

参与的诗学：E.L. 多克托罗小说的叙事伦理

(*Keywords*, 1985) 一书中给"小说"一词下定义时称，小说具有"有趣的双重性，即既是想象性的文学，又是纯粹的（有时是故意的欺骗性的）捏造"[①]。以历史为对象与背景的历史小说更注重其中众多人物的个体经历，这些众多人物的声音由一权威视角呈现。为保持故事的完整性，叙述者会加入想象与编造的历史史实，其目的是让读者能够更通俗地了解过去。卢卡奇（György Lukács）论述历史小说时曾指出其具有三个方面的结构特征。首先，历史小说中的中心人物处于相冲突的两股或多股主要历史力量的"中间"，随时准备着妥协，也有可能始终处于所有相冲突的历史力量之外，避开了这些作用力。这一中心人物的存在提供了叙事的内视角，使所有主要历史主人公能够从内部得到描绘。其次，尽管作家试图忠实于自己对其所描述历史时期的意识和自我理解，但其作品往往会将历史当成一段过去之事[②]。最后，历史小说所描绘的人民通常是那些处于较低阶级、边缘阶层或被驱逐的人。小说中社会阶层的差异赋予了他们各自不同的道德责任[③]。卢卡奇的研究聚焦历史小说的故事层面，揭示作品中推动叙事进程的冲突与人物设置皆是过去的事件与人物，但显然小说的创作者更想表现的是其对这些历史事件与人物的看法，评述性大于陈述性。

经历了历史转向而出现的后现代历史小说则与卢卡奇所探讨的历史小说存在很大差异，其特征差异从如下琳达·哈琴对历史小说和编

[①] Raymond Williams, *Keywords: A Vocabulary of Culture and Society*, New York: Oxford University Press, 1983, p.134.

[②] 这一点在后现代历史小说及当代历史小说中当然存在差异。不同于传统历史小说，后现代与当代历史小说中的历史背景会被有意识地提及，它们对历史本身的看法也不同。如果历史不具有终极目的，不存在普遍的进步或倒退，那么过去发生的事件可用来解释当下，当下的事件同样可阐释过去，因为就个体命运而言，过去发生的事件也会以相似的方式出现在当下。

[③] ［匈］乔治·卢卡奇：《小说理论：试从历史哲学论伟大史诗的诸形式》，燕宏远、李怀涛译，商务印书馆2017年版，第49—61页。

第一章 20世纪60—70年代小说中的叙事人称与政治伦理

史元小说所做的对比（表1-1）中可清晰辨别[①]：

表1-1　　　　　　　　历史小说与编史元小说之对比

历史小说	编史元小说
主人公具有类型性	主人公具有除了类型性外的任何特征
为了实现忠实于历史真实的效果，历史事实的准确性或细节的真实性都可以被牺牲掉；使用并阐释一些历史资料，让读者产生可验证的感觉。	以游戏的态度对待历史记录中的真实与谎言；使用历史资料，但很少吸收其观点或对之进行阐释。
历史人物被当成了次要角色，目的在于在形式与本体论上用障眼法遮蔽虚构与历史之间的关系。	带有元小说自反性的小说对历史的本体存在提出疑问：我们如何知晓过去，我们当下又当如何理解过去？

显然，后现代历史小说或者说编史元小说对历史的本体提出了自反性的阐释，让历史的叙事性更加凸显，其在叙事方面的策略与主张更加突出。历史人物、历史事件成为随时可用的材料，但其客观神圣性被打破，叙述者往往会出现在叙事进程中，表达自身对历史的看法，历史叙事的客观性被消解。多克托罗的小说与这些认识既有对话，又相互补充，它们以小说的想象开掘历史可能的真实。

三　叙事人称与多克托罗的"超级历史"

小说作为一种文学样式，从一开始就表现出两极倾向："一方面，它朝向现实主义与社会记录，与历史事件和运动发生相互联系；另一方面，它朝向形式、虚构和小说自身"[②]。经历了20世纪60年

[①] Linda Hutcheon, *A Poetics of Postmodernism: History, Theory, Fiction*, New York: Routledge, 1988, p.113.

[②] Malcolm Bradbury, *The Novel Today: Contemporary Writers on Modern Fiction*, Manchester: Manchester University Press, 1977, p.8.

参与的诗学：E.L. 多克托罗小说的叙事伦理

代美国实验小说的发展及衰败，当代美国小说自20世纪70年代中期以来，呈现出回归与捍卫现实主义传统的趋势。多克托罗以对历史的再现与叙事成为这一趋势中的代表作家。他在作品中"重构历史、表现生活和时代"，遵循现实主义的同时受实验主义精神影响。他的作品如《拉格泰姆时代》"关注社会生活现实，在对传统真实观和叙述模式进行革新的同时，注意保存小说情节的完整性、叙述的连贯性和故事的可读性"[1]。琳达·哈琴称这类小说"是对历史的批判性重访，既不是怀旧性的，也不是古文物研究式的"[2]。因其对历史编撰具有内在挑战——"它们对共用的叙事传统、指涉传统、历史主体的刻画模式、历史作为文本的存在甚至它们所蕴含的意识形态都持有质询的态度"[3]，哈琴将这类小说定名为编史元小说。在编史元小说叙事中，"显然主人公不再是那些固定的类型，而是虚构历史中那些处于中心之外、边缘化的边缘人物形象"；叙事利用历史记录中的"真实或谎言"，承认"过去的真实存在矛盾，但却能以文本的形式呈现"给今天的读者；历史人物充当了次要的角色。[4] 编史元小说是对历史现实的重构而非对其的模仿，因而，它成为许多小说家进行政治介入的方式。

多克托罗在《伪文献》一文中引用克罗齐（Benedetto Croce）时说，"所有的历史判断都是为了迎合当下的需要与情境"[5]。他坚称，历史与小说具有相同的思考世界的模式，其目的都是为了引入意义，

---

[1] 刘海平、王守仁主编：《新编美国文学史（第四卷，1945—2000）》，王守仁主撰，上海外语教育出版社2002年版，第243—244页。

[2] Linda Hutcheon, *A Poetics of Postmodernism: History, Theory, Fiction*, New York: Routledge, 1988, p. xii.

[3] Linda Hutcheon, *A Poetics of Postmodernism: History, Theory, Fiction*, New York: Routledge, 1988, p. 106.

[4] Linda Hutcheon, *A Poetics of Postmodernism: History, Theory, Fiction*, New York: Routledge, 1988, p. 114.

[5] E. L. Doctorow, "False Documents", in E. L. Doctorow, *Poets and Presidents*, New York: Random House, Inc., 1993, p. 161.

第一章　20世纪60—70年代小说中的叙事人称与政治伦理

它们都源自相同的"文化权威,正是这些文化的权威促使有些事实可被人们看到"①。在多克托罗看来,所谓的事实,其实就是历史的一些意象,而意象同样构成了小说中的事实。罗兰·巴特在《历史话语》("Historical Discourse")一文中走得更远,认为历史话语"在本质上是意识形态的产物"②,这与汉娜·阿伦特的观点相似:历史叙事通过讲故事的方式把握政治现象,成为理解政治的一种方式③。正是在对如笛福等作家作品的分析和对如尼采④等哲学家对历史事实的研判基础上,多克托罗提出了小说或可称作"超级历史"。他断言小说可被称作"超级历史",首先突出了小说在叙事形式上的优越性,又确认了小说拥有丰富的历史素材来源,能够更好地承担艺术家的道德责任。诺贝尔文学奖得主托尼·莫里森曾为文学作品的介入价值申辩,认为"作品必须是政治性的",没有政治影响的作品是"受损的"作品⑤。后现代思想家伊哈布·哈桑(Ihab Hassan)同样观察到,文学不只对权力做出回应,它还与之形成抵抗。他认为,"文学作品对其产生的社会历史语境具有抵抗性",这是"文学的精神元素"⑥。多克托罗的早期作品表现出鲜明的政治倾向,他将自己对政治压制下的他者的关怀融入其小说的创作中。

---

① E. L. Doctorow, "False Documents", in E. L. Doctorow, *Poets and Presidents*, New York: Random House, Inc., 1993, p. 161.
② E. L. Doctorow, "False Documents", in E. L. Doctorow, *Poets and Presidents*, New York: Random House, Inc., 1993, p. 161.
③ 参见王志华《历史叙述是政治理解的新路径——汉娜·阿伦特的视角》,《武汉理工大学学报》(社会科学版)2011年第1期。
④ 尼采说,根本不存在所谓的事实,因为事实要存在,"我们就必须首先引入意义"。转引自[法]罗兰·巴尔特《历史的话语》,李幼蒸译,载张文杰编《历史的话语:现代西方历史哲学译文集》,广西师范大学出版社2002年版,第122页。
⑤ Toni Morrison, "Rootedness, the Ancestor as Foundation", in Mari Evans, ed., *Black Women Writers (1950-1980): A Critical Evaluation*, New York: Anchor/Doubleday, 1984, p. 344.
⑥ Ihab Hassan, *The Postmodern Turn: Essays in Postmodern Theory and Culture*, Columbus: Ohio State University Press, 1987, pp. 131-132.

参与的诗学：E.L. 多克托罗小说的叙事伦理

小说终究是一门叙事艺术，要兼顾作者编码与读者解码的过程。由谁看，由谁讲，如何讲，这些问题始终是多克托罗文学创作中形式创新的焦点。热奈特提出，就历史再现而言，在作者与读者之间存在着"事实性的"超文本，超文本就像是"一道门槛"，由之"可踏入，也可退出"，"这是一个内外'未被界定的区域'，这个区域向内（转向文本）或往外（转向关于文本的世界性话语）之间并没有牢不可破的疆界，'刊印出的文本的边界实际控制了读者阅读文本的整个过程'"[①]。在这个由作者编织的文本世界中，叙述者以怎样的姿态，即隐身还是现身讲述文本世界之外那个读者似曾相识的世界，这是多克托罗的早期作品《欢迎来到哈德泰姆镇》《但以理书》和《拉格泰姆时代》对话历史编撰、探寻历史真实的主要尝试。在这些作品中，作者在超文本基础上加入虚构性的想象，引领读者在阅读文本的过程中触及他们熟悉的历史，感受曾经可能的生活世界，领略作者对政治伦理中的公正、平等与自由的关切。"历史编撰与个体言说：《欢迎来到哈德泰姆镇》中的'我'叙事"借助自封的小镇历史编撰者布鲁以亲历者的第一人称叙事记述的哈德泰姆小镇的创建—发展—覆灭史，考察多克托罗小说对故事时间与叙事时间进行的刻意安排，揭示叙述者的生命叙事与历史叙事的交融。布鲁的历史编撰揭示了客观历史记述的局限及第一人称历史叙事的主观欲望，表现了被政治边缘化的社会群体言说自我与获得平等权利的渴望。"历史真相的追问与双重视域：《但以理书》中的混合人称叙事"探查多克托罗借助第一、第三人称交替叙事重现美国重要历史事件，让叙述者在整个叙述过程中承担回顾者、旁观者、参与者、评论者、干预者的多重叙事身份，思考历史记录中的"真实与谎言"，论证其借助叙事人称间的转换所形成的双重视域，反思极权政治之下的政治不自由，凸显了国家利益

[①] Gérard Genette, *Palimpsests: Literature in the Second Degree*, Lincoln and London: University of Nebraska Press, 1997, pp. 1–2.

第一章　20世纪60—70年代小说中的叙事人称与政治伦理

至上的政治伦理对个体自由的压制,以及叙述者赢得读者同情的叙事意图。"谁在讲述谁的历史:《拉格泰姆时代》中的'我们'叙事"拟探讨多克托罗小说对历史"客观"叙事的戏仿,细读小说中历史真实事件、真实人物与虚构事件、虚构人物的并置,考察其所构建起的社会历史空间。多克托罗戏谑地让暗藏的叙述者"我们"隐隐浮现,使叙事进程短暂中断,为读者的阅读设置障碍,从而使历史叙事的客观公正性受到质疑。在文本的故事世界中,隐身的叙述者赋予故事中的真实与虚构人物以相应的伦理角色,让他们充当社会不公的受害者、社会公正的阻碍者,彰显作为他者存在的历史人物对社会公正的诉求。

第一节　历史编撰与个体言说:《欢迎来到哈德泰姆镇》中的"我"叙事

作为编辑审核了许多电影脚本之后,多克托罗发现很多稿件质量不高,他自信能写出更好的作品,便重拾了大学时的兴趣,动笔写出了自己的第一部小说《欢迎来到哈德泰姆镇》(*Welcome to Hard Times*,1960)[①]。这部沿袭西部小说创作模式的作品在实验性小说盛行的时代并没有引起学界的关注,仅有的书评主要强调美国西部世界的善恶主题,"善不具有战胜恶的力量""摧毁力与善念的薄弱是西部世界永恒的形态"[②]。当然也有书评评论其"写作上乘""比普遍

[①] 谈到好莱坞的那些电影脚本时,多克托罗说:"20世纪50年代出现了太多糟糕的脚本,我觉得它们很压抑,它们让我感觉很不舒服。所以我暗自想,尽管我到过的最西部也只是俄亥俄州,但我比这些人要更了解真正的西部。"(详见 Marilyn Arnold,"Doctorow's *Hard Times*: A Sermon on the Failure of Faith", in Ben Siegel, ed., *Critical Essays on E. L. Doctorow*, New York: G. K. Hall & Co., 2000, p. 159)也因此,才有了被认为以西部小说文类模式书写文明被"恶"扼杀的《欢迎来到哈德泰姆镇》。

[②] Oscar Lewis, "A Realistic Western", in Ben Siegel, ed., *Critical Essays on E. L. Doctorow*, New York: G. K. Hall & Co., 2000, pp. 56, 55.

参与的诗学：E. L. 多克托罗小说的叙事伦理

的西部小说要好""用传统的框架创作了严肃的文学结构"①。不过，就这方面的话题展开叙述的不多。之后对该部作品的研究涉及美国梦②以及美国西部小说共有的话题③。作为多克托罗的试水之作，《欢迎来到哈德泰姆镇》因其固定的文类模式而在很大程度上限制了研究者们的研究视域。但近年来，如玛利亚·菲朗德兹·桑·米古埃尔（María Ferrández San Miguel）从创伤角度讨论了该部小说中呈现的西部边疆的新性别秩序④，这类研究拓展了多克托罗小说的研究，也为《欢迎来到哈德泰姆镇》的研究提供了新思路。

　　《欢迎来到哈德泰姆镇》的故事发生在19世纪后期的美国西部，随着淘金热，大批美国东部和其他地区的平民来到西部，希望能发财致富。哈德泰姆镇是靠近采矿区的一座自发建起的小镇，这样的小镇在当时的美国西部不胜枚举。只需一辆拉酒的马车、几顶提供妓女服务的帐篷便能形成一个小镇，这些小镇并不会在地图上被一一标注，有时其消失的速度会如其出现的速度一般快。在叙事模式上，小说采用了第一人称叙事，由布鲁这个非官方承认的镇长讲述他经历的两次小镇覆灭和覆灭间的重建经过。在叙事结构上，整部小说包括以

---

① Oscar Lewis, "A Realistic Western", in Ben Siegel, ed., *Critical Essays on E. L. Doctorow*, New York: G. K. Hall & Co., 2000, pp. 58, 55.
② 弗兰克·谢尔顿（Frank W. Shelton）在《E. L. 多克托罗的〈欢迎来到哈德泰姆镇〉：西部与美国梦》("E. L. Doctorow's *Welcome to Hard Times*: The Western and the American Dream", 1983）一文中提出，多克托罗修正了传统西部小说提供的充满希望的美国梦的模式。
③ 贝克（J. Bakker）则比谢尔顿更加直接地批评了西部小说这一畅销小说类型，认为这种小说完全依赖商业上的成功，坚持表现的是因逃避而获得成功的虚假现实。谢尔顿和贝克都发现美国西部小说往往忽视历史，尤其是资本主义——贪婪的代名词——体制造成的毁灭性危害。详见 John Williams, *Fiction as False Document: The Reception of E. L. Doctorow in the Postmodern Age*, Columbia: Camden House, 1996, pp. 69 – 70。
④ 玛利亚的专著《多克托罗作品中的创伤、性别与伦理》（*Trauma, Gender and Ethics in the Works of E. L. Doctorow*, 2020）以多克托罗的《欢迎来到哈德泰姆镇》《但以理书》《拉格泰姆时代》及《上帝之城》为研究对象，考察这四部作品中的性别问题与性别政治，探讨了多克托罗的小说中的伦理与政治问题。

第一章　20世纪60—70年代小说中的叙事人称与政治伦理

"第一""第二""第三"本分户账簿为小标题的三部分。"第一本分户账簿"记录了"大恶人"第一次摧毁小镇,只留下了幸存者布鲁、执着于复仇的妓女茉莉、父亲被大恶人杀死的小男孩;"第二本分户账簿"记录布鲁利用残存之物重建小镇,随后俄国人带着三个妓女来此服务于矿工,这里渐渐有了货物交易和邮件往来,开始形成新的小镇,并由布鲁定名为"哈德泰姆镇";"第三本分户账簿"记录小镇建成后不久,大恶人再次到来,小镇再次被毁,布鲁丧命,小镇的历史编撰也由此结束。布鲁记述的正是这样的一部小镇兴衰史,他试图以小镇"历史编撰者"的姿态真实记录小镇发生史,从而真实再现历史存在的"踪迹"。相比于一般性的历史,这其中又夹杂了他本人在西部追求美国梦的欲望。玛丽琳·阿诺德（Marilyn Arnold）提出,《欢迎来到哈德泰姆镇》实际上虚构了"一个努力书写历史,但其实是在创作小说的人的故事"[①]。她还认为,这部小说与写作本身进行对话,揭示了"人描述事件的时候,事件会有什么样的变化",描述者"会发现过去的力量渗透进并重现于历史的记载中"[②]。布鲁旨在以"我"的视角和口吻客观地记述小镇的建造与毁灭史,但他在叙述中反复怀疑并声称自己不能胜任客观的"历史编撰者"的角色,又提出历史无法真正通过语言被真实记录,因而在他的小镇历史记述中,他不断地嵌入自己的故事,使"我"的历史叙事一定程度上成为"我"的个体叙事,也让历史记述的"客观性"成为问题。

米克·巴尔强调,"我"可以讲述他人的故事,如果在整个叙述过程中,"我"都不公开提及自己是故事中的人物,这样的叙述者就

[①] Marilyn Arnold, "History as Fate in E. L. Doctorow's Tale of a Western Town", in Richard Trenner, ed. , *E. L. Doctorow*: *Essays and Conversations*, Princeton: Ontario Review Press, 1983, p. 207.

[②] Marilyn Arnold, "History as Fate in E. L. Doctorow's Tale of a Western Town", in Richard Trenner, ed. , *E. L. Doctorow*: *Essays and Conversations*, Princeton: Ontario Review Press, 1983, p. 215.

参与的诗学：E.L. 多克托罗小说的叙事伦理

被称作"故事外的叙述者"，也就是说，叙述的主体并不在情节中发挥作用。而如果"我"是故事中的人物也是推动情节发展的行为者，那么这就是"人物型叙述者"。[①] 前一种情形中的第一人称叙述具有全知的视角，后一种"我"的叙述因为处于故事中，便因人物角色的限制不可能如全知视角般获取故事中所有人物的所思、所想、所观。在后一种第一人称叙事中，通过"同故事＋内故事"的叙事范式，叙述者作为故事中的角色，以他的眼光和视角对故事中的人物和事件做出评述，更可以让读者对叙述者在叙事进程的时序与空间的安排中凸显叙述者本人的价值观念和诉求。我国学者刘小枫曾经说过："叙事改变了人的存在的时间和空间的感觉"[②]。叙述者在文本的故事时间与叙述时间之间的间隔跨度所体现出的焦虑意识，叙述者在空间叙事中选择的空间意象，都有助于体现作者时空剪裁的叙事伦理。结构主义思想家托多洛夫清楚指出了叙事视角的重要性："构成故事环境的各种事实从来不是'以它自身'出现，而总是根据某种眼光、某个观察点呈现在我们面前……从不同的视点观察同一个事实就会写出不同的事实。"[③] "我"受制于具体的视角，往往无法直接讲述其没有亲自见证的事情，也无法确切地了解其他人的思想。因而，以第一人称"我"记述的历史，呈现的也只会是"我"认为重要的历史，其中蕴含的始终是我的认知与欲望。《欢迎来到哈德泰姆镇》中的布鲁正是这样的一位"我"叙述者。多克托罗利用布鲁作为"我"的第一人称叙事，通过"我"在历史记述中的越界全知叙述和"我"对小镇众人思想的限知视角，揭示了布鲁的历史叙事对历史时空进行剪裁，目的在于摆脱个体历史编撰的无力，表达个体实现美国梦想中

[①] ［荷］米克·巴尔：《叙述学：叙事理论导论》，谭君强译，中国社会科学出版社 2003 年版，第 13 页。

[②] 刘小枫：《沉重的肉身》，华夏出版社 2012 年版，第 3 页。

[③] Tzvetan Todorov, *The Fantastic: A Structural Approach to a Literary Genre*, trans., Richard Howard, Ithaca: Cornell University Press, 1975, p. 69.

第一章　20世纪60—70年代小说中的叙事人称与政治伦理

的经济平等的渴望，体现的是多克托罗对话历史书写的"客观"性，探究了历史书写本质的政治伦理。

一　小镇历史编撰的实与虚："我"的叙事时空

《欢迎来到哈德泰姆镇》的历史被记述在三部"账簿"中，虽然以账簿为名，但它们并非简简单单的货物账目记录，相反，它们代表的是这一小片土地上小镇历史的兴衰，包括前一个小镇如何被毁及被毁后的残余，"哈德泰姆镇"的建镇与发展以及最终哈德泰姆镇的被毁。小镇是故事发生的地理空间，也是各色人士建构起的社会空间，更是叙述者布鲁在叙述中建构的空间。小说的故事时长与布鲁的叙事时长重合，一定程度上说，小说就是布鲁的西部拓荒史，叙事结束之时也正是布鲁生命终结之时。表面看来，布鲁对小镇的历史编撰旨在呈现小镇衰—兴—衰的经过，但在这一通过他的叙述建构的时空中，更突出的是他作为个体对抗西部世界恶的经历。

作为自封的小镇历史编撰者，布鲁记述小镇历史之时试图涵盖小镇历时发展的方方面面，尤其是构成小镇社会群体的信息，包括人员的流动、土地的分配与使用、家家户户的基本情况，它们构成了小镇的生活空间。支撑这片生活空间的是充斥着淘金热之喧嚣的美国西部，但荒芜是当下这片土地的底色，萧索荒凉，杳无人烟。尽管有一些零星的聚居地，尽管有矿区存在，但它们几乎都不会存在太久。游走在这样的地理空间中的人除了工资极低的矿工，还有那些寻找生存机会的欧陆移民，他们漂泊在西部兴起又衰落的小镇之间，经受着恶劣的自然环境，谋求活下去、实现发财致富的美国梦。但这里似乎并没有为他们提供太多的机会，于是他们来往于不同的小镇，在布鲁的"账簿"中留下了一个又一个名字。当然这里也有被驱赶的美国印第安人，他们似乎是西部的一个符号，与来西部谋生的各类人等形成了布鲁所生活的美国西部的社会历史空间。但"我"的小镇历史编撰显然并不只是记录下这些客观信息，这个空间中始终存

参与的诗学：E. L. 多克托罗小说的叙事伦理

在的，也是"我"更为关注的是人与自己、人与他人、人与环境之间的互动。

西部拓荒是美国民族神话中的重要组成部分，"我"的叙述也加入了这一民族神话的建构，凸显了如哈德泰姆镇这样小镇的重建的艰辛、西部小镇存在所依托的淘金热，更表现出西部在善恶对抗中的发展史。布鲁等人生活的小镇构成了发展的空间，与之同时存在的是小镇外更多的荒芜之地所代表着的未开化的野蛮，它们之间的对立形成了善与恶的对抗。布鲁的小镇编撰始于恶棍克莱·特纳的到来，原有的小镇被其摧毁，终于特纳的再次到来，哈德泰姆镇又被摧毁，特纳死亡，但新的恶棍在这片废墟上重新诞生。恶是盛行于西部的潜在势力，它是文明进步的阻碍。布鲁作为原初力量建造起的哈德泰姆小镇很像是人类文明的缩影，经历诞生—摧毁—重生—再摧毁这一循环往复的过程。这里是荒野与城镇、野蛮与文明交锋的场所。恶棍始终像阴影笼罩在布鲁心间，但直到哈德泰姆镇被毁的时候，布鲁才意识到，哪怕是在他的小镇历史编撰中，他始终认为被摧毁就是西部一个个小镇最终的命运，但所谓的命运，不过是他没有认清，摧毁小镇的是小镇扩张后出现的内部腐朽问题。恶棍代表的不是什么命运，他也不过是个会流血的人，他是那个揭开掩藏小镇问题盖子的人，加速了小镇的灭亡。就在布鲁的眼皮子底下，恶棍克莱·特纳死后，布鲁的第一部"账簿"中的小镇第一次被毁时留下的幸存者之一吉米（布鲁甚至曾将其当成儿子一般）成长为新一代恶棍。

布鲁的小镇编撰尽管没有明确给出事件发生的时间，但"淘金""矿工"，尤其是小镇的名称"哈德泰姆镇"（Hard Times）等符号无不展示了19世纪中后期美国西部的拓荒时代及其所代表的艰难。布鲁的故事时长围绕废墟—建哈德泰姆镇—废墟的时间线展开，它浓缩了文明自存在到毁坏、重建、再毁灭的历史循环。从小说结尾部分看，布鲁的叙述时长与故事时长相互重合。在这样的叙事时空中，作为编撰者的布鲁在其中融入了他个人的价值判断。布鲁执着于美国平

第一章　20 世纪 60—70 年代小说中的叙事人称与政治伦理

等自由主义的精神，认为金钱的流通是人际间最根本的联系。在他那里，似乎经济的交往和平等自由的精神可以超越正义与评判善恶的价值观。小镇第一次被毁前，恶棍特纳的暴行已昭然若揭，酒店老板请布鲁赶走恶棍，作为"镇长"的他却回答，"我看见他付钱给你了"[1]。对小镇的坚守与重建体现了他对此种精神和其背后的经济关系极致的执着。从简单的物物交换到劝服扎尔留下，从简易屋棚到两层楼高的木质结构大房的建成，布鲁引领着任何一个来此地的人建立新的经济交往关系，并形成以新的小镇为中枢的经济关系交互网。保罗·列文（Paul Levin）评论，"西部的开拓者既不是牛仔也不是农民，而是那些小的经营者"，此时的美国西部完全是"资本主义的理想世界。这片土地一穷二白，诱导着人们将他们的梦想投射于上"[2]。正是与布鲁一样怀揣着发家致富的美国梦想，各色怀有憧憬与梦想、希望获得更好生活的小经营者们都来了西部。这里有放弃了东部服务员工作只为获得更体面的生活，却最终沦为妓女的茉莉；有在东部经营着小买卖，却在西部漂流的伊萨克兄弟；更有像扎尔这样的移民，一辆车载着几个妓女在西部就能安家。

在布鲁对小镇历史的编撰中，"我"的叙述所呈现的，除去作为参与者尤其是建造者的布鲁极为熟悉的小镇客观信息外，还深蕴着编撰者（"我"本人）的理想与期待：哪怕经历两次被毁，哪怕为此付出生命，其中始终凸显的是讲故事的人对西部的幻想和他面对贫瘠荒芜的西部仍坚信有后继者的乐观心态。然而，这样的乐观却证明是一场"欺骗"[3]。布鲁在叙述中试图表现出客观冷静，尽可能地记录小镇发展的客观事实，但他的历史编撰其实是由每一个小镇参与者的故事构成，他所撰述的人际交往情景清晰地揭示了他

---

[1] E. L. Doctorow, *Welcome to Hard Times*, New York: Penguin Group, 1960/1980, p. 6. 下文中《欢迎来到哈德泰姆镇》的引文皆出自该版本，故而只标注书名与页码。
[2] Levin, Paul, *E. L. Doctorow*, New York: Methuen & Co, 1985, pp. 27 – 28.
[3] *Welcome to Hard Times*, p. 183.

试图掩盖的他本人对抗恶势力时的懦弱。多克托罗在这部由"我"进行编撰的历史中突出了第一人称叙事主体在叙事中透露出的主观性和局限性，暴露了历史编撰者的个体价值观及其背后起支配作用的意识形态。

二 小镇历史编撰的重与轻："我"的叙述动机

布鲁在小说的结尾处看着秃鹫停留在焚毁的小镇之时，还在乐观地期待有人会发现他撰写的小镇历史，期待来人发现的这几本"账簿"会帮到他们。表面看来，这些账簿是小镇贸易往来和经济关系的记录，但其中蕴含的是叙述者"我"，也即编撰者布鲁在西部实现美国梦、谋求经济自由的诉求。但在这片充满艰难与恶的西部土地上，即便他在叙述中表现出了乐观和理想主义，也难掩其在哈德泰姆镇被毁后的失落，恶在其眼皮子底下诞生时的惊愕，以及美国梦破灭带来的无措。布鲁在弥留之际还在进行着小镇的历史编撰，以小镇的再次毁灭和新恶人的诞生警醒后来者西部仍有恶势力在盛行。不过，他的编撰同样表达了叙述者借助"账簿"与他人交流、实现社会合作与履行道德责任的渴望，这是他进行历史编撰的深层原因，再次表明编撰者所谓"客观"背后的主体欲望。

作为他本人也是其中重要角色的同故事的讲述者，布鲁的历史记述带有明显的主观印记，表现出明显的乐观主义精神，因而他的小镇历史编撰中有许多按照他的乐观主义精神编写出的故事，在此已现端倪。多克托罗写作生涯早期尤为关注历史编撰的真实性问题。阿德里安娜·卡瓦雷洛（Adriana Cavarero）认为，"我们每个人都有一个基本的欲望，就是要告诉别人我们是谁，讲述我们自己的故事。"[1] 尽管布鲁在三部"账簿"中呈现了小镇毁—建—毁这个稍带轮回规律

---

[1] Adriana Cavarero, *Relating Narratives: Storytelling and Selfhood*, trans., Paul A. Kottman, New York: Routledge, 2000, p. 38.

第一章　20世纪60—70年代小说中的叙事人称与政治伦理

的历史,但他更想表达的是他充满希望对抗荒野的向上精神,他将对生活的希望和乐观融入他所生活的西部小镇。伴随19世纪后半期的美国西部淘金热,许多美国人走向西部,想要过上不一样的生活。布鲁同样从东部走向了西部,当时他只是跟着马车,对西部充满期待,但如他所说:"那时我是个有期待的年轻人,不过,有什么样的期待我不知道。我在密苏里路边的一块大岩石上用焦油写下了我的名字。"① 布鲁虽说不知道自己有什么样的期待,但他显然坚定地想要有所成就,否则也不会在岩石上写下名字。用焦油写下名字的行为隐含着他想要在这片土地上留名的愿望。是以,即便在整座小镇被恶棍特纳烧毁,仅剩下布鲁、变成孤儿的吉米、后背被烧的妓女茉莉和印第安人埃兹拉时,布鲁仍坚守着他的梦想,着手重建小镇。没有任何官方的文件任命,布鲁自发地承担起了小镇镇长的职务。他的自封不仅仅是想要获得编撰小镇历史的资格,更想要管理小镇。布鲁对这片区域有着神奇的执着,哪怕小镇被彻底毁掉,他还是想进行重建。为此,他还自我解释说,"如果一个好兆头很重要,那你就尽快弄出个好兆头愚弄自己"②。他这样的机会主义思想也可从马车夫对他的评价中窥得一斑。在马车夫看来,即便布鲁只有几根手指搭在悬崖峭壁上,他都不会认为自己要坠崖,而会说自己是在爬山。生命终结之际,布鲁仍然希冀所写的小镇纪事能有人读到,仍希望被毁的小镇里残留的那些木头还能被后来者用到。

布鲁的机会主义思想使其历史编撰的初衷受到了质疑。"我"的编撰只是要为后来者提供警醒,还是"我"想借历史编撰诉说什么?从布鲁的叙述中,我们不难发现,他在西部的遭遇表明他的乐观精神终证明是一场"欺骗",他所记录的美国西部史中的经济梦想同样存在欺骗,并且始终敌不过滋生于这片土地的恶。布鲁生活与建造的小

---

① *Welcome to Hard Times*, p. 7.
② *Welcome to Hard Times*, p. 89.

参与的诗学：E.L. 多克托罗小说的叙事伦理

镇所依附的是西部矿山的开采，布鲁坚信矿山的开采必会带来铁路交通的联结并出现依附它们而存在的小镇。西部区域总督办公室的海登·吉尔斯曾抱怨那么多小镇一座座出现，他不得不将之一个个记录在案：

> 每次有人在这片区域投上点资金，总督就把我叫过去，然后我就走在前往这边的路上了。不管我是不是有风湿病，也不管我年龄大了，不适合骑马了。如果有人提出需要，并能生利，一座小镇就出现了。如果他找到了草地，一座小镇就出现了。他挖井没？又一座小镇。他停在那里撒了泡尿没？又一座小镇。在这片土地上，每年能有千座小镇冒出来，看起来我就得给每座小镇发许可证。可是发这些许可证的目的是什么？发放许可证要达到的目标消失了，草地枯死了，水井干涸了，每个人都会骑马离开，又在某个要我去的地方聚集成一个小镇。这该死的国家，没什么是固定不变的，人就像风中的浮萍。你不能让一堆石头遵守法律，没法让草原狼定居下来，不可能在风沙中建造一个社会。我有时觉得我们比印第安人还糟糕……①

吉尔斯的抱怨深刻反映了西部小镇的出现、消亡都极为轻易，法律在这片土地上根本发挥不了任何作用。他理解布鲁将小镇定名为"哈德泰姆镇"背后的深意，也从管理者的角度出发提醒布鲁，在人流涌入小镇寻求生存与就业机会时，小镇中会滋生各种恶意与恶行，法律根本充当不了制裁这些潜在问题的武器。

法律的确无法解决这些问题。布鲁依据法律在小镇内部建立了治安与监狱体制，但始终对抗不了受经济驱使而生出的诸多罪恶。茉莉

---

① *Welcome to Hard Times*, p. 140.

第一章　20世纪60—70年代小说中的叙事人称与政治伦理

对涌入小镇的人曾有一喻:"这些笨蛋就像秃鹰闻到了肉味。"[1] 在她眼里,即便小镇向四个方向延伸发展,它仍然是一片没有秩序、不受文明法律约束的荒野。布鲁的叙述中不乏对茉莉的爱恋,但在布鲁与茉莉的对话中,读者不难看出茉莉对布鲁的排斥和对布鲁懦弱本性与乐观精神的鄙视。茉莉是与布鲁共同经历小镇第一次毁灭的幸存者,她对危险的来临似乎有着本能的预感。布鲁看到的是好时代,茉莉作为小镇第一次毁灭的幸存者却怀有对小镇再次毁灭的恐惧。正如她所期待的,哈德泰姆镇的繁华为小镇招致又一次毁灭。第一次小镇被特纳一人所毁,这次是特纳和同伙共三人,还有那些在西部寻找不到求财机会便觊觎别人的财产甚至实施抢夺的未具名者。更有甚者,小镇第一次毁灭后幸存下来成了孤儿的吉米·费在布鲁眼皮底下成长为新一代恶人。恶本身似乎孕育在西部的土壤中,就如恶棍特纳"来源于这片土地"[2]。饱受摧残的茉莉评价,虽然布鲁试图以经济的繁华对抗特纳所代表的恶,但他忘记了正是这种繁华才吸引了特纳那样的恶棍,进而带来了"哈德泰姆镇"甚至更多西部小镇的短暂繁荣和迅速消亡。

布鲁借助小镇"账簿"和他的自述向账簿的发现者和文本的真实读者传递西部小镇的历史和他本人的遭遇。亚当·纽顿借用列维纳斯的"说"(Saying)的概念阐释,认为叙述建立起"对话机制,其中涉及言说者与他者之间的交流,涉及伴随叙述行为而产生的主体间的责任和要求"[3]。布鲁显然是要通过账簿与账簿读者和真实读者形成对话,说明小镇兴衰的根源,也勾勒出作为小镇创建者与维护者的叙述者本人的形貌。玛丽琳·阿诺德评价,"人类历史在某种程度上是人类内在与外在遭遇荒野,面对未知、无法解释及无法驯服的事物

---

[1] *Welcome to Hard Times*, p. 143.

[2] *Welcome to Hard Times*, p. 19.

[3] Adam Zachary Newton, *Narrative Ethics*, Cambridge, Massachusetts: Harvard University Press, 1997, p. 17.

的故事。不过这种遭遇的故事会从那些记录者的解释而不是真实发生的事件中获取更多的意义"①。三本账簿当中对小镇更替的书写，实际也是布鲁对自己人生的记录，表达的是他讲述自己的渴望，以唤起账簿的读者和真实的读者在阅读过程中对布鲁这个主体的伦理回应。

三 小镇"账簿"的更与替："我"的个体生命叙事

布鲁以"我"为叙述者、参与者的小镇历史编撰着重突出了历史的兴与衰，但实则也是关于他西部寻梦的成与败，记述了他由生至死的经历，成为借历史编撰进行的个体生命叙事。躺在小镇的废墟里，弥留之际的布鲁还在回顾他的账簿。他认为自己已经记录下了一切真相，却又为后来者是否能读懂他所记录的那些重要时刻而焦虑。他希望留存下来的三本分户账簿能有人读到，进而从中了解小镇历史，而这些历史其实是他对小镇所发生的事件和造成小镇命运的各类事件的理解。布鲁对小镇事件的记载和对小镇历史的解释在乐观主义中又渗透着无力的命定主义。

布鲁的生平与西部小镇息息相关，与其说他担心后来者能否读懂他所记录的那些重要时刻，毋宁说他担心自己的叙述无法实现交流的目的，无法传递自己的故事，无力警醒后来者规避恶的出现。布鲁的西部之行始于他的美国梦，但刚到西部的雄心与在这片土地上留名的期待在一段时间之后即被消磨。布鲁自白道："经过一段时间之后，我的期待就像我写在岩石上的名字，在天气的侵蚀中消逝，我了解到，只要活着就好。"② 他的叙述解释了他自己在记述所发生及所历事件过程中愈加复杂的动机与情感。最初他声称"我现在是在努力记下发生过的事情"，进而说"我现在努力做的就是记述事情是怎么

---

① Marilyn Arnold, "History as Fate in E. L. Doctorow's Tale of a Western Town", in Richard Trenner, ed., *E. L. Doctorow: Essays and Conversations*, Princeton: Ontario Review Press, 1983, p. 207.

② *Welcome to Hard Times*, p. 7.

第一章　20世纪60—70年代小说中的叙事人称与政治伦理

发展的",之后踌躇满志地称"我现在想要尽可能记述那个春天每分每秒发生的事",再至后来又慨叹"我一直想记述发生过的事情,但是很难,这是一份一厢情愿的工作"①。作为历史编撰者,布鲁有"记述发生过的事件"的愿望,但在实践中逐渐发现这项任务不太可能,并深刻认识到历史编撰终究只是一种艺术:

> 当然,我现在将这一切记述下来,我发现其实在我们开始之前就注定了结局,我们的结局就注定在了我们的开端里。我现在记述的这一切也许有一天会被人发现、被人阅读……我觉得自己像个傻子,记下了这一切,竟然认为在记事簿上用这些符号记述的一切就是生活,竟然认为一本书中的那些符号就能支配发生过的事。在那些原先记录的文字之上、越过那些红色线条,剩下的只有这一个我现在正在写的记录了。这个记录并不会对我有什么帮助,也帮不到任何人。这条记录就是:"这就是关于这个死去的人的一切。"它起不了什么作用,但是它可以再增添上一丝记忆。我现在唯一的希望就是这些记录会有人读到——这难道不是我的最后一道诅咒吗,因为此时我仍怀抱希望?②

布鲁发现他的历史编撰不可能取代所发生的客观现实。他感叹,记述越近发生的事情,就越发觉得"我所记录下的一切并不能说明事情原来的面貌,无论我多么仔细地记下所发生的一切,我仍然觉得我无法真正记述它们:就好像发生过的事我永远理解不了,是我目所不及之物。"③ 他发现历史编撰不过是一种希望、一种生活方式。他也认识到作为历史编撰者,在编撰历史的过程中无法"记述生活""支配发生过的事"。因此,布鲁的小镇编撰变成了讲述个体生命的

---

① *Welcome to Hard Times*, pp. 44, 108, 114, 149.
② *Welcome to Hard Times*, pp. 184-185.
③ *Welcome to Hard Times*, p. 199.

参与的诗学：E.L. 多克托罗小说的叙事伦理

叙事。布鲁记录与叙述的目的是在叙述中了解自己、建立与他人和世界的联系，产生主体间的相互关系。巴赫金曾说："只有当我的生活向他人阐明时，我才成为其主角。"① 他此处所言的"主角"暗示了向他人讲述自身故事时所承担的责任。他的历史编撰与叙述试图留下的是列维纳斯所说的"踪迹"——官方记载之外的西部，他所经历过的真实生活，更是他在西部为实现美国梦的奋斗史，后者的终局与他所参与建构并维护的小镇一样，以毁灭收场。

布鲁在叙述中希望小镇木材、他的记述能为后来人所用，这些表明他编撰小镇历史的举动中存在着基本的功利主义。这样的功利主义思想贯穿布鲁的个体生命叙述。在生命的尽头，他看到了自己的美国梦随着小镇的毁灭而消失，自己的经济自由无望实现之后，便寄希望于自己的故事能有人读到，能让他的梦想在他人身上延续。他的叙述即便在他不断地强调其记忆的不可靠性过程中，仍存有为他人留做经验的梦想。

历史往往是对过往的回忆与再写，它本身带有功利性和目的论思想。意大利哲学家克罗齐就曾说过，"历史书写都是为了满足当代的需要"②。但再客观的历史编撰都是人为的，而且以"我"为叙述者进行的历史编撰还会出现记忆不清楚、不可靠的问题。布鲁充当历史编撰者的经验就说明，历史记述远没有那么客观，编撰者本人会自觉不自觉地将自己的看法融入其中，所再现的历史永远不是所经历的历史的复制性再现，它带有编撰者的叙述欲望、价值观念和人生诉求。布鲁的三本分户账簿就承载了他追求美国梦想、实现经济平等的政治伦理渴求。尽管多克托罗的第一部作品是类型小说，但我们已经能够

---

① 转引自 Adam Zachary Newton, *Narrative Ethics*, Cambridge, Massachusetts: Harvard University Press, 1997, p. 23。

② 转引自 Jared Lubarsky, "History and the Forms of Fiction: An Interview with E. L. Doctorow", in Christopher D. Morris, ed., *Conversations with E. L. Doctorow*, Jackson: University Press of Mississippi, 1999, p. 38。

第一章　20世纪60—70年代小说中的叙事人称与政治伦理

从中看到多克托罗对历史编撰中消失的声音的关注，看到作家对历史宏大叙事的质疑，与历史书写展开的初步对话，以及探索历史真相的政治伦理立场。

第二节　历史真相的追问与双重视域：《但以理书》中的混合人称叙事

历史叙事中的"大历史"体现了权威性与官方化，而后现代思潮中出现的"小历史"则更突出个体性与主观性，相比较而言，也更能展现被大历史边缘化的、更多可能的真相。多克托罗最擅于利用不同的叙事视角真实地呈现历史。海登·怀特曾说，叙事是"对抗无知、不了解或健忘等背景而出现的叙述者的声音，它有意使我们的注意力集中在以特定方式组织的一段经验上"[①]。美国官方公布的具有重大影响的政治事件，美国许多作家都进行过重写，以期通过不同的声音展现不同的经验，从而揭示围绕真实事件的更多可能真相。多克托罗因为对美国历史、政治性的事件的描写，逐渐被视作"新左派"的代表。[②]

20世纪50年代后的美国有着极端的政治思想倾向。经历"二战"确立世界霸主地位之后，美国在经济方面日渐强盛，但冷战思维导致其政治上偏向政治上的极权主义，出现了著名的"间谍案"。政治上的极权与个体的极度不自由是多克托罗政治伦理质询的又一方

[①] [美] 海登·怀特：《后现代历史叙事学》，陈永国、张万娟译，中国社会科学出版社2003年版，第171页。

[②] 这方面的研究聚焦其小说作为政治小说类型的探讨，涉及其对美国文化现状的揭示，对公正观念的探讨（Paul Levin，1985）；他的公正观念与激进犹太人文主义思想的渊源关系（John Clayton，1983）；批判左派共产主义乌托邦理想（Stephen Cooper，1993）；批判美国资本主义的操纵力（Christopher D. Morris，1999）；以质疑的笔触激发政治对话（Michelle M. Tokarczyk，2000）；针对现代主义的"悲观绝望"提出自由与公正性问题（John McGowan，2011）等。

面。他借由对卢森堡案这一历史真实事件的复写提出了自己的思考。多克托罗解释,"60 年代后期,我发现自己一直思考罗森堡案件。我觉得我思考得越多,越发现有可写的内容。当时我还没明白为什么写、怎么写、会得出什么样的结论,但我已经着手写作了。我发现自己可以抓住的东西很多:不仅仅是关于困于局中的两个人的明白确定的故事,也是关于整个美国左派及其在我们的历史中所承担的牺牲作用。"[1]

对历史真实事件的虚构性再现,在后现代小说中并不鲜见。约翰·巴思(John Barth, 1930—)的《烟草代理商》(*Sot-Weed Factor*, 1960)、托马斯·品钦(Thomas Pynchon, 1937—)的《万有引力之虹》(*Gravity's Rainbow*, 1973)、罗伯特·库弗(Robert Coover, 1932—)的《公众的怒火》(*Public Burning*, 1977)都是这方面的代表。罗伯特·休斯(Robert Scholes, 1851—1914)在《虚构与元小说》(*Fabulation and Metafiction*, 1979)中总结,"过去十多年来的重要小说具有强烈的倾向,即转向那种显然过时的历史小说形式",但是这些小说"并非基于 19 世纪主导西方思想的实证主义历史观念","历史事实遍布其中,但当中同时又透着刻苦探究的味道。它们有意挑战这样的观念,即历史可以通过对事实的客观研究重现"[2]。哈琴阐释,编史元小说"利用历史记录中的真实与谎言",故意"篡改众所周知的历史细节,目的在于前置历史记录中可能存在的记忆错误"[3]。《但以理书》再现了持有左派思想的两代人,凸显了动荡的 20 世纪 60 年代中,面对政治极权的个体对自由产生的焦虑。

依据保罗·列文对小说写作背景的考察,20 世纪 60 年代,美国

---

[1] Paul Levin, "The Writer As Independent Witness", in Richard Trenner, ed., *E. L. Doctorow: Essays and Conversations*, Princeton: Ontario Review Press, 1983, p. 61.

[2] Robert Scholes, *Fabulation and Metafiction*, Chicago: University of Illinois Press, 1979, p. 206.

[3] Linda Hutcheon, *A Poetics of Postmodernism: History, Theory, Fiction*, New York: Routledge, 1988, p. 114.

第一章　20世纪60—70年代小说中的叙事人称与政治伦理

左派运动频繁,"左派的兴起是美国历史上激进主义的新篇章",《但以理书》可谓是"以小说的形式对美国政治的冥想"①。道格拉斯·福勒更认为这部小说"可毫无顾忌地被视为左派的宣传书,具有与乔治·奥威尔的《动物农庄》同样的道德义愤……与多斯·帕索斯的《美国》、约瑟夫·海勒的《第22条军规》同样的历史意义"②。斯坦利·考夫曼(Stanley Kauffmann)盛赞其为"我们这个时代的政治小说"③。虽然多克托罗极为反对为他的小说贴上"政治小说"的标签,但小说所明显透露的政治话语与政治态度却很难不让人视其为政治小说。且多克托罗声称"我很愤怒。我的确认为,20世纪,人们极为畏惧他们的政府,这是全世界都无可避免的事实。丹尼尔说过每个公民都是国家的敌人,将被统治人民当作敌对者是统治者的本性"④。小说的序言部分,多克托罗分别引用了《圣经》中的《但以理书》、惠特曼的《自我之歌》和艾伦·金斯堡的《美国》中的文字,它们呼应了小说所蕴含的警示,颂唱了"被征服、被屠戮者",表达了愤怒的情感基调。如何表现愤怒及其中透露出的焦虑,成了多克托罗创作这部作品的过程中的忧心所在。

实际上,经历了《大如生活》的失败⑤,多克托罗本人在文学创作中更急于找到自己的声音。《但以理书》就是他寻找声音的创作之旅。多克托罗不讳言他写作这部小说时因找不到合适的视角而备尝艰

---

① Paul Levin, *E. L. Doctorow*, New York: Methuen & Co, 1985, pp. 36, 38.
② Douglas Fowler, *Understanding E. L. Doctorow*, Columbia: University of South Carolina, 1992, p. 44.
③ Stanley Kauffmann, "Wrestling Society for a Soul (Review of *The Book of Daniel*)", in Ben Siegel, ed., *Critical Essays on E. L. Doctorow*, New York: G. K. Hall & Co., 2000, p. 64.
④ Larry McCaffery, "A Spirit of Transgression", in Richard Trenner, ed., *E. L. Doctorow: Essays and Conversations*, Princeton: Ontario Review Press, 1983, p. 46.
⑤ 这部小说继续多克托罗首部作品中对通俗小说模式的使用,运用科幻小说的形式讲述纽约突然出现的一男一女两巨人及其给人类社会带来的种种危机。多克托罗称这部小说是他的《马迪》(*Mardi*),他赞同诺曼·梅勒对其的评价,即该小说缺乏更为深刻的社会主题和深度,他也因之拒绝将该小说再版。

参与的诗学：E. L. 多克托罗小说的叙事伦理

辛：本想用过去时态写作一部第三人称叙事的小说，在叙事时间上也更为谨慎，但创作了 150 页后，他觉得无聊透顶，甚至质疑自己作为作家的能力，还将已完成的书稿丢弃，却也在那时候找到了丹尼尔的声音。叙述者丹尼尔的讲述从 1967 年的阵亡将士纪念日始，至 1968 年春哥伦比亚大学关闭、他被迫离开图书馆止。叙述者围绕艾萨克森案，时而以评述者的第三人称客观姿态讲述，时而以作为亲历者的回忆性第一人称讲述，时而又以作为亲历者的体验性第一人称讲述。韦恩·布思说，"视角属于技巧问题，是为实现更大的目标而采取的一种手法"[1]；伊恩·瓦特（Ian Watt）同样强调，"视角应成为决定性的手段，作家据此表达他的道德情感"[2]。可见，叙事视角与伦理表达之间存在着重要联系。《但以理书》中的叙述者丹尼尔运用第一、第三人称交替叙事，在整个叙述过程中使用了他本人作为回顾者、旁观者、参与者、评论者、干预者的多重叙事视角，两种叙事人称的随意转换形成了对艾萨克森案件的双重审视，凸显了国家利益至上的政治伦理对个体自由的压制，以及叙述者以赢得读者同情为目标的叙事意图。

一 书写历史事件：丹尼尔的诘问与第三人称叙事

国内有译者将《但以理书》译为《丹尼尔之书》，除了 Daniel 有两种中译文外，或许还因为这部作品俨然是一部丹尼尔的回忆录，设有目录，目录之下是以美国庆祝日[3]为题的四部分内容（第三部以"海星"为题的除外）。作为叙述者也是写作者的丹尼尔正忙于博士

---

[1] Wayne C. Booth, "Distance and Point-of-View: An Essay in Classification", in Michael J. Hoffman and Partick D. Murphy, eds., *Essentials of the Theory of Fiction*, 2nd Ed, Durham, North Carolina: Duke University Press, 1996, p. 172.

[2] Ian Watt, *The Rise of the Novel: Studies in Defoe, Richardson and Fielding*, Berkeley and Los Angeles: University of California Press, 2001, p. 285.

[3] 另外三部名称分别为"阵亡将士纪念日"（Memorial Day）、"万圣节"（Halloween）、"圣诞节"（Christmas）。

第一章　20世纪60—70年代小说中的叙事人称与政治伦理

论文的写作，其成果便是读者见到的这部围绕他父母案件与他本人精神世界所撰写的书。多克托罗不仅赋予丹尼尔作为叙述者的身份，更是将其虚构为美国卢森堡案中的夫妇之子。寻找博士论文主题使其得以以观察者与研究者的身份回忆这一事件。叙事心理学家提出了人们回忆经历时采取的观察者记忆[1]，认为其是通过旁观者的视角看待自我和经历，通常会使用第三人称或他者的叙述方式[2]。丹尼尔的第三人称叙事试图与事件保持距离并以研究者与评论者的姿态审视艾萨克森案和相关的历史与政治问题，其不断的诘问中揭示了国家利益高于一切所带来的政治迫害与个体的极度不自由。

艾萨克森夫妇的案件，在丹尼尔看来，是那个对共产主义充满敌意的时代的产物。无论是对丹尼尔还是对多克托罗而言，艾萨克森案代表的是一种理念，一个迫害时代的标志性事件，这其中隐藏了许多未解之谜。这也是许多评论提及多克托罗在这部小说中借艾萨克森案指涉卢森堡案的缘由。因之，丹尼尔才会追溯至《圣经》中与他同名的先知但以理（Daniel），他在这两者中看到了相同的个体遭受迫害的经历。丹尼尔通过展现上帝在《圣经》中的本质与功能，强调上帝作为公正的裁决者，会对那些信仰者施以仁慈与帮助，对不信仰者施以惩罚。由之，作为"二等公民"的但以理所拥有的解梦、预言的能力，皆出于他对上帝的信仰。他也正是因为对上帝的忠诚而不断付出个体代价。在艾萨克森夫妇身上，丹尼尔发现了相同的品质，他们来自"三流家庭"，他们加入共产党，因为

---

[1] 叙事心理学家主要是探讨人们叙述个人经历的不同方式与人格的关系，依此理解人生故事的意义及其在自我与人格发展中的作用。他们将人们回忆经历时采取的角度分为场景记忆（field memories）与观察者记忆（observer memories）。其中的场景记忆是指通过自己的视角看自我和经历，常采用第一人称叙述的方式。详见 Georgia Nigro and Ulric Neisser, "Point of View in Personal Memories", *Cognitive Psychology*, Vol. 15, No. 4, 1983, pp. 467–482。

[2] Georgia Nigro and Ulric Neisser, "Point of View in Personal Memories", *Cognitive Psychology*, Vol. 15, No. 4, 1983, p. 468.

参与的诗学：E. L. 多克托罗小说的叙事伦理

他们相信在"社会公正性中可以发掘出自身的价值"①。他们在案件中坚持自己的立场，这让他们走向最终被处以死刑的结局。不过，丹尼尔此处真正想传递的却是他对于那些忠于信仰，当信仰与外部世界的价值体系发生冲突时，不可避免成为的受迫害者的矛盾心态。这也是多克托罗借助这两者间的类比，想要再现的历史现实：冷战时期的美国人"都必须服从某种思想，不然就会失去工作，甚至更糟。想法都可以成为罪行"②。

敢于对当权思想甚至体制提出挑战与质疑的人或行为，必然会遭遇来自政权的压制。丹尼尔·贝尔指出："最为关键的事实是，社会不是自然之物，它是一个人造结构，有一套专横规则来调节自己的内部关系，以免文明的薄壳遭到挤压破坏"③。正如小说中丹尼尔的查证，苏俄的布哈林（Bukharin）因指责斯大林、质疑其工业及之后与德国联盟的政策而被驱逐出党，并被判以叛国罪。这是苏俄为维护其内部秩序而对挑战者施以的惩罚。丹尼尔在"一个有趣的现象"的小标题之下，引用历史学家的观点简要呈现了美国"一战"后存在的类似状况：战争的狂热延续在战后的公共生活中，人们急于在社会生活中寻找藏匿的"敌人"④，这其实是为稳定其内部关系而采取的政治举措。"一战"后的"红色恐惧"显然是这一举措的历史实例。丹尼尔四次强调"历史学家们早已对该现象进行了阐释"⑤。但即便如此，历史似乎并没有令人们吸取到任何教训，种族歧视、政治迫害延续至"二战"后并直接导致了艾萨克森案件的发生。

---

① E. L. Doctorow, *The Book of Daniel*, New York: Penguin Group, 1971/1996, p. 32. 下文中《但以理书》的引用部分皆出自此版本，注释将仅标注书名与页码。
② 陈俊松：《当代美国编史性元小说的政治介入》，博士学位论文，上海外国语大学，2010 年，第 141 页。
③ [美] 丹尼尔·贝尔：《资本主义文化矛盾》，赵一凡、蒲隆、任晓晋译，生活·读书·新知三联书店 1989 年版，第 51 页。
④ *The Book of Daniel*, p. 23.
⑤ *The Book of Daniel*, pp. 23 – 25.

第一章 20世纪60—70年代小说中的叙事人称与政治伦理

为了显示其客观的态度,丹尼尔列出了他对三位与这一案件有某些关联的旁观者的看法:《纽约时报》记者杰克·费恩、艾萨克森案代理律师的遗孀范尼·阿谢尔、养父罗伯特·卢因。费恩在艾萨克森案发生十年之际对该案件进行了重新评定,他连续用了"糟糕的"(piss-poor)、"毫无道理的"(nothing)、"胡说八道"(shit, bullshit)、"疯狂"(crazy)等词描述该案,强调它是主审法官升官的踏板,且据说司法部门出于安全考虑而未将一份据信提供了无可辩驳的证据的材料公布。他相信,这份报道不解密的原因只是因为它有利于被告方。因此,艾萨克森夫妇在与政府的这场较量中绝无胜算。范尼·阿谢尔对艾萨克森夫妇的评价不乏个人的感情色彩。她指责他们不愿配合律师建议,认为他们有罪,罪在"愿意被利用"①,而这也损耗了身为律师的范尼丈夫的寿命。作为律师的罗伯特·卢因则从职业角度证实了费恩所言,并就该案件进行了更为专业的阐释。在他看来,艾萨克森夫妇从始至终都不知道他们被判死刑是因为他们被当作了整个活动的策划者,要他们招供并不是要他们悔过,也不是就此说明美国不存在公正。其目的,包括死刑的判决,都是要他们去指证其他人,这本身成为调查程序的一部分。对于指证艾萨克森夫妇的明迪什医生,罗伯特认为他无知也无辜。他加入共产党是为了使处于中下层阶级的自己能够获得令自己满意的社会意识和某种俱乐部生活。因而他的指证动机,一是相信或是被劝服去相信他自己有罪,二是相信自己无罪,但相信或是被劝服去相信他的朋友有罪。无论哪一种动机,在罗伯特看来,其余生都将生活在这个案件的结果所造成的极度恐惧中。

无论是艾萨克森夫妇还是明迪什,在他们所处的时代,盲目加入共产党又被抛弃的他们都只能是那个历史时期的牺牲品。他们被指控为斯大林主义者,这正是"冷战时期美苏意识形态对峙的一个重要

---

① The Book of Daniel, p.216.

内容，反映在思想领域内，则成为对斯大林主义的清算"①。丹尼尔之所以会对父母案件持有质疑的态度，是因为他所生活的20世纪60年代仍经受着清算，任何激进运动都会受到政府压制，他参加的华盛顿游行运动即遭遇了警察的暴力袭击。值得注意的是，政府通过各种制度维护其价值体系及内部关系的同时，也会通过相应组织形式维持并强化其价值体系。T. 帕森斯提出，"价值系统自身不会自动地'实现'，而要通过有关的控制来维系。在这方面要依靠制度化、社会化和社会控制全部一连串的机制"②。丹尼尔在迪斯尼乐园中便体会到了其发挥着社会调控的作用：

> 显然，这当中有政治寓意。迪斯尼乐园为大众提供了缩略的速成文化技术，盲目的兴奋，就像电击，强烈地要求接受者与其国家的历史、语言及文学方面确立丰富的精神联系。在人口密集的世界，即将实现对大众高度支配的时代，这一技术会非常有用：既可用来取代教育，又可最终取代人的经验。人们如今在迪斯尼乐园里观光，不会注意不到其真正的成就，那就是对大众的操控。③

多克托罗让丹尼尔和明迪什最终在迪斯尼乐园碰面，其实也在影射他们始终处于政治的操控之下。

如果将丹尼尔第三人称叙事呈现的内容做一串联与综合分析，会发现它们对应着艾萨克森夫妇从参加20世纪40年代激进运动、被确定为叛国者，到被判处死刑，始终摆脱不了的政治压制的命运。丹尼

---

① 金衡山：《"老左"、"新左"与冷战——〈但以理书〉中对激进主义的批判和历史再现》，《国外文学》2012年第2期。
② [美] T·帕森斯：《现代社会的结构与过程》，梁向阳译，光明日报出版社1988年版，第141—145页。
③ *The Book of Daniel*, p. 289.

第一章　20 世纪 60—70 年代小说中的叙事人称与政治伦理

尔说，他故去的父亲教他如何成为一个"心理上的局外人"[1]。其实无论是保罗·艾萨克森还是丹尼尔，他们都成不了心理上的局外人，因为他们都以入世的姿态参与了时代的政治生活。所以，即使丹尼尔想以第三人称客观描述艾萨克森案件及相关历史，他终究还是会回到带有自己情绪的第一人称叙事。

二　还原历史真相：丹尼尔的愤怒与第一人称叙事

显然，丹尼尔所用的第三人称叙事不足以表达他讲述故事的情绪，因而，他的叙述过程中经常以第三人称开始一段叙述，却很快变成第一人称叙事。佩吉·纳普（Peggy Knapp）评论："丹尼尔试图用自己的方式再现过去的历史时，拒绝使用观察与铭记历史的美国式模式……他必须对培养了他的记忆的文化持有不信任的态度，并坚持他对现实的个体理解方式，因为他对这段历史的质询是在评判整个美国"[2]。正因如此，丹尼尔坚称自己为"感知的小罪犯"（little criminal of perception）。他以少年时期的感知视角与成年时期的回顾性视角，在呈现他所见证的父母案件过程中不断进行着视角越界，展露出他"充满同情的态度，同时也不乏批评及清醒的判断"[3]。基于此，作为见证者的丹尼尔通过叙述整理和理解艾萨克森案的过程，也是他表达对政体压制历史真相之愤怒的过程。

丹尼尔有客观叙述的欲望，他的叙述中出现了许多事件发生的场景。不过，正是在对这些场景的回顾与思考中，他的第一人称叙事重现了激进主义与政治体制之间的博弈。在以"皮克斯基尔"为小标题的叙述中，丹尼尔回忆了他的父亲在与许多社区成员的一次野外旅

---

[1] *The Book of Daniel*, p. 34.
[2] Peggy A. Knapp, "Hamlet and Daniel (and Freud and Marx)", *Massachusetts Review*, Vol. 21, No. 3, 1980, p. 491.
[3] Stephen Cooper, "Cutting Both Ways: E. L. Doctorow's Critique of the Left", *South Atlantic Review*, Vol. 58, No. 2, 1993, p. 115.

参与的诗学：E. L. 多克托罗小说的叙事伦理

行中遭遇的暴力行为。他们被指责为"杂种犹太共产党人"①。大家在躲避时，父亲竟挤向车门，向警察呼救，结果吸引了周围包围他们的人并因之受伤。丹尼尔用了一般现在时进行描述，毫不掩饰当时甚至现在仍然感受到的恐惧。父亲的行为得到了同志们的感激，因为当时如果没有他那样的举动，或许会车翻、人伤亡。但他却认为，没有任何人行动的情况下，父亲的行为值得骄傲却令人难以理解，因为父亲竟真的相信警察会帮忙。丹尼尔此处实际表达了他对政治体制的维护者的不信任，警察在事件中完全是旁观者的姿态，任由那些不同政治立场的群体之间发生冲突。这其实是政府为维持其内部关系的平衡而持有的纵容姿态。同样，少年时的他或许不明白要求释放父母的集会上人群的激动，但作为成人的他回顾这段经历时已明白，"释放他们"的口号是激进运动者们与政府体制对抗的象征符号。

对艾萨克森遭遇的叙述中，丹尼尔客观研究的姿态终敌不过他想揭示他所看到的真相的渴望，以此反思并驳斥被操纵的历史真相。述及被莫名抄家，丹尼尔怨愤不已，联邦探员毁灭性地破坏着屋内的一切，记者们不断编写这个案件却从未提及艾萨克森家的贫穷。他的叙述直指受控的传媒业，实际也在影射历史真相受人左右的事实。官方逮捕丹尼尔父母的理由是"密谋向苏联传递电视机机密"②，但在丹尼尔家徒四壁的陋室内，美国联邦调查局（FBI）搜不出有力证据，他们便连孩子破旧的玩具也不放过。此外，艾萨克森被判死刑是因为他们犯有叛国罪，然而判决却含混且语焉不详："艾萨克森夫妇因为密谋向苏联提供原子弹的秘密而被定罪。不——是氢弹的秘密。或者是钴弹？或者是中子弹。也或者是汽油弹。大概这一类。"③ 历史只以寥寥数语记述艾萨克森夫妇叛国、受审、被杀的经过，而丹尼尔兄妹则远不能释怀。就像苏珊始终走不出那段往事，时时觉得十多年后

---

① *The Book of Daniel*, p. 49.
② *The Book of Daniel*, p. 116.
③ *The Book of Daniel*, p. 205.

第一章　20世纪60—70年代小说中的叙事人称与政治伦理

他们仍受着不公正对待,最终选择以自杀的方式对抗政权的力量。

作为见证人,丹尼尔相信自己持有真相,即父母无辜,但他同样希望能弄明白艾萨克森案中明迪什的立场。在与明迪什的女儿琳达的对话中,他尽量站在对方的立场,理解她与他们一样是案件的受害者,只能选择隐姓埋名的生活。丹尼尔甚至提出了"另一对夫妇的理论"①,设想或许存在一对类似于艾萨克森夫妇的男女,他们在艾萨克森夫妇被调查的前一周早已逃亡,目前居住在莫斯科,他们才是政府寻找的叛国者或间谍。他的理论不能为琳达所接受,但这却让他自己相信这可以解释很多他想不明白的地方。这听来荒谬,也像是丹尼尔为自己父母脱罪的一厢情愿,但也的确是他反思历史真相的尝试。至少丹尼尔经过对历史的发掘和自己的叙事,从不同角度补充了自己对这一案件真相的认识。他为其叙事设置了三种结尾:前往曾经一家人在布朗克斯的居所,被关在门外;父母和苏珊超越时空的两场葬礼;被赶出哥伦比亚大学图书馆,因为学生运动导致其断水断电,图书管理员调侃丹尼尔被解放了。其实无论哪一种结尾都不能作为定局。一如保罗·列文所言,"历史本就只是自由之争与自我实现之旅的延续"②。丹尼尔所述的结局未尝不是他对自己及他对历史重新认识的开始,至少自此以后,隐忍了如此之久的他"有了哭泣的能力"③。

在他的第一人称叙事中,丹尼尔仍然采用了他在第三人称叙事中的全知者角色,包括对他所叙述的对象的心理阐释。这种明显的越界现象,主要体现的是丹尼尔的审思。多克托罗在一次采访中曾说,"我很愤怒。我觉得20世纪给我的确定感觉就是,人们对他们自己的政府充满畏惧。这其实是全世界无法避免的一个事实。丹尼尔认为,每一个公民都成了自己国家的敌人。思想控制的本质,即视每个

---

① *The Book of Daniel*, p. 278.
② Paul Levin, *E. L. Doctorow*, New York: Methuen & Co, 1985, p. 193.
③ *The Book of Daniel*, p. 299.

被统治的人为敌人"①。他是在以自己的叙述揭示并对抗着这样的思想控制。

三 重回历史现场：丹尼尔的意图与混合人称叙事

丹尼尔的叙事以第三人称开始，但从一开始，他就对这种叙事模式不够信任，不断夹杂着第一人称的解释、补充与评论，甚至用现在时描述发生在过去的事件。叙述中，他不断进行着自我贬低。诚然，丹尼尔的这类叙事表明他仍无法理性消化，更不用说摆脱艾萨克森案的影响，某种程度上，这也起到了唤起读者在阅读心理上对他的同情。詹姆斯·费伦的叙事伦理中曾提出一种"真诚却被误导的自我贬低"的不可靠叙事，它通常出现在费伦所说的伦理/价值轴上。这种不可靠叙事依赖于两种共存的价值判断，其一为真诚的自我贬低，其二为解释为什么这是被误导的自我贬低②。丹尼尔的自我贬低不断显示出他的愤怒情绪和时代的喧嚣，他寻求读者审视时代的政治伦理，实现对受迫害者的同情。

叙事之初，丹尼尔自问该"如何赢得读者的同情"③，他认为可以在对他最不重要的时刻展现出不幸，于是干脆就从他在书架中寻找一个博士论文的论题开始。这才有了他在整部小说中以第三人称全知视角对美国20世纪20—60年代政治概况的叙述，并逐渐将之引向第一人称叙事，让读者在见证他所讲述的故事时承担起伦理责任。叙事中，他专门以"致读者"为小标题，特意唤起读者的注意：

读者，这是给你们的一张便签。如果这让你们觉得简单，

---

① Larry McCaffery, "A Spirit of Transgression", in Richard Trenner, ed., *E. L. Doctorow*: *Essays and Conversations*, Princeton: Ontario Review Press, 1983, p. 46.
② [美]詹姆斯·费伦：《作为修辞的叙事：技巧、读者、伦理、意识形态》，陈永国译，北京大学出版社2002年版，第17页。
③ *The Book of Daniel*, p. 7.

第一章　20 世纪 60—70 年代小说中的叙事人称与政治伦理

> 如果经历了这么久还是看上去简单……如果它简单，并令你们觉得此时还是令人生厌地简单，就像是捡起那些破碎的条缕再将它们扯碎般令人生厌……如果真是那么简单，那么读者，我正看透你们。或许我们可以一起在悲痛中撕扯我们的衣衫。①

整个叙述过程中，丹尼尔不断进行着与读者的互动与对话。在他的第一人称叙事中，他毫不吝啬于揭示他本人的生存现状和他是怎样的人。他强迫妻子在自己驾驶的途中发生性关系，得不到妻子同意时，他便在暴雨中放弃使用雨刮器，以他们一家三口的命作为要挟；他在小广场上将襁褓中的儿子抛向空中，且越抛越高，直至周围的人对他指指点点，儿子脸色苍白；他穿着"羊皮夹克，监牢中囚犯穿的衣裤和凉鞋"②前往洛杉矶寻找明迪什一家，他的这一装束甚至被视为劫机犯，且连出租车司机都不愿载他。丹尼尔对自己略显变态行为的赤裸呈现，虽然会遭到指责，却也因他对艾萨克森案的难以释怀，赢得了读者同情。剖白了强迫妻子的行为之后，他又挑战读者："你们信吗？还要我继续讲吗？……你们他妈的是谁？谁说你们能读这些内容的？这些不是不可侵犯的吗？"讲述了与艾萨克森案件相关的大部分内容之后，他又指责读者"可怕"③，因为他们正一字一句地读着他所叙述的内容。丹尼尔这变化不定的态度，主要出于他担心许多东西都难以捉摸，不确信自己能否通过叙述呈现出故事的原貌，获得公正的对待。

为了博得读者的同情，丹尼尔甚至在他的叙事中加入罗谢尔·艾萨克森的第一人称叙事。马克·柯里论断："当我们对他们（小说里的人物）的内心世界、动机、恐惧等相当了解的时候，我们更容易

---

① *The Book of Daniel*, p. 54.
② *The Book of Daniel*, p. 261.
③ *The Book of Daniel*, pp. 60, 246.

对他们产生同情。"① 罗谢尔的叙述中充满她对丈夫和孩子的爱，对审判的渴望，对明迪什的鄙视，对正义的坚持。她在这场案件中有了新的自我认识，觉得自己简直是石头做的，本不该经受这些痛苦。丹尼尔的叙述中却插入了罗谢尔的第一人称叙事，丹尼尔对此的解释是，"这不是对红色幻想进行的基本分析，这只是作为记述者对可获得的记述的清点"②。这样的清点令罗谢尔有机会表达她的疑问，但她找不到自己的答案。丹尼尔同样给不了读者明确的回答。或许正因为这种遗憾，才更能引起读者的兴趣和认同。

叙述中，丹尼尔时常用"我们""你们"的指称。他用"我们"指涉他与苏珊，展现他们经历的不同寻常，也希望赢得读者的谅解，特别是对苏珊的理解。他们在姑妈家的遭遇，在收容所的不适与逃离，以及在第一任养父母家的不合作，这些都与艾萨克森案和使他们沦为孤儿的政治不无关系。叙事中使用"我们""你们"这样看似泾渭分明的指称实际是在呼唤一种理解。似乎只有不断地指涉"你们"，才能使他的叙述有意义。正如他最终决定叙述父母遭电刑的场景。他的详细叙述说明他亲眼见证过这一事件，并给他留下深刻的创伤，但他一直回避这一话题，直到小说快结束时才叙述。叙述中他曾提及其他几种执行死刑的方法，但唯有这一种令他悲伤得不能释怀，因为他的父亲被电击处死之后，他的母亲微笑着接受最终的命运，通电过后却被告知，第一针剂并不足以让她死亡，她是在许多人的见证下活活被电死的。丹尼尔似乎在向读者的宣誓中获得叙述这部分内容的勇气："我想你们肯定认为我不敢讲电刑。肯定有这样的你存在，一直都有这样一个你。你——我会向你们证明我敢讲电刑。"③ 正是这样略带匹夫之勇的宣誓，令读者见证罗谢尔之死时更有震撼之感，

---

① ［英］马克·柯里：《后现代叙事理论》，宁一中译，北京大学出版社2003年版，第19页。
② *The Book of Daniel*, p. 202.
③ *The Book of Daniel*, p. 296.

第一章 20世纪60—70年代小说中的叙事人称与政治伦理

也才能理解他的避而不谈。

丹尼尔复杂的思想状态所表现出的人称、时态的随意转换,不仅说明艾萨克森案给他留下巨大的心理创伤,而且传递出丹尼尔对叙事本身的担心:怕文字表达不了思想。不过即便如此,他还是怀有希望:将叙事与文字封存在时间之中,等待着检验与救赎。第一人称表达切身感受,第三人称进行有距离的观察与评论,它们在小说中形成了"客观与主观的双重视点",使"交换运用不同视角对事件进行描写成为可能"[1]。多克托罗说,丹尼尔的状态就应该是那种无法用线性叙事表现的状态,他的思维是发散性的。"他愤怒,他悲伤,他的妹妹就快死了,他记得小时候发生的事情,他还读到了政府最终决定推行冷战政策的文件。作为作者,我无法控制他的思维,小说记录着他的思想状况。那是那种情况下,人们应该具有的思想状态。"[2]

《但以理书》呈现了"双重视域"(double vision),一是多克托罗对待历史与写作的态度,一是丹尼尔叙事中所表现出的对同情的渴求与批判态度。它们又可归于一种视域,即他们共同的"探寻"姿态,在写作中发现意义、窥见真相。它所影射的是20世纪50年代的罗森堡案,但却不是对该历史的重写。多克托罗在这部小说中实际将这一事件当成了一种政治思想,从而考察被誉为自由、民主的社会中的政治伦理。在政治小说的外衣下,多克托罗借丹尼尔的愤怒揭示,即使历史真相难寻,但质疑的态度应始终存在。丹尼尔的"书"书写了己悲,宣泄了情感,质疑了历史,却也如惠特曼的《自我之歌》所颂:"我踏歌而来,吹着号角、擂起战鼓,不只为胜利者欢呼,亦为死难者哀鸣。"

---

[1] 赵炎秋:《狄更斯长篇小说研究》,社会科学文献出版社1996年版,第287页。
[2] 陈俊松:《当代美国编史性元小说中的政治介入》,博士学位论文,上海外国语大学,2010年,第141页。

第三节 谁在讲述谁的历史:《拉格泰姆时代》中的"我们"叙事

小说参与历史书写,对过去进行重写与再现,其目的与历史编撰一样,是赋予过去以意义,面向现在与未来,而不是将过去视为确定性的东西,以决定论、目的论的态度待之。多克托罗撰写过多篇散文表达自己对历史书写的思考,但他更偏向使用小说这种文学创作模式,因为他认为这样的文学类型更有助于开掘历史中那些"被抛弃的声音和这些声音的隐义"[1]。那些声音多属于历史中被禁言、被边缘化的他者。多克托罗对他们的珍视实际体现了他文学创作中坚持发掘历史真相、探究历史真实的努力。他的小说构建了另一部美国史,一部既包含真实事件与有名有姓的历史人物,又涵纳了那些官方历史中失却身影、失去声音的群体与普通个体的历史。尽管多克托罗的许多小说都被贴上了历史小说的标签,但显然他的小说并非传统历史小说。它们兼具历史小说与后现代小说的诸多特征。麦克海尔(Brian McHale)在《后现代小说》(*Postmodernist Fiction*, 1987)一书中比较了传统历史小说与后现代历史小说将历史真实人物置入虚构场景的三种不同方法并提出,传统历史小说努力做到"谨慎,尽量使之真实",后现代小说则与之相反,因为它试图将真实人物置入虚构场景的做法"前置",这违背了传统历史小说的限制:"明显与'官方'历史相矛盾,夸耀无政府主义,将历史与想象融为一体。"在麦克海尔看来,这种真伪不明的历史、编造出的历史时代、丰富的历史想象,是"后现代修正性历史小说的典型策略"[2]。这也正是琳达·哈琴所称的"编史元小说"的写作特色。

---

[1] E. L. Doctorow, *Poets and Presidents*, New York: Random House, Inc, 1993, p. ix.
[2] Brian McHale, *Postmodernist Fiction*, London and New York: Routledge, 1987, p. 90.

第一章 20世纪60—70年代小说中的叙事人称与政治伦理

多克托罗早期的小说也鲜明地表现出麦克海尔所指出的后现代历史小说和编史元小说的特征。他于1975年创作出版的《拉格泰姆时代》就是对美国19世纪末20世纪初被称作美国黄金时代的一段历史的重新书写，揭示了一个崛起中的帝国内部潜在的社会结构不平衡、贫富差距、种族及阶级等问题。经历了"纯真年代"的美国在这个时期经历了飞速的发展，呈现出欣欣向荣之态，国际地位与形象也在逐渐提升。多克托罗以Ragtime为题，本身就赋予了小说一定的隐喻。就小说的历史时代而言，此时正是黑人音乐形式"拉格泰姆音乐"出现并盛行的时期，多克托罗特意在小说中设置了一位擅长演奏拉格泰姆音乐的黑人音乐家科尔豪斯。就此历史时期的阶级结构而言，移民与贫穷问题弥漫美国，多克托罗赋予犹太移民Tateh一家以此二重隐义。可以说，小说标题就已涵盖了作者所要关注的历史与社会问题。当然，多克托罗书写这段历史的目的并不仅是修正这段崛起中却又有着各种社会问题的历史，他想探究历史真实，想探究这段历史中的人和历史书写的当下意义。

有书评者早在小说刚出版时便提出，多克托罗成功地"抓住了历史真实的线索并将之转变成一则神奇的寓言"，他将一个国家从"优雅拉进了世俗"，但他所描述的并不是"罪恶"，也不是作家在"炫技"[1]。当然，这其中对多克托罗处理历史真实的做法也不乏批评之声。拉塞尔·戴维斯（Russell Davies）发现多克托罗将一众历史人物，包括胡迪尼、摩根、布克·T. 华盛顿、埃玛·古尔德曼、福特、皮瑞等置于小说中，只在其中设置了几个虚构人物，认为多克托罗创造了一个"天真的、异想天开的、充斥社会历史场景的娱乐盛会"，这部小说简直就像是一部"连环画册"[2]。约翰·厄普代克（John

---

[1] R. Z. Sheppard, "The Music of Time", in Ben Siegel, ed., *Critical Essays on E. L. Doctorow*, New York: G. K. Hall & Co., 2000, p. 69.

[2] Russell Davies, "Mingle with the Mighty", in Ben Siegel, ed., *Critical Essays on E. L. Doctorow*, New York: G. K. Hall & Co., 2000, p. 70.

参与的诗学：E.L. 多克托罗小说的叙事伦理

Updike，1932—2009）在三十年后提及该作品时还在强调这部小说中的人物都是"作家手上没有生命的提线木偶"[1]。但客观来说，小说虽像是历史学家的编撰，再现了那段历史时期中耳熟能详的人物，但他们并不只是"提线木偶"，相反，正是他们的存在，才能与虚构的人物产生互动，从而生发出作者想表达的意义。

多克托罗并置了三个虚构家庭，形成了三条叙事主线，而这三条线最终在小说结尾处汇集成了一条线，也正因如此，才有了《拉格泰姆时代》的这部叙事。小说中的三条叙事线包括白人小男孩一家、Tateh 一家及科尔豪斯"一家"，他们被历史的车轮裹挟着前行，成为历史上一个个留下真实姓名的人物身边的真实个体，共同填充着美国那段历史时期的社会空间。表面看来，多克托罗以第三人称客观、宏大叙事的形式呈现这幅美利坚民族迅速崛起的历史画面，但小说开篇即说"那是 1906 年"[2]，便暗含这是不知名的叙述者带有回忆性的叙述，它不像是历史编撰，更像是切身经历过的一段回忆录。那一个个读者熟悉的历史名人也非"提线木偶"，他们在小说中的存在与选择完全服务于小说的叙事目的与故事架构。在叙事人称上，尽管第三人称客观叙事的形式贯穿了整部小说的始终，但隐身的叙述者却以预叙的形式两度出现在叙事中。作者有意做此叙事处理，显然是对历史编撰中所谓的客观叙事提出疑问。此外，尽管第三人称叙事极力表现出客观，但隐在叙述背后的叙述者似乎仍可被窥得一面，因为其叙述中充满事后知悉的黯然、同情与骄傲感，这也说明隐藏的叙述者应该是成年后的小男孩和 Tateh 的女儿，即小女孩。可以发现，他们依托第三人称叙事却有时显现于

---

[1] John Updike, "A Cloud of Dust", *The New Yorker*, September 12, 2005.
[2] E. L. Doctorow, *Ragtime*, New York：Random House, 1975, p. 3. 以下《拉格泰姆时代》中的引文皆出自该版本，引用部分将以英文书名加页码形式标注。另外，部分引文译文同时参考 [美] E. L. 多克托罗《拉格泰姆时代》，常涛、刘奚译，译林出版社 1996 年版。

第一章 20世纪60—70年代小说中的叙事人称与政治伦理

叙事进程中的目的在于揭示拉格泰姆时代中被遮蔽的种族与阶级问题。

一 非人称叙事中的个体杂音与作为"我们"的叙述者

20世纪前后尤其是20世纪最初的十年被称作"现代美国真正塑形前的最后纯真年代"①。此时,西奥多·罗斯福治下的美国正迈入工业现代化,美国社会财富大量积累,其作为一个新兴民族大国的身份地位也亟待确立。多克托罗以非人称的宏大叙事叙描了世纪之交至"一战"结束前的美国:第一次世界大战即将来临,硝烟弥漫;罗伯特·皮瑞率领的极地探险队极力彰显民族身份,挑战人类的极限;工业大亨 J. P. 摩根、亨利·福特开始成为美国工业领军人物,各自缔造商业王国;逃生艺术大师哈里·胡迪尼成为富人阶层的座上宾,其异类表演探索人的极限求生满足了许多人的猎奇心理;黑人领袖布克·华盛顿坚持以依附白人为基础的种族平等主张;无政府主义者"红色艾玛"艾玛·戈德曼向伊芙琳·内斯比特(这个时期最为出名的交际花)宣传着女权主义……这些历史上有名有姓的人物与确切记录的事件不仅成为小说背景的历史指示,也构成了我们感受历史空间与时间的重要元素。

多克托罗沿用了历史小说对历史真实的再现,但这些真实的人物与事件并不只是作为背景存在,他将虚构人物放置在这些真实人物的身边,让他们共同参与历史事件,因为历史不应被全然浓缩为人名与事件,它更应该保留无数无名个体存在的痕迹。因而,多克托罗的历史书写被认为是后现代历史小说,主要原因在于其将真实与虚构并置,让真实人物与虚构人物同台,更加真实地还原历史本身。但真实并非多克托罗首要关注的问题。《拉格泰姆时代》第20章中专门描

---

① Barbara Foley, "From *U.S.A* to *Ragtime*: Notes on the Forms of Historical Consciousness in Modern Fiction", *American Literature*, Vol. 50, No. 2, 1978, p. 86.

参与的诗学：E. L. 多克托罗小说的叙事伦理

写了摩根与福特两大巨头的会面。曾有学者问及这场会面在历史上是否真实发生过，多克托罗回答，"它在我的小说中发生了"。所以，有些历史事件是否真的发生过并非多克托罗历史书写的中心，那是历史学家需要探究的，他更关心的是小说中的真实，是那些处于特定历史时期的人们可能的举动与需求。在多克托罗的小说中，他们与其说是历史真实人物，毋宁说是被多克托罗赋予了特定面容的人物。学者南帆说，面容作为符号，需接受"符号体系的规范"，成为文化成分被纳入文化视野[①]。多克托罗的历史叙事接受了这些面容所代表的历史、文化元素，又赋予其作为角色的政治、伦理身份，成为作家建构宏大叙事的符号矩阵中的"行动元"。

《拉格泰姆时代》的叙事遵从历史叙事的非人称模式，尽管其中没有出现任何清晰的时间标志，但具有典型时间感的"行动元"纷纷登场，他们或为主体或为客体地串联起了从19世纪末到"一战"结束的叙事时间线。尽管多克托罗说他从没有想过这部小说与流行于那个时代的拉格泰姆音乐之间有什么类同关系，他只是想"恢复现代派出现前存在于小说里的那种精神"，建立"一种冷峻的叙述文体"[②]，但其结构与节奏都契合这种音乐形式。像拉格泰姆音乐每支曲子会有四个主题那样，小说在叙事结构上也由四个部分四十章构成。小说的叙事节奏紧凑却并非线性的讲述。隐含叙述者的讲述中，间或是对真实人物的叙述，间或是对虚构人物的描述，各真实人物之间以这样或那样的方式彼此联系甚至出现在同一个时空。为了表现这是针对一个时代的宏大历史叙事，作者并没有将之写成单个的真实人物的历史传记，而是绘制为更加波澜壮阔的群英传。这也很像拉格泰姆音乐的演奏方式。该音乐创始人斯科特·乔普林（Scott Choplin，1868—1917）强调，拉格泰姆音乐的曲子不兴"弹得太快"，它是按

[①] 南帆：《文本生产与意识形态》，暨南大学出版社2002年版，第153页。
[②] ［美］查尔斯·鲁亚斯：《美国作家访谈录》，粟旺、李文俊等译，中国对外翻译出版公司1995年版，第185页。

第一章 20世纪60—70年代小说中的叙事人称与政治伦理

照"切分音法、循环主题……着重节奏的器乐曲"①。综观小说的四个部分及其中出现的真实人物的频率,他们从未被刻意置于同一个出场场景中。作者总是让他们你方唱罢我登场,形成与虚构人物的互动,但也不规避这些真实人物碰面的可能性。

多克托罗在真实人物的选择上颇费心思。19世纪末至20世纪初的近二十年间,能将姓名留在史册中的何止百千,但作者尽力以三个虚拟家庭的叙事线为主干,聚焦了几位与虚构人物有这样那样的联系并足以撑起并勾连起这个时期美国国内与国际的历史空间的真实人物:逃生技艺大师哈尼·胡迪尼、已显富豪寡头地位的 J.P. 摩根、领队北极探险的罗伯特·皮瑞、游学新世界的弗洛伊德、交际花伊芙琳·奈斯比特、女权社会活动家埃玛·戈德曼以及布克·华盛顿。多克托罗并没有旁观性地复现他们在历史上留下的足迹,相反,尽管叙述的整体基调仍是宏大的历史叙事,力求客观,但作者明显赋予了这些历史真实人物丰富的情感,让他们有了看的权利,借由他们的眼睛反观与他们共存于同一时空的人、事、物,以交互聚焦的方式更多面地展示历史中的人,让读者走近带有情感与思想的真实历史人物。

在此,宏大叙事中显现了隐形的叙述者的情感与立场偏向。直到小说的第三部分开始,叙述者才以"我们"的形式显露些许痕迹。尤里·马格林(Uri Margolin)提出,在叙事中由"我们"进行的叙述,其中的"我们"并不是封闭或自成一体的叙述主体,它更像是叙事"系统",打着复数主体的名号在不同的文本中表现出不同的形态。事实上,"我们"并不是"复数的声音",它往往由个体的叙述者"代言",会表现出个体叙述者的立场②。在《拉格泰姆时代》的

---

① [美]查尔斯·鲁亚斯:《美国作家访谈录》,粟旺、李文俊等译,中国对外翻译出版公司1995年版,第184页。
② Uri Margolin, "Collective Perspective, Individual Perspective, and the Speaker in Between: On 'We' Literary Narratives", in Willie Van Peer & Seymour Chatman, eds., *New Perspectives on Narrative Perspective*, New York: State University of New York, 2001, pp. 247-253.

参与的诗学：E.L.多克托罗小说的叙事伦理

叙事中，这样的"我们"尽管只在第三、第四两个部分共出现过四次，但从整部小说的叙事特征可以辨析出，其代言人是小说中的WASP小男孩和犹太移民家庭的小女孩。

在小说第一章的末尾处，胡迪尼与小男孩之间有了短暂的交集，且小男孩在胡迪尼离开前提醒他要"警告公爵"[1]。这段匪夷所思的对话是多克托罗故意设置的预叙，这是任何正史叙事无法做到的，此处凸显了隐藏的叙述者对胡迪尼的偏爱，这也导致其后的叙述中对他的着墨尤为多。多克托罗似乎如许多美国人一样为那位逃生技艺大师哈尼·胡迪尼的生平传奇着迷。尽管撰写《胡迪尼的秘密世界》的作者声称，"胡迪尼不是死在水牢里，也没有恋母情结，更不只是个伟大的艺人"[2]，但多克托罗多少还是迎合了他的美国读者，揭秘了胡迪尼的艺人生涯中的多场表演，呈现了一个东欧犹太移民凭靠技艺在美国攀爬的人生。隐形叙述者叙述中的胡迪尼陷入了对自己技艺的迷茫：出席各种场合进行表演，会为有钱人表演各种逃生艺术，但显然，那群外表光鲜，衣着华丽，"两片嘴唇吐出的俏皮话，像癫痫病人口中的白沫一般"[3]的观众并不是他的理想观众。相反，他更在意那些马戏团的表演者，敬佩其中的将军遗孀。他会去医院看望在矿难中幸存的移民，认为其逃生的技能值得他学习，不惜被当成神经病被扔出去。在美国遇到表演瓶颈，他又前往欧洲寻找灵感。因为母亲之死，他倍感孤独，在对更高技艺的追求中丧命。胡迪尼的经历呈现了移民在贫穷中的求生经历。以他为纲的这一段切分音与虚构人物Tateh一家的叙事线索并行存在，与这一虚构的旋律相互配合又更凸显了对社会贫穷主题的刻画。

在对贫穷主题的呈现方面，隐形的叙述者还围绕另一位他们应当

---

[1] *Ragtime*, p. 11.
[2] ［美］威廉·卡卢什、赖瑞·史罗曼：《胡迪尼的秘密世界：美国第一超级英雄的诞生》，吴妍蓉译，百花洲文艺出版社2017年版，第3页。
[3] *Ragtime*, p. 21.

第一章　20世纪60—70年代小说中的叙事人称与政治伦理

熟悉的纽约交际花伊芙琳·奈斯比特展开，她的故事所构成的切分音与虚构人物 Tateh 一家的故事同样构成了主、辅旋律。伊芙琳出身底层，接受了各种训练并嫁入了上层社会。小说中，伊芙琳出场时正在等待离婚，她那有变态行为的丈夫此前杀死了她的情夫，正面临被起诉的局面。伊芙琳是多克托罗所有小说中少有的着墨较多的女性，她在小说中的存在勾连起虚构人物包括白人母亲的弟弟、Tateh 与小女孩及真实人物社会女权主义者埃玛·戈德曼，呈现了20世纪之初前后二十年间美国社会中的种种问题，包括妇女地位问题：她们要么像伊芙琳一样，成为愉悦男人的工具，哪怕身体遭受各种限制、伤害，只为取悦男人而存在；要么如 Tateh 的妻子一般，为了家庭的柴米油盐委身他人后又被丈夫抛弃；要么则是像埃玛·戈德曼那样被冠以社会不安定分子的恶名。伊芙琳与小女孩在贫民区的相遇，又用她的眼看到了不同于她所追逐的上流社会生活的另一种生活：这里贫穷，通风状况糟糕，环境极度恶劣，却是很多移民和平民的唯一栖身之处。

如果说胡迪尼和伊芙琳是以美国人的内在视角经历并体验这个时代的美国，弗洛伊德的美国之行则以一种外视角审视这个时期的美国。在弗洛伊德的眼中，这个新世界让他难以忍受，"马蹄哒哒，货车隆隆，街车吱吱辘辘，还有汽车喇叭的嘟嘟声"[1]。随着亨利·福特的流水线带来的生产效率的提高，资本积累的速度得到快速提升，美国越来越多地成为欧陆及其他地区移民的目的地。这样的车马喧嚣象征的正是美国经济的蒸蒸日上。弗洛伊德带着欧洲人对新世界的审慎观察对比着新旧两个世界，他看到的是"精力过剩、粗鲁无礼"的美国人，是一个"不分历史阶段和国家特点庸俗地全盘照搬欧洲艺术和建筑风格"的美国，是随意混杂"巨富与赤贫"、混乱不堪又纷繁复刻欧洲文明的新世界[2]。他评价，这里让他窒息，"美国就是

---

[1] *Ragtime*, p. 40.
[2] *Ragtime*, p. 42.

个错误"①。这样的喧嚣中，尽管他的学生荣格在犹太家庭的小姑娘身上注意到其与自己"令人震惊的相似"②，他们短暂的旅程尚无暇见证这一切背后的另一面：工会被禁；矿工工资微薄，生活不堪；童工遍地。机器工业带来的现代化进程中，光鲜遮蔽了这背后的衣衫褴褛、不公与贫穷。尽管着墨不多，但美国人对弗洛伊德一行也有反凝视，视他为"某位德国性学家，倡导自由之爱，擅用体面之词谈论肮脏之事"③。社会飞速进步的美国还无法容纳前卫的思想，但这阻挡不了他们对同时期美国之外时空的好奇。

除了借助作为局内人的胡迪尼、伊芙琳，弗洛伊德一行的视点对美国本土的社会生态进行宏大叙事，小说还借罗伯特·皮瑞和 J. P. 摩根走出美国、行走欧洲与埃及进而反观美国，表现出新兴民族极力想要摆脱作为欧洲复制品的身份、确立自身民族政治身份的诉求。罗伯特·皮瑞此时的北极点探查是在地理空间的维度上拓展他们的民族身份。类似于胡迪尼对个体生存极限的挑战，皮瑞的北极点勘察同样有对个体极限的挑战，不过更接近一种民族的冒险精神的外化。极具象征意义的美国国旗被竖立在地球最北端，似也昭示了这个时期美利坚民族的地理空间拓展之实力。J. P. 摩根是美国政治、经济秩序的维护者，代表的是崛起中的、即将超越欧洲的美国。他的名字象征着美国经济符码，是权力的化身和白人世界的权威。他所创造的庞大经济帝国是美国经济体的影射，如何能更为长久地保持经济体掌舵人的地位，成为已年至古稀的摩根努力的方向。他在埃及寻求长生之法，其根本希冀是能始终把控自己的财富，他的希冀与这个新兴的国家掌控一切的梦想一致，表现出美好的前景，而这是精神颓败的欧洲君主们已无力实现的。他在文艺复兴时期的欧洲中心罗马高坐"直背的

---

① *Ragtime*, p. 44.
② *Ragtime*, p. 43.
③ *Ragtime*, p. 39.

第一章　20 世纪 60—70 年代小说中的叙事人称与政治伦理

座椅"[①] 接待寻求其庇护的欧洲贵族；这一叙事场景中的坐与立、应与求喻示了世界政治格局的逐步变化，生动呈现了美国依托其经济在国际政治空间中地位的上升。

叙述者力求忠实于历史真实，在关涉几位真实人物的叙述中以历史叙事的合理性为首要原则，兼顾了宏大叙事中的客观性，以非人称叙事的方式表现出历史的诗意。正如特里维廉（G. M. Trevelyan）所评价的，历史的诗意并非要通过漫无边际的虚构和想象建构，对历史进行的再叙事是由"追求客观事实又结合想象力"[②] 共同构成的。因之，它也就符合了海登·怀特所说的历史的知性审美，即历史叙事本就源于"想象力对时间性、历史演进的因果关系等知识性元素的自由参照，对变换中的不变性的体察与运作"[③]。当然，哪怕小说标题影射了时代，多克托罗的创作绝非要重写那段历史。因而他所创作的这些真实人物更具有其时代的印记，更接近于可能的历史真实，他是在以作家的责任书写历史正义。作为虚构性作品，多克托罗在客观历史与宏大叙事的路径中，引入了个体声音，从而使小说中的历史叙事更加复杂，也使客观性大打折扣。

在非人称叙事所营造的历史宏大叙事中，多克托罗突然让小男孩现身，在小说一开头便以预叙的方式让小男孩告诉胡迪尼，"警告公爵"[④]。这突兀的声音尽管没有中断叙事进程，却会让读者陷入迷茫：公爵是谁？为何要警告公爵？又警告公爵什么？这种通过"时间上的指向性以引起读者期待"[⑤] 的预叙显然不是历史叙事中惯用的方式。略有世界历史知识的读者或许会将其与第一次世界大战联系起

[①] *Ragtime*, p. 356.
[②] 转引自 David Cannadine, *G. M. Trevelyan: A Life in in History*, New York: Penguin Books, 1998, p. 75。
[③] 转引自王志华《历史叙述：从客观性到合理性》，中国政法大学出版社 2013 年版，第 193 页。
[④] *Ragtime*, p. 6.
[⑤] 胡亚敏：《叙事学》，华中师范大学出版社 2004 年版，第 68 页。

来，但叙述声音在这里的突然出现，结合第一部分明显的虚构性，不难让读者联想到虚构性历史叙事对历史宏大叙事的戏谑。直至小说第一部分的最后一章（第十三章），叙述者才开始讲述胡迪尼与奥匈帝国大公弗朗茨·斐迪南之间的联系与会面，公爵甚至还无知地以为当时驾驶飞机的胡迪尼是飞机的发明者。这段戏谑性叙述再次凸显了历史叙事的刻意性与主观性。

"我们"的介入使非人称叙事的历史呈现出清晰的立场和视域，契合了拉格泰姆音乐的切分音，令小说的叙事结构呈现出复杂的样态，同时也有助于呈现小说开掘边缘他者的主题。在分为四个部分的叙述中，真实人物频繁出现在第一部分，在此宏大叙事中，历史时空真实展开，也确立了后面三个部分叙事的两条主线与主题。北极点勘察队从纽约出发，乘坐"罗斯福号"启航，在大西洋上与一艘挤满移民的船只偶遇。如此多的移民源源不断前往这个日臻发达的新世界，渴求着在美国获得新的身份；与此相对，承载着美国空间探索志趣的"罗斯福号"则向着广袤的北极进发，渴求着其世界身份。这一进一出折射出美国吸引外部移民又不断向外扩张的双重走向。哪怕在仅由数十人组成的探险队中，肤色也形成了明显的社会差异。黑肤色的马修·亨森深谙北极爱斯基摩人的极地生存技巧，有着丰富的探险技能，但真正登上极点、代表美国的只会是皮瑞，马修只能是帮手一般的存在。多克托罗对此的描述实际揭示了美国当时不得不面对的移民、贫困、种族、性别等日益严重的国内问题，以及在愈显紧张的世界局势和迫在眉睫的世界大战面前的投机心理。作为拉格泰姆主旋律的双重主题，即贫困与种族问题也便顺理成章地在第二、第三部分渐次呈现。

二 "我们"的叙述聚焦与"拉格泰姆时代"中的他者群体

不可否认，作为虚构性历史叙事，多克托罗的关注重点并非再现历史宏大叙事。他是以文学虚构的方式开掘那些被宏大叙事遮蔽的、

第一章 20世纪60—70年代小说中的叙事人称与政治伦理

符合时代特征的诸多个体。这一吸纳了小人物的历史叙事体现的是作家对历史真相的揭示和其作为作家的历史正义感。罗兰·巴特、福柯等学者早已提出作者之死、文本之外无物等主张。许多作家也认为，最好的虚构应当是那些摒除了作者观点的作品，其最好的表现手法是展示（showing）而非讲述（telling），如此才可让读者在阅读中形成自己的评判。韦恩·布思则认为，再客观的虚构叙事中都蕴含着作者的代言人，即隐含作者，蕴含着作者与读者之间的修辞伦理关系[1]。在多克托罗看似没有明确叙述者的客观历史叙事中，实际还是能看到作者赋予的特定观察视角。杰弗里·哈帕姆阐释《拉格泰姆时代》中的叙事技巧时便提出，多克托罗的"大部分沉思都是通过小男孩这一角色实现的。小男孩被赋予了时断时续的优势，成为游移不定的叙事声音的中心"[2]。哈帕姆的观点在多克托罗所使用的叙事人称"我们"一词上可以得到印证。叙事学中的"我们"事实上可被看成是"我"的变体，在进行事件报道与故事讲述中，它代表的其实还是个体的意识[3]。正是借助小男孩这一作者代言人时显时隐的声音和聚焦，多克托罗揭示了隐匿于美国一片生机下的种族问题，表达了其发掘历史真实、还他者以历史地位的作家正义感。

多克托罗在其著作中提出："真正的民主应允许多重声音的存在，确保创作出的获得认可的社会现实具有自我修正性，如此才能在数代的变迁中，接近人们所梦想的真实。"[4] 这符合其一贯关注的历史公正性问题。在《拉格泰姆时代》中，他对德国18世纪剧作家海

---

[1] Wayne C. Booth, "Resurrection of the Implied Author: Why Bother?", in James Phelan, Peter J. Rabinowitz, eds., *A Companion to Narrative Theory*, Oxford: Blackwell Publishing Ltd., 2005, p. 76.

[2] Geoffrey Galt Harpham, "E. L. Doctorow and the Technology of Narrative", *PMLA*, Vol. 100, No. 1, 1985, p. 88.

[3] 尚必武：《讲述"我们"的故事：第一人称复数叙述的存在样态、指称范畴与意识再现》，《外国语文》2010年第1期。

[4] E. L. Doctorow, *Reporting the Universe*, Cambridge: Harvard University Press, 2004, p. 3.

参与的诗学：E. L. 多克托罗小说的叙事伦理

因里希·冯·克莱斯特的中篇小说《迈克尔·科尔哈斯》（*Michael Kohlhaas*）①进行了再创作，在对私有财产的维护中置入了种族问题②。叙述者在对这一种族问题的叙述中，不断进行着自我反驳，从而将美国社会中严重的种族对立问题铺陈开来。小说一开始，叙述声音饱含爱国情感，叙述画面中有男有女有各种喧嚣，叙述者强调："没有黑人。没有移民。"③然而，没过多久，叙述者便又自我纠正，且作者还以斜体突出："显然，有黑人。有移民。"④这在一定程度上淡化了 20 世纪初罗斯福时代表面的繁华。叙述者对移民的描写随着白人父亲的北极探险优先在第二章出现，对黑人的具体描写则到小说第九章才开始出现。海登·怀特在《元历史》中提出，不存在作为"超验概念"的历史；琳达·哈琴更明确地指出，后现代主义语境中，对历史认识的双重性，即一方面"重申各种历史背景的重大意义，甚至其所起的决定性作用"，另一方面又表明不存在所有人都相信的所谓唯一真实的历史概念⑤。叙述者在对美国 20 世纪初黑人与移民存在问题的随意修正，既展示了作为背景的 20 世纪初的美国社

---

① 这部出版于 1808 年的中篇小说是以 16 世纪发生在柏林附近的真实故事为原型。马商汉斯·科尔哈斯前往莱比锡参加交易博览会，路途中，他的两匹马被当作通行费扣留。愤怒之下，他公然挑战当权者，焚烧房舍，与聚集在他身边的团体进一步犯下恐怖罪行，马丁·路德给他的责难信也未能劝阻他。他最终被公开处以死刑。海因里希·冯·克莱斯特在此基础上保留了马商和扣留两匹马的官员的角色，丰富了故事中的情节与人物：马匹受折磨，科尔哈斯要求医治马匹并使其恢复健康；他的未婚妻为帮他遭到殴打以致死亡；科尔哈斯聚集了另外七人展开了一场争斗，最终得到了恢复健康的马匹，他本人则欣然赴死。细读《拉格泰姆时代》中关于科尔豪斯的故事情节与人物可以发现，多克托罗几乎是将整个故事人物与架构照搬过来，将之移植到美国这个新兴的民主国家，以表达他对这个时期被从美国历史中抹除的群体的政治关怀。（参见 https://en.wikipedia.org/wiki/Michael_Kohlhass）
② Lieselotte E. Kurth-Voigt, "Kleistian Overtones in E. L. Doctorow's *Ragtime*", *Monatshefte*, Vol. 69, No. 4, 1977, p. 404.
③ *Ragtime*, p. 4.
④ *Ragtime*, p. 5.
⑤ Linda Hutcheon, *A Poetics of Postmodernism: History, Theory, Fiction*, New York: Routledge, 1988, p. 89.

第一章　20 世纪 60—70 年代小说中的叙事人称与政治伦理

会、政治风貌，同时也修正了看似唯一的历史，指出了当时主流话语中被淹没的、两个至今仍然存在的突出的社会问题。

事实上，尽管美国内战带来了黑奴的解放，但其后数十年无论经济繁荣抑或遭遇危机，其存在的种族主义问题已成为影响美国国际声望的存在。在其国内，无论南北，都存在着一种担忧，即黑人一旦获取自由，便会抢夺白人的工作。这一忧虑加重了贫穷白人对黑人的种族主义暴行[1]。小说中种族冲突的焦点即是拥有拉格泰姆音乐表演技能的黑人钢琴师科尔豪斯与他每日必经的消防站中的爱尔兰白人之间的冲突，起因是白人毁了科尔豪斯的福特汽车。围绕这一冲突，形成了黑白两大阵营：一方以白人施害者、政府、警察、律师、媒体、摩根及虚构的白人父亲为代表；另一方则是以坚决要求恢复财产的科尔豪斯和他的伙伴为代表。职业钢琴师科尔豪斯·沃克师从拉格泰姆音乐创始人斯科特·乔普林，原本在一家纽约乐团工作，收入稳定，过着相对体面的生活。但在这样一个贫富严重分化且种族问题的实际存在被有意抹杀的时代，科尔豪斯的存在显然撩拨了白人群体的神经。

叙述者在呈现科尔豪斯的经历与遭遇时始终尽量保持客观冷静的口吻。如此出现在读者面前的科尔豪斯·沃克是个充满自信、有稳定工作与收入的体面人。他第一次被允许进入白人小男孩家的时候，并没有因自己是黑人从而有低于白人的身份意识。他举止从容，在白人父亲看来"毫无困窘神态"[2]。这是一位对音乐热衷且擅长的黑人音乐家，可以与白人父亲侃侃而谈他对音乐的认识与心得。在白人父亲带着鲜明种族立场问起黑人音乐之时，科尔豪斯解释，那种音乐往往是白人扮演成黑人在巡游演出时使用的音乐。他眼中的音乐没有肤色与种族之分，他的钢琴师身份使他获得了一定的社会地位，也遮蔽了

---

[1] Richard J. Perry, "*Race*" *and Racism*, New York: Palgrave Macmillan, 2007, p. 159.
[2] *Ragtime*, p. 182.

他对这个时期种族差异的认识。在科尔豪斯身上表现出的是超越种族身份的音乐家身份,他拥有作为钢琴师的自信并及早地步入了有产者行列,成为最早拥有福特轿车的有色人群。他时常驾驶这辆崭新的轿车在纽约哈莱姆地区和新罗谢尔白人聚居区之间往返。但正是他这样作为黑人却不自知的姿态,加上他拥有大部分白人都不可能拥有的财产,挑战了白人的忍耐力,遭遇了整个社会的压制。科尔豪斯之所以与白人小男孩一家产生联系,是因为白人母亲救了曾妄图自杀的黑人姑娘萨拉和萨拉与科尔蒙斯的儿子。北极探险归来的白人父亲本就不太接受家中突然出现的黑人姑娘和黑人男孩,科尔豪斯的到来更被认为是对白人空间的侵入,严重影响了他的生活。科尔豪斯如白人绅士般的举止令父亲极为不满,后者认为与他们一起登顶北极的马修·亨森都知道将位置让给皮瑞,明白自己在白人面前的位置,科尔豪斯却显然看不见自己的肤色,更弄不清楚自己的种族身份。戴着种族滤镜的父亲本能地认为科尔豪斯是危险分子。撇开这一点,科尔豪斯的衣着,他能拥有轿车并自由穿梭于白人聚居区,这都令他开车途经的一家消防公司的白人不满。通常在他驾车经过此地时,原本兴高采烈聊天的消防员会突然沉默。科尔豪斯都能感觉到他们的愤怒。

托尼·莫里森在《爵士乐》(*Jazz*, 1992)一书中讲述了一对黑人夫妇在移民潮中的 1906 年,从美国南方来到北方谋生的经历;他们遭遇了各种种族歧视,仍然怀揣美国梦,努力活得更好。这代表了当时许多想要在城市生活的黑人的心态。相比较而言,《拉格泰姆时代》中的科尔豪斯 1906 年似乎已经实现了美国梦:拥有汽车和钢琴师的身份。他无视种族差异,但显然他所处的社会空间不容许。这便形成了小说中事件冲突的高潮。消防公司的爱尔兰白人们在科尔豪斯开车必经的道路上设路障,强行索取过路费。科尔豪斯被他们所设的障碍包围,汽车前行的道路被拖拽消防器械的马车阻隔,后退的方向摆着消防梯和各色消防工具,一侧是消防公司,另一侧是农田和池塘。这一幕就像黑人所处的社会空间一样,被包围压缩在了有限的空

第一章 20世纪60—70年代小说中的叙事人称与政治伦理

间内。科尔豪斯没有低人一等的想法,他弃车而走,向警察寻求帮助。但他显然没有认识到,警察的公正是服务于白人的公正。当发现科尔豪斯竟然能拥有汽车,而且他还坚决要求追究责任,警察感觉自己的权威受到了黑人的挑衅,便将科尔豪斯拘在警局,而消防公司那些破坏科尔豪斯汽车的白人则毫发无伤。

科尔豪斯的悲剧就在于他试图在一个黑/白二元对立的社会空间,一个由白人主导的社会秩序中寻找与白人共有的公正。这在20世纪初的美国基本没有实现的可能。他寻求公正的举动实际是要求获得相应的政治地位,这一点遭到了来自白人世界和依附白人的黑人世界的抵抗。白人警察嘲笑他的要求,将之拘禁;他的投诉被白人政府彻底无视;白人律师没有去维护所谓的正义,他劝诫科尔豪斯忘了发生的一切并坚称不会为他出庭。整个现存的管理体系都是白人化的,科尔豪斯在体制内寻求公正的诉求不可能实现。尽管美国宪法规定保证人民幸福、自由的权利,且《独立宣言》中早已主张"人人生而平等",但在黑白分化的美国社会,科尔豪斯显然享受不到这些权利。多方求助无果后,他选择以极端的方式赢得社会理应赋予他的个体公正,但这样的方式似乎激起了更大的社会矛盾。大批警察强行搜查所有黑人聚居区,进一步加深了社会空间中的黑白对立。科尔豪斯试图通过媒体将事件前因后果告知公众,但媒体选择藏匿信件,因为担心信件内容登出后会引起社会动荡。媒体在科尔豪斯事件中参与强化了白人主导的社会空间秩序,积极配合政府与警察,利用其掌控的话语权力将科尔豪斯渲染成危险的社会极端分子。

白人统治阶级借助统治工具拥有的"空间生产控制权和积极创造种族的能力"[①] 有效地进行空间隔离,强化了种族意识形态并进一步宰制了处于社会劣势地位的黑人群体。黑人群体成了科尔豪斯悲剧

---

① Michelle M. Tokarczyk, *E. L. Doctorow's Skeptical Commitment*, New York: Peter Lang, 2000, p. 258.

参与的诗学：E.L. 多克托罗小说的叙事伦理

事件的帮凶，他们站在了白人阵营，坚决反对科尔豪斯逾越种族界限、为追回财产不顾一切的行为。科尔豪斯曾求助的哈莱姆的黑人律师建议科尔豪斯不要再去追究或者教训那些白人对他的怠慢行为，告诫他承担家庭责任更为重要。在科尔豪斯报复社会的爆炸案中，作为事件目击者的黑人群体拒绝为他作证，害怕受到来自白人的威胁。多克托罗在小说中为布克·T. 华盛顿留了一席之地，让他成为依附白人、坚定维护黑白二元对立的社会空间的代表人物。历史上的布克·华盛顿主张黑人以温和的手段，通过勤勉的工作获得民主权利，小说中的他秉持相同的主张，反对"任何黑人就政治与社会平等问题产生不安情绪"，呼吁所有黑人"依赖白人的帮助取得进步"[①]。他成为反对科尔豪斯的最坚定的黑人力量。科尔豪斯占据摩根图书馆，迫使警察满足他的目的并形成对峙后，布克受命斡旋。他没有同为黑人的同理心和移情，科尔豪斯的遭遇在他眼里过于小题大做，他强烈谴责科尔豪斯的行为，将其视作对白人权威的挑战和对现有秩序的破坏，认为其会使黑人的社会待遇更加糟糕。他调停想要达到的目的就是让科尔豪斯放弃与警察的对峙，快速结束这一场轰动全市的案件，直接让他被白人处死。科尔豪斯的遭遇不仅仅是个体财产遭受侵犯而无处求得公正处置的问题，更是 20 世纪初的美国无法回避也解决不了的悲剧。从享有一定社会地位的钢琴师到因为肤色而不得不与整个白人主导的社会机构对抗，科尔豪斯最终从整个社会秩序中被排挤了出去，成为被人痛恨、危害社会稳定的极端分子。

在对科尔豪斯的历史叙事中，隐形的叙述者并非那般客观地无动于衷，显然叙述者在情感倾向与对待事件的态度上更偏向于白人弟弟的观点，且为了解释这种情感上的偏见，干脆现身用"我们"来继续进行叙述，极富同情地呈现了那个被各种外界力量逼迫、坚定准备赴死同时也安顿好同伴的科尔豪斯·沃克。叙述者借助白人弟弟的聚

[①] *Ragtime*, p. 323.

第一章 20 世纪 60—70 年代小说中的叙事人称与政治伦理

焦讲述了科尔豪斯的追随者们眼中的科尔豪斯：即便成为全城公敌，他对待同伴仍"谦恭有礼""从不苛求或独断专行"[1]，吸引了像白人弟弟这样的白人与他为伍。这些近距离的观察使科尔豪斯不再是单一的恐怖分子形象，使这个历史他者不会简单沦为面目可憎的社会危害分子。

多克托罗在整部小说中始终保持非人称叙事的方式，尽量以客观的形式再现拉格泰姆时代和这个时代中隐藏的问题，直到小说接近尾声之时才让叙述者现身，出现带有个体情感的叙述话语。海登·怀特讨论历史叙事时说过，叙事是一种修辞，它"远非用完美的透明性表现虚构或真实事件的中立媒介"，而是具有"独特体验和思考世界及其结构和进程的话语表达方式"[2]，具有意识形态性和政治性。多克托罗让"我们"出现，不只是引起读者阅读的兴趣与猜测，也是更直接地对话历史叙事，从内部否定其客观性，强调了这类叙事在历史叙事中开掘他者的潜在的个体偏向性与政治性。

三 "我们"的叙述立场与"拉格泰姆时代"的历史重述

除了在《但以理书》中，多克托罗明确表示过曾为选用什么样的叙事人称而苦恼外，他在其他小说中并未因叙事人称问题纠结过。《拉格泰姆时代》常常被视为历史传奇，具有历史叙事的特征。海登·怀特认为，历史叙事会预设一个"知者"，讲述其所知道的一切，叙述者的声音"使我们的注意力集中在以一种特定的方式组织的一段经验上"[3]。叙述者或许不会现身，但其声音代表了立场和态度。米克·巴尔在区分第一、第三人称时说过，这种区分"有时是

---

[1] *Ragtime*, p. 179.
[2] ［美］海登·怀特：《叙事的虚构性：有关历史、文学和理论的论文 1957—2007》，［美］罗伯特·多兰编，马丽莉、马云、孙晶姝译，南京大学出版社 2019 年版，第 342 页。
[3] ［美］海登·怀特：《叙事的虚构性：有关历史、文学和理论的论文 1957—2007》，［美］罗伯特·多兰编，马丽莉、马云、孙晶姝译，南京大学出版社 2019 年版，第 171 页。

参与的诗学：E. L. 多克托罗小说的叙事伦理

无效的"[1]，但相比较而言，显然第一人称历史叙事会因为这是显而易见的个体叙事而令读者产生不信任感，第一人称叙事往往带有更多的情绪与情感色彩，第三人称则在呈现事件、构建主题方面更为客观，且具有更多的叙事空间。在《拉格泰姆时代》中，多克托罗采用了非人称叙事的方式，但根据文本线索，我们可以推测，《拉格泰姆时代》中隐形的叙述者为成年后的小男孩与小女孩，他们在小说第三、第四两部分主动现身，以"我们"的身份出现过四次，其中两次都出现在"我们从白人弟弟的日记中发现"[2] 这样的表述中。他们的现身使对如科尔豪斯这样的历史他者的故事的叙述多了主观性与情感的偏向，强化了对社会意识形态及种族不公正的挞伐。不过，因为作者使用了非人称叙事的方式，叙述者在前面大半的叙述基本保持了隐身，以客观的态度叙述，始终保持着与所述故事的距离，但文本中极少出现的作为叙述者身份的"我们"，实则更能与读者建立阅读契约关系，能够引导读者关注拉格泰姆时代真实与虚构人物的历史命运，让被政治话语消抹的历史他者重登历史舞台，发挥编史元小说争取历史正义的功能。

对那些被厄普代克称作"提线木偶"的历史真实人物，"我们"的叙述在保持客观的同时，也传递给读者真实的感觉，让他们有意识、有视点，进行保持距离且不作评述的叙述。布莱恩·理查德森（Brian Richardson）提出，"我们"是主体性的幻象，它代表着作为说话者的"我"和"我们"之间的联系，也隐含着"我"与"他"／"他们"之间的联系。它兼具第一和第三人称的叙述特征，具有"游移的聚焦"（wandering focalization）这一特性[3]。多克托罗

---

[1] ［荷］米克·巴尔：《叙述学：叙事理论导论》，谭君强译，中国社会科学出版社2003年版，第13页。

[2] *Ragtime*, pp. 282, 311.

[3] Brian Richardson, "Plural Focalization, Singular Voices: Wandering Perspectives in 'We'-Narration", in Peter Hühn, Wolf Schmid, Jörg Schönert, eds., *Point of View, Perspective, and Focalization: Modeling Mediation in Narrative*, New York: Walter de Gruyter, 2009, pp. 148–156.

第一章　20世纪60—70年代小说中的叙事人称与政治伦理

在呈现拉格泰姆时代中的种种真实人物时始终借助非人称/第三人称叙述的方式。胡迪尼有对母亲的依恋，但更多的是想要实现艺术的突破。叙述者在构建了整个拉格泰姆时代的历史后，又放弃了隐身，直接现身以"我们"讲述这位与其家庭有联系的艺术大师，突出他爱"夸大其词""随声附和"[①] 的毛病。对社会公正问题的阻碍者的描述，叙述者始终以对待"他"的姿态出现，尽量摒弃任何情感性的话语。如 J. P. 摩根这般的经济大亨被叙述为美国政治现状的构建者与维护者。叙述者借助科尔豪斯·沃克的视角对之进行了概述：他尽管不担任任何政府官职，却代表了白人世界真正的权威。他缔造了强大的经济帝国，影响力不局限于美国。"一战"风云将起时，游历欧洲的摩根乘坐私人列车悠闲地与欧洲政要和各国银行家宴饮。不同于亨利·詹姆斯笔下那些纯真的美国人，摩根在欧洲的待遇非同一般，他看到的是腐朽的欧洲君主们颓废的精神状态，行将就木的王朝在历史前进的车轮中几乎被碾压。摩根成了他们的救命稻草，而他本人在面对那些欧洲的当权者时，高坐在"直背的座椅上，双手交叉放在置于双腿间的手杖上"[②]，宛若君主般接待着那一个个企图从他这里获得通往新世界大门的欧洲贵族。这极具政治隐喻的姿态预示了新大陆与旧世界即将重组的格局。作为经济命脉与政治权力的掌控者，摩根比多数人更能左右自己的命运，但已至古稀之年的他渴望永生，在他自建的博物馆内收藏着人类古文明的历史遗存，包括三千年前古埃及一位法老的木乃伊。他甚至渴望死亡，认为这个世界会期盼他的再生。如摩根这般的权力享有者与支配者是历史中的胜利者，他们占有社会空间的主导位置，欲成为宰治虚构人物科豪尔斯、Tateh 等普通个体的支配者。叙述者在呈现这些历史名人之时保持着客观理性，但也让读者看到了这些历史真实人物在当时的历史时期中的所思和所

[①] *Ragtime*, p. 363.
[②] *Ragtime*, p. 356.

参与的诗学：E. L. 多克托罗小说的叙事伦理

行，尤其是他们与那些被历史湮没的他者产生的这样那样的联系，这反倒让历史中应有的他者显现，表现出作家见证历史的正义性。

讲故事的人在再现历史时只有保持叙事的距离，才能保持客观性。尽管小说末尾处，叙述者以"我们"出现，甚至还出现了"我"[1] 的第一人称叙事，但那是为小说结尾处的浪漫传奇埋伏笔。非人称叙事引领读者重访历史的同时，也使他们看到了那些被历史边缘化的他者，感知他们的抗争，也认清了美国社会飞速进步与实现现代化的拉格泰姆时代同时也是美国社会"极端贫穷与社会严重不公的时代"[2]。相较于第一人称叙事容易引起读者对叙述者身份、立场、视域等的质疑，《拉格泰姆时代》以非人称叙事的方式再现了各色人物，并以少有的现身、评述表达了宏观历史叙事中的个体杂音和历史叙事中偶然出现的个体偏向性，刻画了作为繁华奢靡的富人生活对立面的贫民窟生活和想要为自己寻求公正的黑人钢琴师科尔豪斯·沃克的历史悲剧。在《虚构的重要性》（"The Importance of Fiction"）一文中，多克托罗提出，无论是历史真实还是小说的虚构，它们"并非截然不同"，事实上，"它们都只是故事"。相比于史实性的记载，"虚构具有民主性，它重申个体思维在创造和改造世界方面的权威"[3]。多克托罗将虚构人物与真实人物编织进同一张历史之网，建构他们共同的遭遇，从而凸显社会不公的普遍性。正是以非人称宏观叙事的方式将真实与虚构人物并置，多克托罗复现了一幅完整的历史画面，考察了民族空间不断扩大、黑人生存空间却受挤压的20世纪初的美国。历史真实人物如 J. P. 摩根、福特被置入与虚构人物黑人科豪尔斯·沃克共存的画面，揭示超越种族身份的社会公正，在权力关系宰制的种族社会空间中，只能是现代美国社会的一个幻象。

多克托罗强调的"公正"实际带有约翰·罗尔斯所强调的社会

---

[1] *Ragtime*, p. 368.

[2] W. Matheson, "Doctorow's *Ragtime*", *The Explicator*, Vol. 42, No. 2, 1984, p. 21.

[3] 参见 E. L. Doctorow, "Ultimate Discourse", *Esquire*, Vol. 106, August 1986, p. 41。

第一章　20世纪60—70年代小说中的叙事人称与政治伦理

制度与结构的正义论观点,他的"正义"一词的主要内涵即是"公平原则"①。在列维纳斯的伦理哲学中,伦理即正义,是对他者的责任。列维纳斯明确指出,正义"最终建基于与他者的关系之上",是"我回应面孔的方式"②。因而,他者是列维纳斯正义概念及伦理学的关键。列维纳斯用"面孔"指代他者,强调面孔的存在呼唤我的回应,要求主体关注正义问题。"与他者的关系——话语——不只是质疑我的自由"③,不是确立我与他者之间的私人关系。列维纳斯坚持,与他者的关系关涉每一个人。正义,作为他者的要求,需要回应。多克托罗将历史真实人物与虚构人物并置于他对历史的再现中,以他们之间的互动突出历史他者,借助历史阐释了社会不公正现象和个体对公正的诉求。文本中作为他者存在的虚构人物是多克托罗通过话语揭示个体不自由的载体,体现了多克托罗对被淹没的他者的伦理回应。

本章小结

在其文学创作早期,多克托罗便强调讲故事很重要,从《欢迎来到哈德泰姆镇》到《拉格泰姆时代》,他一直在摸索着"谁来讲故事""讲什么故事"的创作路径。到《拉格泰姆时代》令其确立文学地位,他的创作关注点逐渐明确,他的作品也逐渐呈现出对美国历史本体的关注,致力于探究历史真相,让那些淹没于大历史中的边缘人重现于历史的画面中。这些历史故事由谁来讲述?基于这样的问题,多克托罗借助或在场或隐身的叙述者的发声,展开了虚构性文学与历史编撰客观性的对话,表现出明确的政治伦理立场。他的小说直接用

---

① [美]约翰·罗尔斯:《正义论》,何怀宏、何包钢、廖申白译,中国社会科学出版社2009年版,第12页。
② Emmanuel Levinas, *Totality and Infinity: An Essay on Exteriority*, trans., Alphonso Lingis, The Hague, Boston, London: Martinus Nijhoff Publishers, 1979, p.197.
③ Emmanuel Levinas, *Totality and Infinity: An Essay on Exteriority*, trans., Alphonso Lingis, The Hague, Boston, London: Martinus Nijhoff Publishers, 1979, p.213.

"我"编撰并叙述历史,揭示历史书写的主观性与个体阐释性,彰显个体借历史书写表达自己追求经济自由的美国梦和借小镇历史编撰进行主体间交流的伦理诉求;借助双重叙事人称呈现第三人称叙事与第一人称叙事的双重局限性,对话第三人称历史书写的政治性和第一人称叙事的个体性,揭示政治倾轧下的个体对自由与正义的渴望;模仿"非人称"的历史宏大叙事却又以"我们"的叙事人称出现,显现个体声音,以质疑之态,还原美国历史上的一段历史时期中可能的另一种历史画面,描摹被大人物遮蔽的他者求生存、求财产受保护、求个体享有公正权利的抗争。

对美国历史中存在的"公正性"问题的关注渗透于多克托罗对美国重要作家作品的解读中,也成为其评价作家作品的准绳之一。揭示美国社会的不公正现象和个体对公正待遇的诉求,成为他文学创作的重要组成部分。《欢迎来到哈德泰姆镇》是多克托罗对话历史叙事的反讽式作品。小说中的布鲁试图以第一人称叙事为小镇编撰历史,但他发现真实的历史编撰极难做到,也担忧读者无法辨别真实,从而将自己的阐释加入了以"账簿"为名的历史书写。他在叙事中表达了自己在美国西部寻求经济自由的美国梦的失败和与"账簿"的读者及多克托罗的读者进行交流的主体间的伦理责任感。《但以理书》则典型地代表了多克托罗文学创作中的"双重视域"的理念,让丹尼尔以亲历者和审视者的第一、第三人称双重视角再现美国卢森堡案件,呈现另一种政治的可能性,暴露了美国政治对个体的倾轧和叙述者借助叙事探查真相、表达主观感受,渴望探明真相的政治平等诉求。他喜欢选择那些被抛弃的声音及其隐义,在《拉格泰姆时代》中将历史真实事件与真实人物放在同一时空,复现了20世纪初迅速崛起的美国及其社会历史面貌。小说将这个时期一个个耳熟能详的名字变成活生生的人,以非人称客观历史叙事的方式和"我们"的游移聚焦模式呈现这个时代大人物们的生活形态,又在其中加入了诸多虚构人物与声音,尝试还原历史的真实面貌。作为"我们"的叙述

第一章　20世纪60—70年代小说中的叙事人称与政治伦理

者鲜有的几次现身评述与争辩使得这个时代的真相不再被一片甚嚣尘上的欢声笑语掩盖，暴露出伴随帝国崛起、被掩于笑声背后的种种对他者的压制，表达了作者对社会公正的正义诉求。

多克托罗早期的小说无论是从西部小说这一类型小说开始，还是以历史传奇的文类模式扬名，都始终在对话历史书写，以明显的主观或带有客观愿望、实际仍表达主观立场的叙事人称对话官方历史话语的政治性，凸显那些被历史湮没的边缘人与事，彰显作家创建可见与不可见，以叙事回应历史的历史正义与政治伦理。

第二章 20世纪80—90年代小说中的叙述者干预与个体伦理

在以质疑的姿态对话历史编撰，呈现历史的叙述者是谁及历史编撰的主观立场之后，多克托罗在其20世纪80—90年代的作品中继续让不同的叙述者讲述着美国不同历史时期的故事，他的作品中依然保有其鲜明的政治伦理立场。他继续探索着讲故事的方式，并且在这个时期的作品中尤能看到他对那些受到社会各种约束的个体的关注。这些个体包括美国独特文化环境中成长的少年、犹太移民后裔、报业编辑、作家，多克托罗赋予他们讲述故事的权力，他们在讲述自己或他人的故事时，其呈现的方式，是展现还是讲述，这些会折射讲故事人的个体伦理立场与价值取向。伦理以"说故事的方式"而存在[①]。詹明信（又译詹姆逊）曾说，"在最狭隘的意义上，伦理思想投射人类'经验'的永久特征"；伦理"本质上是心理的和心理化的，甚至在

[①] 赵毅衡在《叙述形式的文化意义》中引用泽尔尼克的观点，认为伦理是"一种说故事的方式"，控制经验、提供经验被掌握的感觉，是一个复杂的、延展于整个叙事中的文本。参见赵毅衡《叙述形式的文化意义》，《外国文学评论》1990年第4期。

第二章　20世纪80—90年代小说中的叙述者干预与个体伦理

为权威性而诉诸这种或那种心理分析学的地方亦然"[①]。毫无疑问，叙述者在故事讲述过程中的干预能够调节叙事节奏与进程，干扰读者对所述信息的接受，因而最能体现故事层面与叙述层面的双重伦理。

叙述者干预是早期文学叙事作品中的基本修辞方式，到了现当代小说中，这一修辞方法仍是作家们惯用的手法。不过，相比较而言，现代主义与后现代主义小说中使用该修辞手法及其中所透出的叙事伦理显然更为隐晦、更为含蓄。多克托罗的叙述者们都有讲述的欲望，他们因功成名就想要讲述过往、因信息交流形成代际对话、因参与探案想要分享经历、因遭遇创作瓶颈想要分享写作体验。他们还都是讲故事的高手，知道怎么引读者入胜、怎么让读者同情。他们会故意隐瞒事件细节，控制叙述节奏，重新安排事件发生的先后顺序，他们在叙述中所进行的干预也会让读者看到他们的困惑、迷茫与局限。多克托罗通过这些叙述者所讲述的故事和他们对叙述过程进行的调节与干预，让读者看到了这些个体讲述的伦理和他们面对各种境遇时的不同选择与伦理立场。

概论　叙述者功能与叙述者干预：
多克托罗小说中的个体正义

詹姆斯·费伦从修辞学角度对"叙事"进行重新界定时，将叙事的定义从"某人在某个场合，因为某个目的而告诉另一个人发生了什么事"（somebody telling somebody else on some occasion and for some purposes that something happened），转变为"某人为了实现与某些读者之间的特定目的而使用的那些叙事策略"（somebody using the resources of narrative in order to accomplish certain purposes in relation to

---

[①] ［美］弗雷德里克·詹姆逊：《政治无意识：作为社会象征行为的叙事》，王逢振、陈永国译，中国社会科学出版社1999年版，第48—49页。

certain audiences)①。从"发生了什么事"(something happened)到"叙事资源"(resources)的转变,这说明费伦将交流的内容从单纯的故事转向了更多方面,其中包括诸如文类、讲述策略等。但交流流程中不变的是"某人"(somebody)与作为受述对象的"另一个人"(somebody else)或"读者"(audiences),也即叙事学中所强调的叙述者与受述者。叙述者往往被认为是故事世界的"实体,是叙事文本的直接来源"(an entity who is the immediate source of the narrative text)②。

叙述者存在于一个交流序列中,即任何文本都存在从真实作者→隐含作者→(叙述者)→(受述者)→隐含读者→真实读者的交流过程。查特曼在《故事与话语》中通过以下图式对该过程做了进一步解释:

真实作者--> 隐含作者→(叙述者)→(受述者)→隐含读者 --> 真实读者

查特曼将其中的四个成分置于方框中,旨在说明这个交流过程发生在文本内部,构成叙事文本,而被置于方框外的"真实作者"与"真实读者"与叙事文本之间不发生直接关系③。申丹修正了对叙事文本的认识,取消了查德曼的方框部分,将这一交流过程改为:

真实作者 --> 隐含作者→(叙述者)→(受述者)→隐含读者→真实读者

---

① James Phelan, *Somebody Telling Somebody Else: A Rhetorical Poetics of Narrative*, Columbus: The Ohio State University Press, 2017, pp. ix, x.

② David Herman, Manfred Jahn and Marie-Laure Ryan, eds., *Routledge Encyclopedia of Narrative Theory*, London and New York: Routledge, 2005, p. 523.

③ Seymour Chatman, *Story and Discourse: Narrative Structure in Fiction and Film*, Ithaca: Cornell University Press, 1978, p. 148.

第二章　20世纪80—90年代小说中的叙述者干预与个体伦理

这一修正的根本区别在于隐含作者作为编码者，其实就是文本创造者，可以被置于文本之外，但隐含作者同时也是解码者，是隐含的作者形象，又可置于文本之内[1]。两种交流图的主要区别在于对真实作者与叙事文本之间关系的厘定，不变的是隐含作者会找到作品中的代言人，往往是叙述者，作为交流的起点和信息的发出者。因而，不管叙述者是否现身，几乎每一个叙事文本中都会存在叙述者[2]。

不同的叙事学家依据叙述者与故事的关系、叙述者与叙述层次对叙述者的类型进行了区分界定。热内特在《故事与话语》中对叙述者与故事之间的关系进行了两种形式的划分：一是叙述者处于其所述故事内，以故事中人物的身份讲述故事，即所谓同故事（homodiegetic）叙述；二是叙述者居于其所述故事之外，以旁观者的身份讲述故事，即所谓异故事（heterodiegetic）叙述。传统叙事学中，依据叙事视角所进行的"第一人称"与"第三人称"叙事之分，"主人公第一人称"与"观察者第一人称"的叙事之分，便是基于叙述者与其所述故事之间的关系进行的区分。在此基础上，为便于修辞叙事研究，费伦又提出了"人物叙事"（character-narration）的概念，用于指涉作为故事讲述者的事件参与者。此处的"人物叙事"的行动者可以是所述故事中的主人公，也可以是主人公之外的叙述者[3]。因为故事中的人物往往不止一人，费伦引入了"多个人物叙述者"的"系列叙事"（serial narration），也就是多个人物同时作为叙述者讲述故事[4]，他们可以是不同视角讲述同一个故事，也可以是围绕同一叙述对象讲述不同故事。

---

[1] 申丹、王丽亚：《西方叙事学：经典与后经典》，北京大学出版社2010年版，第75页。

[2] Gerald Prince, *A Dictionary of Narratology*, Lincoln: University of Nebraska Press, 2003, p. 66.

[3] James Phelan, *Living to Tell about It: A Rhetoric and Ethics of Character Narration*, Ithaca: Cornell University Press, 2005, pp. xi, 214.

[4] James Phelan, *Living to Tell about It: A Rhetoric and Ethics of Character Narration*, Ithaca: Cornell University Press, 2005, p. 196.

参与的诗学：E. L. 多克托罗小说的叙事伦理

这里便牵扯到叙述者的功能问题。对于叙述者功能问题的讨论，学界存在着较多的争论，但也出现了较有代表性的观点。热奈特在其《叙事话语》一书中依据叙事的广义与狭义概念提出叙述者具有五个方面的功能。一是"叙述功能"，这一功能的界定是从叙述者与故事的关系而来；二是"管理功能"，源于叙述者与叙事文本的关系，即叙述者借用元叙述话语阐明文本的具体篇章安排、相互衔接及相互间关系，清楚指明文本内部的结构问题；三是"交际功能"，即叙述者在叙述情境中与在场、不在场或潜在的受述者之间的联系；四是"证明或证实功能"，即叙述者面向自己的职能，叙述者会指出自己获取信息的来源，是否准确回忆，被召唤出何种情感等；五是"思想功能"，叙述者可直接或间接介入故事，对情节做出权威性的解释或说教[①]。尽管热奈特未对这五个方面功能进行更详尽的阐述，但他强调了它们之间不是泾渭分明，相互间不能融合的关系。也正是因为这当中的一些含混性，莱恩（Marie-Laure Ryan）试图借用"叙述者地位"（narratorhood）一词较为清晰地重新划分叙述者功能。"叙述者地位"与叙述者的差别在于前者可用来表达叙述者参与叙事的程度。

莱恩在其《叙事功能：理论术语新观》（"The Narratorial Functions: Breaking down a Theoretical Primitive"，2001）一文中将叙述者功能概括为三个方面。叙述者首先具有"创造"（creative）功能，即叙述者通过使用不同的叙事策略影响故事的发展；其次，叙述者具有"传送"（transmissive）功能，涉及叙述者使用的交流模式，这里就包括口头方式还是书写方式，语言方式还是其他的符号方式，这种文类还是那种文类等的方式；再次，叙述者具有"见证"（testimonial）功能，即叙述者断言可能世界中的故事的真实性。在莱恩看来，具有全面叙述者地位的叙述者同时承担这三种功能，其与向读者言说或书

---

① ［法］热拉尔·热奈特：《叙事话语 新叙事话语》，王文融译，中国社会科学出版社1990年版，第180—182页。

第二章 20世纪80—90年代小说中的叙述者干预与个体伦理

写的行为者等同,影响着故事的发展;相比之下,只承担一种或两种叙述者功能的叙述者则具有相对低的叙述者地位[1]。莱恩的叙述者功能显然更多地聚焦话语层面,突出叙述者在故事进程、讲述方式及建构可能世界中的作用,强调的是叙事交流中叙述者与隐含读者、真实读者的关系。

我国学者金健人紧扣叙述者的叙事功能,将之置于叙事交流过程考察它与其中各个要素之间的关系,提出了叙述者的主要四种功能。其一为协调功能,即叙述者是"作者与叙述对象、与读者发生关系的中介"[2]。作者在作品中的"化身"——隐含作者能否有效表达作者的观点,需要叙述者发挥协调作用。叙述者与叙述对象,尤其是文本中的人物关系同样需要协调,此时的叙述者可以介入文本也可以无所不知般地存在。其二为表现功能,即叙述者具体化地表现为"视点"与"人称"。这一功能更多发生在文本内部,突出的是叙述者在"表达所叙事物对象时"对自己作为叙述主体与叙述对象、接收对象之间"位置关系的确定和把握"[3]。其三为构建功能,强调叙述者与作者、隐含作者及人物的联系与对立,如叙述者即作者本人以自己的姓名出现在故事中,讲述其写作本作品的经历与想法等;叙述者与人物之间"争夺或分享叙述的主动权"或制造身份对立[4]。其四为结构功能,包括叙述者充当作者"最基本的凝聚材料的中轴线";叙述者影响作品的基调,从而体现作者素材的客观性与其主观意图之间的张力;将作品的"一切因素粘合成一个整体"[5]的语言。这四种功能的探讨兼顾叙事交流过程中从真实作者到真实读者诸元素,但显然更多地集中于话语层面的讨论,即叙述者在叙述层

---

[1] Marie-Laure Ryan, "The Narratorial Functions: Breaking down a Theoretical Primitive", *Narrative*, Vol. 9, No. 21, 2001, pp. 46–52.
[2] 金健人:《叙述者的叙事功能》,《文艺评论》1992年第1期。
[3] 金健人:《叙述者的叙事功能》,《文艺评论》1992年第1期。
[4] 金健人:《叙述者的叙事功能(下)》,《文艺评论》1992年第2期。
[5] 金健人:《叙述者的叙事功能(下)》,《文艺评论》1992年第2期。

参与的诗学：E. L. 多克托罗小说的叙事伦理

面的功能。

从热奈特的叙述者五功能，到金健人的叙述者四功能，再到莱恩的叙述者三功能，每一位研究者都试图厘清叙述者在文本中所发挥的作用，其与真实作者尤其是隐含作者、故事中的人物、读者等之间的关系，其在推动故事进程中的作用。他们的研究都更多突出了叙述者作为功能性的存在，在话语层面发挥的作用。热奈特还特别指出了叙述者可以介入故事，承担解释与说教的角色，这实际已经触及叙述者介入与干预的问题。

杰拉德·普林斯（Gerald Prince）提出，无论叙述者在叙事过程中是否使用"我"，他们都或多或少地具有"介入性"，表现出作为"叙述自我"（narrating self）的性格化特征，其介入的程度在于叙述者在多大程度上意识到自己在叙述[①]。叙述者的介入与其讲述故事中具有的功能密切相关。一般情况下，就叙述者与其所讲述故事的关系来看，叙述者的功能至少包含三个方面，即对叙述的内容进行"报道、阐释和评价"[②]。因而叙述者干预主要体现在隐瞒报道内容、进行虚假报道，带有主观意识地阐释自己或他人的故事，以"讲故事的人"的立场评判自己的讲述行为，等等。查特曼对叙述者的干预问题做了较为详细的论述，并兼顾了叙述者在故事和话语两个层面。在他看来，话语层面的干预是对叙述者自身的叙事干预，可以被称为"隐含评论"，故事层面的干预是对叙述内容的干预，被称为公开的

[①] Gerald Prince, *A Dictionary of Narratology*, Lincoln: University of Nebraska Press, 2003, pp. 11 - 12. 普林斯还论述了叙述者的可信性问题；叙述者与被述时间、与所表现的人物、受述者之间的距离问题，包括时间、物理、智力、道德、情感等的距离（参见该书第12—13页）。普林斯所引入的叙述者介入问题中，尽管没有详细论述，实则已经涉及关涉叙述者的叙事伦理问题，尤其在叙述者与其所述事件及叙述距离中体现。这与布思、费伦的修辞叙事伦理所要凸显的问题相似。同时参见［美］杰拉德·普林斯《叙事学：叙事的形式与功能》，徐强译，中国人民大学出版社2013年版中的相关描述。

[②] Wayne C. Booth, *The Company We Keep: An Ethics of Fiction*, Berkeley: University of California Press, 1988, p. 50.

第二章　20世纪80—90年代小说中的叙述者干预与个体伦理

评论，具体表现为四种形式：（1）"解释"，对故事成分的要旨、关联或意义要素进行阐释；（2）"判断"，对道德或其他价值因素表达看法；（3）"概括"，在故事世界中评论真实世界，评论的内容包括历史事实与"普遍真理"；（4）"作者自我意识叙述"，即作者在虚构作品中对自我观念进行的文字表述[①]。叙述者在故事层面的干预首先是可以介入并进行各种说明的"解释"，对故事中的可能世界的事件、场景、存在物与真实世界进行对比性说明，公开阐明故事中各成分间的关联，意义与主旨等。叙述者可以在叙述中进行"判断"，表明自己对某些人、物、事件、话题等的道德立场和价值评判。叙述者还可以进行"概括"，对比故事世界中的可能性与真实世界[②]。"作者自我意识叙述"则是叙述者在话语层面的干预，除了叙述者功能方面所体现出的以元叙述方式指明文本的篇章结构、衔接安排等内部结构，还有如嵌入故事、中断故事进程并对叙述内容和叙述本身的评判等。

也就是说，叙述者干预主要可以从两个层面进行探讨，一是从话语层面，即叙述者尤其是其背后的隐含作者采用何种形式讲述故事，如何组织故事内容，从而更好地向读者传递其想传递的信息[③]；二是故事层面，即叙述者选取的故事内容、主题及其想要对读者实现的影响。在故事世界中，任何人物的行为实际都具有伦理维度，因而，费伦提出，讲述这些行为的叙述者会"不可避免地传递出他对待人物、某些主题及受述者的态度。这些态度体现的是其对待所述内容和受述

[①] Seymour Chatman, *Story and Discourse: Narrative Structure in Fiction and Film*, Ithaca: Cornell University Press, 1978, p. 228.

[②] Seymour Chatman, *Story and Discourse: Narrative Structure in Fiction and Film*, Ithaca: Cornell University Press, 1978, pp. 228–253.

[③] 这也就是亚当·纽顿所建构的叙事伦理理论的第一层面"叙述的伦理"。纽顿强调"言说"能够使故事讲述者、聆听者、见证者之间形成辩证关系并由此产生主体间责任（参见 Adam Z. Newton, *Narrative Ethics*, Cambridge: Harvard University Press, 1997, p. 18）。

参与的诗学：E.L. 多克托罗小说的叙事伦理

对象的责任感与关注"①。这种"责任感与关注"体现的是主体间的关系，尤其是叙述者对人、事发表看法、见解、评价时，其中必然裹挟着特定的身份、道德、意识形态等立场。事实上，叙事作品中的故事讲述者，无论其如何隐蔽或是宣称中立，其实都会或隐或显地对叙事进行干预，形成叙述者与所述故事、受述对象、所述方式等的伦理关系。②

依据布思对叙述者功能的划分，叙述者干预通常可通过以下六种方式进行：（1）提供事实、"画面"或概述；（2）塑造信念；（3）将个别事物与既定规范相联系；（4）升华事件的意义；（5）控制情绪；（6）直接评论作品本身③。当然，在布思的观点中，叙述者干预并不局限于叙述者对故事世界中的行为者、环境与事件的描述，叙述者同样可以解释或评价人物活动范围之外的领域，解释叙事成分的意义并对之进行价值判断，还可以对其自身的叙述行为进行评论（这一点尤其显现于元小说类叙事作品）。布思的叙述者干预中的评论更多发生在修辞层面，但实际上，叙述者干预也可以作为叙述策略的一部分，作为作品戏剧性结构的基本部分而起作用④。尽管布思、查特曼、纽曼与费伦分别使用了不同的表述方式且侧重点有所不同，但他们无不强调叙述者对叙事的干预性影响。

---

① James Phelan, *Living to Tell about It: A Rhetoric and Ethics of Character Narration*, Ithaca: Cornell University Press, 2005, p. 20.
② 叙述者叙述一段故事或经历时，必然是借助故事或经历表明某种立场，这使其具有了责任；他进行故事讲述的行为本身又渗透着其与他者之间建立关系的欲望。纽顿分析其叙事伦理的第一层伦理时，认为故事讲述与和他者建立联系的欲望之间存在着某种确定的关系，即契约关系，这种关系受到上述欲望且仅受该欲望驱使。此处的欲望包括"黄粱梦、被转移的欲望、被拒绝的欲望，甚至那些升华了的性爱欲望"（参见 James Phelan, *Living to Tell about It: A Rhetoric and Ethics of Character Narration*, Ithaca: Cornell University Press, p. 59）。
③ Wayne C. Booth, *The Company We Keep: An Ethics of Fiction*, Berkeley: University of California Press, 1988, pp. 188–236.
④ Gerald Prince, *A Dictionary of Narratology*, Lincoln: University of Nebraska Press, 2003, p. 14.

第二章　20世纪80—90年代小说中的叙述者干预与个体伦理

叙述者干预现象是后现代文学中的常见现象,在自反小说中尤为突出。这一叙事技巧同样存在于多克托罗的小说中。《欢迎来到哈德泰姆镇》中的小镇历史编撰者布朗在向他所期许的"账簿"读者讲述小镇故事时,便时常中断自己的讲述内容,表达自己对文字记载能否真实传递自己想要传达的内容的焦虑。《但以理书》中的叙述者干预主要体现在距离式的第三人称叙述中,时常切换为"我"进行叙述,表明我看待当时自己的一些看法,引导读者看到双重视域。《拉格泰姆时代》中作为叙述者的"我们"在呈现整个拉格泰姆时代时,同样也会插入一些文字,强调其对事件报道的可靠性。在多克托罗小说创作的初期,对历史编撰客观性的质疑及对历史可能的多样性的探讨是这些叙述者叙述的中心。他们的叙述干预呈现的是历史叙事的主观立场和个体叙事对抗官方叙事的政治立场。

多克托罗在20世纪80年代开始创作的几部作品中,叙述者皆以明确的身份出现,他们或是成年后以少年视角报道当年之事又以成年视角进行评述的比利与乔,或是正融入美国社会的犹太移民后裔埃德加一家人,或是报业主编麦基尔文,又或是作家艾弗瑞特,这些叙述者都清楚地认识到自己想要讲述的是怎样的故事,因而在讲述中为了顺利传递自己想要传递的信息,满足自己讲述的欲望,实现交流目的,便在讲述中故意隐瞒或进行不实报道。苏珊·布里恩扎曾评价,多克托罗的每一部小说都具有道德视域,他作品中的"道德价值无一例外地具有审美性"[1]。叙述者叙述时所使用的各种手段折射出的是其对待事件的立场与价值观。这些叙述者中的少年多生活于多克托罗本人所熟悉的美国20世纪30年代,多克托罗借他们之口回顾了自己生活成长的年代,揭示了美国当时盛行的文化、阶级结构及重大事件对少年成长时期价值观的形塑;他又借报业编辑麦基尔文

---

[1] Susan Brienza, "Writing as Witnessing: The Many Voices of E. L. Doctorow", in Ben Siegel, ed., *Critical Essays on E. L. Doctorow*, New York: G. K. Hall & Co., 2000, p. 214.

参与的诗学：E.L. 多克托罗小说的叙事伦理

之口回到 19 世纪末内战后的美国纽约，看此时美国社会中的贫富、罪恶等问题，暴露此环境中孕育出的富人命贵的伪命题；作为作家的叙述者摊开自己的创作过程，讲述作为创作者再现他人人生、再现他人生命时的价值考量。多克托罗声称，声音具有隐义，他让这些叙述者或成为自己故事的主人公，或成为所讲故事中的不同人物，透过他们的声音表达自己的讲述欲望及蕴于故事中的信息。考量个体叙述者对所讲故事进程与内容的操控及其叙述的动机、叙述的时长、对所述事件顺序的选择等干预性手段，有助于读者审视叙述者的故事中要传递的价值观，审视其叙事干预的目的，从而评判个体的伦理立场。

本章着重考察多克托罗从 20 世纪 80 年代到 2000 年创作的五部作品——《鱼鹰湖》《世界博览会》《比利·巴思格特》《供水系统》和《上帝之城》中的叙述者干预情况，探究与所讲故事具有不同关系的叙述者的讲述行为和所述内容折射出的个体伦理价值观及其与社会的互动关系。"主人公叙事干预与身份意识：《比利·巴思格特》和《鱼鹰湖》中的个体身份"辨析作为主人公的叙述者对自己的讲述行为、成长经历及作为成功者的身份的解释与刻意隐瞒，揭示成长的欲望和欲望驱使下的境遇选择中隐含的伦理取位和成长后的主人公隐瞒真实身份的伦理立场。"系列人物叙事干预与文化认同：《世界博览会》中的族裔身份"探查进一步为多克托罗赢得文学声誉的《世界博览会》中的系列人物叙事及其所形成的复调性叙事状况，通过解析并比较包括埃德加和他的母亲、姑妈、哥哥在内的四位不同叙述者叙事中对相同事件的不同报道、做出的差异性判断及他们的叙述之间形成的矛盾与对话，发掘融入美国社会的犹太人对族裔身份的接受与认同，探讨其中折射的个体对文化身份的认知与继承。"人物叙述者叙事干预与都市探恶：《供水系统》中的个体生命置换"探析作为探案事件参与者的麦基尔文试图对事件进行编辑与客观叙述，但却不断插入自己对所报道的事件的评述，对读者进行有意识的引导，强

第二章 20世纪80—90年代小说中的叙述者干预与个体伦理

化自己的价值判断与道德立场，邀请读者见证个体、叙述者及作家对个体生命存在的伦理思考。"'作者'叙事干预与作家的可能世界：《上帝之城》中的自反性叙事"以作家艾弗瑞特为叙述者，呈现作家创作的素材来源和作家创作的过程，通过作家与所接触的人物尤其是正在创作的故事的原型人物之间的对话与评述，揭示作者在创作虚构作品的可能世界时融入了对生活世界的批判，发掘虚构再现真实的可能性，并思考了人与上帝、人与他人的关系以及作家对真实的忠实再现问题。

第一节 主人公叙事干预与身份意识：《比利·巴思格特》和《鱼鹰湖》中的个体身份

多克托罗的第四部小说《拉格泰姆时代》终为其赢得了声誉及其在美国文学中的地位后，他的下一部小说尤为受期待。此后的20世纪80年代，多克托罗连续创作了三部以20世纪30年代为背景且带有主人公成长色彩的叙事作品：《鱼鹰湖》《世界博览会》和《比利·巴思格特》，分别从阶级、族裔、黑帮文化三种成长背景展现这个时期的社会现状与少年的成长。相比《世界博览会》，《鱼鹰湖》与《比利·巴思格特》中的叙述者都是被社会边缘化的少年，他们无意间有了一段"奇遇"，都以第一人称回忆性叙述方式重现了那段特殊的成长经历及其对他们的影响。第一人称叙事，在弗朗兹·斯坦泽尔看来，"能说明叙述者在叙述动机上最重要的不同。对于现身的叙述者来说，这种动机是一种实存；它直接和他的实际经历、快乐体验、情绪和欲求相关"[1]。因而，两位少年用第一人称叙述其成长经历，可以让读者直观其所思所想。

---

[1] 转引自［挪威］雅各布·卢特《小说与电影中的叙事》，徐强译，申丹校，北京大学出版社2011年版，第21页。

参与的诗学：E. L. 多克托罗小说的叙事伦理

发端于欧洲的成长小说，从一开始便不只专注于个体成长，而是始终关注个体与社会的互动关系[1]。在美国，成长小说有两个模式：一是霍雷肖·阿尔杰（Horatio Alger Jr., 1832—1899）式的成长小说，主人公通过努力实现成长并获得成就，这类小说注重美国传统价值的渲染；二是借少年的成长经历批判美国社会中的这些价值观[2]。多克托罗这两部作品中的少年成长经历显然属于美国成长小说的第二个传统。《鱼鹰湖》中的乔和《比利·巴思格特》中的比利都成长于20世纪30年代，这个时期笼罩美国的经济危机的阴霾出现在了多克托罗关于那个年代的所有作品中，也成为左右其作品主人公身份定位的潜在因素。多克托罗曾说，即便是在经济大萧条的年月里，成功同样是人们的普遍渴望。穷小子乔早就表达了他"只是想出名"[3]的热望。与之相似，比利的目标是赚大把的钱。如何才能实现这样的梦想？乔的热望不得不面对"伟大的美国阴谋"（the Great American Plot），以及被"虚伪的社会腐化"[4]；比利则受"居住地文化"的影

---

[1] 弗朗哥·莫莱蒂（Franco Moretti）在其著名的《俗世之道》（*The Way of the World*, 1987）一书中提出，成长小说之所以在18世纪末期出现，就是因为这种文学体裁使作者与读者能够一同置身欧洲社会变革的快节奏中。在他看来，"年轻人代表了现代性的'本质'，突出了青年人的成长与欧洲文化转型间的关系"。巴赫金谈及成长小说这一文类时也说道，其核心就是一个人的成长，他"出现在那样的世界中，反映世界的那个历史时期的各种现状"。迈克尔·明邓（Michael Minden）则强调，"成长小说使得个体的不足成为推动叙事发展的动力"。无论怎么说，成长小说绝不是只关注个体，它更多体现了个体在社会中的成长，是个体与其所成长的社会的相互塑造。详见 Franco Moretti, *The Way of the World*: *The Bildungsroman in European Culture*, London: Verso, 2000, p. 5; Mikhail Bakhtin, "The Bildungsroman and its Significance in the History of Realism", *Speech Genres and Other Late Essays*, trans., Vern W. McGee, Austin: University of Texas Press, 1986, p. 23; Michael Minden, *The German Buldungsroman*: *Incest and Inheritance*, Cambridge: Cambridge University Press, 1997, p. 5。

[2] Sarah Graham, "The American Bildungsroman", in Graham, Sarah, ed., *A History of The Bildungsroman*, Cambridge: Cambridge University Press, 2019, p. 118.

[3] E. L. Doctorow, *Loon Lake*, New York: Random House, 1980, p. 4. 下文中出现的《鱼鹰湖》的引用文字皆出自该版本，将只以作品加页码形式标注。

[4] Peter S. Prescott, "Doctorow's Daring Epic", *Newsweek*, 15 September 1980, p. 88.

第二章 20世纪80—90年代小说中的叙述者干预与个体伦理

响,明确希望被黑帮老大苏尔兹看中,加入黑帮。他们的身份几经选择与变化。他们的叙述毫不掩饰其终成为"成功者"的胜利感。可以说,多克托罗借助主人公的第一人称成长叙事及叙述者讲述过程中的自我辩解,考量来自不同社会背景的少年面对成人世界逐渐陷落并最终与他们又爱又恨的成人为伍的过程,探究其背后的美国社会价值与少年身份选择的伦理意涵。

一 主人公回忆性叙述:比利和乔的成长欲望与自我辩白

无论是乔还是比利,他们的叙事显然都是成年后对自己过往经历的讲述。在讲述中,他们对自我有着确定的认知,字里行间都有着强烈的自辩意识。对于他们原初的身份,乔明显带有抛弃的意图,比利则有意突出了自己善于找捷径的个体能力。

作为叙述者的乔,在叙述中极力渲染自己局外人形象。尽管他出生于工人阶级家庭,但他本人是那个家庭的旁观者与受排斥的对象,他在那里像个局外人。他的出生地是矿区,但他眼中的矿区满目贫穷,毫无生气。他这样的自述立即将读者带入了一个不令人满意的地方,让读者从叙述者的角度去理解他走出工人阶级家庭背景、渴望获得新生活与新身份的愿望。随之,他又自满且毫无愧疚地声称自己到处制造麻烦,不但如此,他还热衷于制造麻烦,热衷于维持他的这种生活方式。来到大都市纽约,他想要勤勉工作的想法逐渐被消磨,因为他不得不像许多失业者一样,日复一日地等候着可能出现的就业机会。他甚至还有些骄傲地讲述自己如何利用小聪明偷了别人的饭碗,为了获得多余的衣食而依附年长他不少的女仆。讲述他的流浪经历时,乔颇为自得地叙述了自己如何私奔,还卷走了私奔对象携带的钱。但他深陷麻烦时,又觍着脸去依附自己曾拒绝与之来往的钢铁大亨。他毫不掩饰其对他人的各种攀附,认识不到他所呈现的这一切对其叙述中的自我形象有着怎样的影响。当然,叙述者时刻警醒,并不打算以此负面形象界定自我。他很快为自己的行为做出了辩护,有意

参与的诗学：E. L. 多克托罗小说的叙事伦理

矫正否定自身身份的行为。在叙述之初，他已经为自己找好借口，试图连续使用三个"我不记得……"来抹去对那段时光具体人、物的记忆，还用了八个"孤单"（alone）[1] 表明自己在那段年月中的孤独感、不安感与茫然中寻找生机的渴望，以此呼唤读者的理解。

与乔一样，比利在叙述中同样突出了少年的他与众不同的技能，为其"奇遇"和之后的各种选择事先做好准备。比利是众多街头辍学少年中的一个，但他的叙述中明显透露出一种强于其他孩子的骄傲感，反复强调自己杂耍的本领和敏锐的观察力。他如此描述道："我的关节可以做异常的弯曲，我跑起来迅疾如风；我有敏锐的想象，于无声处听有声；检视、管理逃学或旷课学生的训导员，还没到街角，我就已经闻出来了。"[2] 这让他觉得"生活充满魔力"[3]，觉得上帝必然也是与他一样的杂耍能手，通过杂耍技能支配着尘世，他本人似乎也在杂耍中找到了摆脱当下身份的捷径。他洋洋自得地与上帝自比这使他俨然成了"调皮的传奇式美国英雄，拥有作为救世主的神秘感"[4]，也让他能够泰然地接受黑帮的召唤。

尽管原因不同，乔和比利都在各自通往成功的道路上选择了相似的态度对待血亲关系：要么放弃要么逃避。而且他们都将自己的态度归结于家庭与社会胁迫的结果。乔与生父之间的父子关系是典型的贫困阶级式的父子关系：父亲很少理睬儿子，对儿子疏于管教，因而父子关系僵化且紧张。父亲甚至放弃了乔的监护权，只为获得几百美元。叙述自己的出生环境时，乔始终带着旁观者的审视心态去回忆。

---

[1] *Loon Lake*, p. 5.
[2] E. L. Doctorow, *Billy Bathgate*, New York: Random House, 1989, p. 23. 下文《比利·巴思格特》中的引文皆出自该版本，将以书名加页码的形式标注。另外，部分引文的译文参考了[美] E. L. 多克特罗《比利·巴思格特》，杨仁敬译，译林出版社 2000 年版。
[3] E. L. Doctorow, *Billy Bathgate*, New York: Random House, 1989, p. 52.
[4] Minako Baba, "The Young Gangster as Mythic American Hero: E. L. Doctorow's *Billy Bathgate*", *MELUS: Society for the Study of Multi-Ethnic Literature of the United States*, Vol. 18, 1993, p. 38.

第二章　20世纪80—90年代小说中的叙述者干预与个体伦理

他眼中的父母像生活于佩特森的所有人一样往返于制造厂与他们"精彩的生活"之间；他们牢牢抓住他们"悲惨的生活，遵守着若有若无的宗教习俗"。① 少年出走时的乔或许对父母和他们的生活怀有怨恨与不解，但成人后的乔再度回忆并审视少时的经历，显然已经能够清楚地认识其当时的阶级处境。血缘上的父亲带给乔的是失望，父亲只为了几百美元就将儿子卖了，这让他始终不能释怀。

在比利的叙述中，他与父亲之间的父子亲缘更加淡薄。比利的父亲是犹太人，母亲是爱尔兰移民。比利并不知道父亲是谁，因为他在比利拥有对他的记忆之前便已经离家不返。他与母亲也没有那种亲密的母子关系。在比利的记忆中，母亲总是用平底玻璃杯点一桌子的灯，"日日夜夜，寒冬酷夏，读着灯光"，"追忆""幻想"，只会偶尔将注意力转向比利。童年的时候，比利多数时光都是在对街的孤儿院度过，"带着孤儿祖传的轻微的感情挫伤生活着"②。父子关系是家庭关系中重要的组成部分，但在乔和比利那里，这一关系中一方的缺失对两位少年的成长产生了重要影响。作为被父亲抛弃的一方，乔和比利因为缺乏父亲的引导，最终都被迫自主选择了他们的"父亲"，那是他们真正想要成为的倾慕对象，他们被动却也主动地选择了摆脱原生家庭的身份。

两个少年在报道这些信息的时候并无隐瞒，但他们又明显带着骄傲与辩解的态度将自己当成局外人，讲述因少不更事且迫于家庭压力而做出的不一样的选择。因此，他们在讲述自己为实现成功而成为罪恶的参与者、帮凶时，只是将这样的经历视为冒险活动，毫无道德责任感。乔毫不掩饰他渴望跨越阶级差异、渴望获得金钱与权力的追求。他回忆少年时的经历，目的是在追忆的过程中找到确定的自我形象。但显然，他没有好的父亲引导，也没有可称为榜样的引路人。于

---

① *Loon Lake*, p. 4.
② *Loon Lake*, pp. 29, 30.

参与的诗学：E. L. 多克托罗小说的叙事伦理

是，电影成为他获取理想自我的方式，他从中学会了提高自我阐释的能力：

> 我喜欢喜剧、歌剧及各种时髦剧。我总是一个人去看。我觉得我是个安静的人，努力看清自己，听清自己听上去是什么样。我设想自己是那些我不喜欢的电影明星。我能瞬间知道什么样的情景需要什么样的人，并能变成那样的人。对此，我极为感兴趣。①

不过，理想与现实之间毕竟存在巨大的反差，乔真正成为的却是与理想自我全然相反的个体。他总是生活在颠沛流离中，从出生地到纽约、森林嘉年华、鱼鹰湖、杰克逊敦，再回到鱼鹰湖，牵引着他进行空间位移的是他对金钱与权力的欲望。

在这些空间当中所遭遇到的人与事让乔目睹了资本主义的剥削，他从西姆·赫恩的生财之道中理解并获得了新的自我定位，这完全不同于电影中的理想形象。西姆·赫恩的嘉年华可谓是社会的"扭曲性镜像"②，那些献身于嘉年华的畸形人都是受剥削的流动工人，他们大多数都是移民，"与所有那些为了几分钱而在锯木厂卖力、站在温饱线上等待的移民一样，他们只是被造化捉弄的人罢了"③。乔的叙述中隐隐透露出他对他们的同情，当看到"胖女孩芬妮"作为嘉年华结束礼被抛弃，任由那些穷苦工人排队轮奸时，他表现出极大的愤怒。可是这愤怒极为有限，转而就被在那个时刻心里涌现出的一点无力感取代。他没有那种悲天悯人的情怀，与这帮人在一起时，他极为崇敬赫恩，惊叹并折服于赫恩与那些畸形人打交道的方式以及他在

---

① *Loon Lake*, p. 8.
② Paul Levin, "The Writer As Independent Witness", in Richard Trenner, ed., *E. L. Doctorow: Essays and Conversations*, Princeton: Ontario Review Press, 1983, p. 68.
③ *Loon Lake*, p. 126.

第二章　20世纪80—90年代小说中的叙述者干预与个体伦理

经营生意方面表现出的掌控力。他或许同情胖女孩，但他不会将其遭遇归咎于赫恩及其背后的金钱运作。他对赫恩某种程度上的着迷透露出他对掌控金钱的人的身份的渴望，这也预示了他在与班尼特的交往中，即便受到羞辱，为了金钱和身份，他也会将一切置于一旁。乔意在通过叙述确定自我形象，他会时时跳出来进行干预，将他所讲述的事件引向对他有利的方向。他会刻意保持清醒，不是从个体，而是从社会层面寻找造就他的理想自我与现实自我巨大反差的社会因素，以回顾者和成年人的视角对周围的环境与本人的行为做出符合社会价值的评价。在他看来，他当时的纽约冒险经历既让他看到了"繁华辉煌的城市文明"，又目睹了"个体的粗劣及贫乏"[1]，那是属于成人世界的粗劣。他为自己辩护，认为其违背伦理准则的行为与其生活的社会环境不无关联。他的叙述中交织着自我剖白与自我批判，有意地控制着自己想要呈现给读者的内容，要求读者在阅读过程中不断调整对他立场的判断，对其所述故事的伦理立场，思考其选择与自我界定背后的社会动因。

比利的回顾性叙述并不掩饰其想成为人上人的渴望，黑帮的生存方式令他着迷，黑帮的领袖苏尔兹本人令他膜拜。居住于贫民与移民聚居区的比利与住在这个区域的许多其他孩子一样，对禁酒期间还能大张旗鼓地运酒过来的苏尔兹手下表现出极大的好奇与崇敬，观望着那些"头戴浅顶软呢帽，身披大衣的人"，觉得他们像"穿过无人地带巡逻归来的警官"。这种"非法势力和其军事化的自给自足意识使孩子们感到非常激动"，他们觉得自己"是某种高贵事业的一部分"[2]，因为他们有幸成为苏尔兹犯罪活动区的居民。比利渴望成为其中一员，为了脱颖而出，他凭靠杂耍的技能吸引了苏尔兹。比利这样描述他们的第一次见面：

---

[1] *Loon Lake*, p. 9.
[2] *Billy Bathgate*, p. 24.

参与的诗学：E.L. 多克托罗小说的叙事伦理

在这样一间王宫接待室里，我那帮男孩们从一边瞧着，车门洞开的帕克车从另一边瞧着，仓库深处的黑暗从第三处监视着，我面对着我的国王，看到他的手从口袋里拿出一沓新钞票，像半块黑面包那么厚。他抽出一张十美元的钞票，往我手上一拍。而当我注视着票面上沉着的亚历山大·汉密尔顿头戴18世纪椭圆形帽永留纪念时，我第一次听到苏尔兹洪亮而粗粝的声音。但我愣了一会儿想到，这是汉密尔顿在谈话呀！①

"王宫""国王""钞票""黑面包"以及"汉密尔顿"暗含比利对苏尔兹及他所代表的生活的敬意和对财富的渴望。比利甚至将苏尔兹类比为美国经济之父汉密尔顿，"天真"中难掩他的憧憬和被苏尔兹关注到的荣幸。

当他自愿开始为黑帮服务，努力成为其中一员，并被苏尔兹从不认识到记起第一次看到他在对街玩杂耍的情景，他激动地将苏尔兹告诉他的犯罪业的运转和与之相关的所有事"当成自己的事"，要"分担他那深藏在心里的烦恼并感同身受"②。他感受到的是"那令人烦恼的对损失的恐惧，那对不公正的环境的无声哭泣和对忍耐的英雄般的满足、看破红尘的满足"。对于"天真"的比利而言，苏尔兹是他仰望的英雄，他看到苏尔兹"用金钱和人为自己建立保护墙，调派武装力量，收买同伙，巡视边界，像在一个脱离联邦的州里，用意志、智慧和武士精神，就在魔鬼的眼皮下……活着"③。而且，苏尔兹的出现能使周围的人"感到光荣，让他们在生活中对他念念不忘，犹如生活在一种生与死之光中，时时心中怀着他们中的精英的高傲的意识或精神启示"④。这种视黑帮首领为"精英"并为之"感到光

---

① *Billy Bathgate*, p. 27.
② *Billy Bathgate*, pp. 63, 64.
③ *Billy Bathgate*, pp. 64, 65.
④ *Billy Bathgate*, p. 65.

第二章　20世纪80—90年代小说中的叙述者干预与个体伦理

荣"的心理折射出普通人对另类成功者的认可。马场美奈子（Minako Baba）评论："目无法纪，尤其当它与坚定的个人主义联系在一起时，总是令美国人着迷。"[①] 比利借助周围人的眼光，在叙述中强调，像荷兰佬苏尔兹这样的人是凭借自己的个人奋斗与力量生存下来并收获了成功，以不同的方式实现了"美国梦"。

比利在叙述中始终强调的是他试图如苏尔兹那样实现美国梦，他以认同的态度看待苏尔兹为维护自己的成功而采取的暴力行径。作为苏尔兹某种程度上的衣钵传人，比利最为担心的是"没有什么可向他学习的"[②]。他从他那里首先领会的是金钱运作下的黑帮生存之道。约翰·伦纳德（John Leonard）认为苏尔兹所代表的资本主义生存方式体现了社会达尔文主义的形态[③]。苏尔兹在禁酒期间继续经营啤酒生意，"本质上是危险的"，但他会利用他的方式不断恐吓购买者。对此比利评价，"在苏尔兹先生心里，他的企业是行使他自己法律的独立王国，而不是属于社会的，所以，什么合法或不合法，对他都是一样的。他会按他认为合适的方法去办事，并把妨碍他的任何人搞得很惨"[④]。比利不仅认同他的做法，还进一步成为黑帮仇杀事件的帮凶。他在对金钱的渴望中认识到，对权力、地位与金钱的欲望始终是黑帮内部与黑帮之间仇杀的根源。比利被派往大使馆夜总会充当黑帮的线人，他的通风报信，让他目睹了苏尔兹的杀人事件并参与了对尸体的处理。他如此描述他的所见及感受：

说时迟，那时快，他一声怒吼，将他拽倒，捣碎他的气管并

[①] Minako Baba, "The Young Gangster as Mythic American Hero: E. L. Doctorow's *Billy Bathgate*", *MELUS: Society for the Study of Multi-Ethnic Literature of the United States*, Vol. 18, 1993, p. 33.

[②] *Billy Bathgate*, p. 102.

[③] John Leonard, "Bye Bye Billy (Review of *Billy Bathgate*)", in Ben Siegel, ed., *Critical Essays on E. L. Doctorow*, New York: G. K. Hall & Co., 2000, p. 117.

[④] *Billy Bathgate*, p. 25.

参与的诗学：E.L. 多克托罗小说的叙事伦理

利用舞厅的地板把他的头盖骨做成一个蛋壳。……我从没见过谁像那样这么近地被人杀死。……最反常的是那些声音。有感情极限爆发的声音，好像性交有时发出的声音那样，不过，对于生命来说，那是可耻的和堕落的，它是这么丢脸，这么一直永远地丢脸。①

对于尸体的处理，苏尔兹的保镖欧文

将尸体折叠，用死者的夹克衫将它头靠脚扎紧。我想，他刚才必定砸断了死者的脊椎骨，才能对折得这么紧。死者的夹克盖过了脑袋。那使我大大地松了一口气。尸体的躯干还有热度。我们将对折的尸体屁股朝下塞入白铁垃圾桶，并用装运法国酒的箱子中充填的木草塞满了四周的空隙，然后用我们的拳头将盖子敲上，跟夜里的垃圾一块推出去……②

比利的描述中除了提及看不到死者的脑袋使他"大大地松了一口气"外，整个过程中与其说体现了少年的恐惧，不如说表现出叙述者叙述这一事件时的全然冷漠态度。在他暂别黑帮的一段时间里，当他从报纸上读到苏尔兹再次杀人的消息，他担心的是他在大使馆夜总会谋杀案上"不该显得这么缺乏经验"，担心他们以为他"没有尽到应尽的义务"③。而当他听到苏尔兹的杀人现场被报道后，比利除了为自己怀疑苏尔兹和怀疑他对自己的关照的"不忠"而愧疚外，还产生了"用他的声音替自己的大脑说话"的"最深切的希望"④。比利对于他所看到和听到的黑帮仇杀行为持有浓厚的兴趣，在叙述中

---

① *Billy Bathgate*, p. 80.
② *Billy Bathgate*, p. 80.
③ *Billy Bathgate*, p. 103.
④ *Billy Bathgate*, p. 105.

第二章　20世纪80—90年代小说中的叙述者干预与个体伦理

直观、冷静地报道着黑帮的犯罪行为。正是因为他对事实如实地叙述，反而显示了他的漠然，并使读者对之产生不认同与疏离感。

"作奸犯科"的乔与比利都没有受到法律的惩治，相反，他们都向自己的成功者的身份迈进了一大步，然而这一步却完全建立在背叛的基础之上。血缘上的父子关系被割裂，乔和比利都寻找到了帮他们实现梦想的救助之父，形成了新的父子关系的组合，包括乔与诗人沃伦、乔与钢铁巨鳄班尼特，比利与阿巴德巴·伯曼、比利与苏尔兹。但无论是哪一种父子关系的组合，比利和乔最终都超越了组合中的父亲，在对他们的背叛中成就了自我。

二　主人公亲历叙述：比利和乔的"弑父"情结与自我身份认知

乔和比利都为自己寻得了"父亲"，但对于成长中的少年而言，其成长本身就意味着对父亲的追随和超越，"背叛"是他们成长叙事中身份认知的关键。他们的叙述放大了"父亲"教会他们的生存技能与留给他们的财富，突出了他们认定的"父亲"存在的性格缺陷与能力方面的不足，因而"弑父"成为他们叙述中获取自我身份认知的必要事件。"弑父"情结所包含的伦理争议在他们的叙述中被弱化了。

"背叛"一词贯穿乔的整个成长叙事，对乔而言，他的成长伴随的是一次次对他人的背叛。从离开原生家庭开始，他先是与西姆·赫恩的妻子携款私奔，之后又抛弃了她，只因为他喜欢上了停于森林中的火车中的克拉拉；随后明知沃伦对克拉拉的情感，却欺骗沃伦带着克拉拉离开；又在曾经的工友莱尔去世后，带着他的遗孀遗孤前往西部，拿走了他们的抚恤金，还在火车上将他们弃之不顾。他借口要为沃伦、克拉拉、胖姑娘向班尼特报复，但他最终又因为班尼特的说辞而作罢。在对班尼特的财富与身份的全盘接受中，他实际早已无法实现他想成为超越自我存在的最初目标。乔一次次的背叛行为也是在耳濡目染中形成的，他在成长中见证过各色背叛行为。沃伦曾经将乔当

参与的诗学：E. L. 多克托罗小说的叙事伦理

成是他渴望拥有的儿子，乔就见证了沃伦本人对初衷的背叛。沃伦因为班尼特所拥有的公司开矿造成的矿难对班尼特产生怨恨，一个人前往鱼鹰湖试图刺杀他。然而，他遭遇到狗群袭击，随后在班尼特安排的地方养伤，狼狈地与班尼特和他所代表的财富正面发生冲突后，选择成为依附于班尼特夫妇的"雇佣"诗人。在班尼特眼里，沃伦是像乞丐一样的寄生者，早已丧失了个体的尊严。而乔成长的20世纪30年代，社会阶级矛盾愈演愈烈，对组织和团体背叛的事件层出不穷。乔带着克拉拉逃离了鱼鹰湖，但因生活所迫进入了班尼特集团下属的汽车产业。工友莱尔从一开始就对乔摆出了友好姿态，以前辈身份引导乔了解工厂中存在的劳资矛盾和工人现状，带着乔参加工人集会。但他的终极目的却是让乔充当出卖工会的替死鬼，以便掩盖他既是破坏工人运动的帮派眼线又是工会内部干部的双重身份。他的背叛险些让乔丧命，也间接导致了他与克拉拉的分道扬镳。

在乔与沃伦的"父子关系"中，虽然沃伦将乔当成了衣钵传人，但乔显然并不认同这一点。沃伦与乔具有相同的阶级背景和相似的家庭背景，这使他们之间具有接近于血缘的纽带。乔在叙述中对沃伦表现出了矛盾的态度。他们俩都曾莽撞地闯入鱼鹰湖，这相同的经历拉近了乔与沃伦之间的关系，但乔为沃伦沦为富有阶级的附庸，成为鱼鹰湖的驻地诗人而不齿。因而乔在叙述他初入鱼鹰湖的那段经历时，有意借助女佣的视角表现出他与沃伦在人格上的优劣区别。在乔与沃伦的关系中，沃伦始终信任乔，但乔却利用了对方的信任，为赢得他们共同心仪的克拉拉而欺骗沃伦。乔对沃伦这位诗人还有着智力上的优势感，认为这样的诗人"理解别人所不能理解的，但大家都明白的事情，他们却参不透"①。对于沃伦承担起保护克拉拉的责任，乔认为他完全没有必要那么做，他甚至对之持有轻视的态度，还做出了如此的评价，称沃伦毕生的责任就是摆脱毕生的责任，任何交流方式

① *Loon Lake*, p. 112.

第二章　20世纪80—90年代小说中的叙述者干预与个体伦理

对他都有着致命的诱惑力，不管那是文字、旗语、信鸽，还是指尖的触摸，他只是希望寻找到一种共同的语言。在乔的眼中，沃伦对克拉拉有着不切实际的爱恋与保护，但沃伦却将乔当成了他理想中的儿子，对他饱含怜悯之情："我想要的儿子就是你这样的。更多的是怜悯。但是谁知道呢，也许我们所有人都会重现，也许我们所有人的生活都是强加于我们身上的。"① 尽管乔也曾对沃伦有抱怨，有优越感，但实际他也对沃伦有同病相怜之感。在他的回忆性叙事中，乔指责班尼特造成了他和沃伦所遭遇的一切。最终他接受了沃伦遗赠的诗稿、故事书、沉思录，一定程度上承认了自己与他之间的父子关系。

乔与班尼特的父子关系是法律上的关系，也是情感上的关联。但这段父子关系从根本上而言是基于乔对权力与金钱的渴望，从一开始就不纯粹。是班尼特引领乔进入了另一个世界，并对他之后的人生产生了重要影响，正如乔所说，"班尼特像一阵风暴，突然在我的生活中发挥了作用"②。除了对他作为资本家和财富拥有者的最基本认知，乔折服于班尼特身上所散发出的魅力：他的冲动能变成乔他们手中辛苦的劳作；他疯狂的精力昭示着他自身的自由。他施与者的姿态则展现给乔另一种生命的体验：高高在上，可以控制生死。在他眼中，乔会挣扎于生存线上，或许有一天会丢弃尊严般地乞讨。乔所缺少的正是他这样的人的提点与提携。班尼特惠及他的说辞并没有令乔产生反感，他在遭遇与克拉拉私奔、莫名扯入工人运动之中并遭到毒打监禁之时，唯一想到的便是班尼特所代表的财富与权力，并主动与之确立了父子关系。

如同对待沃伦的态度，乔对待班尼特也带着矛盾的心态。乔内化了班尼特所提供的关于生存的经历与体验，因为班尼特而享受着财富与权力，但乔却对班尼特充满怨恨，其中既有对班尼特本人作为大亨

---

① *Loon Lake*, p. 177.
② *Loon Lake*, p. 105.

参与的诗学：E. L. 多克托罗小说的叙事伦理

能力丧失的怨恨，更有班尼特造成如乔一样的许多受制于他的阶层的不幸生活的憎恨。乔声称，他知道该如何对付这个"自大的自我倾慕者"：

> 我会将这个混蛋赶到他本该属于的位置。我以我的克拉拉、彭菲尔德先生和我记忆中的胖姑娘之名发誓，我知道该怎么做。我知道怎么做、有勇气去做，这会是我做过的标志性事件。我会向上帝证明，他是一个人，这样，我会将他从衰弱中拯救出来，不会让他变成一抔土、一个邪恶的怪人。我会给他希望、拓展他的工业王国，我会养着他，还会用我的方式做好这一切，而他会感激我，感激我住进他心里，成为他的儿子。①。

在这段充满报复快感的文字里，乔的叙述更多呈现的其实是不被承认的儿子在精力上胜过父亲，将他从神的位置拉下、使其成为凡人，而后又以胜利者的姿态，强行让"父亲"接受自己作为儿子的角色并对其产生依赖。这是弑父者以胜利者自居表现出的心理优势。同时，他的叙述似是在为那些受到不公正对待的人向整个社会讨要公道。正因如此，读者虽然对他的行为不认同，却会表现出同情。

佩特森的乔最终变成了乔·佩特森·班尼特，他除了认可自己作为班尼特之子的身份，还述说了自己如何拓展班尼特的工业帝国，成为鱼鹰湖的实际拥有者。在对自我身份演变的叙事中，叙述者乔有意插入了三段分别是他自己的和他的两位"父亲"的生平小传。它们与乔对自身身份的选择之间有着紧密联系，对叙述者的所叙内容形成了补充，强化了乔在获取身份过程中的"弑父"行为，折射出乔获取身份与选择身份时所采取的伦理立场。

乔对自身的成长、对从班尼特那里获得的身份或许充满着矛盾态

---

① *Loon Lake*, p. 257.

第二章 20世纪80—90年代小说中的叙述者干预与个体伦理

度,比利则对苏尔兹从最初的崇敬直接发展为竞争与超越的心态。从向往黑帮生活到跻身苏尔兹黑帮核心成员当中,比利始终追寻着苏尔兹的步伐并在此过程中获得了最终超越苏尔兹的能力,实现了对他的取代。

比利的追寻之旅是对作为黑帮领袖的苏尔兹的认识之旅,也是托卡尔奇克(Michelle M. Tokarczyk)所说的"寻父之旅"[1]。比利从专栏中获知苏尔兹先生是联邦政府正在搜捕的逃亡者,但他先后使用了两次"魔力"一词来描述他的震惊:"亲眼见到报纸上说的潜逃中的人","在潜逃中,又始终在那里,简单地控制着人们看到你的能力"[2]。对这位臭名昭著却又极具权势的人的渴慕引领比利来到苏尔兹黑帮总部,他先与阿巴德巴·伯曼形成雇佣与师徒关系,在他那里学会掌控数字的能力,亦即对理性和规则的遵从。在比利的认知中,如果说苏尔兹是他的黑帮帝国的心脏,那么伯曼就是它的大脑。伯曼的世界是数字的世界,那里条分缕析,他会不断计算他的数字,计算他们生存的危机与获胜的可能。比利从他那里积聚了自己的未来:对数字的一切想象是"获得成功的诀窍"[3]。这为比利之后利用苏尔兹黑帮藏匿的金钱、成为大隐隐于市的成功者做了准备。在比利眼里,伯曼是良师,培育他、栽培他,却成不了其心目中的父亲。他只觉得与苏尔兹更亲近,"是在精神最深处能跟他合作的唯一的人"[4]。苏尔兹带他了解了他所不熟悉的美国,学会了对维持黑帮存在极为重要的伪装。在苏尔兹遭遇官司事件、避祸乡间之时,黑帮可以利用一切塑造苏尔兹良好的公众形象:将比利纳为自己的保护人以确立自己温和的父亲形象;将实惠带入当地以树立自己慷慨的形象。银行行长期待其惠顾、

---

[1] Michelle M. Tokarczyk, *E. L. Doctorow's Skeptical Commitment*, New York: Peter Lang, 2000, p. 134.
[2] *Billy Bathgate*, pp. 47, 48.
[3] *Billy Bathgate*, p. 319.
[4] *Billy Bathgate*, p. 292.

参与的诗学：E.L. 多克托罗小说的叙事伦理

警长也为他们大开方便之门。由此，即便当地农民知道苏尔兹是纽约赫赫有名的黑帮头子，处于贫穷中的他们还是乐于接受苏尔兹的恩惠。苏尔兹的慈善形象背后所行的是吞并之事：购买大量土地，加入天主教，想以此控制当地，包括它的价值体系，让它变成苏尔兹黑帮的又一地盘。苏尔兹的做法表明他就是美国式的"消费者"，顺从于自身的贪婪[1]。马场美奈子评论，苏尔兹的做法实际将物资匮乏的奥农多加"带入了道德的荒原"[2]。这一切伪装终究掩盖不了黑帮内部生存所必需的暴力，也教会比利，若要维持自己想要的奢侈生活，必须不断用暴力对付那些试图偷走其财富的人。苏尔兹即便在逃税案审判前后还亲自操刀残忍杀害三个人，撕裂他当下的伪装，使他的雇佣律师和伯曼等人不得不在事后不断盘算以摆脱可能的指控。对于"有幸"目睹这一切的比利而言，苏尔兹有着超凡魅力。成为苏尔兹的心腹，分享了他经营黑帮的种种艰难与挑战后，比利几乎完全理解他，赞同他的观点："我多么欣赏这种颇费苦心的生活，这种在与不喜欢你、不要你并想毁灭你的政府的对抗下过日子！"[3] 在比利的叙述中，主张肃清黑帮势力的政府成了邪恶的坏蛋，罪犯则摇身变成为了自身生存而不得不与政府进行对抗的英雄。如此的英雄观典型体现了美国社会的个体英雄主义，但隐含作者此处显然是要借比利之口突出经济不景气的 20 世纪 30 年代所滋生的颠倒的正义观及其对青少年成长的影响。

在标志成功的金钱、权力之外，女人是定义黑帮生存法则与成功的又一重要因素。比利毫不隐讳地叙述了杜·普雷斯顿对他的吸引。

---

[1] Garry Wills, "Juggler's Code (Review of Billy Bathgate)", in Ben Siegel, ed., *Critical Essays on E. L. Doctorow*, New York: G. K. Hall & Co., 2000, p. 126.

[2] Minako Baba, "The Young Gangster as Mythic American Hero: E. L. Doctorow's *Billy Bathgate*", *MELUS: Society for the Study of Multi-Ethnic Literature of the United States*, Vol. 18, 1993, p. 38.

[3] *Billy Bathgate*, p. 65.

第二章 20世纪80—90年代小说中的叙述者干预与个体伦理

这不仅因为他由此进入了"一个无法解释的星球"[1]，更近距离地接触到物欲横流的美国上流社会，从感觉置身其中极不合适到接受杜对他衣着方面的改变和上流社会的餐桌礼仪、马术的训练，还因为他在与杜的相处和对她的保护中证明了他优于贵族阶级的能力和与黑帮其他成员之间博弈的能力。在赌马胜地，他除了更进一步了解黑帮拥有操控诸如赌马输赢的能力外，也开始享受其所带来的奢华生活。但他也明显感觉到与杜之间不可逾越的社会文化差异，并对杜和她所属的那些贵族阶级产生了轻蔑的疏离感。对于他的这段罗曼史，比利着重讲述了在那个混杂着各个阶级的人的"输与赢的民主仪式"（赌马）[2]中，他凭借自己的洞见和思考力，使杜在黑帮枪口下脱险，由此成长为保护者式的英雄，并最终得以手捧他与杜的孩子，感受"生命与意识的欢乐"，结束了自己作为无父的男孩的生活，成为父亲，不断"重温上帝的启示"[3]，终而获得某种精神重生。但是，显然，比利的这段罗曼史中也明显有对他视为精神之父的苏尔兹的背叛和取代心理。避祸乡间时，苏尔兹充当了比利的保护人，杜则成了他的母亲。比利毫不掩饰地说他心头掠过的一种想法："甚至不是一种想法，它比一种想法更坏，是一种感情。"[4] 随着他与杜的关系愈加亲密，他所产生的取代性情感也更强烈。比利对此异常坦诚的叙述中实际饱含的是保罗·班克（Paul V. Banker）提出的比利与苏尔兹之间隐含的竞争关系和俄狄浦斯神话中"杀父娶母"的伦理意象[5]。

实际上，对苏尔兹崇敬与取代的矛盾心理贯穿比利的叙述全过程，而这种矛盾心理折射了比利身份的矛盾选择和他本人的伦理取

---

[1] *Billy Bathgate*, p. 42.
[2] *Billy Bathgate*, p. 235.
[3] *Billy Bathgate*, p. 319.
[4] *Billy Bathgate*, p. 131.
[5] Paul V. Banker, "Doctorow's *Billy Bathgate* and Sophocles's *Oedipus Rex*", *The Explicator*, Vol. 64, No. 3, 2006, p. 178.

向。比利在自白中详细描述了五次苏尔兹的杀人事件。每一次事件后，比利更折服于苏尔兹的权威，心理上与他走得更近。在比利那里，能受到苏尔兹的赏识、接受上层训练并最终享有苏尔兹拥有的权力和金钱远胜于善恶对他的意义。他始终没有质疑过苏尔兹行为的罪恶一面，他所关心的更多是苏尔兹是否配享自己对他权力的仰慕。这典型表现在比利从报纸和从苏尔兹本人两个不同信息源获悉同一次杀人事件时的不同反应。当从报纸上了解到事件时，比利"产生了某种受牵连的意识，这在某方面对我是不公正的，好像他毁了信誉，除了自我毁灭以外，就没什么可向他学习的"[1]。但是当苏尔兹亲自向他讲述杀人的过程时，他觉得自己从报纸上读到这则消息时的惊慌显得自己很笨、对他有点不忠。虽然阿巴德巴·伯曼曾说比利是苏尔兹黑帮的"幸运小孩"[2]，但正如比利自己在回忆中的评价，他与苏尔兹黑帮混迹在一起的时间也是他们衰落的时候。比利成功的道路交织着他对荷兰佬苏尔兹的背叛与取代。苏尔兹是比利成长道路上的引路人，多克托罗在谈及选择苏尔兹这一人物形象时解释：

> 苏尔兹总是将自己描述为受害者，他愤怒是因为别人要将属于他的东西偷走，因为他们挤压他，而他只是想在逆境中尽力活下去。因此，他觉得自己做什么都是合理的。恶行中存在某种道德的反射机制。人们不会像莎士比亚时代的人说"我生性邪恶"，他们会宣称："我必须这么做。我不会挑起事端，但是谁也别想把我当笨蛋。"[3]

苏尔兹的自我评价体制和伦理价值观体现了根植于美国文化中的

---

[1] *Billy Bathgate*, p. 102.
[2] *Billy Bathgate*, p. 56.
[3] Alvin P. Sanoff, "The Audacious Jure of Evil", in Christopher D. Morris, ed., *Conversations with E. L. Doctorow*, Starkville: University Press of Mississippi, 1999, p. 144.

第二章　20世纪80—90年代小说中的叙述者干预与个体伦理

"个人主义",而这始终是他行事的准则和为自己犯罪行为所做的辩解。比利一定程度上继承了这一点,他视苏尔兹为精神之父,不过,比利对他的情感中也始终存在"弑父"情结。他"迫切地要相信苏尔兹的权力",却也产生"篡夺权力的疯狂"[①];他甚至怀有苏尔兹被卫兵带走的幻想。比利对此的解释正如苏尔兹对自己犯罪行为的辩解:"荷兰佬苏尔兹,他不管走到哪儿,总会制造麻烦,背叛自己。他在他一生中不同的季节里无休止地制造许多背叛自己的行为。他出于自己的本性,造就了不少叛徒"[②]。个中逻辑表明,如果比利背叛苏尔兹,那是因为苏尔兹而不是比利的原因,这使他无愧为苏尔兹的门徒。这种伦理上的背叛其实体现在比利与苏尔兹之间的关系所涉及的金钱、权力、忠诚各个方面。他对苏尔兹的终极背叛导致整个苏尔兹黑帮的覆灭,但悖谬之处在于,比利的背叛竟是他最忠于苏尔兹个人的时刻。他在无意识中为苏尔兹提供了记者一直在寻找的理由,帮他做了自杀式的决定。此举既背叛了伯曼,也背叛了苏尔兹:破坏了伯曼为黑帮合并所做的努力,助长了导致苏尔兹自身死亡的狂热。

乔和比利的回忆性叙述中都突出了非原生家庭的父子关系。工人阶级家庭出身的乔的父亲为金钱"卖"了儿子,割裂了其与儿子之间应有的纽带;移民家庭的比利的父亲则始终缺位:他们在儿子的成长中都没有尽到父亲的责任。乔与比利在社会中的游荡是寻父的过程,更是弑父的过程。他们所寻找到的"父亲"要么作奸犯科,要么是如雇主般的存在,令他们想亲近又始终有隔阂。尽管两位叙述者努力客观再现成长中的领路人,其叙述中流露出的矛盾心态表明他们都没有安然接受其带给他们的身份,他们都一定程度上选择了遮蔽自己的真实身份。

---

① *Billy Bathgate*, pp. 184, 185.
② *Billy Bathgate*, p. 192.

三 主人公评论性叙述：比利和乔的自得心理与身份遮掩

多克托罗说，"优秀的小说都关注其民族的道德命运"①。《鱼鹰湖》和《比利·巴思格特》都使用了美国19世纪流行的霍瑞修·爱尔杰神话的叙事结构与人物设置，但却是对之的完全反转：受资助的并不是勤奋刻苦取得成功的少年，有钱的并不是善人。乔对帮助他的有钱人班尼特充满恨意：

> 这人谁也搞不懂他是石头是钢我恨他的悲伤他放纵的无依无靠我恨他的思想他的声音他的行走他生活的方式证明了他的重要性造就了他的傲慢他的自由他对人心傲慢自大的了解我恨他的后劲他谋杀了诗人谋杀了探险者们谋杀了男孩女孩他毫不犹豫地谋杀他们就像他呼吸那么简单，他在呼吸间谋杀他因为活着而谋杀他是个皇帝，穿着裤子丝质拖鞋光滑的头上包着头巾的疯子看上去就像由珍贵碎片拼接起的凳子，让我们俯首叩首，充满感激地一个个等着他砍我们的头，他的权力荒诞不经……②

在这段意识流式的文字中，叙述者乔丝毫没有表现出受到救助后的感激之情。他对班尼特的恨，某种程度上是对其所代表的资本主义的恨。乔将自己叙述为受害者，控诉资本主义的金钱与权力带来的罪恶及对自我的摧毁。

由乔这个拥有"作奸犯科"经历却能逃避法律制裁的叙述者讲述故事，无论是其身份还是其叙述的可靠性皆面临着伦理与道德的拷问。如《美国悲剧》中的克莱德·格里菲思在时代影响下的蜕变

---

① Larry McCaffery, "A Spirit of Transgression", in Richard Trenner, ed., *E. L. Doctorow: Essays and Conversations*, Princeton: Ontario Review Press, 1983, p. 40.
② *Loon Lake*, pp. 256–257.

第二章 20世纪80—90年代小说中的叙述者干预与个体伦理

一样,乔最终成长为拥有自述话语权却偏离社会伦理价值观的成功者,这与孕育他们的美国20世纪30年代不无关系。可以说,多克托罗以成长小说的模式考察了一个历史时期,借助成长者对成长历程的叙述见证历史的同时,质疑怀有"抱负"的少年在如此历史环境中成长所实现的身份认同与社会价值问题,展现了一段反成长的经历。戴安·约翰逊(Diane Johnson)将多克托罗划入这样的作家之列:他们是"勇敢且特别令人关注的现代美国作家,面对自我放纵式的自白式书写,试图写些什么以恢复受到质疑的艺术家作为评判者的功能,发掘评判的方式"[1]。在班尼特处于人生暮年、精神处于萎靡状态下接手了他的财产和姓氏的乔,其叙述中不乏失落感。如约翰逊所认识到的矛盾性:"即使是罪恶的乔也因他恰当的言辞、他本人的复杂性、作者忍不住赋予他的聪明才智而喜欢上他。"[2]

同样,正因比利在黑帮学会了对建构主体自我极为重要的"伪装力、控制力及进行改变的能力,这些能力助他跻身美国文化的缔造者行列,也使能够以回忆性叙述的方式记录下他的成功"[3],他叙述过程中的这些困惑很多时候是他对自己叙述中心的控制和对自身的伪装。

在比利的回忆式自述结束前,他声称自己的自述"是一个孤独而放荡的男孩的忏悔"[4],但如果比利的自述真是忏悔,那么这些忏悔中并不包含承认自身过错的内容,其中有的只是那个"有了点名气"的成功者对自己成功所做的一点诠释和坚信自己纯真无罪的申

---

[1] Diane Johnson, "The Righteous Artist: E. L. Doctorow", in Diane Johnson, ed., *Terrorists & Novelists*, New York: Knopf, 1982, pp. 148–149.
[2] Diane Johnson, "The Righteous Artist: E. L. Doctorow", in Diane Johnson, ed., *Terrorists & Novelists*, New York: Knopf, 1982, p. 148.
[3] Kenneth Millard, *Contemporary American Fiction: An Introduction to American Fiction since 1970*, Beijing: Foreign Language Teaching and Research Press, 2006, p. 51.
[4] *Billy Bathgate*, p. 293.

参与的诗学：E. L. 多克托罗小说的叙事伦理

辩。正是在这一点上，帕克斯将比利比作现代的"好青年布朗"，"他与罪恶立约，却拒绝承认自己与罪恶同谋，犯下罪行、自甘堕落"[1]。帕克斯的比较可能更多强调了忏悔的宗教意义，但也提出了比利自白中的伦理问题。比利目睹并参与过苏尔兹的杀人事件，但他似乎从未在意自己曾与罪恶共谋，相反，在他自述的结尾处，他将自己与黑帮一起的犯罪经历视为"一个男孩的冒险故事"，并声称，"我正失去信仰，但它是个可以获得成功的诀窍"[2]。此处不免令人质疑：比利的自白到底有多少忏悔的成分，又有多少自我辩解的内容？叙述之末，比利说："我大体上是个什么人呢？我干了什么呢？我是否参与了犯罪的行当呢？我在哪里生活？我怎么生活？这一直是我的秘密，因为我有了点名气。"[3] 这是否意味着，成功可以抵消罪责？而且，不可否认，这样的自白中缺乏应有的真诚、坦然与毫无保留。

比利的叙述具有强烈的自我意识。尼尔森·维耶拉（Nelson H. Vieira）主张，对于比利这样具有强烈自我意识、在自述中审视自我并凸显自己作为伦理道德主体身份的叙述者而言，须采用"不同的伦理视角及关注重点"进行解读，因为他们的自我身份建构和作为道德主体的意识始终处于变化中[4]。比利曾说：

> 我是来自布朗克斯区的街头少年，住在乡村像方特勒罗伊小爵爷。这些全都没有意义，除了我由环境来决定。情况改变时，我会跟着它改变吗？是的，回答是肯定的。这给了我启示：也许所有的身份都是暂时的，因为你要遭遇生活中不断变化的环境。

---

[1] John G. Parks, *E. L. Doctorow*, New York: The Continuum Publishing Company, 1991, p. 112.

[2] *Billy Bathgate*, pp. 318–319.

[3] *Billy Bathgate*, p. 318.

[4] Nelson H. Vieira, "'Evil Be Thou My Good': Postmodern Heroics and Ethics in *Billy Bathgate* and *Bufo & Spallanzani*", *Comparative Literature Studies*, Vol. 28, No. 4, 1991, p. 361.

第二章　20世纪80—90年代小说中的叙述者干预与个体伦理

> 我发觉这是一个很令人满意的想法，值得考虑。我决定：这就是我的身份执照牌的理论。①。

他认同了环境对他的决定性作用。还是街头少年时，他与邻里孩子一样崇拜苏尔兹，希望效力于黑帮，找到成功的捷径。短暂的黑帮生涯中，他对犯罪事件的目击乃至一定程度上的参与，也是环境使然。他承认："我可以当个读经班的学生，我又会开枪"②。即使是他对苏尔兹的取代与"弑父"情感的产生，也与他要适应的环境不无关系。他与黑帮走得越近，了解越多，他越觉得自己拥有语言天赋，能表达"苏尔兹先生说不出来的内容"，相信自己"在最重要的知识方面"甚至已经领先伯曼③。

不可否认，比利在讨论环境对他的身份的决定作用时蕴含浓烈的辩解意味，他努力将自己描述为"一个一心想进步、想有所成就的单纯的孩子"④，但独特的社会历史环境使保持单纯变得不可能。在社会资源分配极为不公的环境中，比利能够成功离不开他的黑帮经历：他将从伯曼那里学来的对规则的遵从与从苏尔兹那里学来的对权力的支配相结合，摆脱苏尔兹式的黑帮生存理念，接受学校教育并以理性方式支配从苏尔兹黑帮继承的金钱而融入经济主流。比利实现美国梦的方式以及他对自己成功过程的回忆性叙述，呈现了不为社会常规善恶观念所约束的主体和生活，证明在被成功的渴望主导的美国社会，那些通过犯罪实现美国梦却又始终能置身于法律惩戒之外的人物会是许多人心中的"楷模"，人们总能被那些与金钱、权力和地位有着潜在联系的罪恶吸引。多克托罗通过比利的经历和自述似乎要传递这样的信息：人们关注成功本身的同时，也应考量成功背后的路径，

---

① *Billy Bathgate*, p. 135.
② *Billy Bathgate*, p. 185.
③ *Billy Bathgate*, pp. 185, 186.
④ *Billy Bathgate*, p. 60.

思考整个社会在造就比利这样"堕落、与罪恶合谋"的成功者中所应承担的伦理道德责任。

多克托罗借乔与比利的成长与身份建构"挑战社会范式"①，质疑美国文化中的传统英雄模式。乔与比利自白式的叙事展示了他们的泰然与责任认知的缺失，这就使他们的叙述面临社会公正性与伦理价值方面的质询。本雅明曾说，童话或口述传统的童谣滋生出故事，像这样稍短的作品通常会给我们提供"建议"——道德上的或是实践上的建议，这些可以服务于我们的生活。无论是乔还是比利，多克托罗选择的都是典型的怀揣美国梦想、想要扬名的青少年。叙述者在讲述过程中对相关信息的选择与隐瞒、对具体事件的价值评判，呈现的是20世纪30年代少年成长中的寻找、挣扎、隐匿。在探讨这类主人公叙述者的干预模式中，我们看到的是美国社会以成功为目标、摒弃法律与道德的上位者和被文化异化的伦理价值观。多克托罗常称他的叙述者为"具有洞察力的罪犯"（criminals of perception）。当然，真正的"罪犯"应是多克托罗自己，因为正是他自己所具有的洞察力赋予了他所虚构的人物在他们的成长自述中的感知力与智力。

第二节　系列人物叙事干预与文化认同：
《世界博览会》中的族裔身份

作为第三代移民后裔，多克托罗早已融入美国社会主流。他的作品不像菲利普·罗斯等作家对犹太人及犹太文化投入极大关注；当有评论者评价其作品具有激进的犹太精神，认为他是激进的政治小说家时，多克托罗虽不认为自己是，但也表示自己愿意成为其中一员。相较于其他犹太作家关注本族群的移民史与现状，多克托罗的小说往往

---

① 芮渝萍：《美国成长小说研究》，中国社会科学出版社2004年版，第17页。

第二章 20世纪80—90年代小说中的叙述者干预与个体伦理

超越了"族裔"身份本身,但这并不妨碍他对犹太移民的书写。在《拉格泰姆时代》中,多克托罗已经透过 Tateh 这位立陶宛犹太移民的社会经历呈现移民融入美国过程中遭遇的阶级压迫。在《世界博览会》一书中,他更是聚焦犹太移民一家,通过不同人物的叙述呈现代际间的对话,形成了类似巴赫金复调理论中提到的多重声音叙事,展示了小说叙事中的多声部与多种观点的并存。多克托罗采用系列人物复调叙事策略,让他们各自的叙述相互补充、反驳,构成了相互间的叙事干预,形成了拥有犹太背景的移民后裔代际间关于身份认同的多声部对话。

多克托罗所使用的系列人物复调叙事展现了费伦提出的多人物叙述者的情况。费伦表示,系列叙事的重要影响在于:其揭示性功能不仅与每一个叙述者的叙述功能相关,而且贯穿系列叙事过程中;也就是说,揭示性功能既出现在个体叙事中,也出现于个体叙事间的互动中。此外,系列叙事允许作者使用清晰可辨的不同视角,从而在个体的可靠性、不可靠性、限知性叙事中传递不同的经验[①]。因为叙述者都是从自身有限的视角出发讲述故事,他们对事件的叙述必然带有他们自身的理解与感知。费伦讨论契约型不可靠叙事时提及,如果让叙述者的叙事"表面看来不可靠但隐含的意义却可靠,那么可以利用单个文本中出现多个叙述者进行着不同目的的叙事实现。这种表面看来不可靠但隐含意义可靠的情况典型地出现在事实/事件轴及理解/感知轴上,而且这有助于拉近叙述者与作者的读者在感知、伦理及情感方面的距离"[②]。人们通常认为,"一个人关于自己的新的状态的第一人称陈述具有不可置疑的权威

[①] James Phelan, *Living to Tell about It: A Rhetoric and Ethics of Character Narration*, Ithaca: Cornell University Press, 2005, pp. 197 – 198.

[②] James Phelan, "Estranging Unreliability, Bonding Unreliability, and the Ethics of Lolita", *Narrative*, Vol. 15, No. 2, 2007, p. 224.

参与的诗学：E. L. 多克托罗小说的叙事伦理

性"①。罗兰·巴特也说，"我"较少具有含混性，"直接"且能"赋予叙事一种引起信任的虚假自然性"②。而且，在现代性以降的语境中，第一人称叙事更受读者欢迎，原因在于他们"对于作者仅凭想象写出的东西存有戒心"，这种叙述"不仅能满足读者理所当然的好奇心，也可以解除作者难以避免的顾虑"③。《世界博览会》中，多克托罗让两代共四位犹太人亲述他们眼中的犹太传统与文化、他们对社会身份的认知。儿童埃德加的认知视角明显存在事实报道及理解方面的局限，他的叙述有助于凸显犹太移民后代对自己生存环境的认识与身份认同；不同叙述者在相同事件与人物报道中评价的差异则有助于揭示叙事表面不可靠背后的动因，呈现复调性叙事对话中，犹太人融入美国社会遭遇文化冲突时对族裔传统的抛弃、选择与接受。

《世界博览会》是多克托罗20世纪80年代带有明显成长小说特征且以20世纪30年代为背景的三部作品中的第二部。因为主要叙述者的名字（也叫埃德加）、家庭构成与经历许多都与作者多克托罗的真实生平一致，故而有不少评论者称其为多克托罗的自传/回忆录。不过多克托罗本人则认为那只是"回忆录的幻觉"④。他解释说，在《世界博览会》这部作品中，他的意图是"打破形式上的小说与实际的、可感知的、活生生的生活之间的差异"⑤。显而易见，这部小说再次展示出多克托罗文学创作中令人瞩目的特征，即"不管他之前

---

① 唐热风：《第一人称权威的本质》，《哲学研究》2001年第3期。
② Roland Barthes, *S/Z*, trans., Richard Howard, New York: Hill Publishers, 1977, pp. 23, 24.
③ [法] 娜塔莉·萨洛特：《怀疑的时代》，载柳鸣九编选《新小说派研究》，中国社会科学出版社1986年版，第30、36页。
④ Bruce Weber, "The Myth Maker: The Creative Mind of Novelist E. L. Doctorow", in Christopher D. Morris, ed., *Conversations with E. L. Doctorow*, Jackson: University Press of Mississippi, 1999, p. 100.
⑤ Bruce Weber, "The Myth Maker: The Creative Mind of Novelist E. L. Doctorow", in Christopher D. Morris, ed., *Conversations with E. L. Doctorow*, Jackson: University Press of Mississippi, 1999, p. 92.

第二章 20世纪80—90年代小说中的叙述者干预与个体伦理

的小说写作技巧多么成功,他都不会重复它们"①。无论是书评还是针对这部作品的出版访谈,都较多地涉及了这部作品的创新之处。且撇开他在文学创作技巧方面的内容不谈,《世界博览会》中明显的自传、回忆录②等特征使其被置入与乔伊斯的《青年艺术家画像》的比较框架中。多克托罗在访谈中评价这部小说时说:"我写这部小说时有个假设——这是在我开始写作之后才意识到的,那就是孩子的生活具有道德方面的复杂性,孩子是一部感知机器。孩子的任务是去感知。所以这部小说是孩子的情感教育,是成长小说,只是仅成长到十岁而已。"③ 整部小说以数字标记的三十一个部分为埃德加的叙述,内容上从他感知尿床为始,到九岁第二次参观世界博览会后与小伙伴在克莱蒙特公园埋下时代文物储藏器为止,就这方面而言,这与乔伊斯在《青年艺术家画像》中的叙事铺陈相似④,因而有书评认为这是

---

① Carol C. Harter and James R. Thompson, *E. L. Doctorow*, Boston: G. K. Hall & Co, 1990, p. 106.
② 这部成长小说中,不仅叙事主人公与作者多克托罗具有相同的名字埃德加(Edgar),且他们同年同月同日生,他的哥哥、父母等亲人的名字同样与多克托罗的家庭成员姓名完全一致,连生活的地点都是一样的。此外,埃德加的成长经历及艺术家形象的诞生都在说明这是关于多克托罗自己的故事。但是多克托罗强调,这只是"回忆录的幻觉",因为这是一部虚构的作品,并不是他本人的自传。造成这一幻觉的原因或许是成长小说与自传、回忆录之间的诸多相似之处。依据许德金的《成长小说与自传——成长叙事研究》所述,成长小说完全可被视作自传的特殊形式,即小说形式的自传,因为成长小说中,情节不如性格塑造重要;成长小说与自传都有"寻找自我身份"的母题;就内容而言,成长小说与自传相同,都致力于现实个体经验、教育及性格塑造,还有身份养成。就此而言,成长小说和自传之间的界限不是那么明显,不再是相互排斥的两种文类形式(详见许德金《成长小说与自传——成长叙事研究》,高等教育出版社2008年版,第34—37页)。
③ Bruce Weber, "The Myth Maker: The Creative Mind of Novelist E. L. Doctorow", in Christopher D. Morris, ed., *Conversations with E. L. Doctorow*, Jackson: University Press of Mississippi, 1999, p. 100.
④ 有评论认为,《世界博览会》与乔伊斯的《青年艺术家画像》拥有共同的主题,即个体意识的逐步扩展:从专注于自我,到意识到周围其他人与关系的现实存在,再到对复杂社会及自身所处的位置的感知。这两部小说都以婴儿的尿床经历开始,叙述者在结尾部分都决定接受生活的多种经历,并至少都有暗示,要赋予这些经历以艺术的形式。详见 T. O. Treadwell, "Time-Encapsulating: Review of *World's Fair*", in Ben Siegel, ed., *Critical Essays on E. L. Doctorow*, New York: G. K. Hall & Co., 2000, pp. 110–111.

参与的诗学：E. L. 多克托罗小说的叙事伦理

一部关于多克托罗的"青年艺术家肖像"[①]。实际上，正是因为埃德加的叙述以儿童成长的视角进行，他对犹太文化和身份从畏惧到接受过程的描摹反而带来了一种陌生化的效果。小说除却埃德加第一人称叙事部分，还在埃德加的叙事中加入了埃德加的母亲罗兹第一人称叙事的四个部分，埃德加的哥哥唐纳德第一人称叙事的两个部分，以及埃德加的姑母弗朗西斯第一人称叙事的一个部分。这样的系列人物叙述，尤其是后三位叙述者的叙述形成了对埃德加叙述内容的回应，是从成年人的视角向他们的叙述对象"你"（埃德加）讲述他们融入美国主流社会的过程中对族裔文化的选择、继承及他们追寻美国梦的过程中个体持有的伦理立场。

一 "典型美国男孩"：埃德加的认知叙事与双重文化意识

埃德加的叙述表现出了他成长中的认知发展，其叙述内容聚焦从小家到大家再到社会的空间变化，构成了整个叙事的基本框架。从儿童的感知和眼光呈现他所生活的世界，埃德加的叙述表现出他对世界不成熟的理解和报道，但正是这种不成熟却更能让读者探究其所述内容背后蕴含的社会现实。心理学家列夫·维果斯基（Lev Semenovich Vygotsky）从社会文化方面对儿童认知发展做出研究，强调环境和文化因素对儿童发展的影响，认为人的智力起源于外部的活动，通过内化情境获取知识[②]。《世界博览会》的文本是埃德加认知发展的再现，始于他尿床产生的生理不适，接着是他对所接触到的家人与家庭生活的感知，再到他走出家门，对更广阔的社会的认识。他又通过叙事的形式将他的认知呈现出来，实现了他对现实的重构与意义化再现。大卫·赫尔曼（David Herman）在对认知叙事的研究中区分了"使故事有意义"和"故事作为理解方式"，也就是"认知科学能更好地理解

[①] T. O. Treadwell, "Time-Encapsulating: Review of *World's Fair*", in Ben Siegel, ed., *Critical Essays on E. L. Doctorow*, New York: G. K. Hall & Co., 2000, p. 110.

[②] 苏彦捷主编：《发展心理学》，高等教育出版社2012年版，第41页。

第二章 20世纪80—90年代小说中的叙述者干预与个体伦理

建构故事、理解故事的运行",反过来,"叙事也能被看作是一个练习的工具或者提高认知能力的工具,而不仅是作为认知的目标",也就是说,意义的产生常常是叙事化的过程①。埃德加的叙事是他认识自我并逐渐确立身份的过程,正如多克托罗所希望的,他要让小说成为"实际的、可感知的、活生生的生活",其中充满着埃德加对父亲、母亲和自己所生活的犹太大家庭的认识,埃德加参加报纸上的"典型美国男孩"征文大赛,最终也使他获得了文化上的和解,即他可以是犹太人,同时也可以是美国人。埃德加从儿童的视角对他周围世界的认知与报道充满了个体的不成熟,但可引发读者的阅读兴趣,理解叙述者对自己处于两种文化中的身份的认知。

叙述者埃德加时年九岁,他对世界的认识源于他对他所接触到的家庭、玩伴、生活的周围世界的观察与感知,他也从中逐渐有了自己的祖辈、父辈是谁,来自哪里,自己又是谁,应该成为什么样的人的身份意识。埃德加是个极为敏锐的叙述者,如他所说,"在我的自我意识里,我不是一个小孩儿。当我一人独处,没有被这个世界的意愿强迫时,我就有机会意识到,我知道我是有感觉的生命"②。他从父母与他的相处中感觉并区分出两种不同的处事态度。母亲向他展现了谨慎、节俭等犹太传统美德,父亲则是"小孩子的理想玩伴",展示给他冒险与敢于尝试未知事情的勇气。父母亲有着各自不同的生活理念,埃德加对之有着自己的不同认识与评判。在父亲身上,他看到的是缺乏家庭责任感的一家之主形象。不过,他对此缺失的认知首先源于娉姬(Pinky)事件中父亲的欺骗。玩伴小狗娉姬因为掉毛对他的过敏性体质构成了负面影响而被强行送走。大人的解

---

① David Herman, "Story as a Tool for Thinking", in David Herman, ed., *Narrative Theory and the Cognitive Sciences*, Stanford: CSLI Publications, 2003, p. 185.
② E. L. Doctorow, *World's Fair*, New York: Random House, 1985, p. 39. 文中《世界博览会》的引文皆出自该版本,译文同时参考了[美] E. L. 多克托罗《世界博览会》,陈安译,山东文艺出版社2014年版。

参与的诗学：E. L. 多克托罗小说的叙事伦理

释是：它会生活在收容所，与其他的狗交朋友，那里会是它的理想生存环境。可是，埃德加还是发现了父亲与自己的主治大夫之间"意味深长的瞥视"，大夫脸上"遮掩不住的假笑"①。哥哥唐纳德的怒骂揭示了真相：事实是娉姬去的不是什么收容所，而是被送去屠杀。此事件造成埃德加心理的恐慌，同时使他认识到："你可以去爱大人们，但不能相信他们，唯有唐纳德是可以信赖的"②，因为后者会告诉他事实，讲述事情的原委。显然，在此事件中，埃德加与唐纳德之间找到了认同，他们都对弱小生命持有同情态度。成人世界被置于其对立面，因为那里充满了欺骗。这在埃德加之后的叙述中也得到了印证：他与哥哥之间的这种认知同一性在哥哥步入成人世界后便终止。埃德加的叙述明显因为他的玩伴被大人违背其意愿处理而心生埋怨，他不会去在意大人是出于对其身体的考虑，只是从自身的观察否定了他们或许善意的出发点。因着这份不信任，埃德加的叙述中对父亲的讲述常带有疏离之意，勾勒出这样的父亲形象：他像个旅居者，"很少不食言地准时回家吃饭，或带给我什么东西"③。言下之意，父亲并非一个可信赖的伙伴，他身上体现了责任的缺失。而家庭日益拮据的生活状态使他对自己所生活的社会空间有了进一步的认知。埃德加对父母的叙事报道充满个体的情感与判断。他善于从他所能认知的事件中敏锐感知父母的行为并对之进行评判，也让读者随着他的眼睛和对事件的认知去认识从儿童到少年的埃德加的世界。埃德加的世界里充满童趣和童言童语，那也是一个善恶分明的世界。

随着埃德加的成长和他活动区域的变化，他的认知也在发生变化，他在外在于家的空间中逐渐认识到他不只是家庭中的一员，还有在更广阔的社会空间中的位置和身份。列斐伏尔强调，"空间从属于

---

① E. L. Doctorow, *World's Fair*, New York: Random House, 1985, pp. 12, 83.
② *World's Fair*, p. 83.
③ *World's Fair*, p. 10.

第二章　20世纪80—90年代小说中的叙述者干预与个体伦理

不同的利益和不同的群体"[1]。埃德加的叙事空间以伊斯特伯恩大道上的居住空间为原点逐渐从物理空间延展至周围的社会空间。屋外哥哥与朋友们堆积起的因纽特人圆顶小屋"伊格庐"让他对物理空间有了更真切的认识。他极度惊讶，因为"在这个雪的半球体内，我的房子，我的院子和纽约的布朗克斯区，它们的空间和时间竟然都消失不见了"[2]。随着他足迹的扩展，他认识的空间也从伊斯特伯恩大道开拓至克莱蒙特公园，直至代表全世界的世界博览会。他在这些空间里接触到甘薯人乔、老意大利修鞋匠、与母亲一样的超市大减价的抢购者、世博园中的侏儒、裸体与章鱼进行搏斗表演的梅格，这些存在共同组成了他所生存的社会空间。这里处处是为了活着而挣扎的美国人。搬家的经历和拜访姑妈的经历让他感受到贫富差距造成的社会生存空间的差异。作为有闲阶层，姑妈家不仅拥有自己的房子、佣人，还占有各种优渥的社会资源。而他们由所居住的"房子"搬至拥挤且环境较差的"公寓"，虽然母亲给出了掩盖真相的说辞，但是埃德加清楚这一搬迁是家庭每况愈下的经济原因造成的。与母亲想实现的"步步高升"相反，他们似乎正在走着相悖的道路。埃德加并不能完全理解父母间的问题或是家族中的贫富差异，但他从自己生活上的变化懵懂地感知了自己的家庭所处的社会地位。

埃德加对空间的认知是对外部客体世界的认知，作为敏锐的叙述者，他对外部种种时间的感知也时常会转向对自身作为本体存在的认知，并且在对"死亡"的认识中接触到犹太人的生死观。孔子名言"未知生，焉知死"，这句话在说明"知生"是"知死"的前提的同时，未尝不可以反过来理解："知死"也为全面"知生"所必需，是感知"人生意义与价值的问题"[3]必不可少的条件。心理学观点认

---

[1] Henri Lefebvre, *The Production of Space*, trans., Donald Nicholson-Smith, Cambridge, Massachusetts: Basil Blackwell, 1991, p. 38.
[2] *World's Fair*, p. 29.
[3] 段德智：《死亡哲学》，湖北人民出版社1996年版，第5页。

参与的诗学：E. L. 多克托罗小说的叙事伦理

为，儿童对死亡的认知会随着年龄的增长有一个渐次深入的过程：从模糊不清到具体经历亲人离世，认知生命的本质，再到对之持有一定的态度，从中感悟生死的哲理。埃德加两次见证死亡，一次是发现外祖母离世，另一次是目睹校门外一位女士被撞后的死亡惨状；两次经历死亡，一次是自己阑尾穿孔险些丧命，另一次是被反犹分子打劫并以刀威胁。如果说作为第一个发现外婆死亡的目击者，埃德加还无法知晓死亡究竟为何物，那么校门外的死亡事件则使他更进一步接触丧失生命的肢体。他本人经历了阑尾炎发作，因没有得到及时救治，不得不动手术，术后被隔离，梦见外婆来接他，这一系列事件让他的父母和哥哥经受巨大恐惧、唯恐失去他，而他本人只懵懂地认为这一切都是生理不适，他自己尚不理解自己身上发生的一切。虽然父母及哥哥都经历了巨大惊吓，唯恐失去他。当面对两个信奉纳粹的小青年拦路抢劫并威胁杀死犹太人时，埃德加才真实感受到死亡带给他的恐惧，并立即澄清自己不是犹太人。正是对此耿耿于怀，他才会在"典型美国男孩"的征文中强调"假如他是犹太人，他就应该说他是犹太人。……他视死如归"[1]。这也反映了他对存在意义的认知。被问及"死亡"在这部小说中的重要性时，多克托罗说，如果人们无须理解死亡的不公正性，即为什么这个人要死，而其他人却安然无恙，那么他们就不需要从道德方面理解死亡。一旦人们问到这个问题，那么他们讨论的就不再是死亡，而是不公正性的问题。[2] 由之，小说中的死亡幽灵实际就是关于不公正性这一本质问题及人们在其中的合谋。具体来说，这些问题不是针对埃德加为什么没有死，而是孩子为什么会死，纳粹为什么要犹太人死。埃德加对死亡问题的认知从对死亡本体的认识逐渐上升至对社会问题的关注，重现了欧洲反犹事件在美国的暗涌。

然而，对世界的不解使埃德加的叙事时常表现出他对犹太传统的

---

[1] *World's Fair*, p. 240.
[2] Christopher D. Morris, "Fiction Is a System of Belief", in Christopher D. Morris, ed., *Conversations with E. L. Doctorow*, Jackson: University Press of Mississippi, 1999, p. 168.

第二章 20世纪80—90年代小说中的叙述者干预与个体伦理

排斥,并且更加凸显了欧洲犹太移民融入美国社会的不同遭遇和美国社会对犹太人的态度。埃德加的身份认同经历了从对犹太传统的排斥、不解、好奇直至接受的过程,且他是在他作为美国男孩的身份与经验之上实现了自己犹太裔美国人的身份认同。心理学研究表明,"儿童自我概念的发展是其社会化发展的重要组成部分,自身认知能力的不断提高以及与社会环境的互动是儿童自我概念发展的核心机制"[1]。彼时,埃德加还没有明确的自我意识,但他在对外婆的装扮与犹太习俗的观察中难掩其畏惧感。作为信奉犹太教的犹太妇人,外婆有点燃礼拜五夜安息日蜡烛的习惯。她的装束保持着犹太人的风格(将编成辫子的头发盘在头上,穿带子高束的鞋子、老式的长衣服,佩戴披巾,还常是黑色的)过着一种十分隐秘的生活。这使埃德加害怕,常对她保持警惕。他听不懂外婆所讲的犹太语,认为那是老人们专用的;他把外婆的房间视为"原始礼仪和习俗的黑暗洞穴",视外婆的礼教行为为"表演",认为外婆房内的烟味仿若"来自地狱"[2];外婆的死亡甚至令他认为"死神是犹太教的"[3]。此外,他还排斥每周两次去希伯来学校的要求,不愿意暴露自己犹太移民后裔的身份。埃德加难掩他对外婆所代表的传统犹太人的习惯和习俗的恐惧与厌弃,但他对同为犹太移民的祖父母、对每年在姑妈家度过的逾越节却持有亲近与期待感。相比将被当局迫害一事挂在口中的外婆,祖父那边的犹太人更积极地融入了移民社会、主动参与社会批判。因而,埃德加的叙述中实际已经蕴含他主张将犹太传统融入美国生活的态度。而且,他对犹太文化并非全盘排斥,对犹太人的语言产生兴趣,接受了母亲周五安息夜的烛火,这意味着他接受并参与了犹太文化的传承。

欧洲排犹事件的升级和埃德加入学后的经历促使他审视并逐渐接

---

[1] 苏彦捷主编:《发展心理学》,高等教育出版社2012年版,第223页。
[2] *World's Fair*, p. 35.
[3] *World's Fair*, p. 95.

受自己的犹太人身份。东欧反犹主义的盛行、德国驱犹事件的余波也震荡到了美国。时常临门的黑衣老头、母亲频繁的教会活动让埃德加对犹太教产生了好奇,但他对父母要求他每周两次去希伯来学校的打算仍有排斥,认为这就是在暴露身份,会因是犹太人而"遭刀刺,被抢劫"[1]。此刻的埃德加其实是在恐惧与幻想中将自己带入欧洲犹太人在欧洲的境遇,但他并没有因为这些而与他们产生任何的身份认同感,因为他坚持,"说意第绪语的家庭不是外国人,他们是美国人"[2]。就如他本人一样,他的家庭里有说意第绪语的外婆,曾经他所认为的疯言疯语,开始让他这个美国人感到熟悉。萨义德在他的《东方主义》(Orientalism, 1978)中认为"语言……是由语言使用者在他们自己之间所创造、成就出来的一个内部领域"[3],对于语言使用者实现身份认同具有举足轻重的作用。然而,埃德加只是能听懂却不会说这种语言,这就注定,埃德加的故事只是与欧洲犹太人有联系,终究是一个美国少年的成长故事。

真正令埃德加正视并接受他的犹太身份的事件是两个反犹太男孩持刀抢劫并威胁杀掉他这个犹太仔。邦妮·布雷德宁(Bonnie Hoover Braedlin)研究成长类小说时提出:"成长小说并不只是教育小说,它同样可以用来记录个性的突然转变。这种转变不是因为与外界环境之间的艰难交涉,而是因为某个存在的时刻否定了原先的目标。"[4] 埃德加叙事中的这一个事件正体现了他的转变。虽然在遭遇抢劫时,埃德加以父亲是警察为幌子吓走了反犹的大男孩,但他对此时所做的选择,即否认犹太身份感到耻辱,这也促成了他在"典型美国男孩"中对自我的审视和对身份的认定:

---

[1] *World's Fair*, p. 98.
[2] *World's Fair*, p. 98.
[3] Edward W. Said, *Orientalism*, New York: Vintage Books, 1979, p. 136.
[4] Bonnie Hoover Braedlin, "Bildung in Ethnic Women Writers", *Denver Quarterly*, Vol. 17, No. 4, 1983, p. 77.

第二章　20世纪80—90年代小说中的叙述者干预与个体伦理

  典型的美国男孩不畏艰险。他应能出门到乡下去喝生牛奶。同样地，他应该跨越城市里的小丘和洼地。假如他是犹太人，他就应该说他是犹太人。假如他有本事，当面临挑战，他就应该说这有什么了不起。他支持本地的橄榄球队和棒球队，他自己也从事运动。他总是在阅读，他喜欢连环画未尝不可，只要他知道那都是些垃圾货。同样地，广播节目和电影是可以欣赏的，但要以不影响重要事情为前提。例如，他应该永远憎恨希特勒。音乐方面，摇摆乐和交响乐他都喜欢。对女性，他尊重她们所有人。做家庭作业时，他不做白日梦，不浪费时间。他善良宽厚。他和父母亲配合默契。他知道一元钱的价值。他视死如归。①

  这段以个体经验写就的"典型美国男孩"的文字不仅涉及埃德加所渴望具有的性格特征，他的喜好和品质，同样包含了美国文化，也即橄榄球队和棒球队、他所喜爱的关于青蜂侠等的广播节目与各种电影、连环画所折射的大众文化，所有这一切孕育出了这位独特的、具有犹太血统的美国男孩。

  埃德加的自我认知除了通过家庭和社会的镜像获得外，伴随他成长的外在存在物也起到重要作用。这些外物不仅成为历史的标志，同样见证了美国的文化发展。以"明天的世界和建设"为主题的1939年纽约世界博览会似乎更将《世界博览会》这部小说中美国的十年发展推向顶峰并许以值得期待的未来。但值得深思的是，小说名为《世界博览会》，但整部作品只在末尾三分之一处才开始有涉及"世界博览会"事件的文字出现，小说也在埃德加第二次参观世界博览会后，做出埋葬时代文物密藏容器的举动中戛然而止。这部充满生活气息和社会喧嚣的作品却以埃德加孤单的身影行走在路上结尾，不禁令人思考世界博览会所宣扬的"建设明天的世界"会否指向一个乐观的未来世界。

---

① *World's Fair*, p. 240.

参与的诗学：E. L. 多克托罗小说的叙事伦理

1933 年，现代物理学巨匠爱因斯坦和现代精神分析之父弗洛伊德有过一封通信，在回信中，弗洛伊德写道："一切促进文化发展的事物都是反对战争的"；与此同时，他还指出了当时世界存在的隐忧："谁有较强大的武力，谁就得到统治权——利用兽性和暴力，或暴力与科学结合起来统治。"爱因斯坦应邀来到 1939 年纽约世界博览会时，以科学为主题进行了演讲："如同艺术一样，科学如果想真正、充分地完成它的使命，那么人们面对科学成就，就不应只有肤浅的理解，而必须认识它的深刻内涵。"[1] 以"明天的世界和建设"为主题的纽约世界博览会通过科技的强大力量呈现了一幅充满希望的"未来世界"。埃德加第一次去世博园时，他那双探索新奇的眼睛看到的是各种奇景与勃勃生机。他亲身体验的未来城市、铁道馆、爱迪生馆都是缩小了的世界。它们就是所有孩子都想拥有的"前所未有的最大、最复杂的玩具"[2]。埃德加这一次所见的"世界博览会"更像是一个主题公园，它昭示出我们对未来的希望。但需要警惕的是，世博会上所展示的先进科技制造出的"玩具"实际都是些意识形态产物，粉饰了那些令人不快的社会现实[3]，例如经济不平等。而在这个主题公园中，所有的现实都被扭曲，它反映的是人们习以为常的科技神话和他们对技术近乎幼稚的信仰。世界博览会所设的"未来之角"不过是一堆纸张与金属的组合，与世界博览会本身一样是假象。埃德加第二次参观世界博览会的经历褪去了初次参观所感受到的赞叹与新奇，并让他感受到粉饰的希望被搁置后的颓败。埃德加不再觉得那是个令人愉快的地方，反倒觉得它看起来"不那么洁净与光鲜"，

---

[1] 以上关于 1939 年爱因斯坦世界博览会的发言参见 https://www.dvarchive.com/922-684-1939-albert-einstein-addresses-a-large-outdoor-crowd-at-the-new-york-worlds.html，弗洛伊德写给爱因斯坦的《为什么有战争？》(*Why War?*) 一文参见 https://en.unesco.org/courier/arzo-1993/why-war-letter-feud-einstein。

[2] *World's Fair*, p. 249.

[3] Michelle M. Tokarczyk, *E. L. Doctorow's Skeptical Commitment*, New York: Peter Lang, 2000, p. 42.

第二章　20世纪80—90年代小说中的叙述者干预与个体伦理

能看见"到处有衰竭的痕迹"[1]。所以说,世界博览会所渲染的美好未来世界也仅限于美好愿望,正如埃德加借用父亲之语对时代储存器中的物品留给五年后的人所做的评价:这也只会告诉他们我们曾拥有过好的技术。

小说中,埃德加的个体认知叙事始终与历史意识相结合,它批评了美国资本主义所提供的"虚假的乐观主义"[2]和美国的保守政策。"典型美国男孩"征文比赛夺冠的文章中提到,典型的美国男孩"总是考虑从事新的工作或制作新的东西。这就是为什么美国仍然有未来"[3]。这篇明显带有男童子军誓言意味的文字能得到主办方的青睐,不能不说是因为它迎合了主办方甚至社会大众对世博会中所宣扬的未来世界尤其是美国的未来的期许。共游外国馆时,母亲因为巴勒斯坦馆而生出骄傲,因为她觉得犹太人可以与其他人一样有自己的家园。但细想之下,这样的感慨却正是犹太人在欧洲遭受驱逐、迫害,在移民美国后的挣扎中所发出的由衷之言。他们把苏联馆给拆了让父亲觉得遗憾。由此说明,科技为未来世界带来的美好许诺只是一场科技表演,美国明显的排外与保守政策为未来世界蒙上了阴影。

哈特与汤普森阐释《世界博览会》时称,埃德加是"感知的小罪犯"("a little criminal of perception"),像生活在其他人当中的秘密间谍[4];是具有洞察力的感知者,能窥视到他人的秘密[5]。一定程度看来,这部小说或也可称作"埃德加书",它是埃德加对成长的认知、感悟与叙事,细致呈现了他的成长环境与历史文化,尤其是他对两种文化的

---

[1] *World's Fair*, pp. 278, 279.
[2] John G. Parks, *E. L. Doctorow*, New York: The Continuum Publishing Company, 1991, p. 103.
[3] *World's Fair*, p. 273.
[4] Carol C. Harter and James R. Thompson, *E. L. Doctorow*, Boston: G. K. Hall & Co, 1990, p. 109.
[5] Michelle M. Tokarczyk, *E. L. Doctorow's Skeptical Commitment*, New York: Peter Lang, 2000, p. 40.

吸收与认同,这些对他的身份塑形起着重要作用。但多克托罗在这部小说中并没有将叙述的声音与视角局限在埃德加身上,他还安排了埃德加的母亲、姑妈及哥哥进行叙述。尽管他们的叙述是在回应埃德加对父亲的认识,叙述中也多以戴维为叙述话题,但母亲和姑妈的叙述给了埃德加和读者更多关于初代犹太移民生活境况、第二代犹太移民女性的生活追求及不同代女性对自己身份持有的不同认识方面的信息。她们的讲述串联起了两个犹太家庭三代人的美国生活线索,为埃德加提供了家族与族群背景,也突出了其身份建构中遭遇的不同文化的碰撞。在埃德加身上,犹太文化与美国文化实现了融合,他愿意承认自己的犹太身份,也有了自己作为"典型美国男孩"的身份意识。

二　自由与家庭:母亲和姑妈的女性声音与族裔传统

《世界博览会》以埃德加的叙述为主,这个"感知的小罪犯"引领读者进入的是他的生活世界,看到的是有着犹太背景的小男孩的成长,他族裔身份意识的觉醒和对自己美国身份的多重认知。借助埃德加的叙述和纽约1939年世界博览会的背景,多克托罗在这部常被学者认为带有其自传色彩的作品中投注了对自己家族的追忆。他在小说中较少见地融入了女性的叙述声音,让母亲与姑妈分别讲述了父母双方两个犹太家庭融入美国社会、寻求实现美国梦想的不同遭遇。与许多美国犹太作家在作品中关注犹太家庭融入社会时的犹太性问题不同[1],多克托罗的作品对这一主题的渲染并不明显。虽然有评论称他

---

[1] 乔国强比较了美国社会学家威尔·赫伯格与美国学者内森·格雷泽对"犹太性"的不同界定:前者将之界定为"嵌入在宗教和文化策源地并融为一个单一的宗教与文化的统一体就是犹太性";后者将之定义为"一种与犹太文化、政治以及社区生活相关的东西"。他认为前一种定义没有揭示出犹太性所存在的历史语境,后一种虽交代了犹太性的共性,但没有指出表现共性的特征和方式。因而,他提出:"就反映在现当代美国犹太文学中的'犹太性'而言,'犹太性'主要是指犹太作家在其作品中所表达出来的某种与犹太文化或宗教相关联的思想观念。"这些作家通常会通过作品中人物的思维方式、心理机制以及任何能表现犹太人的生活、性格、语言、行为、场景等特点的东西表现"犹太性"。(详见乔国强《美国犹太文学》,商务印书馆2008年版,第17页)

第二章　20 世纪 80—90 年代小说中的叙述者干预与个体伦理

的作品具有"激进的犹太主义思想",但与其说这一创作思想指导了多克托罗对犹太性问题的探讨,不如说这一思想指导了多克托罗对美国历史的看法,这才有了他的作品中时常折射出的批判资本主义的政治立场。多克托罗曾说,种族与种族文化在美国每几年就会发生变化,所以对于所有美国人而言,他们共有的应是美国历史。埃德加、母亲、姑母和哥哥所叙述的家庭变迁史所对应的也是美国史,因为他们的变迁正是对之产生影响的历史事件造成的。埃德加对这两个家庭有如此描述:"从我母亲和父亲那里展开的是家庭的双翼,它们的力量不相等,因而使我们的飞行不稳定。"①母亲和姑母的叙述突出了彼此的移民家庭经历和在美国社会中的不同追求和价值评判,代表了选择个体自由还是回归家庭的两种女性声音和女性身份定位。

母亲罗兹的叙述更像是倾诉,讲述自己生活的变迁,排解生活中的苦闷,她的叙述中充满了怀旧情感。她与埃德加的对话式评述补充了埃德加的叙述中缺失的母亲一家移民美国的家族史。据母亲说,她的祖辈与父辈在移出国具有相当高的社会地位,她的家庭很注重浪漫气息和体面问题。不过,这并不意味着这样的家庭能适应美国生活。埃德加的外祖父是自由音乐人,因为有音乐方面的技能而能在美国给予新来的移民以帮助,这让母亲引以为豪,而她本人也紧跟外祖父的步伐帮助那些如他们一样的移民。他们保持了犹太宗教信仰。外祖母笃信犹太教,具有犹太母亲典型的特征:辛苦持家,扶持子女。母亲显然继承了外祖母的个性和持家的品德,虽然她不如外祖母那般热衷于宗教,但她也常常参与宗教活动。可以说,母亲一方的家庭在美国仍保持着在欧洲的诸多传统,他们都接受了音乐方面的教育,认为这是极为体面的事情。但是,他们在生活中的种种遭遇却说明了他们一家尤其是信教的外婆并没有真正融入这个国度。20 世纪初的霍乱夺去了外婆两个女儿的生命,她开始诅咒,认为这霍乱堪比俄国哥萨克

---

① *World's Fair*, p. 69.

参与的诗学：E. L. 多克托罗小说的叙事伦理

骑兵对犹太人村庄的集体迫害；吃的食物总要母亲先尝试，因为担心被毒死。尽管母亲的叙述想要唤起同情，当然无论是埃德加和读者都会对外婆身上所表现出的迫害妄想症和疯癫状态产生同情，但母亲的叙述同样呈现了一个传统犹太母亲在异国他乡的"水土不服"和格格不入感。外婆代表了那些仍完全被自己的传统束缚，无法在新的生存环境中找到认同感的移民女性。母亲也显然受到了家庭的影响。

母亲罗兹详尽的叙述与隐藏的评述表明她在融入美国社会时持有矛盾立场。一方面，她热爱她所出生的犹太家庭，也注重维系犹太家庭中那样紧密的家人关系，包括夫妻关系、父母与子女的关系；另一方面，她似乎极为向往美国所提供的自由生活。罗兹的叙述中细致描述了其想要成为独立自由女性和实现女性美国梦的渴望。出生于纽约的她与她那个时代许多女性一样选择外出工作，不过从事的多为打字员、秘书等职业，这些工作既不能帮助罗兹实现美国梦，显然也无法提供给她界定自我身份的特定条件。在罗兹所从事的工作中，她做过的福利工作尤其令她印象深刻，因为这可以令她获得一定的成就感：

> 教男女移民怎样在这个现代化世界生活，怎样保持清洁、储藏食物、整理床铺，诸如此类的事儿。令人惊讶的是，他们知道得那么少，那么没有文化，又从没有受过培训。令人感慨的是，眼看他们面临必须领会、必须学习的艰难状况，眼看他们想在美国获得成功的渴望，你不禁为之感动。[1]

这段评述中透出的是罗兹与初来美国的移民相比较时产生的优越感，但她也会感同身受，因为她与他们怀有同样的成功渴望，连年幼的埃德加都意识到，"母亲向往在这世界步步高升"[2]。不同于外祖母那一

---

[1] *World's Fair*, p. 26.
[2] *World's Fair*, p. 14.

第二章　20世纪80—90年代小说中的叙述者干预与个体伦理

代犹太移民,在美国成长的母亲崇尚自由浪漫的婚姻与简单的家庭结构,与注重家庭关系的犹太家庭理念并不相同。尽管嘴上说着她这一代人有多保守,但她转眼却能做出与戴维私奔的事情。她尤为强调他们二人在海边的"独处""隐私权"和"空间",不必承担双方大集体的包袱。这种不顾家庭只追逐所谓浪漫的行为显然与犹太家庭的伦理观念相悖。结了婚的罗兹直到唐纳德出生后才逐渐被两个家庭接受,她坚持美国核心家庭的模式,对于丈夫遇事总是询问父母的意见而不是与她商量多有怨言,认为丈夫对自己不尊重,她的评述中显然总是隐隐藏着一丝不甘与遗憾:"我发现我们的生活可以朝一个全然不同的方向迈去。"① 相比自己的母亲,那位虔诚又有着受迫害恐惧且装束都保持着犹太传统的家庭妇人,罗兹崇尚浪漫主义、美国的自由主义,渴望美国式家庭生活,渴望在美国实现移民梦想。在她的叙述中,她对过往生活和当下生活的对比与评价,她想要传递给埃德加的信息,都表明了犹太家庭伦理与美国的个体自由伦理在她身上造成的矛盾。说到底,母亲并没有找到准确的身份定位,这不仅是文化差异的结果,也是作为女性的母亲回归家庭却又不甘成为家庭主妇,认识不到自己可能实现的社会价值的结果。

相比较而言,弗朗西斯姑妈的叙述代表了另一种犹太移民融入美国时的态度与立场,她也成了"成功"女性,有着自己的身份认知。姑妈一家移民美国同样遭遇过许多困境和生活的艰辛,但他们能迅速以旁观者及主动参与者的姿态面对他们在新的国度所遇到的各种挑战,能做出适当评判,并将犹太家庭伦理与自由伦理相结合,实现移民后代的真正融入。与罗兹描述自己父母一代时持有的高贵姿态和溢美之词不同,弗朗西斯的评述相对客观。她描述自己的移民父母初到美国时的生活遭遇,并没有对之进行美化:"干人家给他的任何工作,他们曾让他当切肉工,可他很差劲,他一生在生意上都很差劲,

---

① *World's Fair*, p. 55.

参与的诗学：E. L. 多克托罗小说的叙事伦理

对生意没有脑子"；而母亲"在谋生方面胜过我父亲"①。弗朗西斯的父亲与丈夫都具有明显的政治倾向，虽然他们所持有的思想可能会与美国的自由主义有所冲突，但却凸显了他们强烈的参与意识。弗朗西斯本人则参加了犹太人办的道德文化协会，学习礼仪、如何端正举止及所有的嘉言懿行。犹太信仰的道德价值观正是在这些"道德性仪式主义"的系统中得以保存并延续的。与此同时，他们强化家庭意识，庆祝犹太人传统的逾越节。欧文·豪提出："使犹太人得以生存下来的正是他们那种对家庭观念的笃信，在他们心目中，家庭既是体验人生的场所，又是履行传宗接代义务的完美形式。那种集体互助与团结一致的传统也是这样保持下来的，它不久就成了犹太人世俗生活中最强大的力量之一。"② 对于移民及其后裔而言，要在异域文化氛围中生存和发展，家的归属感和文化认同感为他们融入美国社会提供了不可或缺的心理需要。埃德加从外婆那里接触到犹太传统，他在那时产生的只有畏惧情绪，而他真正的文化与身份认同感，还是在他父亲这一方的家庭关系中收获的。是与坚持在自己的公寓里听广播、缝纫而拒绝前往祖父母家的母亲待在一起，还是与父亲前往，埃德加显然更倾向于后者，因为他在那里感受到的是"一个自立而稳固的家，一个很久以前建立起来的家"③。

在《世界博览会》之前，多克托罗所写的作品中呈现的多是破碎的家庭，或是各种社会力作用下的不完整的家庭，而在这部小说中，多克托罗对犹太家庭的处理与许多犹太作家如艾萨克·辛格等的书写相似，将其当成是凝聚几代人的整体，同时又是"代表着不同社会形象的群体"④，在对其的整体描述中探究群体及群体中的个体

---

① *World's Fair*, p. 187.
② [美] 欧文·豪：《父辈的世界》，王海良、赵立行译，顾云深校，生活·读书·新知上海三联书店 1995 年版，第 18 页。
③ *World's Fair*, p. 74.
④ *World's Fair*, p. 79.

第二章　20世纪80—90年代小说中的叙述者干预与个体伦理

在新国度的生存状况。多克托罗从两位家庭主妇对两个犹太家庭移民经历的追溯，尤其是她们对各自生活的评述，对埃德加叙事的补充性干预，呈现了早期犹太移民融入美国社会时对美国自由思想的接受与对犹太家庭伦理的坚持所存在的矛盾和有选择接受的双重态度。母亲与姑妈也代表了在美国成长的移民女性对自身和家庭的认识，对自己身份定位的不同心态。多克托罗借她们加入了20世纪30年代第二波女性主义浪潮的讨论。

三　文化交融：埃德加一家的代际对话与身份定位

埃德加、罗兹、唐纳德与弗朗西斯从各自的视角讲述了其成长与融入美国社会的遭遇，但他们的叙述同样构成了对埃德加的父亲戴维这一形象的呈现。他们本人与戴维之间存在父子、夫妻及姐弟的关系，作者通过他们各自不同的身份立场描画出了几位叙述者彼此不熟悉的戴维，通过这种复调式的对话揭示了被美国同化的犹太后裔的家庭伦理责任和其融入美国的前景。

作为话题中心，戴维也是构成他们间的父子伦理、夫妻伦理及姐弟伦理等伦理结的中心，在埃德加眼中是能给他带来欢乐的伙伴。当然，这种儿童成长认知显然与其他三位叙述者有着明显不同。弗朗西斯姑妈与戴维的姐弟关系并不算特别亲密。她对戴维的评价是"自由精灵"，并两次提及他是个"梦想家"[1]。她并不是很认同戴维的生活方式，认为他过于崇尚自由，缺少相应的责任意识和脚踏实地的生活态度。她之所以说他是"梦想家"，除了他在大家庭里还像是没长大、过于依赖母亲外，便是因为他所从事的工作只能勉强养家糊口。因而，当要告知埃德加他的父亲到底是个什么样的人时，弗朗西斯姑妈表示"不知道说些什么"[2]，只能讲讲他仍是孩童时代的经历。成

---

[1] *World's Fair*, pp. 186, 187, 188.
[2] *World's Fair*, p. 186.

参与的诗学：E. L. 多克托罗小说的叙事伦理

年的戴维对维系犹太大家庭并不热衷，承诺看望父母却屡次爽约。弗朗西斯对之的叙述与评述带有明显的个人情感，用"爱他"①掩饰对他的不满。她像是在记忆中努力挖掘她对戴维的正面记忆，最终能提供给埃德加的却是一个任性、自私的儿子形象。

罗兹的叙述与弗朗西斯姑妈的叙述在人物形象的阶段性展示上有连贯性，呈现的是成年后作为丈夫的戴维形象。在罗兹的叙述中，戴维崇尚美国式自由主义，在婚姻方面，为了要摆脱犹太传统的桎梏，甚至宁可选择私奔。正如罗兹所描述的：

> 他的脑子最不一般。他的思路不同于其他人，他不落俗套，想法异乎寻常。……我知道他愿意跟我结婚。可他不喜欢别人告诉他该做什么，他从不喜欢那样。所以他的回答是，宁愿以丢脸的方式结婚，宁愿私奔，由治安法官批准结婚，也不愿正式地在犹太教堂里，新娘戴着面纱，家族成员来庆祝致贺……他相当现代，对新思想有兴趣……他相信进步。②

这段描述中既体现了戴维对自由主义的崇尚和对犹太传统的反叛，也强调了戴维对不切实际之物的兴趣。叙述中的停顿也暗示罗兹对戴维的复杂情感，她似在一定程度上被戴维反犹太传统的行为吸引，但又对其生活中的行为与态度不完全认同。戴维确实在其婚后有不顾家庭，甚至发展婚外情的违背伦常的行为。他们夫妻间的关系也不如罗兹所期待的那样和谐。除了从戴维那里获得生活费外，罗兹说丈夫从不会告诉她任何事情，不愿与其商量生活中的事务。她眼中的丈夫缺少家庭责任感，尽管她的评述中有复杂的情感成分，埃德加的叙述一定程度上也印证了她的看法。埃德加对父亲戴维的印象是他"不因

---

① *World's Fair*, p. 186.
② *World's Fair*, p. 28.

第二章　20世纪80—90年代小说中的叙述者干预与个体伦理

承诺而有压力，除非有压力，否则他是信不过的"[1]。这样的评述与共鸣感同样存在于唐纳德的叙述中。

唐纳德的叙述给埃德加呈现了另一个父亲，一个丢了自己的店，依靠18岁儿子的少得可怜的薪水维持着整个家却没有感激之言的父亲，一个没有责任感的父亲形象。他的叙述同样也反映了犹太父子关系的继承与变化。无论罗兹还是埃德加都提到父亲从祖父那里继承的此在观念、反宗教意识与社会主义思想。唐纳德进入了父亲从事的无线电行业，同样从他那里习得了一些他教给埃德加的东西。他还从父亲那里学会了不乐意为任何人干活，喜欢特立独行，有雄心，爱策划事情，对自己的行业极为了解。他获得了这样的认识，即"有人在把东西传下去。有人在为家工作"[2]。就这方面而言，这是某种程度上的父子关系上的继承。不过，父亲在唐纳德小时候也曾花时间陪伴他，并且教他各种运动，鼓励他胜过其他人。但在唐纳德看来，父亲如此做是为了让唐纳德能够替他承担教育小儿子、陪伴小儿子的责任。唐纳德对父亲的评论揭示了父亲责任缺失，透露的是他与父亲的不同。其实，无论是谁在看与说，背后都潜存着犹太伦理与美国实用主义伦理的冲突。万俊人先生称，"实用主义伦理学之于现代美国，犹如理性主义之于德国，经验功利主义之于英国"[3]。这一伦理思想用"实际功效或实际效果来衡量人生的意义和价值，对美国人的生活态度影响深远"[4]。所以，无论对于叙述者还是被述者，他们身上都多少存在着这一价值观的影响和两种思想的碰撞与交融。

从弗朗西斯姑妈、母亲罗兹到哥哥唐纳德和埃德加四人带有各自立场的叙述和其叙述中的解释尤其凸显了戴维这一代扎根美国的

---

[1] *World's Fair*, p. 125.
[2] *World's Fair*, p. 135.
[3] 万俊人：《现代西方伦理学史》（下卷），北京大学出版社1992年版，第251页。
[4] 向玉乔：《人生价值的道德诉求——美国伦理思潮的流变》，湖南师范大学出版社2006年版，第5页。

参与的诗学：E. L. 多克托罗小说的叙事伦理

犹太人彻底融入美国生活后，所拥有的新的身份认知，他们会记得身上的犹太血脉，但对犹太传统已经没有那么多继承的念头。这直接影响了唐纳德和埃德加这一代。他们已经彻底融入美国社会，在他们这里，犹太身份并非其需要纠结的问题，他们需要应对的是当下的生活实践。而纽约的世界博览会提供给埃德加这一代的是更多机会和相应的未来。因而可以说，四位叙述者的信息交流与评述性对话呈现的是三代犹太人从初到美国遭遇身份困境，到逐渐融入时遭逢的自由观念与民族身份意识的冲突，到第三代彻底融入美国社会的变化进程。

用世博会作为这部具有回忆录性质的成长小说的结尾令人对多克托罗的这一做法感到好奇，因为"明日世界"所呈现的天真、荒谬及乐观主义精神使读者发现也只有在20世纪30年代这十年，人们会相信未来的世界会比过去更令他们幸福。显然，这之后，多克托罗再也不会发现"历史的缪斯"能够温和地预言发展与光明、进步与理性[1]。通过埃德加的身份认同和文本中其他人物的对话性评述，多克托罗的目的在于"重现弥漫于他出生后第一个十年的情感"[2]和一个少年眼中的世界。《世界博览会》的序言部分引用了华兹华斯《序曲》中的一句话："这里有一幅西洋景，孩子们都聚集在四周……"小说也的确以从儿童成长为少年的孩子的视角呈现了一幅美国20世纪30年代的西洋景。这部小说多位叙述者的交替叙事，以交响乐与对话的形式呈现了犹太三代移民融入美国社会时对个体文化身份的认同与取舍。多克托罗在这部小说中再度运用了在他多部小说中都可见的"感知的罪犯"，即埃德加的成长视角认知并评判着他成长的世界，呈现家庭与历史变迁的同时，考量着科

---

[1] Douglas Fowler, *Understanding E. L. Doctorow*, Columbia: University of South Carolina, 1992, p. 137.

[2] Douglas Fowler, *Understanding E. L. Doctorow*, Columbia: University of South Carolina, 1992, pp. 142–143.

第二章　20世纪80—90年代小说中的叙述者干预与个体伦理

技进步与民族成长的关系以及犹太家庭伦理与美国个体自由伦理的矛盾与融合问题。

第三节　人物叙述者叙事干预与都市探恶：《供水系统》中的个体生命置换

《供水系统》是1994年多克托罗继《比利·巴思格特》成功后出版的一部作品。在该作品中，多克托罗将其故事背景从此前三部作品中的20世纪30年代又往前推了近半个世纪，放在了内战结束二三十年后的纽约。相较于《拉格泰姆时代》《世界博览会》和《比利·巴思格特》等作品的成功与收获的频繁解读，《供水系统》并没有获得太多的赞誉和关注。书评者们多将这部小说视为类型小说，因而认为其讲故事的模式与人物类型模式化。保罗·格莱（Paul Gray）认为《供水系统》的中心故事是坡创作的故事类型，它具备埃德加·爱伦·坡所开创的西方侦探小说的写作范式[1]，也有坡的侦探小说中从报纸中翻查线索的情节，但它并没有取得多克托罗所期待的"象征意义"[2]。多克托罗描述这部小说是"一个充满黑色意味的故事，它延续了麦尔维尔与坡的19世纪小说书写传统。它在分类上属于推理小说范畴，是一部科学侦探故事"[3]。多克托罗并不认可用侦探小说简化这部小说，他更想突出的是一个充满"黑色意味的故事"。

这部作品由报业主编麦基尔文，类似福尔摩斯侦探集中华生医生

---

[1] 西方侦探小说的写作范式或者说叙事结构通常是"罪案—侦查—推理—破案"（详见任翔《文学的另一道风景：侦探小说史论》，中国青年出版社2001年版，第29页）的过程。但这并不意味着侦探小说就只是从犯罪到破案的探查猎奇过程，读者真正想看的是"现代美国生活中的重要主题"（转引自[英]理查德·艾文斯《捍卫历史》，张仲民、潘玮琳、章可译，广西师范大学出版社2009年版，第1页）。

[2] Paul Gray, "City of the Living Dead (Review of *The Waterworks*)", in Ben Siegel, ed., *Critical Essays on E. L. Doctorow*, New York: G. K. Hall & Co., 2000, p. 134.

[3] Eleanor Wachtel, "E. L. Doctorow", *More Writers and Company: New Conversations with CBC Radio's Eleanor Wachtel*, Toronto: Knopf, 1996, p. 187.

参与的诗学：E. L. 多克托罗小说的叙事伦理

一角的旁观者进行叙事，围绕他的一个自由撰稿人马丁·彭伯顿失踪事件展开。人物设置上有侦探多恩、充当了嫌犯的西蒙斯和醉心于医学的萨特里厄斯，情节设置上具有传统侦探小说模式中两个紧密相关的故事：犯罪的故事和调查的故事。调查的故事在叙事中为读者所见，犯罪的故事则在调查故事中断断续续地向读者呈现[①]。虽然多克托罗提及这部作品与坡的创作之间的关联，但它并不是阿加莎·克里斯蒂（Agatha Christie, 1890—1976）或柯南·道尔（Arthur Conan Doyle, 1859—1930）类型的侦探小说。实际上，多克托罗在访谈中始终强调这是一部关于工业化所带来的关于城市问题与焦虑的作品。多克托罗在访谈中提及作品中涉及的历史事件，如特威德政府腐败案、萨特里厄斯的医学实验、奴隶贸易等时说，"写作这本书的时候感受到被历史困住的绝望"，他想借助叙述者本人对建筑的敏感表现他本人对城市建筑的兴趣，"不仅仅是供水系统与蓄水大坝，还有孤儿及曼哈顿的布局"[②]。

多克托罗在《但以理书》中找不到自己的声音，却在《供水系统》的麦基尔文那里找到了代言人。作为叙述者的麦基尔文以回忆性的口吻讲述了他所观察并参与的一起案件。对这起案件的侦破过程形成了小说故事层面的叙事进程，而叙述者对案件的评述性叙事则在话语层面实现了多克托罗小说又一次叙事策略方面的创新。按照热奈特的看法，叙述者与故事之间的关系表现为两种形式：叙述者处于故事内，以故事中人物身份讲述故事，即所谓同故事（homodiegetic）叙述；叙述者居于故事之外，以旁观者的身份讲述故事，即所谓异故事（heterodiegetic）叙述。据此便有了传统叙事学中依据叙事视角所进行的"第一人称"与"第三人称"叙事之分，以及"主人公第一

[①] Tzvetan Todorov, *The Fantastic: A Structural Approach to a Literary Genre*, trans., Richard Howard, Ithaca: Cornell University Press, 1975, pp. 44 – 47.
[②] Michelle M. Tokarczyk, *E. L. Doctorow's Skeptical Commitment*, New York: Peter Lang, 2000, p. 204.

第二章 20世纪80—90年代小说中的叙述者干预与个体伦理

人称"与"观察者第一人称"的叙事之分。费伦吸纳了这样的划分方式,并提出了"人物叙事"这一更便于用于叙事分析的概念。此处的"人物叙事"指的是事件参与者的叙事,它可以指主人公,也可指非主人公的叙述者[①]。麦基尔文显然是以观察者的第一人称叙事进行故事讲述,那么麦基尔文到底是谁?多克托罗为什么要创作这样一位人物并由他对故事进行评述?

就故事层面而言,《供水系统》中存在着三个故事:(1)犯罪故事;(2)破案故事;(3)麦基尔文的回忆。就话语层面而言,故事(3)显然属于叙述的最高层次,统领麦基尔文作为旁观者的故事(1)和作为参与者的故事(2)。如果说在故事(1)和故事(2)中,作为旁观者与参与者的麦基尔文是在进行信息的报道,那么在故事(3)层面,叙述者麦基尔文则是以回忆性口吻对事件进行着评述。评述性叙事统领着其他两个层面的叙事,叙述者在评述中阐明自己的立场,通过"自我贬低"的方式说明自己叙述中可能存在的不可靠性,并以对话的形式引领读者对其不可靠性做出有利于叙述者的伦理判断,从而与其达成共识,一道思考城市的扩张和美国现代化进程中的个体生命伦理。多克托罗利用人物叙述者对其所参与的事件进行了评论性叙述,在叙述中表达了叙述者和作者对个体生命伦理的思考。

一 城市寻踪:麦基尔文的报道式叙述与马丁失踪案

《供水系统》中的核心事件是自由撰稿人马丁的失踪案。寻找马丁的过程是破解失踪案的过程,因而麦基尔文尽量客观地叙述了自己追踪的过程,将之称为一段"新闻故事"。叙述之初,麦基尔文交代,他欣赏马丁的作品,几日没有其消息后便好奇地探看他的住处,进而发现其失踪。他在寻找马丁的过程中又发现了与之相关的流浪儿

[①] James Phelan, *Living to Tell about It: A Rhetoric and Ethics of Character Narration*, Ithaca: Cornell University Press, 2005, pp. xi, 214.

参与的诗学：E. L. 多克托罗小说的叙事伦理

童频繁失踪事件，进而探明了马丁失踪的根本原因在于他发现了他早已死去的父亲死而复生。这环环相扣的案件连在一起便形成了小说中的犯罪故事与破案故事。麦基尔文随着多恩在纽约城中追踪，寻找马丁的破案之路上见证了纽约城中的乱象和资本家对城市的主宰，以及被其遮蔽的罪恶。多克托罗似是将美国现代化进程中的问题根源追溯到了美国内战后不久，又一次驳斥了官方宣扬的历史进步论，让读者看到纽约城市繁华背后的恶之魂。麦基尔文客观陈述事实，翔实报道探案信息，他的初衷是找到消失的马丁，而马丁的失踪牵连出的正是这城市之恶。因为探案是讲求客观证据，故而叙述者的平铺直叙更能直白显示人性之恶。

叙述者麦基尔文在破案层面身兼福尔摩斯侦探集中侦探与助手双重角色。他本人是报业精英，自认在职业上对文字拙劣与否有着极为敏锐的感知力。因此，他在叙述中除追踪案件的进展，也会对之进行不断的剖析。随着探案场景的变化，麦基尔文呈现给读者的是现代工业文明之下混乱、肮脏与邪恶的历史画面。警探多恩游走在这些场所，寻找的是案件的线索，麦基尔文寻找线索也寻找这座城市之魂，多克托罗是要借他的叙述开掘美国现代化城市进程中的善与恶。麦基尔文为寻找马丁失踪的线索，接触了马丁的画家朋友哈里·威尔赖特。撇开案件本身不谈，麦基尔文在他们身上看到了他们与他这辈人对待现代工业文明的不同态度：年青一代是谨慎的一代，缺少幻想、具有革命性，他们创作的艺术作品具有客观性与时尚性，但他们具有批评意识的艺术作品并不能真正体现这个城市的灵魂。作为捕捉城市生活空间中各种事件的"猎手"，以客观式的新闻报道为主业的麦基尔文领会到的城市之魂是"一个不安的灵魂，不断地扭曲、变化，又在变化中形成不同内容，好似吞云吐雾般闭合又开放"[1]。他在叙

---

[1] E. L. Doctorow, *The Waterworks*, New York: Random House, 1994, p. 5. 以下《供水系统》中的引文皆出自此版本，将以书名加页码的形式标注。

186

第二章 20世纪80—90年代小说中的叙述者干预与个体伦理

事中强调自己了解这个城市,但也勇于在马丁失踪案的追踪中袒露自己深陷于城市的谜丛,需要对城市之魂进行新的探解。所以,他的城市追恶之旅也是他想要确定城市之魂的旅程。

对于麦基尔文而言,城市是他新闻报道的对象、栖居之所,也是寻找自身存在意义的场所。因为认定马丁这一代人与他在世界观方面的不同,当马丁首次向麦基尔文提及他的父亲仍然活着的时候,他想到的是马丁的父亲奥格斯特斯·彭伯顿所隐喻的仍残留于战后纽约的黑暗,所以他认为这是马丁在以一种诗意的方式描摹这座令人讨厌的城市的特征,这座城市也是自己和马丁同时拒斥却又是安身立命的所在。麦基尔文看到奥格斯特斯所代表的一种文化主宰着这座城市,认为是他们真正拥有这座城。这座城市里的每个人都在与这座城市做着生意,说到底,他们是在与当下主宰这座城市的特威德做生意。他以自己新闻收集者及评论者的身份审视着这座城市,所看到的是战后纽约这一极富"创造力、效率及才能的社会",是一个经由旧时代努力向上的社会,却也是一个无节制的社会,"纵情于享乐、华而不实、劳作,甚至死亡"[1]。在马丁的弟弟——那个曾生活在奥格斯特斯修建于乡村的雷文伍德庄园,习惯了家庭教师的陪伴与宽敞的私人空间的孩子——被迫搬入城市时,麦基尔文从他身上看到的是格格不入,他认为他会是又一个工业化带来的无名者。雷文伍德庄园最后又回到马丁的继母和弟弟名下,他们得以离开城市重回乡村;从乡村到城市再到乡村的空间转换,似乎令麦基尔文期待着的唯有乡村具有的宁静,而不是那座"永远被禁锢、冰封的纽约"[2]。

麦基尔文在叙事中坦陈,他之所以回忆并重新讲述这段故事,目的是要阐释自己的想法。"在这个堪称新闻的故事,也就是我的故事,这个……往昔的新闻故事……中,它提醒你们,其意义并不在垂

---

[1] The Waterworks, pp. 11, 12.
[2] The Waterworks, p. 253.

参与的诗学：E. L. 多克托罗小说的叙事伦理

直的专栏中，而存在于所有一切当中。直线型的思考方式永远发现不了隐藏于马丁失踪案中的深层事件及人物。"[1] 在这段陈白中，叙述者除将失踪案定义为"新闻故事"，强调新闻故事的真实性外，还提出如果仅仅以直线型思维思考，是无法发现这个新闻故事的深层意义的。隐含作者在此借麦基尔文之口暗示，读者在阅读这部小说时，可以在叙事进程中跟随叙述者的探查获知案件真相，但理性探案只是小说的外壳，叙述者更想让他的读者探究到案件深层及他的叙述本身的内涵。

二 市井纳垢：麦基尔文的阐释性叙述与案中的超自然现象

麦基尔文并非侦探，但他在寻找马丁的过程中充当了侦探多恩的助手，是整个探案过程的旁观者与叙述者。在城市中"漫游"寻找马丁之时，麦基尔文游走在他自认为熟悉的纽约，但这段寻踪成就了他个人对城市的重新认识。他借这段寻踪的"新闻故事"来阐释他对战后纽约，这座他生活的城市的重新认识。麦基尔文与多恩侦探探案的收获并非善恶有报的简单价值评判，而是修正了侦探小说的认知框架，体现了后现代语境中侦探小说的特征。正如斯特凡诺·达尼（Stefano Tani）所提出的，侦探小说的后现代性通常明显体现在文本结尾处的案件侦破结果中[2]，后现代主义倡导的是消解中心，令精神、语言、历史、信仰等呈现断裂[3]，它悬置了价值判断，破除了权威[4]。或许经典侦探小说重在强调理性是探索宇宙秘密的钥匙，是侦破犯罪案件的关键，但多克托罗如同众多后现代侦探小说家一样，已经

---

[1] *The Waterworks*, p. 115.

[2] Stefano Tani, *The Doomed Detective: The Contribution of the Detective Novel to Postmodern American and Italian Fiction*, Carbondale and Edwardsville: Southern Illinois University Press, 1984, pp. 41 – 42.

[3] Phillip Brian Harper, *Framing the Margins: The Social Logic of Postmodern Culture*, New York and Oxford: Oxford University Press, 1994, pp. 3 – 4.

[4] Linda Hutcheon, *A Poetics of Postmodernism: History, Theory, Fiction*, New York: Routledge, 1988, p. 49.

第二章　20世纪80—90年代小说中的叙述者干预与个体伦理

对理性失去了信心。在《供水系统》中，多克托罗放弃了埃德加·爱伦·坡笔下侦探们的探案传统，他的侦探不再热衷于使用因果链作为发现真相的方式。后现代侦探小说常常"挫败读者的阅读期待……取代了侦探作为中心及安排一切的角色，取而代之的是去中心化和对神秘事物、对无答案的囫囵接受"[1]。传统侦探小说注重描写推理过程，强调探案者的理性逻辑能力，让读者随着探案者的推理逐渐实现案件侦破的阅读期待。在这部小说的人物设置上，多克托罗仍然创造了多恩这一探案角色，他依赖个人的理解力而非某个理由着力揭露真相，这也是侦探小说中惯用的探案方式。但作者同时设置了麦基尔文这个似是多恩的助手却有着自己的观察与认知的叙述者，他对不合理性极度敏感，通过叙述将读者一步步引向真相背后的超自然之物。

小说中有不少关于惯用侦探手段的描写，不过它们只是理解真相的条件，而不是真相本身。多恩是信奉新柏拉图主义理念的侦探，他所采用的惯常的破案手法主要用来印证他已然获知的真相。柏拉图说，知识可被当成一种记忆的形式，侦查工作首先是发现事实并进入弗洛伊德所称的神秘领域，这些事实早已为人们所了解，但它们并不是意识层面的认识[2]。要找出他已经知晓的内容的证据，多恩必须"一步一步、系统性地"[3] 展开自己的调查。多恩的调查就像是一个引子，正如一些书评者观察到的，多恩的名字与玄学派诗人多恩的名字一致[4]，这个人物形象也具有隐喻意义，可以被视作是作者在有意

---

[1] Stefano Tani, *The Doomed Detective: The Contribution of the Detective Novel to Postmodern American and Italian Fiction*, Carbondale and Edwardsville: Southern Illinois University Press, 1984, p. 40.

[2] Brian Diemert, "The Waterworks: E. L. Doctorow's Gnostic Detective Story", *Texas Studies in Literature and Language*, Vol. 45, No. 4, 2003, p. 360.

[3] *The Waterworks*, p. 111.

[4] 详见 Simon Schama, "New York, Gaslight Necropolis (Review of *The Waterworks*)", *New York Times Book Review*, June 19, 1994, p. 31; Ted Solotaroff, "Of Melville, Poe and Doctorow", in Ben Siegel, ed., *Critical Essays on E. L. Doctorow*, New York: G. K. Hall & Co., 2000, p. 141。

参与的诗学：E.L. 多克托罗小说的叙事伦理

识地引导读者随着叙述者的讲述，越过这位侦探的理性思维进入《供水系统》中对超自然之物的叙述[①]。麦基尔文在叙述中时常插入表述自己对直觉等感兴趣的话语。叙述马丁失踪案时，他反复说，他误会了马丁，但也在误会中发现了更大的真相。尽管他是在案件大白的时刻才认识到，但他觉得自己脑海中始终存在着会有更多真相的直觉，这就促使他不断往下探索，借助其所具有的认知方式去寻找。作为探案助手的麦基尔文表示，证据已然存在，他对获取这些证据的手段更感兴趣，他时常感叹"人类知识的意蕴远非我们所能理解"[②]。因而他在通过叙述进行认知的过程中，充当了作者的代言人，让读者关注到真相背后之物尤其是超自然之事。

超自然因素在麦基尔文叙事中的凸显，实则因为叙述者在超自然与科学的对立中看到了隐藏于城市罪恶之下的对个体生命的亵渎。侦探小说中时常出现的二元对立型人物，如福尔摩斯与莫里亚蒂、杜邦与Minister D，同样体现在多恩与萨特里厄斯身上，只是他们被赋予了对待城市与个体灵魂的不同态度。多恩对麦基尔文的超自然认知具有重要作用："现在想来，为什么我会选择他，这一点本身就让我觉得不可思议……我在这座城市的一百万人中还应有其他选择。但是，有什么别的，别的……他的眼中有似曾相识的感觉，就好像他一直在等……等我到来……他的眼中透露着他的期待。"[③] 多恩与麦基尔文的相遇既发生在精神层面，也发生在俗世层面，这不断挑战着他的理解力。无论是牧师格里牧肖还是有长老会背景的麦基尔文都无法解释

[①] Brian Diemert, "*The Waterworks*: E. L. Doctorow's Gnostic Detective Story", *Texas Studies in Literature and Language*, Vol. 45, No. 4, 2003, p. 361. 狄默特（Brian Diemert）认为《供水系统》中有对超自然之物之争的叙述和对精神错乱的叙述。这一点并没有被学界视为这部小说的重点，但他还是在桑特的书评中寻找到一些证据。桑特（Luc Sante）提出，我们用超自然物或"神秘"（occult）描述各种管道系统、蓄水池、水道时，用"神奇力量"（alchemy）描述贫穷、无力与工业资本主义之间的关系时，应使用一些带有同情色彩的语言，详见该文第370—371页。

[②] *The Waterworks*, p. 94.

[③] *The Waterworks*, p. 89.

第二章　20世纪80—90年代小说中的叙述者干预与个体伦理

马丁所见到的父亲死后复活的现象，于是萨特里厄斯所代表的科学成为其解释的依据。由此，麦基尔文的叙事将现代城市发展中的罪恶与个体存在中的生命伦理连接起来。

多恩代表的是城市秩序的守护者、正义的卫士。麦基尔文强调多恩是城市警察系统中秉持正义而被边缘化的警探、"游离者"[①]，他在办案过程中保有正直性、他对恶势力抱有的嫉恶如仇精神，他是城市面貌的呈现者，维护城市原有的秩序，使其不会因恶性事件的发生产生动荡。萨特里厄斯虽被麦基尔文认为是"圣人"，却与科罗顿蓄水大坝及供水系统所涉的"邪恶力量"[②] 相关。他就像一个"影子"，马丁无法清楚描述他，麦基尔文被他吸引，甚至对他表示同情[③]。他所代表的科学进步妨碍了城市的表面平衡，他所进行的实现人类永生的实验及科学激进思想是颠覆城市秩序的暗流。由对城市之魂的探索延展至对个体存在问题的关注是麦基尔文探究的必然产物。这也是为什么在多克托罗的这部小说中，代表理性的多恩警探最终让这则"新闻故事"真相大白，作为叙述者的麦基尔文却在真相大白后仍执着于案件中的伦理内涵。

三　地下揭恶：麦基尔文的评判式叙述与供水系统里的生与死

居于《供水系统》中犯罪故事与侦探故事中心的是科罗顿蓄水池与纽约城的供水系统，本应是支持全体居民生活与生存的生命之水，在小说中却成了日薄西山的有钱人的续命之地和戕害社会边缘人的犯罪场所。在麦基尔文的叙述中，马丁失踪事件的侦破是其叙述的中心事件，该事件所牵引出的离奇案件，即蓄水池和供水系统等地下场所藏纳纽约病弱、老年富人借助科学获得永生并侵害流浪儿、幽禁且虐待马丁以掩盖以上事件，构成了叙述者真正要进行评述并表达自

[①] Hans Jonas, *The Gnostic Religions*, Boston: Beacan, 1963, p. 75.
[②] *The Waterworks*, pp. 179, 57-58.
[③] *The Waterworks*, pp. 94, 236.

参与的诗学：E. L. 多克托罗小说的叙事伦理

身观点的焦点。叙述者的评述旨在牵引读者审视美国内战后纽约城市繁华光景下的富裕与贫穷、科技进步与对个体生命的侵害及道德的沦丧。承担侦探角色的多恩和其"助手"麦基尔文在寻找失踪的马丁的过程中，从表征城市生活的马车、酒馆、报童、供水系统的符号中找到线索，发现了隐藏于马丁失踪事件背后的城市腐败、财富操控下的草菅人命及富人对永生的渴望。这些体现的正是19世纪中后期，工业化与城市化带给纽约的黑暗现实。

尽管叙述者麦基尔文从一开始就试图凭借其特殊的职业及其从业习惯，即新闻报道，进行客观叙事，但在其讲述过程中，无法真正做到平静地报道所发生的事件而不投入作为见证者的情感。他因探案游走于整座城市，在其中窥视着生命存在的意义。亨利·列斐伏尔指出："城市是一部作品，近乎于一件艺术品而非一件简单的产品。倘若城市和城市的社会关系是生产出来的，那么它就是人们在不断地生产和再生出新的人们，而不是物品的生产。"[①] 他进一步从语言学层面解读城市，指出城市的符号学阐释所具有的理论和实践意义："城市可以从语言学的概念，如能指、所指、指涉关系和意义层面解读城市，因此，城市完全可以理解为一个独特、具有各种价值观念、由符码指涉关系及其意义所形成的系统。"[②] 城市被认为是自近代社会崛起以来的一个谬体，它一方面承担着提升、净化人类精神的重任，另一方面代表了金钱与欲望的贪婪，造成了对人类最朴实、纯洁的情感的败坏。它就像一位神秘、善变的"蒙面人"，在"冷酷"与"柔情"，"奢华"与"贫穷"间转换角色[③]。麦基尔文叙述中的能指符号马车是联结马丁、马丁的父亲、萨特里厄斯、纽约政府腐败案的纽

---

① Henri Lefebvre, *The Production of Space*, trans., Donald Nicholson-Smith, Cambridge, Massachusetts: Basil Blackwell, 1991, p. 101.

② Henri Lefebvre, *The Production of Space*, trans., Donald Nicholson-Smith, Cambridge, Massachusetts: Basil Blackwell, 1991, p. 114.

③ [法] 让-雅克·卢梭：《一个孤独漫步者的遐想》，陈阳译，江西人民出版社2016年版，第63页。

第二章 20世纪80—90年代小说中的叙述者干预与个体伦理

带,也是生存与死亡的载体。同一辆马车载着像马丁父亲那样的渴望长生的富人流连于城市大街小巷,呼吸着属于生命的气息,但这马车同时成为装载被迫停留于收容所的街头流浪儿童的"灵车",运送他们走向萨特里厄斯的实验室,成为为渴望永生者捐献生命者,成为城市中莫名失踪与死亡的无名者中的又一位。

麦基尔文作为探案层面与讲述层面的双重参与者,有时随着多恩一起,有时独自一人在城市空间漫游,见证了城市发展对个体生命的压制,在其叙述中不自觉地投入了带有鲜明的感情色彩的评判。波德莱尔指出,"漫游者是为了感受城市而在城市游逛的行者"[1]。本雅明进一步将城市漫游看作对阅读功能的模仿:"漫游者有一双洞察秋毫的双眼,时常游走在城市的大街小巷。漫游者不仅仅享受到眼前所呈现的一切重要内容,也经常捕获纯粹的知识、已消失的数据和生活经历,他本身就生活于这堆数据之中。漫游者应认真聆听各种声音、故事,甚至是只言片语,要在那些已消失的数据中搜寻城市的各种信息。"[2] 漫游于马丁失踪后的纽约,麦基尔文见证了他作为新闻人所熟悉与不熟悉的城市:"一个富有生命力的有机体,受其自身的精神驱动",却又像一座"巨大的墓地"[3]。与麦基尔文曾参加过的酒会格格不入,他在东城河区的数间酒肆目睹了城市下层人的生活,听他们使用着他不甚熟悉的语言,上演着儿童买卖的交易。这里是老城向新兴城市扩张的遗留物与副产品。麦基尔文通过报童这一独特群体更为具体地呈现了像一座巨大墓地的城市,它埋葬了他们的生活与生命。报童与标志现代生活媒介的报纸息息相关,他们是城市空间的游移者,更是空间被随意侵占的承受者。游移使他们成为城市空间中的信

---

[1] [法]波德莱尔:《恶之花 巴黎的忧郁》,钱春绮译,人民文学出版社1991年版,第56页。
[2] 转引自 David Frisby, "The Metropolis as Text: Otto Wagner and Vienna's 'Second Renaissance'", in Neil Leach, ed., *The Hieroglyphics of Space: Reading and Experiencing the Modern Metropolis*, New York: Routledge, 2002, p. 24。
[3] *The Waterworks*, pp. 67, 13。

参与的诗学：E.L. 多克托罗小说的叙事伦理

息传递者，渺小卑微则使他们成为这一空间的牺牲者，成为富人棺木中的替代者、政府贪腐案中被收留至收容所中以掩盖事实真相的无名者。麦基尔文在叙事中重温了支撑其职业的其他群体的生活和隐于快速城市化之下的阴暗现实。

小说叙事中这一阴暗现实的超级容器便是作为犯罪故事与侦案故事的交汇点与终结点的供水系统，它也是个体生命被冷冰冰的科学处理的聚集点。科罗顿河上的蓄水大坝与供水系统对"现代工业城市极为重要"[1]。大卫·索尔（David Soll）借助纽约城的供水系统进行案例分析，强调了其在城市发展史中的见证作用，认为这一城市基础设施的标志性符号增强了乡村发展与城市建设环境之间的纽带[2]。城市与代表自然的乡村之间的差异也不再如麦基尔文原先以为的那般"固定不变"[3]。作为隐藏于蓄水大坝之下的系统性工程，它为城市提供便利的同时，也成为包藏祸心者掩盖犯罪行为的场所。一定程度上，它标志着现代城市发展中益处与弊端的共存，是麦基尔文城市罪恶中的独特意象。作为城市景观的能指符号，供水系统所蕴含的是麦基尔文的纽约城市记忆，是美国内战后黑奴等非法贸易和受金钱驱使的欲望与权力在纽约的上演与延续。正是在这里，萨特里厄斯进行着他的科学实验，以儿童的生命延续着病入膏肓或行将就木的纽约城市有钱者的生命。麦基尔文说他所报道的这些是位"老者眼中的视像"[4]，但更是其隐于心间、无法摆脱的伦理责任。他对此进行叙述的目的在于通过叙事向读者传递城市发展中的伦理匮乏。

麦基尔文以一位老者重温侦破过程的评论式口吻不断凸显他作为

---

[1] *The Waterworks*, p. 60.

[2] David Soll, "City, Region, and In Between: New York City's Water Supply and the Insights of Regional History", *Journal of Urban History*, Vol. 38, No. 2, 2012, p. 294.

[3] David Soll, "City, Region, and In Between: New York City's Water Supply and the Insights of Regional History", *Journal of Urban History*, Vol. 38, No. 2, 2012, p. 224.

[4] *The Waterworks*, p. 59.

第二章　20世纪80—90年代小说中的叙述者干预与个体伦理

讲述者讲述故事的自觉意识。他在叙述中不时用"你"直指读者，以这种方式主导着与读者的交流。故事开篇，麦基尔文即明确说自己对马丁这个年轻人及其所经历的事件持有的态度——"一半作为记者，一半作为编辑者的感觉"，以坦诚的态度向读者表示：作为一名记者，他想要还原事件本来的面目，然而作为编辑者，他必然会带有主观的评判。这就像是在读者那里备案，即便他后面的叙述中出现不实的倾向，读者也应对其立场表示理解，做出有利于他的伦理判断。艾伦·奥格尔曼（Ellen O'Gorman）在她的《侦探小说与历史叙事》("Detective Fiction and Historical Narrative"，1999）一文中提出，"将历史与侦探小说进行对比，可以严密审视历史书写的本质"，而且，"以一定历史时期为背景的侦探小说不仅要求读者阅读到的'虚构'知识的真实性（即侦探小说要求的知识的连贯性），而且要求贴近读者的'历史'认知"，也就是说，以历史为背景的侦探小说与小说叙事之外的历史具有动态的互动关系[1]。这也使侦探小说中的侦探与历史学家之间具有了相似性。侦探试图解释悬而未决的谜团，答案需经过对一些证据的细查和对证人的询问获得，简言之，需对过去进行回忆与再现。侦探的责任是对真相的责任[2]。

报业编审和业余侦探的双重身份要求麦基尔文破解马丁失踪谜案，还之以事实真相。正如他所说："我报道，那是我的职业。我报道，用最大的声音报道着这一切。我报道着我生命中的以及时代的重大事件，从学徒时代直到此时此刻，我都发誓要做好这一行，要揭示事实的真相。"[3] 他在叙述中的确是以客观的姿态追寻着马丁案的真相，但他也不掩饰他本人对马丁的同情态度。他在叙事之

---

[1] Ellen O'Gorman, "Detective Fiction and Historical Narrative", *Greece & Rome*, Vol. 46, No. 1, 1999, pp. 19 – 20.

[2] Ellen O'Gorman, "Detective Fiction and Historical Narrative", *Greece & Rome*, Vol. 46, No. 1, 1999, p. 20.

[3] *The Waterworks*, p. 59.

参与的诗学：E. L. 多克托罗小说的叙事伦理

初强调自己不想被卷入这个事件中，但叙述了大部分的故事之后，他也不排斥自己"完全卷入这个案件，将之当成了一生的事业"①。作为文本的叙述者除真实报道事件真相外，他以略带历史学家的眼光审视这一案件和战后特威德"老板"控制下的纽约。他强调，"我知道这一代人怎么看这座城市"，人们享受着现代化的一切，即便回头看特威德时也充满情感，认为他是"令人讶异的骗子，是老纽约的传奇恶棍"，但在麦基尔文看来，特威德对这座城市进行了现代意义上的谋杀，他带给这座城市的是"恐惧""摧毁""分崩离析"②。叙述中以疑问句式出现的"你能理解……？""你能想象……？"加强了叙述者对被操控的纽约中那些罪恶与被无视的生命的无法释怀。

叙述者的回忆性叙事中辅以对历史的叙事，重点在于抒发即使历史在前进，但个体仍然处于各种束缚之中，生命的存在仍面临着各种威胁。叙事之初，麦基尔文便有意识地将作为读者的"你"纳入他的历史叙事，强调"如果你能找到人类不被历史束缚的地方，那地方必然是天堂，无波无澜的天堂"③。他进而强调了自己在历史叙事中的身份：虽不是未来的预言家，但却在林肯总统辞世时便已经预感到这以后会发生的事情，而这段历史叙事关系到他所讲述的故事。叙述中，他不断强调自己作为故事叙述者的身份和他对战后纽约那一历史时期的评论。"也许你们觉得生活在现代，但那不过是每一个时代必要的幻觉……我向你们保证，战后的纽约更富创造性、更有效率、比现在更具天赋"④。他控制着历史叙事中事件的顺序，"事情并不是按照我了解它们的先后顺序讲述的"，并且循着自己对历史与城市的感知来拉近与读者的距离："我不确定自己持有怎样的义务谈

---

① *The Waterworks*, p. 171.
② *The Waterworks*, pp. 10, 11.
③ *The Waterworks*, p. 6.
④ *The Waterworks*, p. 11.

第二章　20世纪80—90年代小说中的叙述者干预与个体伦理

论这个事件……但不管怎样，你们会发现，我们想要发现的就是我们已知的。"他试图让读者注意到自己是个"现实主义者"①，意识到这样一座历史之城正在经受着这些事件带来的影响并了解了生活于其中的个体生命的现状。

值得关注的是，在讲述了事件的所有经过之后，麦基尔文对自己所讲的故事产生了怀疑，不确定这是否只是他的"幻觉"②。他认为自己所讲的故事是直到他遇到萨特里厄斯才确定是真的。作为故事讲述者，他意识到自己"心态危险，因为自己是在利用别人的生命"③。不过，读者在已经对他所讲的故事做出自己的判断之后，并不会因他这么一句坦白而失去对他作为故事叙述者的信赖，相反，他的一段因为讲述故事而遭受困扰的剖白还会令读者对他产生同情："最终你会因你所讲的故事而承受痛苦。过了这么多年，这些故事还是侵占着我的大脑，变成了我的大脑构造的一部分……因此……不管大脑如何运作……是作为记者，还是作为空想家……故事就是那样被讲述了。"④读者对他叙述之末对故事人物的评价，即使不赞同，也会持有理解的态度，例如，他对罪恶的帮凶萨特里厄斯的同情态度，敬佩他的探索精神和对科学的严谨，遗憾他不能为那个时期所接受。这在一定程度上颠覆了他之前叙述所建立起来的可靠性，不过正因此，才更凸显了这部小说对这个历史时期个体生命及至整个社会的伦理境遇的思考。

多克托罗让其代言人麦基尔文叙述其对现代城市发展的焦虑和城市发展中个体生命存在的境遇，体现了他对现代的城与人的关注。哈罗德·布鲁姆在他所主编的文学地图中称纽约是"文学世界的万城之城……世界上最具想象力的城市"，更指出目前在世的杰出小说家

---

① *The Waterworks*, pp. 30, 62, 63.
② *The Waterworks*, p. 59.
③ *The Waterworks*, pp. 207, 208.
④ *The Waterworks*, p. 219.

们与纽约的"血脉相连"①。纽约在历代美国作家的笔下被"当作美国的缩影,是连接过去与未来、旧世界与新世界、志向与绝望、创伤与神圣希望之间的桥梁"②。对纽约如此的论断同样出现在《供水系统》之中。多克托罗每一部作品几乎都是对美国某一特定时期的历史回访,他在这部作品中利用侦探小说的模式进行历史探案,表现了一座城、一个国的历史画面,让经历"9·11"巨变的读者们缅怀一段历史时期的同时,引领他们对这座城市进行历史回眸与铭记。科尔姆·麦凯恩在《转吧,这伟大的世界》中描述后"9·11"的纽约时称:"这个城市不时地暴露出她的灵魂,她会用不同的方式让你感受到冲击,或是一种印象、一个特别的日子、一场犯罪,抑或是一次恐怖事件,甚至是一个美人。她会将你的思绪紧紧地裹起来,是如此难以置信,让你忍不住摇着头去否认。"③《供水系统》的叙述者以敏锐的目光发掘了这个城市的罪与恶,却又以略带同情的口吻叙述了参与恶之进行的萨特里厄斯及其对待生命的态度。他的这种矛盾的心态,旨在让读者感受并见证纽约这座城市承载的邪恶与希望,唤起他们对现代工业化进程中科技进步与人的生命价值的伦理回应。

第四节 "作者"叙事干预与作家的可能世界:《上帝之城》中的自反性叙事

多克托罗擅长在小说中选择他的代言人。经历了《比利·巴思格特》的巨大成功,《供水系统》似乎并没有延续前一部小说的成功

---

① [美]哈罗德·布鲁姆:《总序》,载哈罗德·布鲁姆主编《纽约文学地图》,中文版主编郭尚兴,上海交通大学出版社2017年版,第4页。
② [美]哈罗德·布鲁姆:《总序》,载哈罗德·布鲁姆主编《纽约文学地图》,中文版主编郭尚兴,上海交通大学出版社2017年版,第4页。
③ 乔·梅勒、王薇:《城市的灵魂——评〈让伟大的世界旋转〉》,《外国文学动态》2010年第4期。

第二章 20世纪80—90年代小说中的叙述者干预与个体伦理

和受欢迎度。在千年之交,多克托罗以一部《上帝之城》再次证明了自己在文学创作方面的独特地位。在这部小说中,多克托罗找到了作家艾弗瑞特作为自己的代言人,刻画了一个如他一般思索创作困境的作家形象。但艾弗瑞特并不是多克托罗本人的化身,正如斯科特(A. O. Scott)所说,"如果将这部小说读作多克托罗本人在抗议人们对其先前小说的误解,那就太天真了"[①]。《纽约时报》等报刊刊载书评再次盛赞了多克托罗的作品,《休斯敦纪事报》(*The Houston Chronicle*)甚至称其为"过去半个世纪以来最伟大的美国小说……阅读《上帝之城》让人们重拾对文学的信心"[②]。显然读者们不仅再次领略了多克托罗高超的写作技艺,也看到了作家文学创作中蕴藏的深邃思想。多克托罗在这部与圣奥古斯丁的《上帝之城》同名的小说中,让作家艾弗瑞特进行叙述,以碎片的形式拼凑出他创作的过程、创作的素材来源等。小说的篇章安排上没有章节划分,相反,其中充斥着各种片段,有着各种看似无关主题的各类叙事(如音乐、传记、邮件、日记、录音记录、电影等),这些都使这部作品读来极为复杂。但细读可以发现,小说中至少有三组故事情节交叉并行:第一组情节聚焦纽约下东区圣提摩太教堂教区长托马斯·佩姆伯顿,叙事内容可概括为其追寻失踪十字架,结识犹太拉比夫妇约书亚·格鲁恩与莎拉·布鲁门撒尔,完成信仰上的改宗;第二组情节描述了莎拉·布鲁门撒尔的父亲少年时在立陶宛边境的犹太格托的求生经历;第三组情节展示了作家艾弗瑞特的生活与文学创作。这三组情节看似彼此独立,实则相互交融,在作家的现实生活与虚构创作间来回切换:佩姆伯顿寻找十字架的经过与莎拉父亲的格托故事都在作家叙述者艾弗瑞特的笔下得以再现。

罗兰·巴特强调后现代小说的"作者之死",意在强调文本的独

[①] A. O. Scott, "A Thinking Man's Miracle", https://archive.nytimes.com/www.nytimes.com/books/00/03/05/reviews/000305.05scottt.html.

[②] 参见 http://www.audible.com。

立性。自现代小说以降，叙事的总趋势是"压低和取消作者声音"，"作者完全闯入"式评论几乎成为小说叙事的大忌①。但作者的伦理维度与价值维度并非完全超然于文本之外。布思讨论叙述者干预"控制情绪"时指出，当作者介入进来直接要求读者的情绪与情感回馈时，无法真正打动读者，而故事中人物进行的叙事反而能避免引起读者的怀疑与反感②。如此，布思认为，作者会在作品中设立"替身"，依据作品需要，用不同的态度表现自己。查特曼（Seymour Chatman）强调，那些带有自我意识的叙述实则相当于带有作者自我观念的文字表述③。《上帝之城》中，多克托罗特意虚构了艾弗瑞特的作家身份，虚构了他的创作行为、创作素材、对虚构的文本世界的评述。在与戴安·乌森（Diane Osen）的访谈中，多克托罗直接称这部小说是"某位作家千年末的工作笔记或创作日志"④。它很像是多克托罗在借艾弗瑞特再现自己的虚构性创作。将现实中的活生生的人变成文字表述中的人，是否还能保持其真实性？将生活世界变成笔下世界，如何符合可能世界的逻辑？作家艾弗瑞特和他书写的对象佩姆之间关于现实与虚构的交流，他在叙述中所表达的创作焦虑，布鲁门撒尔口述其真实经历，却又努力要找到遗落的格托纪事以证实他的经历真实存在过，他们的焦虑揭示了作为作家的叙述者介入式地思考虚构再现真实的可能性，试图借助叙述所建构的可能世界反观人对上帝的忠诚、人对自我的忠贞以及作家对真实的忠实。

---

① ［英］戴维·洛奇：《小说的艺术》，王峻岩等译，北京作家出版社1998年版，第9—10页。
② ［美］W·C·布斯：《小说修辞学》，华明、胡晓苏、周宪译，北京大学出版社1987年版，第224—225页。
③ Seymour Chatman, *Story and Discourse: Narrative Structure in Fiction and Film*, Ithaca: Cornell University Press, 1978, p. 228.
④ Diane Osen, "Interview with E. L. Doctorow", http：//www.nationalbook.org/authorsguide_edoctorow2.html#.VBhP3I1jPWk.

第二章 20世纪80—90年代小说中的叙述者干预与个体伦理

一 "作者"工作日志：艾弗瑞特记述虚构与创作素材中的生活世界

多克托罗以《上帝之城》命名这部小说，其与神学名著相同的作品名很容易使读者"从已经熟识作品的形式与主题中产生阅读期待"[①]。不过，读过圣奥古斯丁《上帝之城》的读者都知道，他的《上帝之城》在空间设置上辟出了"上帝之城"与"地上之城"两个空间。奥古斯丁所认为的"上帝之城"是由"上帝为王，由天使和圣徒组成的天上之城"，是"基督徒得救之后的理想状态"[②]。奥古斯丁创作这部作品的终极目的是为基督教在罗马帝国疆域内的稳固著书立说。在多克托罗的《上帝之城》中，普照地上之城的上帝之城几乎被颠覆。历经1600年后，无论是奥古斯丁的著作、理想还是《圣经》早已不再是神圣不可侵犯的领域，相反，它们受到了从作为教区长的佩姆到普通教众的质疑。这就是叙述者——作家艾弗瑞特所生活的"上帝之城"。艾弗瑞特似乎遭遇了创作的瓶颈，努力寻找着创作的灵感，随手记下生活中经历的方方面面，也思考着自己所生活的世界。他的记述就是他的叙述，其杂记式的叙述方式与多克托罗在《记述世间万象》中所想要表达的道德责任感与伦理诉求如出一辙。艾弗瑞特对世间万物介入式的评述探究的是千禧年前纽约中的渎神行

---

① [德]H·R·姚斯、[美]R·C·霍拉勃：《接受美学与接受理论》，周宁、金元浦译，辽宁人民出版社1987年版，第28页。学者们在解读时也很容易从宗教角度进行阐释。例如江宁康、高巍的《清教思想与美国文学的经典传承——评多克托罗的小说〈上帝之城〉》认为这部小说"对人性堕落和俗世沉沦的后现代预言式描述延续了西方基督教文化传统的核心价值观念，特别是美国文学经典中的清教思想主题……堪称美国当代文学经典建构中的代表性作品之一"（《外国文学》2010年第6期）。袁先来的《多克托罗〈上帝之城〉的反"神正论"叙事》主张，这部小说"所体现的宗教观念不仅与战后信仰危机有关，与当代重要神学理论发展密切相关，也与美国流行思想形态相关"[《南开学报》（哲学社会科学版）2014年第3期，第20页]。

② 吴飞：《译者说明》，载［古罗马］奥古斯丁《上帝之城：驳异教徒（上）》，吴飞译，上海三联书店2007年版，第2页。

参与的诗学：E.L. 多克托罗小说的叙事伦理

为及人的信仰的迷失。

艾弗瑞特书写与叙述中的这座上帝之城当下成了一个亵渎神灵的世界，当下的纽约成为鱼龙混杂的城市，到处都是渎神的行为，人们对基督教有着浓浓的失望。"穿着紫色唱诗班的袍子"摆摊贩卖假冒产品的手表贩子；被偷的唱诗班袍子与祭坛烛台肆无忌惮地变成了地摊和廉价旧货店的商品；游人若发现相机不见，"第二天早晨可以在大教堂后面的市场把它买回来"；绝症病患因渴求良药，责骂不能解其痛苦的牧师；甚至连寡妇都认识到早期基督教的书"全都是政治"①。美国早期的宗教领袖约翰·温斯洛普曾期盼带领清教徒在新世界建立"山巅之城"，在又一千年之末，新世界不仅没有"山巅之城"光晕，反倒成了充斥着各种罪恶的世俗人间。就连象征耶稣受难且具有宗教表征意义的教堂十字架在破案侦探那里也成为毫无意义的存在，因为它"在账面上的价值一定是零""在马路上……就是一块废铜烂铁"②。无论是象征教堂事务的袍子还是神圣的十字架，与人的忠诚与信仰相关的神圣符号都被金钱化、物质化，其作为宗教信仰的蕴意被悬置。这样渎神、失却信仰的事件在艾弗瑞特所记述的生活世界中绝非个例。

艾弗瑞特的这部"工作笔记或创作日志"显得零碎且文类混杂，是他尝试将其所见、所听、所闻真实记录的结果，其中呈现的内容也极为驳杂。艾弗瑞特或者说多克托罗正是试图以这样的方式展现20世纪"最难把握的人类命运及人们生活的世界"③。散文式叙事是《上帝之城》中所占篇幅最长和最主要的文类形式。细致分来，小说

---

① E. L. Doctorow, *City of God*, New York Random House, 2000, pp. 6, 7, 14. 下文中出现的《上帝之城》的引文皆出自该版本，部分译文参考了［美］E. L. 多克特罗《上帝之城》，李战子、韩秉建译，译林出版社 2005 年版。

② E. L. Doctorow, *City of God*, New York Random House, 2000, p. 20.

③ 2014 年诺贝尔文学奖授予法国作家帕特里克·莫迪亚诺，以表彰他"用记忆的艺术展现了德国占领时期最难把握的人类命运及人们生活的世界"。多克托罗在这部作品中表现出同样的倾向。

第二章 20世纪80—90年代小说中的叙述者干预与个体伦理

中的散文式叙事部分包括：与宇宙发生及形成有关的物理学方面的叙事；关于自然生物鸟类的叙事；关于艾弗瑞特与他的情妇之间关系的叙事和以之为蓝本制作的电影脚本；关于十字架丢失、寻找的叙事；犹太格托叙事；前《纽约时报》记者追踪隐藏于美国的"二战"战犯的叙事；维特根斯坦的叙事；爵士乐歌手关于自己成长成音乐家的叙事及艾弗瑞特寻找创作主题的叙事等多个叙事文本。叙述者艾弗瑞特并非简单地记录他的见闻，他的每一次记述都带有自己对自己所生活的宇宙空间生存法则的审视与评述，也有他对自己所参与的生活世界中的戏剧、脚本等进行的作家创作视野的探讨。

基于以上关注点的不同，他所记述的那些叙事文本实则可从宏大与微观两个层面看。就宏大叙事的层面来看，艾弗瑞特所评述的内容集中于运用关于宇宙空间的科学话语呈现20世纪人类对宇宙存在的探析，这让人对上帝的存在论提出了质疑。利奥塔阐释知识分类时引入"元叙事"（meta-narrative）亦即"宏大叙事"概念，认为其是现代社会的标志，是具有合法化功能的叙事，主要表现为"科学知识的大叙事""思辨理性的大叙事"和"人性解放的大叙事"[1]，是关于"永恒真理"和"人类解放"的故事。只是，这些知识在后现代理论中遭遇到不断的批判。多克托罗在《上帝之城》中对这些知识的再现与他的代言人艾弗瑞特的质疑性问题体现的正是这一点。小说中，从宇宙大爆炸之后的宇宙成形、生命起源、中子、光速、宇宙的范围、相对论，再到进化至20世纪俨然早已与人类共同占有生存空间的鸟类、海底生物，这类叙事建构起叙述者及他口中始终称之为"我们"的群体共同接受的知识与存在空间。然而，多克托罗在《安德鲁的大脑》中提及安德鲁的父亲言及科学时对爱因斯坦的引用："科学就像探索的光束，光束越宽则照亮的穹宇范围越阔。但随着光

---

[1] 严翅君、韩丹编：《后现代理论家关键词》，江苏人民出版社2011年版，第56页。

束的拓宽，其周围环境中的黑暗也更甚。"① 背离科学能够解释一切的信条令多克托罗的代言者艾弗瑞特在对宏大叙事表征历史与现实的真实性方面不断提出质疑。他关于宇宙、地球及自然的宏大叙事中反复出现的便是对这些现实的提问："宇宙中的虚空迸放成无垠的事件和空间，这样说行吗？从此宇宙的历史成为星际物质的演变，成为基本尘埃、星云、燃烧、发光、脉动的演变，在最近十五亿年左右的时间里，一切从一切身边逃离。这么说意味着什么？……宇宙是空间和它所包含的全部事物一起爆炸——这么说意味着什么？说空间是扩展后的、延伸后的、绽放后的东西——这么说又意味着什么？……"② 等等，不一而足。

科学宏大叙事本意在以客观公正的描述展现与人类存在息息相关的自然进化史，但艾弗瑞特的质疑之声却硬生生将本该被承认为客观实在的现实拖入了对这些表述背后所隐藏的深层目的的思考。他试图在科学研究与人类生存之间寻找相似点，想找个天文学家谈谈他们如何"麻木地适应星光闪烁的宇宙"，以便明白"人们是如何使自己麻木地适应集中营生活的"③。宗教及哲学的"思辨叙事"同样解决不了这样的问题。从20世纪欧洲文明进程中发生的事件来看，人们再也无法严肃地信奉上帝这一传统的宗教观念。无论是佩姆对十字架的寻找、他在信仰方面的困顿与改宗、萨拉夫妇所坚持的上帝进化论观点，还是艾弗瑞特借对宇宙观点的质疑而提出的上帝存在于何处的问题，无一不反映20世纪的信仰危机。可以说，多克托罗用"反叙事"（counter-narrative）的方式加入了后现代理论对"元叙事"的批判，表现出他对合法化功能叙事的质疑及面对20世纪历史与现实时的自我感悟。

如果小说在宏观层面呈现的关于科学、宗教、哲学的叙事体现的

---

① E. L. Doctorow, *Andrew's Brain*, New York: Random House, 2014, p. 58.
② *City of God*, pp. 1 – 2.
③ *City of God*, p. 2.

第二章 20世纪80—90年代小说中的叙述者干预与个体伦理

是外在于人类的客观存在，那么在微观层面呈现的各种叙事素材则是关于个体存在的思考。艾弗瑞特在其中加入了许多关于个体的叙述，包括他本人的简短自传、所听的音乐剧、他正在撰写的夫妻相杀的故事、布鲁门撒尔的格托聚居区生活故事、佩姆的改宗。这些关于个体的叙述以更具体的个体实例说明当下的生活空间是一个被上帝抛弃的地方，没有伦理纲常，人对上帝的信仰正在消失，更不要说人对上帝的忠诚感。叙述者艾弗瑞特将这一切作为其创作的素材和自己评述和加工的对象，表现的是作家对生活世界的认知与想象。

艾弗瑞特微观叙事中包含了自己的亲身经历，在他与情妇莫拉的交往中，他有了创作一部电影剧本的灵感。电影脚本中的故事设有情人、情妇与情妇的丈夫。情人设计情妇逐步吞没了情妇丈夫的财产、夺了他的身份甚至生命。情人整形成了丈夫的容貌，最终又因这张容貌成了阶下囚。这个电影脚本体现了艾弗瑞特也即多克托罗对个体存在中身份偶然性与必然性的关注。如同多克托罗多部作品中出现的"艺术家"形象[1]一样，艾弗瑞特在叙事与自己的创作中寻找着艺术家作为个体存在的方向与意义。小说中另有以自由诗体创作、标有"作者的传记"字样的传记文学文类。作为历史文学的分支、文学叙事的一种表达方式，传记记录着个体生命存在的痕迹。此处的"作者的传记"显示其为艾弗瑞特的传记，带有小说作者多克托罗本人的影子，不过，这部分传记却是关于他的家庭过往、父亲和兄弟分别在"一战"与"二战"中的经历：家国历史融为一体，不乏美国人对战争、对欧洲的审视。在此，多克托罗实则又以小说的优势，在个

---

[1] 多克托罗的小说中始终存在着"艺术家"的形象，他们对自身存在的感悟在他的每一部作品中都具有特殊的意义：《欢迎来到哈德泰姆镇》中的布鲁，记述小镇的历史，成为其见证者的同时也在质疑历史是否真的可以被如此记述；《但以理书》中的丹尼尔作为"学者"研究着一段特殊的历史；《拉格泰姆时代》中的胡迪尼不断挑战生命的极限；《世界博览会》中的小男孩成为时代的记述者；《比利·巴思格特》中的比利利用自己的杂耍技能在金钱、权力支配的世界中险中求生；《霍默与兰利》中的霍默用钢琴弹奏着自己的生命，证明自己的存在。

体叙述中丰富了历史,体现小说作为"超级历史"的可能。作品中的四重奏部分由五首爵士乐四重奏乐曲组成:"我与我的影子""星尘""晚安,心肝""在黑暗中舞蹈""这首歌就是你"。这五部分内容除了歌词的呈现外,还掺杂着叙述者艾弗瑞特听到这些歌词时产生的联想,以及四重奏演奏者对自己成长的故事的讲述。歌词和由之产生的听者与说唱者的感悟中抒发的是人生的孤寂与无常,与叙事文类中所反映的关于世界、个体的存在连接起来,构成一幅幅"上帝之城"中的众生相。

不难看出,艾弗瑞特的生活世界与其虚构世界时有交叉。他的生活世界里充满各种渎神行为,人们失去了对上帝的忠诚与信仰。该如何忠实再现这样的生活世界,这是艾弗瑞特在创作中需要突破的瓶颈。

二 格托纪事:艾弗瑞特创作的布鲁门撒尔的犹太生存口述实录

莎拉·布鲁门撒尔对其父亲在犹太集中营求生存的经历的转述既是艾弗瑞特创作素材的来源之一,也形成了小说中较为紧凑连贯的第二条叙事线索。艾弗瑞特在对宇宙洪荒的宏大叙事中揭示了探索宇宙存在的科学叙事对上帝存在的质疑,进而呈现了人对上帝信仰的消失,解释了生活世界中各种渎神行为存在的部分原因。但宏大叙事所强调的"凡是存在的都是合理的"[1] 观点,无法回答"人们是如何使自己麻木地适应集中营生活"的问题,布鲁门撒尔对这段往事的口述与艾弗瑞特对口述内容的再加工彰显了麻木生存状态中的人对自身生命权利的坚持;艾弗瑞特与莎拉·布鲁门撒尔的对话与评述又探讨

---

[1] 利奥塔在反思灭绝人性的犹太大屠杀时,用"奥斯威辛"这个集中营的名称作为这种暴行的代称。在他看来,"奥斯威辛"粉碎了黑格尔的思辨叙事的前提,即"凡是存在的都是合理的"观点。基于此,对这种思辨叙事的怀疑,成为利奥塔后现代思想的一个鲜明主题,他将其视作后现代主义的特征(详见严翅君、韩丹编《后现代理论家关键词》,江苏人民出版社 2011 年版,第 52 页)。

第二章　20世纪80—90年代小说中的叙述者干预与个体伦理

了作家该以怎样的立场和方式再现个体集中营的经历，才是忠实于真实，忠实于犹太格托中犹太人的生活现状。

成为现代之殇的犹太大屠杀事件令阿多诺称"奥斯威辛后无诗"，因为任何诗都无法再现大屠杀的残酷，且经历了大屠杀这一灭绝人性的事件后再写诗，似乎都是亵渎。尽管如此，对大屠杀事件的虚构性想象与再现从未停止过。《上帝之城》是多克托罗所有小说中唯一涉及犹太大屠杀事件的作品，这不是说多克托罗不关心他所属的犹太文化与传统，而是他更关怀包括犹太人在内的所有现代人的生存与精神状态。犹太大屠杀事件在《上帝之城》中虽非中心事件，但它成了多克托罗思考人对人的基本生存权的终极背叛的起点。多克托罗在这部小说中将布鲁门撒尔口述的犹太格托经历写成了艾弗瑞特文学创作的来源之一。如许多大屠杀作品一样，艾弗瑞特以布鲁门撒尔为原型的作品同样呈现了他所生活过的纳粹集中营，但艾弗瑞特特意设置了少年布鲁门撒尔的视角，来展现格托里的犹太人秘密又坚定的抗争和他看来被上帝抛弃的世界。少年看到的世界中有很多非他所能理解，他只能对他所接触到的信息进行如实报道。

布鲁门撒尔经历并见证的是纳粹党卫军监管着的犹太格托生活，他们一步步剥夺犹太人的公民权乃至生存权。德国人直接抢夺了犹太人的财产，随之有组织地将他们赶至格托，让他们在那里做苦役，通过强迫劳动压榨了他们的体力之后又将他们送往集中营，进行最后的屠戮。并不是所有人都会有这般生产流水线似的遭遇，如果格托里碰巧有一两个患了传染病的人，德国人便会不加区分地焚烧整个医院，连儿童也不放过。纳粹党卫军曾因有人患了伤寒而将简陋医院里的六十五人，包括二十三个小孩活活烧死。"任何被发现怀了孕的女人都会被带走并杀掉。如果孩子已经生出来，那么母亲和孩子都会被杀掉。"[①] 格托里的犹太人被剥夺了一切人权，成为阿甘本所界定的

---

① *City of God*, p. 64.

参与的诗学：E. L. 多克托罗小说的叙事伦理

"赤裸生命"①。这里是被上帝遗忘的角落，格托里的犹太人也早已放弃了对奥古斯丁所宣扬的"上帝之城"的期盼，被信徒奉为精神寄托的《圣经》，在格托里的裁缝眼里，其中满是荒唐。他认为那些：

> 全都是编的故事，胡说八道。虔诚的欺骗。还有一开始。一开始——什么？谁在说话，在对谁说？谁曾在那儿？证人在哪里？编出这些故事的人比我们知道的还要少。你想要上帝吗？别看《圣经》，到别处去找，看看星球、星系、宇宙。看看一只臭虫、一只跳蚤。看看教会的各种各样的奇迹，包括纳粹。那才是你在谈论的上帝。②

在这个好似被上帝遗忘的地方，纳粹为所欲为：他们以欺诈手段召集聚居区的知识分子并将他们运出城全部枪毙，他们处死裁缝后还将他曝尸。布鲁门撒尔一直不愿将自己的事件告诉唯一的女儿，唯恐其陷于"被噩梦所追逐的生活"③。但即便过去多年，这样的生活仍在老年的布鲁门撒尔那里留下了印记，他始终清晰地记得他们逃离那段地狱般奴役生活的经历。格托内部犹太人成立的委员会尽自己最大努力秘密地送出一个个犹太人，不让德国人发现他们总人数在减少。少年的布鲁门撒尔一直在格托里面充当信使，跨过一座大桥，为大桥两岸犹太人传递信息。但这一切随着德国人杀光犹太人的政策而终结。布鲁门撒尔眼睁睁地看着德国人烧毁他们的家园，将他们像赶牲口一样赶上一节节火车，被当成"活死人"④运往下一站。在车厢里，他失去了对时间的感知，不知过去几日，还要承受身边人死亡的阴影。他

---

① 转引自汪民安、陈永国编《后身体：文化、权力和生命政治学》，吉林人民出版社 2011 年版，第 24 页。
② *City of God*, p. 74.
③ *City of God*, p. 137.
④ *City of God*, p. 144.

第二章　20世纪80—90年代小说中的叙述者干预与个体伦理

们被剥夺了姓名，德国人早已定好要消灭他们的肉身和一切屠杀的证明，并坚持"这些人不会被留下来作证，即便作证也没有人相信他们……因为这样的事情太过骇人听闻而无人会相信"[1]。就像小说中提及尽管人们都能认出纳粹头目之一施密茨，但就是无法为其定罪，原因之一在于法庭认为如布鲁门撒尔这样的幸存者们"年纪大了，很容易就糊涂了"[2]。

这些灭绝人性的行为要如何让亲历的幸存者重述，又如何能通过文字再现，艾弗瑞特与布鲁门撒尔的女儿莎拉的对话引发了艾弗瑞特对自己作品的评述。莎拉发现，艾弗瑞特的虚构作品不仅将其父亲曾经生活的格托变小，也对很多细节进行了艺术处理，他还赋予那个少年叙述者"小耶和华"的名字；此外，莎拉还提醒艾弗瑞特不可将事情本来的样子过度简化。听到读者对自己作品有此评述，艾弗瑞特有怎样的反应？他在叙述中表明了自己的"大失所望"，不过，他的创作也得到了莎拉的肯定："可能写得不准确，但相当真实。……捕捉到了我父亲的声音。"[3] 虚构的作品能唤起那个时期的记忆，但不管其有多真实，也不可能成为为纳粹定罪的证据。因而布鲁门撒尔需要那些犹太人记录的日志，这些日志是他在集中营时帮助偷运并保存下的。日志的存在代表的是被封藏的记忆，更事关犹太人的一段特殊经历。因其重要性，布鲁门撒尔尽管年老，甚至记忆退化，但依旧坚持要他的女儿萨拉和女婿找回日志。

日志的存在可以为艾弗瑞特故事的真实性提供佐证，尽管关于格托的故事现有布鲁门撒尔的讲述、萨拉夫妇的转述和佩顿的转述，许多细节已经有了变化，转述者的身份也从亲历者、见证者变为创作

---

[1] Primo Levi, *The Downed and the Saved*, New York: Simon & Schuster Paperbacks, 2017, p. 1.
[2] Primo Levi, *The Downed and the Saved*, New York: Simon & Schuster Paperbacks, 2017, p. 222.
[3] *City of God*, p. 173.

者,对这段历史的认知也出现了各种偏差。在故事的叙述与转述中,尤其布鲁门撒尔作为亲历者与回忆者,有其作为出众少年的自夸,也有自己老年的追忆,他的讲述即便尽量保持客观,也还是会有对所处隔离区的考量和对德国人的怨愤。佩顿等的转述客观,却因为信息、证据的缺失而不够全面,格托里的医生日记既是佐证,也会让这段历史在不同视角下透出更丰富的面貌。因而,艾弗瑞特以那些日记为依据的创作可以真实呈现一段被毁灭被尘封的犹太大屠杀记忆,它是作为作家的艾弗瑞特和多克托罗在承担见证责任,以自己的书写对这一历史事件更多真相的追寻。

布鲁门撒尔的叙事片段穿插于关于佩顿的叙事片段中,成为艾弗瑞特庞杂的"工作日志"中的一个重要部分。艾弗瑞特将这一段故事的叙述权利交给了小耶和华,让他以少年的视角再现了布鲁门撒尔曾经生活的格托所遭遇的灾难性事件。将布鲁门撒尔的口述转变为小耶和华的叙述,揭示的是尘世之城中人对人的终极背叛。尽管存在史实的差异,艾弗瑞特在他的可能世界里暴露了纳粹的恶,让读者读到了一段尘封的个体记忆。多克托罗虽然也在《世界博览会》和《霍默与兰利》中影射过"二战"中的屠犹史,但借艾弗瑞特创作的叙事文本进行的探讨却是他真正集中地关注这个事件的体现。也可以将其理解为多克托罗借之审视极端极权主义对个体存在的危害,展示了20世纪的"上帝之城"中众生生命存在的一个方面。

三 "偷窃"事件:艾弗瑞特对话笔下人物佩姆的真实与虚构

《偷窃》是艾弗瑞特根据生活中真实发生的事件进行的文学创作,"偷窃"事件形成了《上帝之城》中几乎贯穿始终的叙事线索。从小说开端处,佩姆所在的教堂十字架被偷,到追踪十字架,艾弗瑞特也逐渐与牧师佩姆产生了交集。他之后又将这段经历写成了故事,并在其中不断与佩姆就所进行的创作进行交流与对话,形成了小说中最具自反性的话语。多克托罗曾在访谈中说过,他有时候怀疑人们认

第二章　20世纪80—90年代小说中的叙述者干预与个体伦理

为现实与虚构之间是没有关联的,认为"虚构不切实际,与艰难、严肃的生活毫不相干"①。艾弗瑞特将其工作日志与虚构故事相结合,不但叙述着他身边发生之事,也经常与其作品的原型进行直接对话,表达其创作思想。可以说,这部融合了多种叙事体裁、多个叙述层面的小说是艾弗瑞特也即多克托罗探讨虚构的可能世界时,对如何忠于现实、再现真实的疑问与思考。

小说中的作家艾弗瑞特被十字架被偷事件吸引,打算以之为创作素材,将牧师佩顿寻找十字架的过程写入其创作的作品中,从而形成了艾弗瑞特侦探小说的叙事文本,故事情节围绕十字架的失窃、追踪与寻回展开。佩顿与艾弗瑞特共同生活在艾弗瑞特工作日志中的生活世界,他同时也是艾弗瑞特笔下的人物。对于作为叙述对象的佩姆而言,追踪十字架的终极目的并不完全在于找寻犯罪真凶进而揭开犯罪真相,而在于作为"侦探"的他借侦查过程寻找答案②。佩姆充当的是神派遣的侦探,他在十字架寻踪的过程中发现了上帝与人的双向背叛。穿越于纽约的大街小巷,佩顿一次又一次目睹了人对上帝的不忠与亵渎行为。他借助日记与上帝展开对话,但却清楚地发现,上帝的世界里没有仁慈。佩顿感慨,与他探案中见识到的世界相比,上帝的世界主要是因为"惩罚而被界定并最终被人们认作可靠世界"③。这令他产生了质疑。他在其所准备的布道词中连用了12个问句,质问上帝的权威令所有人像乞丐一样谦卑,但真理却无处可寻,他愤慨地问道:"我们以为我们以上帝的名义在谈论什么!"④

不过,佩顿的质问并不能表明他放弃了信仰上帝,多克托罗也并非借此表达人类应该丢弃信仰。艾弗瑞特在其以佩顿为原型创作的工

---

① A. O. Scott, "A Thinking Man's Miracle", https://archive.nytimes.com/www.nytimes.com/books/00/03/05/reviews/000305.05scottt.html.
② Rodriguez Francisco Collado, "The Profane Becomes Sacred: Escaping Eclecticism in Doctorow's *City of God*", *Atlantis*, Vol. 24, No. 1, 2002, p. 61.
③ *City of God*, p. 8.
④ *City of God*, p. 15.

参与的诗学：E. L. 多克托罗小说的叙事伦理

作日志中不断插入佩顿对主教考察者们的言语，突出其对信仰、对人与上帝之间的忠诚关系的认识。佩姆在信仰犹太教的约书亚夫妇身上看到了"清新与诚实""入世"与"自持"的态度①。正是因为敬佩他们所秉持的信念与态度，佩姆坚定了寻找丢失十字架的信心，也更坚定地承担了作为神的侦探的责任，他也在侦查分析中进一步探索了自己的信仰与忠诚问题。在佩姆看来，"真正的信仰并不是替代性的知识"，而且回答知识分子质疑的那些"启示和灵感"②，它们并不能揭示神圣真理。《圣经》确实为人提供了蕴含各种道理的故事，但这些故事的结局早已被讲故事的人设定好了，而故事讲述者往往最为危险：

> 奥古斯丁，他把《创世纪》2—4 编辑成原罪。一个多么可怕的结构上的小动作——把它传给孩子们，像艾滋病病毒一样。堕落的故事作为普世惩罚的教条，成为社会控制的工具……宗教立了各种名目，在对原罪的各种想象的惩罚中吓住了并仍在恐吓着一代代惊恐的儿童和心慌的成人，并给那些新英格兰的加尔文教徒的目的中增添一种特别的刻薄意味，因为它们让人想起烧死巫婆、鞭笞、拒绝给自己的生活以世俗的欢乐和惊奇……③

佩姆读到了宗教成为危险的讲故事者手中挥舞的工具，是权力斗争的权杖，也是惩罚众人的手段。他清楚认识到，"关于耶稣的争斗就是关于权力的争斗，关于实际的复活的观点……给了教会机构以权威，而有关耶稣的定义及如何使他的话成为准则的争斗，或其他人对他的话所做的解释，完全是纯粹的政治"④。基督教的诞生和耶稣的

---

① *City of God*, p. 31.
② *City of God*, p. 66.
③ *City of God*, pp. 65 – 66.
④ *City of God*, p. 70.

第二章　20世纪80—90年代小说中的叙述者干预与个体伦理

存在都是政治化的产物,常常成为作恶者的借口,也因此同样存在借上帝之名行背叛之事的情况。以基督之名行邪恶之事,这在人类文明史上并不少见。佩姆的信仰危机使他在与犹太拉比接触后,便想要从犹太教中寻找出路。他希望自己能如他们一样秉持着入世的态度追踪萨拉父亲提及的格托中的日志。如同能指链上的一环又一环,佩姆的侦探工作从追踪被盗的十字架变成找寻自己的信仰,进而又转向找寻关涉他最终转宗的格托日志或者说一段有关犹太大屠杀的尘封历史。佩姆的侦探角色在他对萨拉父亲提及的格托日志的追寻这一入世行为中得以延续,他在信仰问题上的疑惑在此过程中得到升华。

艾弗瑞特始终以友人的身份见证着佩姆的变化,极力地叙述这一变化。他时而从自己的视点出发,时而又是以佩姆的视角表现佩姆的改变。正因如此,佩姆由一座普通社区教堂的牧师转为犹太教牧师,这一转变过程极力说明的是佩姆以入世的态度重拾并加强了其宗教信仰。艾弗瑞特认为:"发现定居点的档案似乎改变了佩姆",他似有了新生的活力,尤其是看到那些意第绪文的日记时,"佩姆胸中有一种祈祷的本能,就像有一次他看见契马布埃和格吕内瓦尔德画的耶稣被钉死在十字架上的油画时的那种冲动。这种超自然的感觉罩住了他,仿佛生病时令人晕眩的充血,一个新教堂的建成。"[1] 佩姆从基督教徒变成犹太教徒的改教行为变得顺理成章,他在自己与莎拉的婚礼上发表的致辞可被视为他作为神的侦探在侦查过程中的顿悟。经此,他对20世纪历史上出现的恶魔行径进行了控诉,其本质是在指责"二战"中德国人对犹太人所犯下的累累罪行。他提出:"那些让人类生活变得卑下的恶行者要集体对数以千万计的人类所经受的奴役和恐怖的死亡负责。对灵魂的谋杀还以指数函数的方式继续着,折磨和破坏的痛楚,在战争中,在大屠杀中,在我们这个世纪中大批的人殒命,由于数目巨大,很快就被湮没、被遗忘了。而他们不能复活,

---

[1] *City of God*, pp. 199, 204–205.

参与的诗学：E. L. 多克托罗小说的叙事伦理

即使是在怀着基督徒信念的想象中，他们不能也不会复活。"① 不过，在这些人为或者说上帝治下的人所制造的地狱中，佩姆同样看到了希望，那就是要重塑人类自己并重塑上帝。

佩姆在艾弗瑞特的叙述中不仅仅充当被叙述的对象，他与艾弗瑞特在生活世界的交往对艾弗瑞特的文学创作观提出了挑战。《上帝之城》中贯穿整个小说始终的叙事线围绕十字架的丢失与寻找展开，这也是艾弗瑞特整个叙事的中心，肇始于他在报纸看到的关于佩姆本人和与该事件相关的报道。对于艾弗瑞特的创作，佩姆略带调侃地提出，他应该"写自己的故事，亲身经历的东西"；对于艾弗瑞特给他看的已完成的内容，他则认为是"非虚构。关于虚构的非虚构"②，实际与其想表达的完全相反。佩姆所言透露出，似乎记载"亲身经历的东西"才是对真实生活的再现。其实，艾弗瑞特在创作中也遭遇了许多困惑，担心自己的文字无法真实地再现生活。《欢迎来到哈德泰姆镇》中的布鲁也有同样的担心："我所记录下的一切并不能说明事情原来的面貌，无论我多么仔细地记下所发生的一切，我仍然觉得我无法真正记述它们：就好像发生过的事我永远理解不了，是我目不所及。"③ 对于艾弗瑞特的身份和所进行的创作，佩姆从其对宗教经典的读解中清楚地认识到，福音传播者就如同作家一样："作家是干什么的？写文章？把一些事情写进去，把一些事情删掉。"④ 写作本身面临着取舍问题，虽然虚构与非虚构之间存在差别，但它们之间的差异并不绝对。对于艾弗瑞特而言，能够找到正确的"声音"，虽有些细节性偏差，但只要保留了背景及多数内容的"准确性"，只要其虚构的可能世界没有完全脱离现实世界，他也便实现了作为作家的责任。这也是艾弗瑞特在听到了莎拉对其重写格托纪事的评价之后，

---

① *City of God*, p. 266.
② *City of God*, p. 103.
③ *Welcome to Hard Times*, p. 199.
④ *City of God*, p. 106.

第二章　20世纪80—90年代小说中的叙述者干预与个体伦理

感到松了一口气的原因。

作家对自己所创作的可能世界的干预，尤其是作家的可能世界多大程度上忠实与真实，这不仅是作为作家的艾弗瑞特焦虑的问题，同样也是隐含作家多克托罗始终关注的话题。他本人在多篇随笔文字中阐发过自己的看法，其中尤以对虚构与非虚构、历史与小说之间的关系的阐发为多。多克托罗在《伪文献》中反复地强调："没有虚构与非虚构之间的分别，有的只是叙事。"[1] 这其实打破了历史学在历史再现中的独霸地位，质疑其真实性的同时磨灭了历史与小说之间的文类界限。诺曼·梅勒更在其《夜幕下的大军》的书名之后置上"作为小说的历史，作为历史的小说"，将两种文类的界限变模糊，旨在明确历史与小说作为不同文类共同参与建构历史与现实的现状。阿尼斯·巴瓦尔什（Anis Bawarshi）谈论文类功能时强调："每一种文类都赋予了文本在'文学世界'中的社会角色，构成了文本及创作者的'存在形式'，即文学行为发生的文学背景。"[2] 这也是凯特·亨博格（Käte Hamburger）所论述的："每一种文类都表征着某种独特的尤其是暂时存在的现实。"[3] 哈琴提出"历史元小说"是"对过去的消遣"，小说对历史的质疑使其加入了对历史的重构。在此文学创作背景中，传统的小说叙事形式已无法传递作者对现实的感悟，多种文类的叠加与混合、小说甚至成为反文类的存在，这些现象不可避免。《上帝之城》的文本在表现20世纪的历史与现实方面清晰可辨地存在着散文叙事、诗歌、爵士乐四重奏填词等不同类别，它们以不同的表现方式建构起作品中的作家对其所见证的社会与他者的再现，也形成真实作者多克托罗在世纪末对这个世纪的品评。

其实，就小说中的散文类叙事部分而言，从价值多元性角度考

---

[1] E. L. Doctorow, "False Documents", in E. L. Doctorow, *Poets and Presidents*, New York: Random House, Inc., p. 163.
[2] Anis Bawarshi, "The Genre Function", *College English*, Vol. 62, No. 3, 2000, p. 346.
[3] Anis Bawarshi, "The Genre Function", *College English*, Vol. 62, No. 3, 2000, p. 346.

参与的诗学：E. L. 多克托罗小说的叙事伦理

虑，它似乎是由偶然性、随机性和碎片化支配的世界，叙事中存在支离破碎的细节，有许多叙事场景，却缺乏贯穿始终的情节，小说在叙事形式上呈现出的多样性反映了现实表征的复杂性。《上帝之城》中多重叙事文本和多种文类的并存有巴赫金所称的百科全书①的倾向，其目的是要展现长达一个世纪的历史恢宏感。虽然小说不是历史，但小说可以比纯粹的历史更丰富、更多样、更多义。在侦探小说的叙事范式之下，多克托罗融合了诗歌、传记、音乐等多种表现方式，试图传递作者对20世纪复杂多样的历史、现实的再现，尽力做到忠实于真实。其实，不光是《上帝之城》，多克托罗早先的作品如《鱼鹰湖》《世界博览会》中都有这种跨文类写作现象。《鱼鹰湖》的叙事中融合了诗歌、传记，《世界博览会》则是小说、回忆录与录音文字的结合，其目的是以更为多样的表征模式呈现美国的历史与现实。

艺术被认为是生活的一面镜子，是生活的翻版、社会文献。实际在我们讨论艺术作品时，更应关注小说家的艺术手法，而非"空泛地说明作品中的生活画面与其所反映的社会现实之间的关系"②。佩姆评价艾弗瑞特的创作时说："你写得很好，但是没有一个作家可以再现生活的真实机理"③。多克托罗借用元小说策略对小说创作的讨论显示了他对小说表征模式与能力的探索，并借艾弗瑞特之口思考

---

① 在《长篇小说的话语》一文中，巴赫金把镶嵌文类（体裁）视为小说"引进和组织杂语"的一个最基本的功能。巴赫金认为，长篇小说允许插入各种不同的体裁，无论是文学性的体裁，还是非文学的体裁。可以插进故事、抒情诗、长诗或短剧，也可以插入日常生活体裁、科学体裁与宗教体裁等。这其中最为古老的插入体裁是嵌入叙事文体中的诗歌。虽然这些嵌入小说的体裁不一定追求一种"插曲式的叙事"风格，但它们都增加了作品的"杂语"性，或深化了小说的百科全书倾向。详见 Mikhail Bakhtin and P. N. Medvedev, *The Formal Method in Literary Scholarship*: *A Critical Introduction to Sociological Poetics*, trans., Albert J. Wehrle, Baltimore: Johns Hopkins University Press, 1978, p. 106。

② ［美］雷·韦勒克、奥·沃伦：《文学理论》，刘象愚等译，生活·读书·新知三联书店1984年版，第104页。

③ *City of God*, p. 47.

第二章　20世纪80—90年代小说中的叙述者干预与个体伦理

了电影表现艺术融入小说表征模式的可能。杨仁敬先生就曾称赞过,多克托罗的"小说与电影'联姻',充分体现了他既是小说家又是剧作家的非凡才华。由此可见,他为长篇小说拓展了生存的空间,使它在信息时代注入新的活力,这也许将成为美国小说发展的新方向"[①]。《上帝之城》中,除了艾弗瑞特创作的电影脚本外,还有他对电影艺术的描写,他借此讨论了小说与电影艺术可共同使用的表现手法。

多克托罗谈及《世界博览会》时曾说,他想创作"不依赖于情节、仅凭叙事自然发展的小说,也就是说那是生活,不是故事。打破小说形式与真实生活之间的差异,就随时间进行下去,随着时间顺序戏剧性地、没有危机地发展下去。这是20世纪文学中最强烈的冲动,挑战了小说本身、挑战了小说形式;先摧毁,才能重生"[②]。他将他的这一创作理念延伸至《上帝之城》。虽然《上帝之城》并非《世界博览会》那样对生活的线性描写,但它在多克托罗打破小说形式壁垒的创作表达中,可谓是较为成功的作品。福柯说:"写作就像一场游戏,不断超越自己的规则又违反它的界限并展示自身。"[③]《上帝之城》运用跨文类书写的方式表征20世纪庞杂的历史与社会现实,力图展现"上帝之城"中的个体及集体体验,在多重叙事文本中呈现了复杂的历史形态,是作家见证社会与历史时的又一尝试与创新,在其美学意义之外,表现出对作家作为见证者的伦理责任的要求。

多克托罗在小说形式上的创新,并不意味着他的作品是那种脱离

[①] 杨仁敬:《关注历史和政治的美国后现代派作家E. L. 多克托罗》,载李德恩、马文香主编《后现代主义文学导读》,河南大学出版社2007年版,第393页。
[②] Weber, Bruce, "The Myth Maker: The Creative Mind of Novelist E. L. Doctorow", in Christopher D. Morris, ed., *Conversations with E.L. Doctorow*, Jackson: University Press of Mississippi, 1999, p. 100.
[③] [法]米歇尔·福柯:《什么是作者?》,载王岳川、尚水编《后现代主义文化与美学》,北京大学出版社1992年版,第288页。

参与的诗学：E. L. 多克托罗小说的叙事伦理

社会现实、沉浸于文字与技巧的创造。相反，这是他尝试以新的形式表现社会现实的方式。戴维·洛奇分析了当代许多实验派小说后宣称："传统的小说模仿现实的表现手法已不合时宜……艺术已无法与生活竞争，尤其无法表现普遍现实。退而求之，艺术要么固守其特殊性——'像真实发生过的那样描述'——要么抛却整个历史、进行纯虚构，以情感性或象征性的方式反映当代纷杂的体验。"① 多克托罗选择了洛奇所称的艺术固守其特殊性的道路：要"像真实发生过的那样描述"。他在一次访谈中曾说：

> 我想写的是叙事推动的作品，它不依赖于情节，也就是说它读起来就是生活，不是故事。我想打破小说与我们真实、可感知的生活之间的壁垒，记录时间的流逝，记录事件的历时性、戏剧性发展，从来都不会有危机出现。这就应该是 20 世纪文学的强劲脉搏，强烈攻击小说、攻击形式，破了再立。②

多克托罗对通俗小说模式灵活运用，将多种叙事模式进行融合，其目的在于将"文体作为人们解读世界、建构意义的框架"③，以此服务于他所要表达的伦理问题。多克托罗在这部作品中使用多种文类杂糅的形式，除了呈现作家在创作中能否客观再现现实方方面面的焦虑外，也是在不断提请读者参与见证，见证叙述者、隐含作者对人对上帝、人对自我的忠诚，以及作家忠实再现真实时持有的伦理立场。

---

① ［英］戴维·洛奇:《小说的艺术》，王峻岩等译，北京作家出版社 1998 年版，第 33 页。
② 参见 Weber, Bruce, "The Myth Maker: The Creative Mind of Novelist E. L. Doctorow", in Christopher D. Morris, ed., *Conversations with E. L. Doctorow*, Jackson: University Press of Mississippi, 1999, p. 100。
③ 南帆:《文本生产与意识形态》，暨南大学出版社 2002 年版，第 128 页。

第二章　20世纪80—90年代小说中的叙述者干预与个体伦理

本章小结

经历了《拉格泰姆时代》轰动式的成功后，多克托罗继续深入美国历史，尤其聚焦了他所熟悉与成长的20世纪30年代，探讨了金钱、地位对少年的吸引力，特别是美国特殊文化和事件对少年成长及其身份建构的影响；勾画了不同代际的犹太移民融入美国时遭遇的族裔身份继承与选择问题；揭示了纽约地下供水系统中以命换命的黑暗现实；阐释了作家身份的叙述者对其虚构创作中遭遇到的问题，即现实与虚构的可能世界之间的矛盾与忠实现实的问题，产生的焦虑。在探查这些他所感兴趣的问题时，多克托罗选用了少年、犹太妇女、报刊负责人及作家等不同年龄、性别与职业的叙述者进行讲述，他们在讲述的过程中不断调整自己的讲述内容，干预叙事进程与读者的读解，从而建立叙述者与读者之间的责任关系。

《鱼鹰湖》与《比利·巴思格特》让少年的乔和比利为叙述者，讲述他们既依附于大人物又超越大人物成为成功人士的成长经历。他们在叙述的过程中强调自己的无辜，将自己成长中的不幸多少归咎于原生家庭，故意淡化自己慕富甚至慕恶的倾向，试图美化自己"卖身"于富人或黑帮大佬的经历，没有认识到或是故意隐瞒自己的罪责。他们借助叙事释放了讲述的欲望，在功成名就后却又故意遮蔽了自己的真实身份。《世界博览会》是少年埃德加、埃德加的母亲、姑母和哥哥分别为叙述者的作品，其中少年埃德加的叙述串联起了其他三位叙述者的叙述内容，并与之形成互补，从而勾勒出两个犹太移民家庭的家庭史及其融入美国社会时对族裔文化的继承和身份确立问题，其中尤为凸显了作为家庭中坚力量的埃德加的父亲在四位叙述者眼中的不同形象，揭示了站在不同立场的叙述者在叙述中的不理解、怨恨、隐瞒等所造成的叙事不可靠，三代犹太人逐渐融入美国时的心理变化。《供水系统》以侦探小说的模式，让报业主编麦基尔文充当整个故事的叙述者，同时也是类似《福尔摩斯探案集》中的华生的角色，他是马丁寻父事件的旁观者，也是追踪马丁失踪案的参与者，作为寻找马丁的探案故事中的人物，麦基尔文的叙述聚焦弄明真相，他带着新闻从业者的敏锐探查了纽约市的角落并了解到掩藏于地下水世界中骇人听闻的夺命事件。他叙事中的中断与评述性干预既服务于探案的悬念设计，也有助于揭示地下水世界中那些行将就木的富人借助科技窃取贫穷孩子的命的恶行，从而显示叙述者的生命伦理意识，唤起读者的恐惧感与同情感。《上帝之城》的叙述者艾弗瑞特本人就是作家，他的叙述在真实世界和其作品中的可能世界之间交替，他借之反思了21世纪即将到来之际，人对上帝的忠诚、犹太大屠杀中信仰的彻底崩盘以及他本人的创作焦虑，尤其探讨了虚构的可能世界对真实世界的忠实与偏离所唤起的读者的共鸣、质疑。

  多克托罗笔下的叙述者善于讲故事，也善于控制讲述的进程，能借助讲述的内容唤起读者的同情，也能唤起读者更深层的思考。如乔与比利的讲述显然是成长后的回忆录，多少都带有功成名就后的自得，他们的讲述只是叙述一段成长经历，满足自己讲述的欲望，也让读者重温了美国独特的黑帮文化及其对青少年的影响。埃德加"一家人"的讲述形成了复调性叙事，尽管四位叙述者的讲述中明显有对叙述对象的立场差异，但将四位叙述者的叙述内容结合起来，便可窥得犹太裔三代移民逐渐融入美国，在保留族裔传统的同时也逐渐确立起自己的美国人身份的过程。麦基尔文的叙述干预调节了侦探小说模式的叙事节奏，比类型小说多了开掘真相的思考，还呈现了纽约的地下世界，那里缺少秩序，金钱、利益决定了人的生命可被随意处置，令读者在阅读探案故事的过程中感受生命的价值。艾弗瑞特的叙述干预有其作为作家对自己创作的干涉，也有叙述真实世界、将真实世界转变为虚构的可能世界的可能性的探讨，还有作家将真实转变为虚构时所持有的作家立场与个体伦理立场。无论是哪种类型的叙述

第二章　20世纪80—90年代小说中的叙述者干预与个体伦理

者、其在叙述中进行了怎样的干预,多克托罗让他们以自己的方式"说"出了自己作为个体的渴望、立场与身份焦虑,体现了个体在面对各种境遇时的伦理立场。

第三章 "后9·11"小说中的叙述视点与家庭伦理

多克托罗的早期作品具有明显激进的政治倾向，表现出对个体被宏大叙事抹除，尤其是个体遭遇的社会不公等问题的关注。及至其20世纪80—90年代的作品中，作家的写作重心更多地投入个体生存权、身份问题和虚构的可能世界的书写等问题。作品向读者揭示个体在讲述故事时持有的各种考量及其表现出的个体的价值判断与伦理立场。美国"9·11"事件之后，多克托罗的文学创作少了许多尖锐的锋芒，愈加关注遭受苦难的个体，再现他们所经历的苦难、沉溺于苦难的个体感受，提出摆脱苦难的可能性问题。他在新世纪以来的三部作品中赋予了灾难中的普通个体、囤积癖者和"9·11"创伤事件的受害者等鲜活的个体"看"的能力，书写他们眼中的灾难体验、孤独与个体创伤，试图唤起读者对他们的关注，呼唤以亲情和稳定的家庭关系抚慰灾难后的个体。

不可否认，视点与叙述者之间有着紧密的联系，它既可以是叙述者本人的观看视角，代表其本人的立场和态度，也可以是其他人物的视角，是叙述者在讲述中借用的观看角度。叙述者选择什么样的视点可以是叙述者干预的一部分，但叙述者尤其是隐含作者为什么选择这

第三章 "后9·11"小说中的叙述视点与家庭伦理

样的视点,这些视点呈现的故事与世界体现什么样的意义,这些是多克托罗"9·11"事件后的三部小说中尤为值得留意的地方。在《大进军》《霍默与兰利》和《安德鲁的大脑》中,多克托罗分别以不断变换的视点描摹普通人的战争体验,用霍默的固定视点呈现被社会抛弃的囤积者的极度孤独,又让安德鲁和他的心理医生之间进行视点交替揭示个体创伤。不管是变化不定的视点、交替的视点还是固定的视点,它们都是多克托罗新世纪作品中的又一项尝试,对之进行研究,有助于我们阐释作家晚年创作的作品,考察作者想要表达的家庭伦理问题。

概论 叙述视点的定与变:多克托罗小说中的家庭正义

视角或视点(point of view)是叙事学中讨论最多的概念之一,关涉叙事场景、事件的呈现等问题,又兼及心理、意识形态等密切相关的话题。在讨论中,视点既可以为叙述者所有,也可以是叙述者借用其叙述中的人物的眼睛。对视点的划分往往多样,也往往与叙事人称有着紧密的联系[1]。热奈特在区分了"谁看"与"谁说"的基础

---

[1] 根据《劳特里奇叙事理论百科全书》(Routledge Encyclopedia of Narrative Theory, 2005)中"Point of View (literature)"[即文学中的"视点(角)"]词条所列,叙事学家们对之进行了多种划分。比如,让·布庸(Jean Pouillon)的三分法:(1)从后面观察的视域(vision from behind)(即作为全知叙述者的视角,讲述任何人物或所有人物所知的一切,也就是许多叙事学家们所认为的"叙述者>人物"的情形);(2)同时性的视域(vision with)(即人物视点,可以是一个人物的视点,也可以是多个人物的视点,叙述者只讲述自己所知的,也即"叙述者=人物"的情形);(3)外围性视域(vision from without)(即从外部观察事件,叙述者的讲述内容不如人物所知道的多,也就是"叙述者<人物"的情形)。诺曼·弗里德曼(Norman Friedman)则提出了八分法:(1)编辑性全知(editorial omniscience,即第三人称叙述,全知叙述者能随意闯入任何事件的讲述);(2)中立性全知(neutral omniscience,即第三人称叙述,全知叙述者较为客观,不会随意闯入人物的视角中进行叙述);(3)作为见证者的"我"(叙述者非故事主人公,他主要在故事的外围观察行为);(4)作为主人公的"我"(叙述者为故事主要人物,事件皆由叙述者观察且讲述);(5)多重选择性全知[由几位(转下页)

参与的诗学：E.L. 多克托罗小说的叙事伦理

上提出了"聚焦"的概念。依照热奈特的划分方式，视点等同于聚焦，聚焦的核心是对视点的限制，它主要可分为三类①。其中，内聚焦视点最能让伦理判断出现更多可能性。热奈特认为，依据故事参与者的"视角"或视点，可以对故事做出这样或那样的投影②。他据此又将内聚焦视点分为："固定式"视点，即视点确定在一个人物身上；"不定式"视点，即视点人物随叙事变化而变化③。总而言之，所谓叙述视点，是指对故事内容进行观察与讲述的角度，是叙述者站在何种立场上讲故事。珀西·卢伯克（Percy Lubbock）在概括"视点"在现代小说叙事中的重要性时称："小说技巧中整个错综复杂的方法问题，所有人物都要受到角度问题——叙述者所站位置与故事的关系问题——调节"④。

在表现叙事伦理方面，叙述者干预属于较为直接的方式，而叙述

（接上页）人物充当聚焦者的第三人称叙事］；（6）选择性全知（由一位人物作为聚焦者的第三人称叙事）；（7）戏剧性模式（外围性第三人称叙事）；（8）摄像机（行为在中立的记录者面前发生，似乎未经组织或筛选而被呈现）。斯坦泽尔（Franz Stanzel）则是区分了三种基本的叙事情境：（1）作者型（主要是第三人称全知叙述）；（2）个体或借喻性（第三人称同时性）；（3）第一人称。（详见 David Herman, Manfred Jahn and Marie-Laure Ryan, eds., *Routledge Encyclopedia of Narrative Theory*, London and New York: Routledge, 2005, p. 585）这些区分混淆着叙事人称进行讨论，有时候容易造成混乱，故而热奈特所用的"聚焦"，即清楚表明"谁看"的问题，便于对叙述者与聚焦者进行清楚区分。

① 依据"叙事情境"，热奈特对叙事类型做了区分：第一类为无聚焦或零聚焦，此类中叙述者知道的事情比任何人物知道的都多；第二类为内聚焦叙事，叙述者只知道个体或某个人物知道的情况；第三类为"外聚焦"，叙述者知道的情况比人物所知的少，叙述者只描写人物的对话与行动，不揭示人物的思想感情（详见［法］热拉尔·热奈特《叙事话语　新叙事话语》，王文融译，中国社会科学出版社1990年版，第126—133页）。

② ［法］热拉尔·热奈特：《叙事话语　新叙事话语》，王文融译，中国社会科学出版社1990年版，第108页。

③ ［法］热拉尔·热奈特：《叙事话语　新叙事话语》，王文融译，中国社会科学出版社1990年版，第108页。

④ ［英］卢伯克、福斯特、缪尔：《小说美学经典三种》，方土人、罗婉华译，上海文艺出版社1990年版，第180页。

第三章 "后9·11"小说中的叙述视点与家庭伦理

视点①则可视作一种间接的方式。作为叙事形式的"视点"除了强调观看角度外,也意味着感知与体验,蕴含着道德判断等深层次的意义②。视点是随考虑与看待事情的观点而转移的看法与判断,因而视点具有观点的意思。约翰·霍华德·劳森(John Howard Lawson)论述电影镜头时就强调,"观看一个事件的角度就决定了事件本身的意义"③。因此,叙述视点"创造了兴趣、冲突、悬念乃至情节本身"④。视点具有意识审美感知与意识观念形态两层意义,规定了时间和空间的位置,同时表现对象的态度和看法⑤。后现代叙事学家马克·柯里(Mark Currie)强调:

> 对视角的分析不只具有描写力,它是小说修辞中一种新探索,小说可以为了某种道德目的给我们定位,驾驭我们的同情,拨动我们的心弦。最为重要的是,对视角的分析使批评家们意识

---

① "视点"是叙事学中一个较为复杂的概念。它与"视角""聚焦"等词常常互换使用。热拉尔·热奈特认为"视点""视角"等表述没有将"谁看"与"谁说",即视觉(通过它表现出叙事中的诸成分)与表现这一视觉的声音的本体之间明确区分开来。于是,他引入了"聚焦"的概念(详见[法]热拉尔·热奈特《叙事话语 新叙事话语》,王文融译,中国社会科学出版社1990年版,第126—133页)。米克·巴尔接受了热奈特关于"聚焦"的观点,在其基础上提出:"视角"的用法"包括感知点的物质方面,也包括精神心理方面,但不包括正在完成叙述行动的行为者,并且也不该如此"(详见[荷]米克·巴尔《叙述学:叙事理论导论》,谭君强译,中国社会科学出版社2003年版,第170页)。因而,他用"聚焦"代替视角,突出视觉与被感知的事物之间的关系。聚焦的主体,即聚焦者(focalizer)是诸成分被观察的视点。视点可以寓于人物之中,也可以置于其外(详见[荷]米克·巴尔《叙述学:叙事理论导论》,谭君强译,中国社会科学出版社2003年版,第168—173页)。

② 谭君强:《叙事学导论——从经典叙事学到后经典叙事学》,高等教育出版社2014年版,第101页。

③ John Howard Lawson, *Theory and Technique of Playwriting and Screenwriting*, New York: G. P. Putnam's Sons, 2014, p. 366.

④ [美]华莱士·马丁:《当代叙事学》,伍晓明译,北京大学出版社2005年版,第158—159页。

⑤ [英]罗吉·福勒:《现代西方文学批评术语词典》,袁德成译,四川人民出版社1987年版,第81页。

参与的诗学：E.L. 多克托罗小说的叙事伦理

到，对人物的同情不是一个鲜明的道德判断问题，而是由在小说视角中新出现的这些可描述的技巧所制造并控制的。它是一种新的系统性的叙事学的开端，是要向人们宣称，故事能以人们从前不懂的方式控制我们，以制造我们的道德人格。①

视点的伦理意义首先在于调节叙事角度，从而调节、控制叙述者与人物的距离，包括伦理与价值距离，此外，其对信息来源、信息流通方式以及信息表达方式的精心控制也会影响读者的伦理判断。我国学者谭君强同样认识到了这一点，他还进一步解释："在作为意识形态载体的不同人物之间，可出现几个不同的意识形态视点，从而构成一个复杂的关系网络。人物从各自的意识形态视点对其他人物进行评价，而叙述者则在更高的意识形态视点层次上进行叙述与评说，构成一幅错综复杂、对立统一的人物与故事图景。"② 由此可见，叙述视点的安排不仅具有叙事形式上的美学意义，同时在意识形态层面能产生特定的伦理现象。讨论叙述视点及其伦理问题，我们实际讨论的是叙述者从哪种视点出发，从而在作品中评价并在伦理价值上接受其所描述的世界。

多克托罗的小说会选择那些被抛弃的声音，让他们讲述故事，表达观点与立场，同样也善于让叙述者在讲述中切换视点，呈现事件的多面性和视角差异造成的立场差异。固定的叙述视点呈现的是个体看待事物的结果，代表的是个体的性格、身份、价值判断，个体是客观地报道还是有所隐瞒，是受限于自己的身份和认知，还是做出了符合身份的评判，这些都有助于读者鉴别叙述者的可靠性，并引导读者探究其可靠不可靠背后的个体及社会成因。多克托罗在多部作品中都采用了叙述者的固定视点，无论是叙述还是评述，其中都鲜明地表现出说话人的身份特征与伦理立场。但怎样的视点更适合表现主题，多克

---

① Mark Currie, *Postmodern Narrative Theory*, New York: St. Martin's Press, 1998, p. 22.
② 谭君强：《叙事学导论——从经典叙事学到后经典叙事学》，高等教育出版社 2014 年版，第 122 页。

第三章 "后9·11"小说中的叙述视点与家庭伦理

托罗在创作《但以理书》时便已触及。他在小说中让丹尼尔跃出自己的视角，以旁观者的姿态去感知他所探究的每个人物所能看到的东西，成就了一部原先无法写下去的作品。

视点的转换体现的是叙述的策略，有助于叙述者控制叙述的节奏，引导读者看到不同的看待人、事、物的观点，形成不同信息间的交流与互补。《欢迎来到哈德泰姆镇》中的布鲁的叙述中也会让茉莉等人表达小镇创建的艰难和他们对小镇的看法，让读者看到布鲁如机会主义者般进行历史编撰时的立场并不如他本人所声称的客观，他实则借历史编撰在表达自己实现美国梦的抱负。《世界博览会》中不同的叙述者及叙述评论更是彰显了不定式的叙述视点在表现不同观点与立场时的有效性。读者也正是在对不同视点给出的信息进行对照与分析的基础上，拼凑出了更为丰满的父亲大卫的形象，认识到了两个犹太家庭在美国社会中对其价值观的两种接受方式及其对犹太传统的不同认知与继承。当然，多克托罗对视点的选择在每一部作品中都体现了作家对叙事策略的不同考量，那些或固定或变换的视点分别承担着不同的叙事作用。

在其21世纪创作的三部小说中，多克托罗投注了更多的关切去书写那些切身体验痛苦与孤独的个体。从微观层面探查这些个体的叙述视点所呈现的世界，有助于解释多克托罗借助小说表达的对家庭伦理的关怀。幸福的家庭从不是多克托罗小说书写的对象，即便如《拉格泰姆时代》中开篇看似幸福的白人小男孩一家，其中也存在着各种矛盾冲突，且以白人父亲的去世结束。新家庭的组成虽预示着种族、移民的融合，但多克托罗并未将更多文字着墨于此。到"9·11"事件后，多克托罗出版的小说中，稳固的家庭关系更是缺失之物，笔下人物正在感知并享受家庭幸福之时，如《安德鲁的大脑》中的安德鲁，他首先怀疑自己是不是不应该拥有这样的家庭之乐。从《大进军》到《安德鲁的大脑》，多克托罗一直关注"后9·11"的美国社会中普通人对稳固家庭关系的渴望。《大进军》重现了美国南

参与的诗学：E. L. 多克托罗小说的叙事伦理

北战争时期谢尔曼大军的孤军深入之战，以细腻的笔触描摹了恢宏的历史画面中那些被战争撕裂的家庭，那些随着大军颠沛流离的男男女女、白人黑人、将军士兵，刻画了他们对家庭尤其是稳定社会关系的渴望。《霍默与兰利》则对美国历史上算是臭名昭著的纽约兄弟进行了重写。在多克托罗的笔下，兄弟二人不再是人们闻之色变的讨厌之人，而是具有极端囤积癖、被社会抛弃的边缘人。他们始终相互扶持，为彼此提供温暖。《安德鲁的大脑》直击美国"9·11"事件。在事件中失去爱人继而又失去女儿、家庭彻底破裂的安德鲁，作为事件间接的受害人，哪怕事过十多年，仍在失去爱人的创伤中独自悲鸣。无论是否由他们进行言说，这些被拖进战争、抛至社会边缘、饱受创伤的个体在看、在感知、在渴望。不管是从某一个个体的视点呈现故事，还是将呈现故事的主动权交给不同的个体，多克托罗都是在以和缓的姿态唤起读者对身边个体的关爱。

本章聚焦多克托罗新世纪以来的三部作品，《大进军》《霍默与兰利》及《安德鲁的大脑》，探讨小说叙事中微观层面的叙述视点，解读隐含作者与叙述者为什么如此讲故事的问题，由之管窥多克托罗小说中的家庭伦理和他本人对饱受创伤的美国个体与家庭的关怀，呼吁以家庭温暖抚慰受创的个体。"不定式叙述视点与破裂的血亲关系：《大进军》中家园的毁与建"提出，《大进军》借助不定式视点再现了美国内战最后阶段谢尔曼将军的大进军，小说以进军为主线，绘制了一个融合了北方将领、士兵、医护以及南方军队、白人平民与黑人的流动中的群体，他们被进军裹挟着行进，经受战争带来的创伤。多克托罗在叙事中不断切换叙述视点，借助南方他者（包括女性与黑奴）的内聚焦呈现家园坍塌和被迫的流浪，以南北方兵将的外聚焦表现战争的残酷屠戮与个体迷茫，并以零聚焦的方式展现家园重建和恢复家庭纽带的希望，凸显了战争、极权造成的父子、母子、父女等血亲关系的断裂和多克托罗对重建稳定家庭关系的渴望。"固定式叙述视点与物欲中的兄弟亲情：《霍默与兰利》中的隐士与囤积癖"考察小说中盲人

第三章 "后9·11"小说中的叙述视点与家庭伦理

霍默的固定式视点，分析其以不同的身份所再现的兄弟二人被物包裹的传奇一生，解读被世人抛弃的囤积者世界。霍默的固定视点虽存在视域方面的不足，但霍默在不断压缩的空间中的感知、在黑暗中的聆听和对兰利的无限依恋，暴露了物欲之下疏离的人际关系，彰扬了被隔离于外界的极度孤独中的可贵兄弟亲情。"交替式叙述视点与被困的'夫'与'父'：《安德鲁的大脑》中的创伤与身份危机"探究"9·11"事件的持续影响。小说中的心理医生与神经学家安德鲁形成了交替式双重视点，揭示了创伤受害者安德鲁失妻后的自责、困惑与自我封闭，让读者在医生与安德鲁的对话所形成的内外聚焦的交替、安德鲁作为神经学家的自我与他所讲述的故事中的他我之间视点的交替，以及清醒的安德鲁与混乱的安德鲁之间视点的交替中感受安德鲁的创伤，认识政权与个体对创伤事件的不同反应，从而对安德鲁产生同情，感知多克托罗回归以爱与宽恕为基础的家庭伦理关系的基本立场。无论是重写美国历史上著名的进军事件，追忆文化名人科利尔兄弟，还是直击"9·11"事件，这三部小说无一不体现老年多克托罗怀旧与宽恕的情感，表征的是他对创伤性灾难中的个体的关怀，展现的是他对以血缘亲情与宽恕为基础的稳定家庭关系的期盼。

第一节 不定式叙述视点与破裂的血亲关系：《大进军》中家园的毁与建

《大进军》是多克托罗在"9·11"事件之后创作的第一部作品，多克托罗选取这一具有特殊意义的历史时期与进军事件作为书写对象，表现出了与同期许多美国作家相同的关切与探索，即在令举国产生创伤心理的事件之后"追寻与审视历史进程"，借助文学进行"历史反思和伦理拷问"，"描摹普通人的灾难体验"[①]。美国的南北战争

---

① 杨金才：《关于后"9·11"文学研究的几点思考》，《外国文学动态》2013年第3期。

参与的诗学：E. L. 多克托罗小说的叙事伦理

是其建国史中具有重要意义的一场战争，加速了美国现代化的进程，总能勾起美国人的想象与集体记忆。威廉·福克纳（William Faulkner, 1897—1962）曾断言，这场战争并未结束，事实上，"它甚至始终不只是一个过去的事件"①。科迪·马尔斯（Cody Marrs）在2020年出版的《始终未过去：我们一直在讲述的内战故事》（*Not Even Past: Stories We Keep Telling about the Civil War*）一书中就提出："众多关于内战的电影、诗歌、摄影作品、小说、民间传说及艺术作品不只是记忆的象征或记录历史的档案。它们通过语言与图像参与着一场持久的历史争斗。"② 仅就图书出版的数量而言，过去近两百年间，共有约八万册的图书出版，按这一出版规模，近乎每天便有一本与读者见面。但这些作品对这场南北冲突并非持有相同的观点。它们以各种方式关注这场冲突中的不同的人，从不同的角度解释这场暴力对决。对美国内战的虚构性想象从来都不是单一视域下的产物，也不是完全脱离历史真实的想象。这些虚构性想象中多少保留了一些最基本的情节，一些反复讲述的故事，探讨这个民族、这个国家的文化根源。在美国的文化记忆中，这场战争往往被视为一场解放性的斗争，是要在美国永远取缔奴隶制；同时，这也是一场想要赢得南方独立、分裂国家的战争，是充满暴力的南北对决。显然，这场战争极为复杂，既有其积极一面，也暗藏着暴力、黑暗的一面。对于这场战争的描写，既有如《飘》（*Gone with the Wind*, 1993）这般的浪漫传奇，如《谢尔曼将军回忆录》（*Memoirs of General William Tecumseh Sherman*, 2000）这般的传记文学，也有像《冷山》（*Cold Mountain*, 1997）这样的历史小说。罗伯特·莱夫利（Robert A. Lively）在《小说对内战的征战》（*Fiction Fights the Civil War*, 1957）一书中曾较为系统地分析过历史小说的文类类型并提出，以历史小说这一文学体裁重塑内战，是

---

① William Faulkner, *Requiem for a Nun*, New York: Vintage, 1994, p. 73.
② Cody Marrs, *Not Even Past: Stories We Keep Telling about the Civil War*, Baltimore: Johns Hopkins University Press, 2020, preface.

第三章 "后9·11"小说中的叙述视点与家庭伦理

以带有虚构性的想象检验并重新评判这场战争，评判与战争相关的人与事①。莱夫利断言，这场内战会始终吸引一代又一代人进行不断的想象，对之进行重访与重构，形成服务于美国立国神话的文学竞技场。

《大进军》也加入了对这段神话的叙写。不同于多数内战小说要么裹上战争外衣，实则表现浪漫传奇，要么聚焦南北方对抗，具有强烈的意识形态色彩，多克托罗在这部小说中没有讲述战争四年的残酷、胜利或是英雄主义，而是以谢尔曼领导的北方军队深入南方腹地、准备决战并以奠定北方最后胜利的最后进军阶段为再现对象，呈现了被战争裹挟的包括南方奴隶主、黑人奴隶、自由黑人、南方军、南北方将领、北方士兵、北方政客等美国南北战争中的众生人物画像。多克托罗在这部具有宏大历史场面的著作中又一次延续了他一贯的创作风格，融合历史真实与虚构性想象，让历史真实人物与虚构人物一起成为历史这幕大剧中共同发挥作用的角色。《纽约时报》的书评作者角谷美智子（Michiko Kakutani）认为，这部作品以恢宏的气势重现了谢尔曼"臭名昭著的进军"，"真实呈现了战争的血腥"，唤起读者关注战争对生命的摧毁及其可怖。在这幅战争画面中，她特别指出，多克托罗写出了一个个"鲜活的故事，既有耀眼的个体，也有民族的神话"，最主要的是，那些关于战争、关于大进军对南北方士兵与南方平民影响的悲惨细节描写尤为细致，他创作了如"《伊利亚特》那般的战争肖像"②。《洛杉矶时报书评》中刊登的书评同样关注多克托罗对战争的细致描写，特别指出了多克托罗笔下的战争"充满动荡、凶残却又奇怪地具有人性"，进军推动叙事进程、空间位移的主要线索，成了这部小说中的"中心角色"，象征着旅途与可能的改变，由此，这部小说被提升至了如《战争与和平》《巴黎圣母

---

① Robert A. Lively, *Fiction Fights the Civil War: An Unfinished Chapter in the Literary History of the American People*, Chapel Hill: The University of North Carolina Press, 1957, pp. 106 – 107.

② 参见 http://eldoctorow.com。

231

参与的诗学：E. L. 多克托罗小说的叙事伦理

院》等历史小说的高度，进军也成为考验个体并揭示他们是谁的重要意象①。约翰·厄普代克更是赞誉这部小说"刷新了我们（对这场战争和其中的人）的记忆"②。

多克托罗在《记述世间万象》一书中定义真正的民主时说："真正的民主应允许各种各样的声音，确保创造具有自我修正性且人人赞同的现实世界，能历经数代人，一步步实现接近真实的梦想。"③ 这些梦想属于整个社会，也属于每一个个体。多克托罗在阐述自己的历史书写时也强调要恢复那些被抛弃的声音，显然，使用不同的叙述视点能够让他的读者感受到更多被历史湮没的人物的"内心声音"。依照热奈特的划分方式，视点等同于聚焦，聚焦的核心是对视点的限制，它主要可分为三类。其中，内聚焦视点最能让伦理判断出现更多可能性。热奈特认为，依据故事参与者的"视角"或视点，可以对故事做出这样或那样的投影④。他据此又将内聚焦视点分为"固定式"视点，即视点确定在一个人物身上；"不定式"视点，即视点人物随叙事变化而变化⑤。叙述者固定视点与其引用人物不定视点的叙述方式能够呈现给读者不同的信息来源，提供不同的意识形态，在人物间形成比较与对话，从而影响读者对叙述者、人物、故事等的伦理判断。多克托罗的《大进军》就是这样一部以叙述者视点与多位人物视点共同呈现战争及战争对普通个体影响的小说。

就《大进军》的呈现方式而言，它很像一部长短镜头交替呈现的史诗大片，作者在叙述中首先使用了历史宏大叙事，即历史客观叙

---

① 参见 http://eldoctorow.com。
② John Updike, "A Cloud of Dust", *The New Yorker*, September 12, 2005.
③ E. L. Doctorow, *Reporting the Universe*, p. 3.
④ ［法］热拉尔·热奈特：《叙事话语 新叙事话语》，王文融译，中国社会科学出版社1990年版，第108页。
⑤ ［法］热拉尔·热奈特：《叙事话语 新叙事话语》，王文融译，中国社会科学出版社1990年版，第108页。

第三章 "后9·11"小说中的叙述视点与家庭伦理

事的全知视角,也就是外在式聚焦模式,将战争的恢宏与波澜壮阔一一呈现,并着重描绘战争的摧毁性;同时,随着短镜头的不断拉近,一个又一个被迫卷入战争的普通个体跃然纸上,作者借助他们的眼睛与心理,即不定式内聚焦视点,呈现了人为灾难对父子、父女、母子等家庭血亲关系的摧毁,折射多克托罗对个体生存的基本人伦的关怀。战争机器裹挟中的士兵,在多克托罗的笔下不再是简单的数字和代码,他们与将军们一样,是有名有姓的鲜活个体,多克托罗同样借助他们的视点聚焦战争本身,描摹他们眼中的战争,揭示个体的战争体验与创伤以及政治角力后的个体的无力。当然,多克托罗并未沉湎于揭示战争的破坏与毁灭性作用,他还借助个体对新生活的期待,表明战争后重建的希望。可以看到,在战争小说的宏大叙事框架下,多克托罗聚焦被战争机器裹挟前行的、陷于战争中的一个个人,呈现了被战争残酷破坏了的原生血亲关系,以及人们对重获亲情关系并重建稳定家庭关系的信心与渴望。他借助深深根植于美国民族记忆中的大进军事件和美国内战所造成的集体创伤对话"9·11"事件,唤起人们重塑生活的信心和希望。

一 南方他者的内聚焦:家园坍塌与战争裹挟下的流浪

"9·11"事件让数千美国家庭破碎,也将美国民众拖入了悲恸的深渊。美国许多作家以各种方式重写该事件,描摹遭遇该创伤事件的个体。多克托罗同样关注这一创伤事件,但他采用了他所熟悉与擅长的历史小说模式,回到美国集体记忆中的大事件——南北战争,摹写了同样遭受重大创伤的历史群体,勾勒出的是被战争裹挟的南北双方不同肤色、不同性别、不同等级的个体。作家还将更多的笔触放在了南方那些被边缘化的他者身上,让南方曾经的白人女奴隶主和众多面对自由无所适从的黑人男女表达他们对家园被毁、信仰崩塌的个体恐惧。多克托罗用个体内聚焦的形式赋予了历史上绝无可能自行言说的女性和奴隶以表达思想的权利,借助她们的所观、所思、所感、所

参与的诗学：E. L. 多克托罗小说的叙事伦理

行呈现战争给普通人带来的创伤，丧失家园后的被迫流浪和回归平静生活的热望。

小说的开场以零聚焦的长镜头拉近，逐渐聚焦在南方黑人奴隶主约翰夫妇身上，此时，他们仓促准备着要离家。北方军即将行进到这里，他们匆忙整理行囊投奔亚特兰大以寻求安全庇护。作者借助约翰的妻子马蒂的内聚焦书写了大军到来前的恐惧，对过往即便是一成不变、有种种不如意的生活的留恋。北方军的这场大进军使马蒂与她作为南方女奴隶主的相对安逸的生活相剥离，她不得不与脾气暴躁的丈夫抛弃家园、远离故土。她的两个尚未成年的儿子一个在战争中丧生，另一个也被战争摧残得失去生活的勇气。南北战争前，他们是欺压奴隶、享有特权的奴隶主，但进军将一切秩序摧毁。随着进军的推进，她又失去丈夫，失去与家人的联系。可以说，进军首先割断了南方社会结构中血亲关系赖以存在的家园，使众多南方女性饱受丧亲之苦。

与马蒂同属南方白人女性阶层的贵族小姐埃米莉经受了相似的痛苦：失去父亲、兄长，随北方军行进并辗转流离，最终选择留在孤儿院，为战争中失去亲人的孩子提供温暖。由埃米莉进行的内聚焦，最能体现南方白人女性面对巨变，获得成长并找到生活目标的经历。北方军到来前，埃米莉的父亲大法官去世，她唯一的兄长此前也已战死。这场进军使她失去所有血亲，被强力扯进了孤苦无依的境地，迫使她不得不做出选择：毫无依靠地等待死亡或是独立走出一条生路。借助埃米莉的视点，多克托罗想要表达的是遭遇突变的南方女性随着进军的推进，在流动性的生活中逐渐强化性别意识，寻找并强化了自己作为个体存在的价值。她的家被北方军强征为指挥部，北方军对埃米莉家园的侵占让她感受到的是男性对女性生存空间的大肆侵占，这与她在南方男性身上感受到的一样，她对他们的性别及其性别中的动物性产生了强烈的反感。突如其来的进军毁掉的是她熟悉又安定的生活，她随之进入了被永远遗弃的状态，失去家园，成为真正的孤儿，

第三章 "后9·11"小说中的叙述视点与家庭伦理

不知前路在哪儿也不知该去向何方。跟随着北方军进军的步伐,埃米莉也开始了人生中的一场"进军"。起初,她与许多南方妇女一样,只想着依靠男人,因而她随着北方军的进军始终追逐着北方军军医萨特里厄斯上校的脚步。这样的追逐代表的是南方贵族女性对具有知识和权威的男性的依附。在这个过程中,埃米莉一开始就觉得自己的行为"冒失",或许最初有过跟着大军流动的兴奋感,但进军会有终点,而她的追随可能根本不会有结果。在与萨特里厄斯的相处中,她时常感觉到对方若有似无的疏离,认识到自己对对方的追逐与依赖让自己变得更加孤独。萨特里厄斯所代表的医学话语权威与医学进步观是对埃米莉这样的女性生活的入侵,但埃米莉也在萨特里厄斯所主导的男性世界中发现了自己作为女性的价值。作为萨特里厄斯手术中的助手,埃米莉发现在护理伤兵方面,女人能使男人们安定下来,她们所发挥的作用远比表面看上去的更强。相比于男性医生和护理,她可以用女性温柔的话语安慰受伤的士兵,使之少受伤痛折磨,也能如专业护士那般对伤员的伤势进行处理,还能代替士兵们写家书,让他们离世之前了却牵挂。进军至哥伦比亚,目睹火烧整座城池之时,火光中,她看见了成群的女人,她们是与她一样的南方贵族妇女,与她有着属于同一阶层的举止和风度,从而让她感受到她们与她才应该是一类人。此后,她毅然离开进军中一直追随的萨特里厄斯,回归到她所熟悉的那些女性中间。但这不是说她重拾了进军前的南方贵族女性身份,而是在南方的一切被摧毁的情况下,她找到了自己活下去的方向和位置,那是摆脱了萨特里厄斯的男性权威的生活,不是只注重男女感情的依附性生活,而是将感情变成生活中的一部分。此后,她放弃跟随北方军继续行军,看清了北方军以解放南方为借口的一切行为,在一家孤儿院获得了自己的新身份,实现了精神独立。

进军冲击了南方白人原有的生活秩序,使其被迫抛弃家园,导致其骨肉分离。对于南方白人女性而言,那种突如其来的浮萍感迫使她

参与的诗学：E. L. 多克托罗小说的叙事伦理

们走出原先的舒适圈，在进军中找到了自己新的身份与社会定位。而对于南方黑人而言，进军对其造成的影响是双重的。这场战争打着解放黑人的旗号，但北方军的推进将黑人推向了更糟糕的境地，他们成了白人奴隶主们泄愤与报复的对象。多克托罗结合了黑人与白人两种立场的内聚焦，凸显了黑人在进军中的悲惨遭遇。白人女奴隶主马蒂服从丈夫的所有安排，旁观丈夫约翰在北方军到来前将十几个强壮的农场黑人劳力卖掉。以约翰为代表的白人奴隶主视黑人为他们的所有物，他们绝对不能允许这些所有物穿上北方军的军服，跟在他们后面对抗他们的主人。这样的做法直接导致了黑人家庭妻离子散，马蒂也终于不忍心去听那些家人离散的哀鸣。约翰不仅对他的"所有物"如此，对他暴行下的产物——黑白混血的珀尔同样如此。马蒂带着矛盾的心情看着珀尔血缘上的父亲，也就是她自己的丈夫抛弃了整装以为要与他们一起离开的珀尔，将她留在废弃的屋宅里，与剩下的老弱的黑奴们一起自生自灭。

这场打着正义旗号、以解放黑人奴隶为目标的进军，其终极目的是获胜。为此，沿途不能为之所用的白人奴隶主的农场与家宅，北方军都一把火将之焚毁，他们并不在意烧毁的也同样是那些被"遗弃"的黑人赖以活着的"生计"[①]。的确有不少黑人因为北方军的到来而欢欣鼓舞，比如黑人女仆威尔玛看到的是：

> 有成百上千人——男人、女人和孩子——有的步行，有的坐在马车上，有些一瘸一拐地朝前走着。他们的声音与军人们发出的声音不一样。……有一种没有韵律的节日般的声音从他们当中发出来，愉快的谈话简直好像许多小鸟在一棵大树上欢鸣，从中不时爆发出一阵笑声或阵阵歌声。那是一种集体的兴奋，好像这

[①] E. L. Doctorow, *The March*, New York: Random House, 2005, p. 12. 以下《大进军》的引文皆出自该版本，部分引文翻译参考［美］E. L. 多克托罗《大进军》，邹海仑译，人民文学出版社 2007 年版。

第三章 "后9·11"小说中的叙述视点与家庭伦理

些人在过什么节假日,正走在去教堂或野餐会的路上。①

也正是这样自由、欢快的氛围吸引威尔玛离开了雇主埃米莉,走向行进的黑人并成为这支队伍中的一员。不过,在北方军的眼中,缀在队伍末端的黑人是行军的"累赘"②,即便这些黑人并没有从他们那里获得什么好处。随着战争愈演愈烈,黑人行军的喜悦因为南方叛军的围追、被报复性地屠杀而逐渐消减,他们中间蔓延着恐惧:担心被重新抓捕回去,又回到从前的奴隶生活。北方军基本不管他们的死活,在一次遭遇战中,他们为抵御敌人,在明知队伍后面跟着大批黑人的情况下,仍撤去渡河的浮桥,将黑人留给身后的南方军,任其自生自灭。作为主帅的谢尔曼将军被黑人视为"英雄和救星"③,但就是他下令强迫队伍末端的黑人离开,任由他们自己行走在一片被摧毁的土地上。可以说,美国历史上的这场特殊进军与战争实则将南方黑人赖以生存的依仗连根拔起,无论是这个新兴的国家还是这场孤军深入的进军都还没有做好准备为一群本就根基不稳的人提供新的生存依据,为他们指明真正通往自由的道路。

白人女性失去家园的恐慌与迷茫,黑人群体对自由的渴望与向往,让他们或被动或主动地加入了北方军大进军的行列中。远离了她们的家园和熟悉的生活,白人妇女们在流动中重新为自己定位,找到了新的生活方向。黑人群体并不会因为一场进军而立即改变自己的境遇,他们追随北军,被其放弃,但仍会随军流浪,等待这场战争赋予他们新的身份与机遇。这些南方他者各自的内聚焦呈现给读者的是他们作为个体对内战的切身体验,让读者见证他们的痛苦、挣扎与希冀,对之产生同情,引导读者看到美国战争神话中被湮灭的个体因战争而家园被毁背后的悲怆、无助与渴望。

---

① E. L. Doctorow, *The March*, New York: Random House, 2005, p. 28.
② E. L. Doctorow, *The March*, New York: Random House, 2005, p. 12.
③ E. L. Doctorow, *The March*, New York: Random House, 2005, p. 217.

二 南北方兵将的外聚焦：进军中的屠戮与迷途的个体

美国国家话语构建的内战神话中，南北战争冲突的根源在于"自由制和奴隶制之间、民族主义理想和对民族主义理想的抵制之间的对立"，它导向的是"国家的发展、扩张、进步与'重建'"①。美国诗人史蒂芬·文森特·贝尼特（Stephen Vincent Benet，1898—1943）为纪念南北战争创作过史诗《约翰·布朗的遗体》。在这部获得过普利策奖的诗集中，诗人颇具自豪感地概括：这场战争的结局是一个更强盛伟大的国家②许多作家重思战争及其所带来的影响时，显然并没有贝尼特那般的自豪、乐观感。多克托罗在《供水系统》中所呈现的战后世界就是一个贩奴贸易并未绝迹、无辜生命仍被戕害的世界。《大进军》重回战争现场：南方人的家园在南方奴隶主的自毁和北方军的焚烧中变得面目全非，他们就此失落家园、丧失血亲，南北双方血亲关系都因这场进军消亡与破碎。上至南北方指挥官，下至南北方士兵、普通南方白人和无数南方黑人都因这次进军与战争陷入失亲之痛。多克托罗在小说中以外聚焦的形式给予每一位这样的个体表达观点的权利，借助他们各自的视点凸显战争带给他们的茫然之感和突如其来的被抛弃感。战争中南北方的宣传机器分别反复强调，北方士兵为自由而战，南方士兵为家园而战。也就是说，无论对于哪一

---

① ［美］詹姆士·O·罗伯逊：《美国神话　美国现实》，贾秀东等译，中国社会科学出版社1990年版，第113页。
② 具体诗句如下："从他的遗体里长出飞旋的钢铁机械，从他的遗体里长出飞转的轮子，由轮子构成，机械的新生，不再被劳顿束缚在土地上或古老的犁沟，庞大的金属之兽，横贯东西，他的心脏是那旋转的圈，他的体液是那燃烧的油，他的身体是那蛇形物。从约翰·布朗强健的筋肉长出摩天大楼，从他的心脏里耸立起迷人的建筑，铆钉和大梁，马达和发电机，白昼的烟柱，黑夜的火焰，钢铁之城直插云霄。整个宏大而旋转的笼，悬挂着宝石般的电灯，充满忧郁而烟雾迷蒙，黑暗和辉煌对照分明，用金属的太阳，机械的时代，染得比水晶新娘的锦缎还要洁白，这是我们养着以统治地球的神怪。"（转引自詹姆士·O·罗伯逊《美国神话　美国现实》，贾秀东等译，中国社会科学出版社1990年版，第109—110页）

第三章 "后9·11"小说中的叙述视点与家庭伦理

方来说，都是为了维护各自的正义才加入的战士。正如罗伯逊所说："北方为维护国家统一、摧毁奴隶制而战。南方为维护自力更生和农业社会的生活方式而战。"① 因为这样的理由，无数个体自愿或非自愿地被拉入这部卷入了南北13个州的战争机器。他们离开熟悉的家园与亲人，成为推动战争机器运转不可或缺的零件。他们是战争的屠戮者，同时也是战争的直接受害者。多克托罗借助个体士兵与将军的视角表达了他们对战争的体悟，表现了战争的残酷和个体的无力感。

北方军中尉克拉克代表了底层士兵的"看"与"感"，他所看到的战场如屠宰场，毫无道义可言，唯有杀戮。克拉克带领募粮小分队转战在南方，为大军募集粮草。战场上的遭遇战是所有士兵必然的经历，克拉克与他的同伴们每次都英勇对敌，也难免会成为俘虏。成为俘虏的他们认为自己会被送到俘虏营，但实际情况是他和手下十二个士兵被就地杀害，这是他始料未及的。因而被处决时，他"向上注视着虚空"，表情"非常惊讶"②。战争并不浪漫，正义的实现常常以生命为代价。为了获胜，战争中的"零部件"并不信奉道义，不考虑屠戮是否应该。克拉克等人的尸体像"一扇扇牛肉"那般被"扔到大车上"③，这与动物尸体别无二致的处置方式折射的是战争中人命被轻贱的现实。士兵们也终被缩减为阵亡数字中的一个。对于克拉克的家人而言，那是亲人的离世，血亲纽带的断裂，他们所能触摸到的可能只有克拉克死后还怀揣着的家书。

在谢尔曼将军率领的这场进军的最后阶段，南方军已经兵力严重不足，南方军校里许多尚未成年的学员被拉上战场。他们眼中的战争就是畏惧不前时被扇耳光，被强迫进入战壕。马蒂的两个儿子都有这

---

① [美]詹姆士·O·罗伯逊:《美国神话 美国现实》，贾秀东等译，中国社会科学出版社1990年版，第110页。
② *The March*, p.61.
③ *The March*, p.61.

样的遭遇。不久前还想着怎么欺负黑奴，尤其是珀尔，北方军的到来即刻将他们拖入战场，成为对抗北方军的炮灰。上了战场的他们从开始的迷茫转为想方设法地逃命，战争对于他们而言不存在正义与否的问题，如何保命才重要。南方的战争宣传机器将北方军妖魔化，强调他们如何邪恶、可怕，以此激发南方士兵对敌的勇气。不过，当南方士兵威尔第一次遭遇北方军时，他发现他们也不过是人，不由得"心情松弛了下来"①。战争中的南方士兵经历了更多的死亡。如果将战争视为一个庞大的"有机体"，那么士兵就是构成这一有机体的单体细胞；士兵的死亡就像任何生命体中的细胞死亡一样，被即刻清除出躯体，被新的细胞取代。因而对于整个战争而言，他们的死亡显得微不足道。

多克托罗还借助萨特里厄斯这位具有欧洲背景且在某种程度上是战争的旁观者评述了士兵组成的进军队伍。在他眼里，那是"一个巨大的多节的物体在以每天十二或者十五英里的速度进行着收缩和扩张运动。一个有十万只脚的动物，它的身体是管状的，它的触角触摸着它行走过的道路和桥梁。它派出它的骑兵就好像伸出它的触角。它吃光喝光它前进路上的一切"②。萨特里厄斯用具有十万只脚的多节生物体类比进军的整体，不仅突出了进军对沿途的摧毁作用，也暗示了士兵就是组成这条巨虫的细胞，推动着巨虫的行进与扩张，在这过程中出现的少部分缺失不会影响整个巨虫的生命力和行动力。对于战争中的士兵的命运，李公昭指出："当权力集团与战争机器专注于取得战争胜利的'宏大'层面时，个人的生存与生存状态必定受到忽略，个人的意志、个性与尊严也必定受到践踏。"③ 小说中设置了南方两名士兵的对话，进一步展现了普通士兵对战争的基本立场。阿里

---

① *The March*, p. 18.
② *The March*, p. 51.
③ 李公昭：《机器与战争机器——美国战争小说中的士兵命运》，《外国文学》2013 年第 2 期。

第三章 "后9·11"小说中的叙述视点与家庭伦理

嘲讽似的与上帝说起威尔,他竟会"认为在战争中的军队是个有理性的东西……一个军人不仅仅是一个穿着军装的东西",会认为身处战争中的士兵竟"过着一种理性的生活,生活在一个理性的时代"①。阿里认为上帝不会为他这样的"罪人"设计好这样的理性时代。阿里眼中的战争和战争中厮杀的士兵都是有罪之人,不配享受这样的时代。一定程度上说,阿里不是被"正义"观洗脑的士兵,他有自己对战争和诱发战争的时代的判断,只是这样的士兵很快便沦为战争中的棋子,失去了生命。

战争中的将军与士兵都面临着同样的血亲分离之苦。在美国许多历史文献中,谢尔曼臭名昭著。他曾提醒他的士兵,他们所面对的"不是士兵而是野兽,这群野兽不懂战争",因而必须以野兽的方式对待他们。在其进军过程中,他命令将"所有可疑人员和家庭监禁",并警告对任何威胁到他们进军道路和通讯的军民"不得有任何仁慈之举"②。在他眼中,进军就是一切,不应受到任何的阻挡和威胁。但多克托罗《大进军》中的谢尔曼显然不是那个战争机器的操控者和为了获胜而不惜屠杀南方平民的人。他与众多士兵一样,在战争中饱受血亲分离之苦,承受了骨肉分离之痛。多克托罗写出的是一个有着普通人喜怒哀乐的谢尔曼形象。小说中,他的出场不像个将军,倒更像个游侠:"骑着一匹比矮种马高不了多少的坐骑走过来,因此他的双脚实际上都碰到了地面。他根本没有军人的样儿,他的军服上衣落满了尘土,衣扣都半开着,一条手绢系在他的脖子上,头上戴着一顶破旧的帽子,嘴上叼着一个雪茄屁股,一把红胡子中间有一些灰须子。"③ 这里的谢尔曼不是运筹帷幄、一个命令便能断人生死的将军,他留给黑白混血小姑娘珀尔的第一印象甚至不像个军官,他

---

① The March, p. 54.
② Susan O'Donovan and Ann Claunch, Teaching the Civil War in the 21st Century, College Park, MD: University of Maryland Press, 2011, p. 45.
③ The March, p. 63.

参与的诗学：E.L. 多克托罗小说的叙事伦理

身边的那些人的坐骑看上去都比他的高大。这样的谢尔曼形象亲民，一点不像战争中的枭雄，那种"一心一意地追求胜利，即使这意味着丧失成千上万人的生命的"① 的屠戮者。谢尔曼曾对生死有过一番诉说，解释了他为什么想在战争中获胜："正是由于害怕我自己的死，无论它是什么样的，所以我要在我正在进行的这场杀人战争中夺取永生。我要世世代代地活下去。"②

不过，小说中不同人物眼中的谢尔曼各有不同，多克托罗透过他们的不定式聚焦勾勒出了一个英雄气短的谢尔曼。在行军推进的过程中，他因战争的"起伏"而颤抖，产生了强烈的"自我怀疑"；他时有焦虑，产生"那种目标消失的感觉"，担心他的部队会"精神迷失"③。他是这场孤军深入行动的总指挥，他的部下认为他睿智，拥有"高明战略和辉煌战术"④。即便如此，他并不是战争的制造者，实际上，他与士兵一样也是服务于这部战争机器的部件，只是他是更为重要的部件。他所领导的进军很大程度上仍受制于身处北方大后方的政客。作为指挥大规模屠戮行为的将军，他改变不了幼子因病而死的事实。无论谢尔曼在美国的历史与神话建构中是怎样的臭名昭著，被勾勒为怎样的枭雄，多克托罗笔下的谢尔曼既展现了作为主帅对掌控战场局势的无力，也表现出作为普通的父亲对失去爱子的悲痛。他并非生而热爱战争，事实上，他希望尽早结束战争，因为他厌倦了这番长途跋涉和无数生命的消逝，他咒骂他所处的时代，因为是这个时代将他们所有人，不管是成为父母的他们还是他们的孩子卷入了这场战争。在他看来，这是南方叛乱导致的战争，他像每一个盼望战争早日结束的人一样，希望这个国家再次获得统一，恢复曾经的安宁秩

---

① ［美］詹姆士·O·罗伯逊：《美国神话 美国现实》，贾秀东等译，中国社会科学出版社1990年版，第111页。
② The March, p. 76.
③ The March, pp. 236, 266.
④ The March, p. 155.

第三章 "后9·11"小说中的叙述视点与家庭伦理

序。即便身处战争旋涡的中心,谢尔曼身上表现出的也不是大无畏的英雄主义,多克托罗通过谢尔曼的部下、他身边的秘书、他的敌人、底层的珀尔等人,共同呈现了带有温情、心怀悲哀的谢尔曼,那是一个令读者陌生却似乎更真实的历史人物。

  北方军的这场大进军是整部小说叙事的中心,多克托罗花了更多篇幅再现了北方军的将军、士兵群体和其他被卷入战争的个体。不过,他也特别聚焦了两位落单的南方士兵阿里和威尔,借助他们军装的变化表现个体的身份多变性和个体在战争中的迷茫。阿里和威尔在监牢里相识,他们都是因为很小的问题被关进监狱,阿里是站岗时不小心睡着了,威尔则是因为开了小差。此时,南方军的管理非常混乱,他们二人与死刑犯关在了一起,又被长官强行拉着与死刑犯一起上了战场。战场中的阿里和威尔以活着为根本目标,为了活着,他们不在乎使用怎样的手段。他们眼里没有坚定的北方军、南方军立场,他们到底是南方军还是北方军的身份意识也不那么强烈。行军途中,阿里和威尔的身份发生了几次变化。他们被强迫上战场时穿着南方军制服,南方军吃了败仗,他俩巧合之下穿上了北方军的军装,却因此被南方军俘虏,接着又因机缘换上了北方军的军装混迹在医疗队里。美国内战时期,不同颜色的军装是区分对战双方的最直接方式,是双方身份的标志。阿里和威尔所穿军装的变化成为他们身份变化的外显。尽管参与到一场他觉得不明所以的战争中,阿里却坚定地信奉活着胜于一切的原则。他能敏锐地判断出对他更有利的活下去的方式,带着威尔反复变换身份,在视人命如草芥的战争中活下去。阿里与威尔的身上透露了多克托罗在"9·11"事件后尤为关注的人与人之间的温情。阿里对周围的一切似乎都很漠然,但他对威尔极为照顾,从监狱到南北军战场,始终将威尔纳入自己的保护中。在威尔死于行军途中后,阿里将为威尔报仇作为行军的终极目标。他窃取了北方战时摄影师的身份,追随谢尔曼将军的脚步,旨在刺杀谢尔曼为威尔报仇,甚至差点就成

243

参与的诗学：E. L. 多克托罗小说的叙事伦理

功了。值得注意的是，阿里的复仇行为只是小人物的反叛，他没有南方军或南方人的归属感，只是被迫成为进军的一部分，始终以活着为目标。选择刺杀谢尔曼不是因为他要献身于某项崇高的事业，而是因为他坚信谢尔曼领导的大进军导致了威尔的死亡，令他无法再与威尔相扶相持。在被迫成为阿里摄影助理的黑人小伙眼中，阿里要刺杀谢尔曼将军，这是疯子的行径。阿里则认为自己的行为是英勇的行为，是士兵真正的使命归属。

在《大进军》中多克托罗也借进军主将谢尔曼审视了这场以北方军获胜为结局的"正义"战争：

> 一旦欢呼声消失了，你有两种想法。是的，你的事业是正义的。是的，你能够自豪地喝你的大肚子酒瓶里的酒。但是胜利是一个虚幻的、含糊的东西。我将继续怀疑我的行动。反过来，约翰斯顿将军和他的非正义事业的同事们，现在因为失败而怨恨和喝醉，将会升华到一种正义的悲哀状态，这将使他们受用一个世纪。[1]

尽管谢尔曼的思考中有因战争结束而生发的自豪感，但却也会对自己主导的这场进军产生自我怀疑。美国神话建构的大进军象征的是流动性，它行进的结果是整个美利坚民族的融合与发展，"人们对内战的记忆和解释最终形成美国神话中的许多意象和隐喻，而战争通过这些意象和隐喻成为对国家最后的捍卫之举，成为民族主义的最高表现形式"[2]。不过，对于被这场进军裹挟着前行的个体，无论是南北方士兵还是南方平民与黑人奴隶，进军导致了被毁坏和压缩的生存空间，更带来了生命的消亡。在南北双方打着正义旗号的宣传之

---

[1] *The March*, p. 292.
[2] ［美］詹姆士·O·罗伯逊：《美国神话 美国现实》，贾秀东等译，中国社会科学出版社1990年版，第114页。

第三章 "后9·11"小说中的叙述视点与家庭伦理

下,北方军十万大军孤军深入,踏上了想要早日终结战争的进军之路,而南方则以争取独立为主张将整个南方拖入战争,给无数家庭带来灾难性后果。多克托罗刻画了一个个卷入战争的个体,尤其是进军中的士兵和将军,不论他们的身份地位如何,都一样面临着死亡的威胁,饱受丧亲之痛。战争令他们迷茫,进军成为他们活着的方式。但多克托罗并没有止步于呈现战争的残酷,他更多地借助个体的视角与感受再现了普通人的温情。

三 "镜头"下的零聚焦:行进中的民族与家园重建

美国历史教科书《在21世纪讲授内战》(Teaching the Civil War in the 21st Century, 2011)一书谈及战争意义时强调,认为内战是美国历史上"最血腥的战争,并不足以说明它所造成的人员伤亡"[①]。对于内战是否正义,美国国内始终存在争议,有人认为这场战争是为了解放黑奴,有人认为这场战争只是南北方"兄弟"间的分歧,也有人认为这场战争是南北方白人对于国家发展理念的冲突而引发的。多克托罗显然将充满政治意味的意识形态悬置,将更多的笔墨放在了南北方平民、士兵、将领、奴隶等个体身上,以"镜头"零聚焦的方式,引导读者关注战争中的一个个鲜活生命,激起他们对卷入这场战争的国家机器运行的推动者与受害者表达同情,体察隐含作者的立场,凸显灾难中的温情、灾难后重建的希望和个体新身份的建构。《大进军》中的叙述者并不明确,它更像是一部借助电影镜头表现的宏大史诗,也正因此,镜头可以随意切换到不同个体身上,再由他们以内聚焦或外聚焦的形式讲述他们自己或他们所看到的进军、战争经过与被毁的家园。镜头下有不同视点的讲述,也有人物间的相互对话,留给读者足够的空间去想象被灾难毁灭但仍在行进中的民族及其

---

① Susan O'Donovan and Ann Claunch, *Teaching the Civil War in the 21st Century*, College Park, MD: University of Maryland Press, 2011, p.60.

245

参与的诗学：E.L. 多克托罗小说的叙事伦理

重建家园的希望。

在长短镜头交错下，我们看到大进军对美国南方的影响是破坏性的。北方军队孤军深入，以战养战，破坏了南方人的家园并导致其血亲关系的断裂。北方军募粮小分队为获取粮草打砸南方白人庄园，掠夺他们的财物；小队的北方军还会焚烧庄园的家具取暖；进军的大部队也会强制征用南方奴隶主的家宅，用作指挥部或医护场所。因为对北方军的仇恨，南方庄园主也参与了对自己家园的破坏，焚烧或破坏一切可能落入北方军手中的物品。这样的双重破坏使整个南方的秩序与经济崩塌，无怪乎美国人在教授内战史时强调要远离那些将这段历史浪漫化的想法。这场"破坏"行动的顶点便是火烧了可算作南方军指挥总部的哥伦比亚。谢尔曼因遵照北方军统帅格兰特的要求与战略部署，要"制造一场浩劫，摧毁所有有利于敌人的资源"，因此，他命令他的大军要毁掉哥伦比亚城的所有武器库和一切军事设施，包括运输系统和制造业以及属于南方联邦政府的公共建筑。在此目标前提下，北方军为实现最终胜利并从根本上震慑南方军，他们制造了美国历史上臭名昭著的浩劫——将整座城市点燃。多克托罗真实再现了这段毁灭文明、丧失人伦的事件，但这不只是一个发生在过去的历史事件，作者透过它更多地探讨了这场灾难的责任和人性中的恶在灾难中的释放。

镜头聚焦下的谢尔曼有作为将军的坚毅，但战争的走向并非他能掌控。他下令震慑南方，但他从没有想过命令的执行过程会变得不可控制。他手下的士兵像放出笼子的猛兽，肆意纵火焚烧平民居所、教堂，甚至收容所，当街侮辱黑人姑娘，发出"魔鬼般的哈哈大笑"[1]。谢尔曼看到的不再是英勇战斗，为自由、为解放南方奴隶而长途跋涉，在南方的土地上征战的勇士，相反，他们成了这片土地的入侵者，丧失了基本的伦理道德意识，释放出了极大的恶，将哥伦比亚城变成了

---

[1] *The March*, p. 154.

第三章 "后9·11"小说中的叙述视点与家庭伦理

人间地狱。他们的行径让谢尔曼感叹，这场战争除为他们自己招致毁灭之外，什么都没有实现。在对整座城市的破坏上，南方军从未落后，每次都在推波助澜，制造了不分南北、共同参与的浩劫。所以就这场战争来说，南北双方的军队没有无辜者。这更体现出战争的疯狂，正如北方士兵斯蒂芬·沃尔什所认为的：这场战争没有那么神圣，也没有那么正义。他敏锐地觉察到，触发这场战争的是棉花，这些棉花支撑了南方的经济，想要让这种经济维持下去的控制者们愚蠢地引发了这场战争，如今，让哥伦比亚城陷入大火的也正是这些棉花。最终，这支打着正义旗号的军队进军带来的是"一场蔓延的灾难"[1]，给整座城市带来"火焰、疯狂和死亡"[2]。

林肯总统在这场战争中表达了美国民族主义和结束南北分裂、实现统一的构想，是其中一项重要的举措。但谢尔曼所领导的这支进军队伍沿途摧毁的不仅仅是南方的各种建筑，它摧毁的实际是整个南方的文明。作者在此突然介入，以零聚焦的客观叙事模式将这一支移动的军队比作一种"连根拔起的文明"，这里有黑人妇女和孩子脚步沉重地走在一旁，南方的白人公民则坐着漂亮的四轮马车，马车上载着他们大大小小的包裹和各种各样的家具[3]，他们是将一切都寄托在了进军中，抛弃了家宅，抛弃了一切稳定的生活。南方的汤普森法官悲叹："这场该死的战争摧毁的不仅是他们的乡村，还有他们对人的自尊的全部想象。"[4] 进军中的士兵如同蠕动的、破坏力极强的生物体，沿途毁灭一切，它带来的是混乱与人性的恶。多克托罗借助不同人对这场战争的"看"，强调的是这场一直行进中的进军终究成为"一个政客的游行"[5]。

---

[1] *The March*, p. 22.
[2] *The March*, p. 161.
[3] *The March*, p. 203.
[4] *The March*, p. 46.
[5] *The March*, p. 299.

参与的诗学：E.L. 多克托罗小说的叙事伦理

不过，多克托罗并未以战争为依托，沉浸于对战争造成的破坏的描写，相反，他将聚焦点落在不同人身上，重在描写战争中的个体体验，写出战争中及战后重建希望的可能性。不可否认，进军造成的直接伤害落在了白人身上，但也间接造成了黑人家庭的妻离子散。尽管如此，进军的积极意义在于使整个南方尤其是黑人个体与群体社会空间中实现历史性变革。多克托罗在此采用了零聚焦与不定聚焦交替的方式凸显了这些变化。作者先以零聚焦的方式呈现了大进军到来前，一个小黑人群体，尤其是黑白混血的小姑娘珀尔，在突变面前的恐慌。小说开篇詹姆森夫妇仓促准备逃亡的时候，詹姆森与女黑奴生下的混血姑娘珀尔也收拾好一切，准备与他们同行。但詹姆森从没有将她当成过自己的女儿，在他眼里，那只是一个普通的奴隶。珀尔就在他们马车的离开声中被抛弃。尽管她连续使用了五个"自由"表达她当时的存在状态，但她根本不知道什么样才是自由，所以她请求上帝教会她自由。作为黑白混血人种，珀尔在她生父的农场里感到身份尴尬。她有着"麝香石竹花般的白皮肤"[1]，但她的白人爸爸詹姆森当众抛下她，显然他并不会视她为白人，而她又视那些农场里的黑人为奴隶，从不认为自己与他们具有同样的身份。加入北方军的行进队伍后，她努力从语言上改变自己的旧有身份，逐渐改变发音方式，修正她从黑人奴隶那里学来的非标准英语。因为瘦小，她无意间被当成了北方军的鼓号手，成为能与谢尔曼有近距离接触的"小兵"。之后她又在萨特里厄斯医疗队中服务，逐渐认识到了作为自由人的身份并获得了自主意识。不过，随着行军队伍一路走来，尽管珀尔慢慢认识到什么是"自由"，她也逐渐发现自己自离开种植园后，还是始终"依附于白人"[2]，用白人的发音方式、北方军的制服掩饰自己作为黑人的本质。她耻于这样的自我，感觉将自己卖给了白人，成了奴隶。此处的对比

---

[1] *The March*, p. 7.
[2] *The March*, p. 216.

第三章 "后9·11"小说中的叙述视点与家庭伦理

极为强烈：她的真实身份是奴隶时，她并没有作为奴隶的想法，但获得了自由之后，她更深刻地认识到自己对白人的依附。正因此，珀尔才真正明白了自由与奴隶的区别。有此认识后，她下定决心要成为自己的主人。重新认识了自我身份后，她实现了真正的个体自由，也承担起相应的伦理责任。她不再怨恨抛弃她的詹姆森夫妇，在白人父亲去世后，她主动承担起照顾詹姆森遗孀的责任：成为白人后妈生活的精神支柱，帮她找到战死的长子的尸体；救助白人二哥，用原先庄园里照顾她的黑人给的金币解救了迷失在战争中的白人二哥，让其得以重拾生活。珀尔走出了肤色、语言赋予她的身份模糊地带，依靠自己在进军发挥的作用确立了自己作为自由个体的身份。

值得注意的是，珀尔的身份中至少包含两个重要方面，一个是作为黑人获得了自由个体的身份，另一个是她获得了女性身份意识。身处男性群体中，珀尔能感受到那些官兵落在她身上的目光，这让她逐渐认识到作为女性在男性凝视之下面临的危机。她与同在医疗队的北方小伙斯蒂芬·沃尔什之间有了一段平等自由的关系，并计划不再随着北方军继续进军，有了安定下来的新的生活目标，学会了自主地选择自己的生活。可以说，珀尔经历了被遗弃时的迷茫、亲见北方军募粮小分队被南方军卑鄙杀害、无意间被认为是鼓号手、陪伴在谢尔曼将军身边暂时慰藉他的丧子之痛、与埃米莉一起成为萨特里厄斯医疗分队中的助手、拯救抛弃她的詹姆森家、邂逅北方士兵斯蒂芬·沃尔什并与他一起寻找新的生活，这一系列发生在进军过程中的事件见证了珀尔从女奴到自由个体再到女性意识复苏的身份认知历程。

与珀尔来自不同阶层的威尔玛曾是埃米莉家的女仆，她是作者在外在式聚焦内插入的又一位找到个体自由的内聚焦者。无论是相较于白人女性埃米莉——她逐渐摆脱依赖男性，获得了独立自主的身份建构，还是相较于珀尔——她逐渐确立了自己的自由身份，威尔玛在北方军的大进军到来前夕便辞去了女仆工作，较早地认识到进军带给自己的机遇和可能的身份变化。她的进军是向自由的进军，是向新身份的进军。她在进军中发挥了自己烹调的技能，成为林肯政府及谢尔曼政策的受惠者和执行者，与另一位黑人科尔豪斯（很可能是《拉格泰姆时代》中科尔豪斯的父亲）一起成为拥有土地的自由人，将心中的那个奴隶彻底驱逐了出去。《大进军》中的不定式视点不仅借助被边缘化的他者之眼暴露了战争对文明与人性的破坏，同时也强调了他们在进军中经受南方社会结构、性别身份意识的变化及他们对自由的追求。

《大进军》被认为是一部新现实主义作品①。郭英剑、张成文在对2021年英语文学作品进行综述时，评价了西方新现实主义文学作品的明显趋势之一，即书写边缘化人群，包括有色人种、移民、土著、妇女、儿童等，反映他们的"遭遇和诉求"②。这同样是《大进军》中书写的对象。作为一部"创作出了《伊利亚特》般的战争肖像"的作品，小说有对历史进程中起重大作用的如谢尔曼、格兰特、林肯等大人物的描写，但更多的笔墨却用在了书写南北方士兵、南方奴隶主、黑人、黑白混血人物、南方白人女性、北方军医生、摄影师以及国外报社记者等"小"人物身上。没有文学对这些鲜活个体的想象，我们很难触及这些历史上存在却不会被记载下来的面孔。如果说美国内战神话是一种国家主义叙事，即坚持将社会政治凌驾于个人

---

① 王守仁和童庆生两位老师在谈及美国后现代现实主义（也称新现实主义）小说时，回顾了西方学界对《拉格泰姆时代》作为后现代经典之作的评述。在这部小说中，历史无法被表征，作家所做的只是在表征"我们对那个过去的各种观念和固定看法"。《大进军》虽延续了多克托罗作品的一贯套路，将虚构人物与历史真实人物交织呈现，但多克托罗在这部小说中力求忠实于历史，"采用现实主义写实手法塑造人物形象，无论是虚构的人物还是历史真人都显得真实可信"（详见王守仁、童庆生《回忆 理解 想像 知识——论美国后现代现实主义小说》，《外国文学评论》2007年第1期）。
② 尽管这篇文章主要针对2021年英语文学生态及其创作特征，但西方新现实主义文学所书写的对象和写作方面的技巧与策略具有一些共同点，比如，写作对象倾向于那些边缘化的群体，写作策略上偏重写实，力求人物客观真实等。详见郭英剑、张成文《2021年英语文学综述：聚焦"后现实主义文学"》，《文艺报》，Ifl. cssn. cn/xjdt/202204/t20220411_5402927. shtml。

250

第三章 "后9·11"小说中的叙述视点与家庭伦理

生命之上，是用国家、人民、历史的必然需求遮蔽甚至牺牲生命个体的一种宏大叙事，它以国家的意志、人民的呼声或是社会发展的历史理性需求为引领，讲述社会故事、裁定人生价值、塑造英雄人物、确定伦理价值，以重新整饬现实生活的道德秩序与意义结构，那么《大进军》则明显突出了自由主义的个体叙事，它摒弃国家意识形态原则，以个体的生命故事为描述对象，表达自由的生命存在。自由主义的个体叙事中，个体面对生存疑难时会坚守个人的价值判断，做出符合自我意愿的选择；自由主义的个体叙事不进行"是非"责任的裁定，不进行道德指引，坚守自我的生命存在[1]。在对内战中大进军的外在式聚焦中，叙述者不断以不同人物的聚焦插入作品，从而形成了"他者"的和声。战争机器操控着这场进军中的所有人，他们无不在行进中经历着整个民族的阵痛，寻找着个体生命存在的意义与价值。

批评家谢有顺说："文学是个体叙事，叙事伦理也应该是个体伦理，它呈现的应该是'模糊'时代中清晰的个人……如何把个人从'群众'中拯救出来，使之获得个体的意义，这是文学的基本使命之一。"[2]《大进军》呈现的是美国内战时期的他者群像，更是如角谷美智子所说"是一幅如荷马史诗《伊利亚特》般的战争肖像"，它有对历史大人物如谢尔曼将军这一个体的凸显，更通过对宏大叙事的反驳性书写，借助有代表性的个体的聚焦展现了进军中的诸多可能被淹没于历史尘埃中的群体中的个体。

《大进军》将历史中的各色人物，尤其是那些直接被历史排除在外的个体置入他们原先的历史位置，借助他们的视点，重组文化记忆，借助进军所隐含的流动性彰显个体在战争中的变化和整个民族的

---

[1] 孙磊博士在他的《反"国家主义"的"自由个体"叙事》一文中对"国家主义叙事"与秉持自由伦理的"个体"叙事做了对比性的区分。详见孙磊《反"国家主义"的"自由个体"叙事——〈日瓦戈医生〉的叙事伦理刍议》，《当代外国文学》2015年第1期。本研究认为这与《大进军》对自由个体伦理的强调相一致，故而在这里进行了引用。

[2] 谢有顺：《铁凝小说的叙事伦理》，《当代作家评论》2003年第6期。

参与的诗学：E. L. 多克托罗小说的叙事伦理

变动。列维纳斯曾指出，"向本我的还原"中，还"必须发现'他人'，发现主体间的世界"①。不可否认，后现代潮流下所兴起的对历史进行重写重构的势头，其目标正是更好地发现"他人"，尽可能地呈现历史的客观面貌。谈及创作《大进军》的灵感时，多克托罗提及，他是看到一张内战时期士兵的照片后打算写一部关于内战、思考内战记忆的作品。历史学家大卫·布莱特考察了严谨的历史学研究中对待"记忆"的价值的看法。布莱特认为，"历史"一词的含义因使用者所持有的编史哲学而存在差异。对于学术界的专业历史学家而言，"历史"蕴含的意义在于"它是根植于研究中的对过去的合理重构"，这种重构"坚决要求维护学术训练的权威性和证据性准则"。作为一个研究领域，"历史"详细考察历史情境、因果关系，以怀疑性的态度和世俗化的方式阐释过去。历史具有修正性，它认为"变化""进步"等概念具有相对性，它们在"地域、历时性与规模"方面具有偶然性。无论是对历史学家还是对普通大众而言，"历史"是更厚重、神圣与绝对的概念，布莱特将之定义为"记忆"。在布莱特看来，"记忆"激发了人们对纪念物、古迹、历史重现的需要。正是对历史不断地重新讲述，才唤起了人们需要的"民族、种族、宗教、民族意识"等概念。记忆能够将个体凝聚成群体，维护群体的优先性和权利，通过"强烈的不满和对传统的复杂虚构"创造出各种神话②。

不可否认，小说在对历史与文化记忆的再想象方面发挥着独特的作用。就许多方面看来，历史小说将"历史"的概念变得更加复杂。弗莱什曼（Avrom Fleishman）研究英国历史小说时论证："历史小说与其他小说的区别在于它与历史之间独特的联系"，例如历史真实人

---

① Emmanuel Levinas, *Totality and Infinity: An Essay on Exteriority*, trans., Alphonso Lingis, The Hague, Boston, London: Martinus Nijhoff Publishers, 1979, p. 215.

② David W. Blight, *Beyond the Battlefield: Race, Memory, and the American Civil War*, Boston: University of Massachusetts Press, 2002, pp. 1 – 2, 4.

第三章 "后9·11"小说中的叙述视点与家庭伦理

物与"各类虚构人物"之间的互动①。历史小说通过对历史的想象，有助于增强读者的历史意识与记忆，这也正是多克托罗的"超级历史"始终追求的目标。他在《大进军》中对大进军事件、谢尔曼进行了合乎历史逻辑的重现，将真实事件与真实人物当成历史与文化的符码，借用虚构与想象对历史进行文化记忆的重组。艾默里·埃利奥特认为："文化记忆是一组带有文字和意象的观点，从很大程度上影响了人们对民族身份的本源、意识形态、历史的认识。……阅读历史、观照历史、思考历史所形成的文化记忆会产生不同的建构元素，文化记忆甚至起着弥补、还原的作用。"②

小说中不定视点的出现是随着进军的流动性出现的。流动性是后哥伦布时代北美神话的中心内容。快速的流动性标志着资本主义的迅速发展。无论是社会的还是空间的流动，其目标在于提升与改善。流动性是美国文化中最具影响力的概念之一。考文霍文（Kouwenhoven）称："我们的历史就是一个不断进入城市又搬离城市的运动过程，西进又逆向运动的过程，在社会阶梯上上下移动的过程——长期、复杂又极为快速的连续变化。正是这种连续性及其所滋生出的态度、习惯及形式，才是'美国'一词的真实蕴含。"③《大进军》中的进军行动本身就是一个富有流动性的意象，它象征着个体、群体及整个民族在流动中寻找方向，对这段历史的想象性再现令读者在时空距离中感受其影响力。

《大进军》质疑内战神话，它以进军所表现出的流动性令打着取消奴隶制旗号的战争所声称的正义性悬置，使结局未定，像进军一样始终在路上。这部在路上的小说彰显了一个行走在路上的民族，是对人性、道德的检验。2005年笔会/福克纳奖的评委会成员赞誉这部作

---

① Avronm Fleishman, *The English Historical Novel: Walter Scott to Virginia Woolf*, Baltimore: Johns Hopkins Press, 1971, p. 4.
② 转引自张琼《虚构比事实更真切：多克托罗〈进军〉中的文化记忆重组》，《英美文学研究论丛》2008年第2期。
③ John A. Koukenhoven, *The Beer Can by the Highway*, Baltimore: John Hopkins University Press, 1988, p. 72.

品时称，它"……不仅展示了谢尔曼大军在南方的重大的长途跋涉式的进军，而且引领我们长途跋涉般地重温那充满尘嚣与鲜血的过往，于木林间注视那枪管中残留的烟尘和家园被焚烧的烟雾，那里仍存有我们对和平的渴望和救赎"[1]。的确，多克托罗在这部作品中表达了一种在发掘他者、恢复历史的他性中实现历史正义的观点。作品中诸多的失去体现的是多克托罗试图剥离美国为内战赋予的感伤性外衣，"提醒他的读者，大规模的暴力摧毁了人与人之间的重要联系，导致了难以愈合的疏离与痛苦"[2]。

通过具有不同意识形态、代表不同群体的不定式视点呈现一个个普通个体眼中的进军和进军带给他们的伤害，多克托罗再现的是被战争连根拔起并摧毁的文明，是丧失血亲关系的群体阵痛图。但多克托罗并非只向读者呈现破碎的世界。不定视点之下也隐含着作者对重组家庭伦理关系的信心。黑人威尔玛与科尔豪斯组建新家庭并受惠于谢尔曼的政策，这令读者看到了进军破坏之后重建的可能。黑白混血珀尔与北方小伙斯蒂芬·沃尔什对自由的认识和他们可能的婚姻关系也展示了断裂的家庭关系超越种族进行重建的希望。虽然如此安排表现出多克托罗的保守立场，但这也更能凸显他对最基本的家庭伦理关系的坚守。

第二节 固定式叙述视点与物欲中的兄弟亲情：《霍默与兰利》中的隐士与囤积癖

不定视点展现了《大进军》中战争之下人伦丧失的恐怖画面，但多克托罗也尝试用固定式视点提供外物侵袭之下割不断的血缘亲情。所谓固定视点，即是将视点固定在一个人物身上。布思在《小说修辞

---

[1] 详见 "2005 Final Book Awards Final"，www.nationalbook.org/nba。
[2] Scott Hales, "Marching through Memory: Revising Memory in E. L. Doctorow's *The March*", *War, Literature, and the Arts: An International Journal of the Humanities*, Vol. 21, 2009, p. 153.

第三章 "后9·11"小说中的叙述视点与家庭伦理

学》中谈论简·奥斯丁的爱玛,不大方、领悟力不强,甚至有些刚愎自用,却能令读者产生伦理同情,其原因在于,爱玛的固定视点使其自私毫无隐瞒,带动读者与之一起看待问题,创造出一种不受中介阻碍、直接贴近爱玛的幻觉。这使读者能对她的性格直接做出评价,胜于作者直接加以道德评价,创造了读者对爱玛的同情[①]。多克托罗在他2009年出版的《霍默与兰利》(*Homer & Langley*)中同样使用了叙述者霍默的固定式视点,呈现了臭名昭著的科利尔兄弟二人传奇的一生。

《霍默与兰利》以纽约著名的囤积者科利尔兄弟为创作原型,小说甫一问世,便吸引了读者关注。1947年,美国纽约第五大街上科利尔家族的祖宅被清理出约120吨各类物品,包括成年累积的报纸、14架钢琴、手风琴、发动机,甚至还有一台福特Model T 轿车。警察用了18天找全了霍默与兰利的两具遗体,之后,祖宅被拆,留下该处作为纪念这对兄弟的遗址。事实上,科利尔兄弟激起过不少美国社会学家与作家的研究和创作兴趣[②]。多克托罗从小便

[①] [美]W·C·布斯:《小说修辞学》,华明、胡晓苏、周宪译,北京大学出版社1987年版,第274—279页。

[②] 例如美国文化研究者斯科特·贺林(Scott Herring)在其《囤积者:现代美国文化中的物质乖常》(*The Hoarders: Material Deviance in Modern American Culture*, 2014)、葛温德林·福斯特(Gwendolyn Audre Foster)在她的《囤积者、末日预备者与预言文化》(*Hoarders, Doomsday Preppers, and the Cutlrue of Apocalypse*, 2014)都不可避免地谈及科利尔兄弟,他们在一定程度上成了美国独特的文化现象,是囤积者的"鼻祖"。美国的电影、电视剧都对科利尔兄弟的故事有所再现。对兄弟二人故事的虚构,最早是马西娅·戴文波特(Marcia Davenport)1954年创作的《我弟弟的守护人》(*My Brother's Keeper*);2003年,弗朗兹·利兹(Franz Lidz)出版了《幽灵人:纽约最伟大的囤积者科利尔兄弟怪异但真实的故事》(*Ghosty Men: The Strange but True Sotry of the Collyer Bothers, New York's Greatest Hoarders*),追忆了科利尔兄弟的生平;2009年除多克托罗的《霍默与兰利》外,马特·贝尔(Matt Bell)也在同年创作了关于科利尔兄弟的短篇故事《收藏家》("The Collectors"),聚焦科利尔兄弟死前数月的事件,也探究了兰利对过去的记忆,他对那些发现他们兄弟遗体的人们的影响的记忆;2015年,理查德·格林伯格(Richard Greenberg)的戏剧《炫目》(*The Dazzle*)被搬上舞台,戏剧同样再现了科利尔兄弟。尽管作家们书写的侧重点有差异,但科利尔兄弟的故事始终具有激发他们进行再现的生命力。多克托罗对科利尔兄弟的虚构性想象并非为他们立传,他对一些历史事实进行了虚构性改写,比如兄弟二人的年龄被延长了三十年,哥哥和弟弟的身份颠倒,霍默而非兰利成了有天赋的钢琴师等。

参与的诗学：E.L. 多克托罗小说的叙事伦理

是在科利尔兄弟这样的反面教材中长大，这也让他起了探究之意。他曾在访谈中说：

> 我一直觉得这两兄弟很神秘，在他们家宅里堆积数吨的物品——成捆的报纸及他们的生活和时代的残余物——之下仍有许多有待发现的东西。难道他们只是爱囤积垃圾的怪人？……那栋宅子里到底藏着一个怎样的国家？到底是什么使他们成为第五大道上臭名昭著的隐士？这部小说是我对他们的看法，是我对科利尔神话的解读。他们是美国人想象的生活中的重要形象，我让他们成为主动退出文明并将世界关闭在外的两兄弟。①

于是，多克托罗从霍默少年时期失明前后写起，在霍默的叙述中揭开成吨的废弃物背后神秘的科利尔兄弟的面纱，揭示物质极大丰富的现代主义时期，物对人的生存空间的挤压及物的丰富与个体孤独。正如莱瑟尔·施林格（Liesl Schillinger）读了这部小说后所写的书评中提到的：尽管在公众的眼中，科利尔兄弟是"遁世的囤积狂"，多克托罗却以充满同情的笔触描绘出了他们的生存状况。"他将科利尔兄弟曝光在狭小的空间里。他们是被时代抛弃的囤积狂，而不是被嘲笑的怪胎"②。多克托罗写出的是有着细腻情感与温情的两兄弟。

《霍默与兰利》在文类形式上很像一部回忆录，具有传记体小说的特征，"完整地讲述了（叙述者）从生到死的人生经历和命运"③。南非作家库切（J. M. Coetzee, 1940— ）结合自己的文学创作对传记式书写提出过自己的观点："所有关于'我'的描述都是

---

① Jane Ciabattari, "Doctorow's High-Society Hermits", http://www.thedailybeast.com/articles/2009/08/31/doctorows-high-society-hermits.html?cid=topic:mainpromo1.
② Liesl Schillinger, "The Odd Couple", *The New York Times*, Vol. 9, 2009, p. 7.
③ 林莉：《〈霍默和兰利〉的新传记叙事策略研究》，《当代外国文学》2011 年第 2 期。

第三章 "后9·11"小说中的叙述视点与家庭伦理

'我'的虚构,主要的'我'是不可能复原的,在这个词语经历了和某个人存在的关联之后,生活不会恢复到同以前一样"①。他的意思是:"通过语言中介书写个人历史不可能恢复既往,也不可能呈现过去那个自我的真相,因而,复原自我只能是一种主观的虚构。"② 多克托罗显然无意为两兄弟立传。他解释,他所感兴趣的是有关他们的神话,"对神话进行处理创作时,不需要像写传记那样注重细节的翔实,做许多的调查研究"③,所以小说呈现的两兄弟是多克托罗运用丰富的想象力进行的历史再创造,是多克托罗"对科利尔神话的理解。他们是美国想象式生活中的重要形象"④。为了便于发掘霍默与兰利身上的秘密,多克托罗赋予了霍默自传式叙述,这个"叙述自我"虽非美国那个真实存在的"自在自我"霍默,却因其坦诚的叙事口吻拉近了读者对他口中的霍默与兰利的认知。传记体叙事中的叙述者往往也是固定的聚焦者。眼盲的霍默具有敏锐的听觉与感知能力,他的固定视点聚焦兄弟两人从美国上层社会走向美国社会边缘人的独特经历,物品一件件进入家宅,伴随的却是他们与外界社会关系的逐渐脱离和自我封闭。可以说,多克托罗在《霍默与兰利》中始终让眼盲的霍默进行聚焦与叙述,以他的内聚焦审视着自己被压缩的生活空间和人际关系,又以他的外聚焦呈现着因战争创伤而沉溺于囤积物的兄长兰利,感知彼此的孤独和相互间陪伴的温情。整个故事的呈现由霍默的固定视点进行,有效拉近了叙述者与读者的距离,令读者随霍默一起经历历史变迁,观察随现代性而来的物之丰富对霍默兄弟的影响,对其囤积癖

---

① J. M. Coetzee, *Doubling the Point: Essays and Interviews*, Cambridge, Massachusetts, London: Harvard University Press, 1992, p. 75.
② J. M. Coetzee, *Doubling the Point: Essays and Interviews*, Cambridge, Massachusetts, London: Harvard University Press, 1992, p. 75.
③ Charlie Rose, "E. L. Doctorow Discusses New Novel", *Finance Wire*, 2009.
④ Jane Ciabattari, "Doctorow's High-Society Hermits", http://www.thedailybeast.com/articles/2009/08/31/doctorows-high-society-hermits.html?cid=topic:mainpromo1.

参与的诗学：E.L. 多克托罗小说的叙事伦理

产生同情而非厌恶之感。

一 "老鼠洞"中的隐士：霍默的空间记忆与压缩的社会关系

霍默兄弟出生在富有之家，家中享有豪宅，过着上流社会的生活，家中往来皆为名流。叙述者霍默并非从出生便眼盲，尽管没有明确说明眼盲的原因，他还是描述了眼盲的过程，就像电影落幕后光线逐渐变暗直至彻底进入黑暗。在十四岁左右，霍默的生活陷入了无光的世界中。但在霍默自己看来，他的生活质量并未因之有任何改变。他自信地讲述自己能清楚地记得家中所有物品的位置，尤其是他的钢琴。即便失去了视力，他仍能如常演奏钢琴曲。作为特殊的"聚焦"者，霍默的个体存在与对周围事物的认知源于他对自己生存空间的记忆与感知，尤其是对不断侵入他所生活的豪宅内外的物与人的认知。它们构成了霍默的生活空间，而这一空间被兰利买回的各种物品侵占，导致霍默兄弟生活空间的缩减，也使得宅内的仆人数量越来越少。尽管从霍默的叙述来看，家宅内还会有人来人往，但这些社会关系最终缩减为霍默与兰利的相互依偎。霍默的叙述突出了他们兄弟二人与外界关系的变动，揭示了现代主义背景下，物的入侵对霍默兄弟人际关系的颠覆。霍默对宅内空间的记忆让读者在其叙述中慢慢窥知他们是怎么从上流社会的宠儿变成了"老鼠窟"中的隐士。

科利尔兄弟所居住的豪宅，无论内外，堪称独具特色的时间贮藏器，也见证了兄弟俩从社交宠儿到游走于人群之外的"隐士"的身份变迁。这座位于纽约第五大道的建筑，在科利尔父母尚健在时，霍默与兰利两人于此享受着喧嚣的家庭生活。衣着光鲜的父母穿梭于上流社会各种场合，豪宅里经常举办各种沙龙，上流社会人群出入其中，仆从四下走动，这里成为各种社会关系的聚集地。舒适的沙发，优美的音乐，豪奢的钢琴，宽敞的大厅，还有随处摆放的作为装饰的各种艺术品，它们是父母在世界各地旅游带回的纪念之物，是来自更

第三章 "后9·11"小说中的叙述视点与家庭伦理

广阔的空间的不同世界文明的融入。这座豪宅并不只是物理实体的存在，它象征着地位、人际关系、社会空间与文明空间。此时的霍默，即便用眼睛看的能力逐渐丧失，仍是上流社会的宠儿。家宅中的转变始于哥哥兰利加入第一次世界大战并失踪，父亲母亲先后因为西班牙大流感离世。缺少正常主人的家宅中，主仆关系发生了变化，女仆茱莉亚以女主人自居，曾经有序的家宅被搞得乌烟瘴气，甚至女仆还与主人同在一个餐桌用餐。霍默的叙述会聚焦豪宅内外，一定程度上因为他的失明限制了他的行动和与他人的关系。尽管他在叙述中强调他不在意别人的看法，并反复声明失明并不影响他的生活，实际他的讲述中存在着很多的不可靠性。威廉·里根（William Riggan）研究叙述者第一人称不可靠叙事时提出："人类在感知、记忆和判断上存在着局限性，很可能会错过、忘记或错看某些事件、话语与动机，所以第一人称叙事总是潜在地不可靠。"① 霍默声称他的眼盲不影响他的正常生活，但显然他无法处理好家里所有仆从间的关系，高估了自己对家宅空间的掌控力。

兰利的回归改变的不仅是豪宅中的主仆关系、与往来者之间的社会关系，更是内部的物理空间结构。家中的奴仆要么被辞退，要么自发离开，还有留在豪宅内直至去世的。在这些曾经长住的人逐渐从豪宅内退场之后，豪宅内往来的有躲避仇杀的黑帮大佬、"二战"中的日本移民、嬉皮士，他们不断提供着外聚焦补充霍默对他与兰利生存环境的叙述。兰利的囤积欲使家中堆满各种有用与无用之物，福特汽车和各种修理零部件被堆积在一楼，原来的活动空间被压缩。霍默最初还能知晓家中物品摆放的位置，但逐渐地，他们像是生活在报纸堆积的迷宫中，兰利最终也因豪宅彻底用木片封闭，游走在狭窄的空隙中为霍默送饭而丧命于自己铺设的捕鼠夹下。如果将霍默与兰利置于

---

① William Riggan, *Picaros, Madmen, Naifs, and Clowns: The Unreliable First-Person Narrator*, Norman: University of Oklahoma Press, 1981, pp. 19-20.

参与的诗学：E. L. 多克托罗小说的叙事伦理

一张人物关系图的中心，周围是他们身边的过客，这些过客所关涉的不同历史时期与历史事件就可以以图例的形式显现霍默与兰利的人生。这张关系图不仅显示了霍默叙事的时间跨度，而且凝聚了霍默与他周围世界的各种联系。霍默也在与他们的关系中认识并了解自我。依据拉康的观点，一个人的自我认同感或统一的自我意识首先通过镜像建立起来。婴儿凝视镜中自己的映像，逐渐确认这个形象即他本人，从而确立自我认同。拉康将这个阶段称为"镜像阶段"。[1] 镜像不仅指主体在镜中获得的自我形象，也指主体通过他者目光的凝视，反观自身获得的自我形象。身份正是在与他者的接触与所建立的联系中，在他者的凝视下反观自身而形成。从霍默的叙事来看，他对自己的眼盲会"伤心"[2]，但绝对没有认识到那是一种残疾。因而在他与周围人的关系中，他完全将自己作为正常人对待并讲述。他自己提出，他的故事会受到质疑，因为作为一个看不见的人，他如何能在父母双亡，兰利不知所终时，避免家里被佣人窃取财物。他说他的父亲比较喜欢那个管家，但是他当家之后便将其解雇。虽然他没有明说原因，但显然他的事实报道方面存在着不可靠性。因为他提到管家是德国人，而且处于"一战"这个敏感时期，之后他的叙述中对之进行了补充。

下面的人物关系图（图 3-1）中所示的关系因为各种各样的原因而彻底中断。霍默因为对战争的愤怒、因为玛丽的死亡而完全彻底地将家宅封闭，断绝了与外界的联系。

霍默叙事之初，他的视力已经开始衰退，他非常坦诚地告诉他的读者："我是霍默，眼盲的弟弟。"[3] 尽管如此，他说自己对什么

---

[1] [法] 拉康：《拉康选集》，褚孝泉译，上海三联书店 2001 年版，第 89—96 页。
[2] E. L. Doctorow, *Homer & Langley*, New York: Random House, 2009, p. 3. 文中《霍默与兰利》的引文皆出自该版本，以下引用仅用书名加页码标注，且部分中文译文参考了 [美] E. L. 多克托罗《纽约兄弟》，徐振锋译，人民文学出版社 2011 年版。
[3] *Homer & Langley*, p. 1.

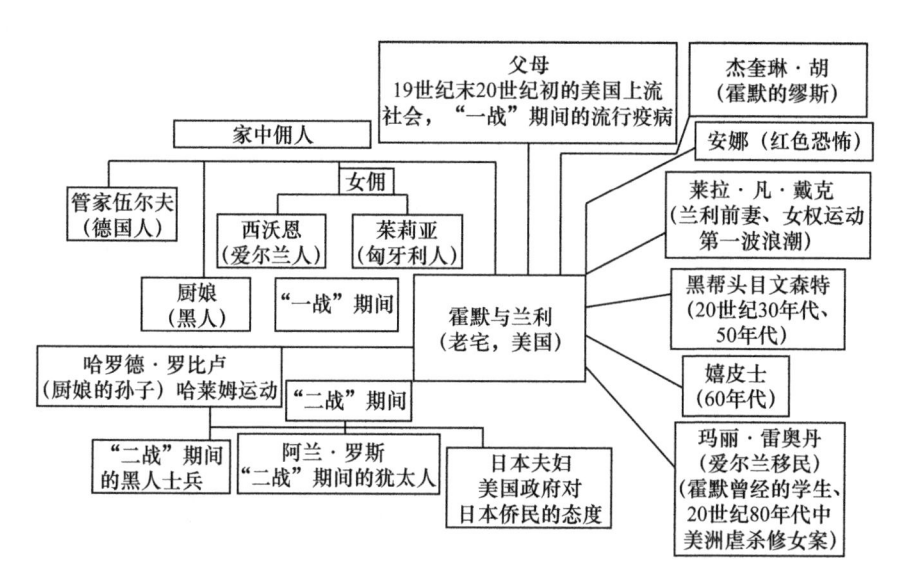

第三章 "后9·11"小说中的叙述视点与家庭伦理

图 3-1 霍默与兰利家宅中出现的人物关系图

都有兴趣,也自信可以用其他能力继续生活,而且他有敏锐如蝙蝠般的听力,对豪宅内的各种物品有着清晰的记忆,即便物品的位置被调整,他仍能"探知哪里的空气里填充着实物"①。它们凸显了霍默对空间的掌控与记忆。这番对自身能力的强调旨在引导读者信任霍默所呈现的故事世界。霍默叙述的主旨在于向读者澄清他到底是谁。乔治·米德(George Herbert Mead)在其《心灵、自我与社会》一书中提出,"个体只有在与他的社会群体的其他成员的关系中才拥有一个自我。自我,作为可称为它自身的对象的自我,本质上是一种社会结构。一个产生于社会经验之外的自我是无法想象的"②。霍默叙述自己的故事,也就是为了更好地认识他的自我,而他对自我的认识建立在他对自己与他人的关系、他者眼中的"我"以及他将自己幻化

---

① *Homer & Langley*, p. 3.
② [美]乔治·H·米德:《心灵、自我与社会》,赵月瑟译,上海译文出版社 2008 年版,第 155 页。

参与的诗学：E.L. 多克托罗小说的叙事伦理

成"客我"①时逐渐对自己残疾与无能的认知上。霍默的叙事中不乏他对自己与他人关系的记忆，他试图以轻松的语气描述他不断丧失的人际关系，但这反而暴露了他确立与他人联系的强烈渴望。霍默提及父母时像是在客观地描述着与他有关系却并不亲近的人。他会写父母丢下他的远游，也只有在说他们会带来让作为孩子的他们开心的礼物时，才会说他们"也不是完全自私的父母"②。他对父母的叙述总是带有疏远和距离，但某种程度上，这正好体现他无法从心理上接受父母死亡给他带来的被遗弃感。他曾说："时至今日，我仍然不喜欢回想起他们的死亡。的确，在我刚失明的时候，他们对我的各种感情都减少了，就好像他们做了一项投资没有得到回报，之后他们就尽量减少损失。然而，尽管如此，这是最后的抛弃。这次，他们进行的是没有返程的旅行，我很害怕。"③ 因为眼盲，霍默的活动范围有限，因而他的叙事聚焦于第五大道上的住宅中来来往往的"过客"及他与他们之间的关系，这也让霍默与兰利成为美国20世纪半个多世纪的见证者并使美国重大历史事件的串联成为可能。

如果说兄弟二人的家宅是承载美国历史变迁的万花镜，它同时见证了兄弟二人自我放逐的心理变迁。霍默的叙述充满历史事件对霍默与兰利自我限制生活空间施加的影响。由之，这座原先的富人豪宅变成了"巨大的洞穴"，"似山洞"，又似"巨大的地窖"，走在里面都

---

① 米德认为，社会的自我会通过语言过程使自己采取他人的态度，就此意义而言，我成了他人。所有的他人态度组织起来并被一个人的自我所接受，便构成了作为自我的一个方面的"客我"，与之相对应的是"主我"："'主我'是有机体对他人态度的反映；'客我'是有机体自己采取的有组织的一组他人态度。他人的态度构成了有组织的'客我'，然后有机体作为一个'主我'对之作出反应。"（详见［美］乔治·H·米德《心灵、自我与社会》，赵月瑟译，上海译文出版社2008年版，第155页）米德还强调，个体必须成为其自身的对象，否则他就不是反思意义上的自我。一个复杂的和分裂的自我恰恰是人的正常人格，其结果是产生两个分离的"客我"与"主我"。
② *Homer & Langley*, p. 7.
③ *Homer & Langley*, p. 17.

第三章 "后9·11"小说中的叙述视点与家庭伦理

会有"回声"①，这似乎预示着其与现代文明的脱节。豪宅内部的空间让霍默变得不再熟悉，历史的进程带着霍默兄弟离外部世界越来越远，霍默甚至觉得他们的房子似乎不再是他们的房子，而像是他和兰利"像朝圣者般行走于其上的一条道路"。外来的闯入者文森特认为霍默与兰利的房子简直就是"疯人院"，也像是"老鼠窟"②。因为怕外界的闯入，更因为兰利的迫害妄想症，之后他们便进入了完全的隔离状态：木封的窗户，封闭的前门。所以在20世纪60年代，他们偶然迈出家门的时候，对外界的感觉已经是"怪异"③。他们最终的生活空间被堆积成山的报纸淹没，像夜行者般生活于黑暗与报纸堆中的小径，隔绝了社会、隔绝了文明。

豪宅内外浓缩了美国历史的沿革，成为记载不同历史时期的时间证人。叙述者霍默也是在对空间内实存之物的位置变化、新的实物的感知与认知中讲述他对时空变迁的记忆，在他人的评价中认知自己的身份转变。除听觉留下的空间记忆外，作为钢琴师的霍默指尖触碰而成的曲调形成了同样的关涉人际关系的空间记忆。霍默对世界的感知与回应通过音乐与文学实现。弹钢琴能安抚他的情感，驱散其内心的孤独，也是他记录生活的一种方式。但让他有了初次性体验的女仆茱莉亚因偷窃被赶走后，他发现他没办法再在他最钟爱的琴键上弹出准确的曲调。兰利给他先后买了13架钢琴置于豪宅内，它们不仅改变了室内的空间布局，而且兰利为霍默寻来的自动弹奏的钢琴也迫使霍默要跟上音乐世界中的技术更新。钢琴中蕴含着霍默身份地位的变化，从最初将弹琴作为爱好，随性演奏的钢琴小王子，变成了默片的配乐师，其后又成为只在兰利面前演奏的人，最终他不再触碰钢琴，豪宅中的钢琴都成了废弃物，他最爱的钢琴从键盘中间开始只能奏出一半的曲调，随之而来的是霍默听力的逐渐丧失，他的社会关系只剩

---

① *Homer & Langley*, p. 75.
② *Homer & Langley*, pp. 112, 116, 121.
③ *Homer & Langley*, p. 140.

下了兄弟关系,也彻底将自己孤立于整个外部世界。

多克托罗曾说,《霍默与兰利》与《大进军》一样,是一部"在路上小说"。当然不同于《大进军》中的行军在路上,作者在《霍默与兰利》中更偏向于呈现流动性,人的流动、物的流动及科利尔兄弟的身份在外人眼中的变动。霍默对兄弟两人经历的记述,使他们的"传奇"成为"20世纪的一面镜子","一面扭曲的镜子,因为他们的经历呈现的是一个压抑、可怕又不断遭受外物侵入的世界"[1]。霍默通过自己各种感官的"看",揭示了他的生活空间从熟悉到陌生的变化,物与废料逐渐侵占他们生活的空间,迫使他们隔绝了与门外世界的正常联系,成为"老鼠窟"中的"隐士"。

二 黑暗中的"聆听"者:霍默的时间意识与个体孤独

作为叙述者,霍默似乎从一开始就想向读者表明,他能胜任叙述的行为,竭尽所能通过其听觉、嗅觉与触觉中的记忆向读者呈现一个游离于群体之外的边缘人所见证的美国大历史。作为叙述者与聚焦者的霍默虽无法确切告诉读者事件发生的时间,读者却可清晰地从他的对自己记忆中的事件、人与物的描述中窥见一斑。热奈特在《叙事话语》(*Narrative Discourse*, 1978)一书中从故事与话语层面将虚构性叙事的时间划分为三种,即故事时间、叙事时间及讲述的时间,其中的叙事时间就是故事中所呈现的时间[2]。《霍默与兰利》中的故事时间涵盖了从他幼时到彻底失去听力、在打字机前离世的经过,覆盖了从19世纪末直至20世纪80年代近一个世纪的美国史。其讲述的时间应是从霍默遇到法国记者杰奎琳·胡,决定写下自己的一生,一直持续到他死于打字机前。兰利忙于用各种物堆砌其"安全堡垒"

---

[1] Michael Dirda, "Book World: Micheal Dirda on E. L. Doctorow's *Homer & Langley*", http://www.washingtonpost.com/wpdyn/content/article/2009/09/02/AR2009090203827.html.

[2] [法]热拉尔·热奈特:《叙事话语 新叙事话语》,王文融译,中国社会科学出版社1990年版,第149页。

第三章 "后9·11"小说中的叙述视点与家庭伦理

的过程,就是将兄弟俩封闭在现代技术进步产物中的过程。这一过程的直接结果是所有社会关系的彻底断裂,霍默陷入了他与哥哥相依为命的小世界,只能依赖写作找寻自我,慰藉极度孤单的灵魂。有学者指出,"霍默在盲文打字机上再造一个镜式异托邦,这个异托邦是霍默为兄弟俩重建身份、消解他人成见的'反记忆'装置"[①]。霍默的反记忆书写以家宅为焦点,细致列举了家宅内流入的物品,展示了读者们所熟知的上百吨垃圾及其所代表的美国20世纪历史和科技进步的成果。尽管如有的学者分析的,这是一部"小人物,大历史"[②]的叙事,多克托罗也确实将一部跨越近百年的美国史放在了这部作品中,但也必须承认,多克托罗用现实主义的书写方式聚焦的是大历史中的小人物,凸显的是小人物被压缩的生存空间和个体的极度孤独。而隐于堆砌着废弃物的豪宅里且只能在黑暗中感受这个世界的霍默依靠聆听感受着时代的变迁和时间的消逝,成为行走在叙述时间中的孤寂灵魂。

霍默是个敏锐的叙述者,叙事之初,他便通过所听见的豪宅外的声音和气味喻指了时代的变迁:

> 我是个精力充沛的行人,通过街上不断变化的声音和气味测知时代的进展。过去四轮马车和马车车队发出嘶嘶的、吱吱的、哼哼的声音,马拉板车咔嗒咔嗒地驶过,运啤酒的货车由一整队马拉着雷鸣般地经过,而所有这一切音乐背后的节奏是马蹄的得得声。然后摩托车的突突声加了进来,空气中渐渐地少了那种动物皮毛的有机味道,大热天里也不再有马粪的臭味飘得满街都是,同样也听不到马路清洁工用宽铲子铲掉马粪时那唰唰的声音了,到最后,也就是我现在写下这些的时候,一切都是机械的

---

① 朱荣华:《〈霍默与兰利〉中的异托邦叙事》,《当代外国文学》2018年第1期。
② 王玉括:《小人物与大历史——评 E. L. 多克托罗的新作〈霍默与兰利〉》,《外国文学动态》2010年第1期。

参与的诗学：E. L. 多克托罗小说的叙事伦理

了，那些噪声，汽车从你两边飞速驶过，喇叭的嘟嘟声，还有警察吹哨子的声音。①

马、摩托、汽车、警察的哨子等发出的声音形成了霍默对时代变迁的认知。这是一个城市工业化快速发展的时代，机器代替人，成了城市的主宰。马车代表的旧世界逐渐分崩离析，机械主宰的新世界正逐渐形成。在这快速流动与发展的世界中，无法跟上便会被直接抛弃。当豪宅外的车马声啸变成机车轰鸣，豪宅因内部人员的变动和不同物的侵入，不再是灯火辉煌、满是衣香鬓影的高级场合，代之以随处堆放的杂物，废弃的厨房、餐厅、阁楼。

霍默试图借助叙述勾勒出自己作为一个虽眼盲却依旧与正常人无异的个体，为此特意在其中插入了自己的四段罗曼史。失去视力的霍默说自己其实也是"幸运"的，因为他有"极为敏锐的听觉"，而且他有意识地对之进行训练，使其功能几乎堪比视觉②。他不讳言自己对女性极为敏感，有欣赏力。然而他后面的叙述却表明这一判断的不可靠性。他的第一段浪漫史因为无意中看到的色情电影而告终。第二段浪漫史则发生在他与女仆茱莉亚之间，但茱莉亚不仅偷懒、偷窃甚至有反仆为主的倾向。第三段浪漫史只是他的一厢情愿，他不敢表达他的爱意，因为他20多岁便开始脱发，心理上有自卑感却没有在叙述中承认。然而，即使再不愿承认，他还是在叙述中不断发现自己残疾的事实。他开始意识到自己"无法期待最正常、普通的生活——例如，工作、结婚、生子"③，更在黑帮头目文森特那里感受到了自己不是作为正常人存在："他们顶着这样的头发，好像从来没见过理发师似的。还有这个呆呆看着前面、像是在加油的家伙。哦，我明白

---

① *Homer & Langley*, p. 20.
② *Homer & Langley*, p. 4.
③ *Homer & Langley*, p. 101.

第三章 "后9·11"小说中的叙述视点与家庭伦理

了,他是个瞎子。"① 甚至这些黑帮分子因为对他们住宅里的各种堆积物产生恐惧,觉得那就像个"鼠窝",表示自己很乐于逃离这座"疯人院"②。霍默对这些经历的叙述,其中含有故事时间的流逝,他从与他们的交往中察觉到了自身的劣势,以及无法被别人同等对待的自卑与孤独感。

科利尔兄弟拉下卷帘,关闭豪宅的大门,将自己的生活空间完全封闭,也隔绝了与外界的联系。封闭的空间也冻结了时间,使科利尔兄弟禁锢在了时间中,似乎只有家宅内堆积的庞杂的物才能让他们感知时间的存在,与之相伴的是内心的孤独感。鲍曼(Zygmunt Bauman)在《流动的现代性》(*Liquid Modernity*,2000)一书中考察孤独感与包括消费主义、个人主义、欲望、自由及选择等在内的关系时提出,对物/商品的占有欲以独特的方式改变了个人,因为人们不再感到满意,无法获得永恒的满足。人们受永恒的欲望驱动,对物的占有代表了个体存在的状态,那些占有物也表征了社会关系,但当任何事物都变得可用、可交换、可替代,这最终破坏了人与人之间的纽带,将人们逐渐置入孤独的境地③。兰利极端的囤积行为展现出的是对物的极致占有欲,其带来的最终结果就是切断了他与住宅之外的所有社会关系,使兄弟二人陷入无限的孤寂之中。囤积行为是兰利孤独灵魂的突出表现,但他的孤独还来源于他所接触的外部世界的挤压。兰利的转变开始于他的"一战"经历,正如霍默所说,"我哥哥回来后完全变了个人"④,不仅容颜毁了,似乎与这个社会更加格格不入。兰利解释,战争并不是"有组织的游行",而是经受"冰冻""硕鼠""不定时的进攻""毒气",类似于"斗牛"⑤的运动。尚武的军

---

① *Homer & Langley*, p. 116.
② *Homer & Langley*, pp. 121, 118.
③ [英]齐格蒙特·鲍曼:《流动的现代性》,欧阳景根译,上海三联书店2002年版,第77—80页。
④ *Homer & Langley*, p. 21.
⑤ *Homer & Langley*, pp. 21, 23.

参与的诗学：E.L. 多克托罗小说的叙事伦理

官威胁着他们不断去杀人，兰利却始终无法接受在战争中杀害陌生人。这些经历令兰利生发出万物都可通过其他方式进行替代的"替代性理论"，在霍默看来，这是因为兰利强烈体味到"生活的痛苦与绝望"①，想借助这个理论摆脱痛苦活下去。也正是从这个时候开始，兰利开始囤积报纸。兰利每天购买不同报社出的报纸，其目的是服务于他那份"永恒"性的报纸：创造出一份主题固定，只是事件版本有所差异的报纸。之后，这种囤积癖一发不可收，他在对商品的占有中逐渐淡忘了社会性纽带，霍默成为他唯一的牵挂。但即便如此，他的种种思想并不能完全为霍默领悟。兰利坚定地对抗着他所认为的社会黑暗，是坚定的斗士。他的孤独是抛却社会的自我放逐。

叙述者霍默的孤独源于压缩的空间和兰利为"保护"他们自己而与外部世界的隔绝，但更主要的原因是他逐渐丧失了各种感官功能。丧失视觉之前，他有过丰富的户外生活，结识漂亮女生、参加夏令营、滑雪，但随着视力逐渐模糊，即便他在叙述中反复强调，这并不影响他的正常生活，但实际上他对外界的接触与认识只能更多依赖于他敏锐的听觉及感知能力。不同于兰利的自我放逐，霍默是随着兰利的囤积行为和住宅内部人员的流失而被迫逐渐切断与外界的联系。他的大部分生活不得不依附于兰利，从兰利对他的生活、兴趣的关照，到除了就医外，兰利为帮他恢复听觉与视觉进行的各种尝试。听觉逐渐丧失令霍默陷入彻底的封闭状态，基本完全失去对外界的感知，只剩下自我意识。这样的自我意识促使他沉浸于写作他与兰利的故事，证明自己仍然活着，证明自己的存在："我感激自己还拥有这台打字机，拥有椅子旁边这成堆的纸张。世界已经慢慢地关闭了，留给我的仅有我的意识。"② 他就像古希腊盲眼诗人荷马（他们拥有同样的英文名 Homer）一样，徜徉在无光的世界里，借助文字为自己留

---

① *Homer & Langley*, p. 15.
② *Homer & Langley*, p. 134.

第三章 "后9·11"小说中的叙述视点与家庭伦理

下些印记。整部小说的大部分内容的受述对象,也就是法国记者杰奎琳·胡,她被霍默称为自己的缪斯,是他"生命结束前的亲爱的朋友",虽然这个朋友他只遇到过一次,却是他"黑暗与宁静"的生活中与外部世界最后的纽带。除此之外,他"只有在哥哥触碰他时,才知道自己不是孤单的"[①]。如果兰利的孤独是极致消费主义造成的,霍默的孤独则是丧失重要感知功能的真正的孤独。

在兰利选择拉下百叶窗、关闭宅门、隔绝与外界的一切联系之时,似乎他们也同样被外界抛弃了——断水、断电,而兰利始终处于与外界那些权力的针锋相对中。"抛弃"与"失去"是霍默叙述中的重要概念。从失去父母成为孤儿,到与外界的联系一点点失去;从失去视觉,到最终失去听觉,只剩触觉。在霍默的叙述中,似乎越接近叙事之末,他越从自己的"失去"中感受到被抛弃的感觉。丧失视觉、听觉的他,剩下的只有无声与黑暗,他感觉到的是"此生的终结"[②]。正是因为这种被抛弃和不断失去,霍默极度渴望与外界恢复联系。当他们已经成为纽约家喻户晓的名人且人们对他们避之不及并像对待怪物那样对待他们之时,杰奎琳出现了。她与霍默之间进行着最正常不过的对话,霍默感激自己被作为正常人对待,并因为期待与她的再次相见而对外形都做了改变:剪了发、买了新装。但是,约好的再见却没有发生:

> 随着时间的流逝,兰利和我越来越投入这场几乎是所有人都针对我们的战争。杰奎琳,她在我脑中逐渐变成了某个有着反复无常不相干想法的人,她在我们充斥争斗的世界里没有位置。我因期待她的归来而剪的发、换的新衣就像我所有产生过的幻想一样。多么悲哀——我竟然会以为我残疾的人生中,在科利尔家宅

[①] *Homer & Langley*, pp. 183, 208.
[②] *Homer & Langley*, p. 207.

之外还能拥有一段平常的人际关系。

  我感觉受了伤害，倍感失望，再也不能快乐地想起杰奎琳·胡。心灵上也会有百叶窗的，我的则已经紧紧关上了。我重新回到我所能依赖的，兄弟亲情。①

这段因杰奎琳的出现升腾起的渴望却因为她的消失而消逝，霍默再次彻底地陷入了自己的无声无光的世界、记忆甚至幻想中。

  美国著名记忆学专家丹尼尔·夏克特指出："我们的自传，亦即我们对自己生命历程的回顾，正产生于时间和记忆之间相互作用的动力的过程。如果我们不考察记忆随着时间的流逝会发生什么变化，以及我们如何将往事的经验残余转变成我们关于自己是谁的传记，那么我们就无法理解记忆力之脆弱。"② 叙事之初，霍默说，他会"想到什么就写什么"③。但是似乎越是接近他所生活的"现在"，他的记忆反倒出了更多问题："我试图讲述我们住在这所宅子里最后几年的故事时，我不会假装清晰记得每一个精确的日期。时间对我来说像是漂移不定的流沙。我的思绪也随之漂移不定。我正逐渐衰老。我感觉自己没有信心苛责自己记录下正确的时间和话语。我最多只能记录下我所记得的事情，希望没有记错。"④ 霍默对其记忆能力的坦白虽然让人产生其记忆不可靠的感觉，但仍会传递出他通过记忆、通过记述建立起与外部世界的联系的渴望。断水、断煤气、断电令霍默感受到周围的敌意与绝望。他担心，"还有什么比成为一个神话般的笑话还要糟糕的事呢？一旦我们死了就再也没有人来澄清我们的历史，我们将如何面对这种局面？"⑤ 或许霍默最初讲述自己故事的渴望源于他遇

---

① *Homer & Langley*, p. 193.
② ［美］丹尼尔·夏克特：《找寻逝去的自我——大脑、心灵和往事的记忆》，高申春译，吉林人民出版社1998年版，第66页。
③ *Homer & Langley*, p. 51.
④ *Homer & Langley*, p. 175.
⑤ *Homer & Langley*, p. 200.

第三章 "后9·11"小说中的叙述视点与家庭伦理

到的缪斯杰奎琳,且整部小说近九成的内容都是以杰奎琳为受述对象。不过这之后,尤其是杰奎琳没再出现之后,霍默的叙述已经不再考虑讲给谁听,他只是想记述下自己的生命轨迹。库切曾提出如下的观点,他认为写传就是讲述故事,"你从留存在记忆中的过去选取材料,然后将它编排进一个叙述里,这个叙述以一种或多或少没有缝隙的方式领先于活生生的现实"①。但是任何写作都需要想象的介入,因此,"所有关于'我'的描述都是'我'的虚构,主要的'我'是不可能复原的。在这个词语经历了和某个人存在的关联之后,生活不会恢复到同以前一样"②。霍默的叙事是想要恢复那个现实中的自在自我,但那或许永远成了一种奢望。

霍默的叙述是孤独的个体对外部感知的记忆再现,因此更彰显了叙述者的孤独感。正是因为这种孤独感,霍默才更加想通过叙事表现自己是谁,更加能突出他与兰利相依为命的兄弟亲情。美国自传记忆研究专家罗宾·菲伏什(Robyn Fivush)指出:"自我概念和往昔经历的记忆辩证地发展,并开始构成生活史,生活史反过来又帮助将往昔经历的记忆和自我概念条理化。"③霍默正是在这些记忆与对记忆的讲述中勾画出他的自我概念,在他与他人的关系中认识自我。虽然他和兰利是人们所熟知的臭名昭著的第五大道的科利尔兄弟,但他想通过叙事说明他们是什么样的人,又是如何变成这样的人。他的现身说法是对报纸上披露的关于他们的故事的反驳,更影射了物所造成的人际关系的疏离。霍默说,"每当我被告知发生了什么,我喜欢揣摩它们"④。因此,霍默所叙述的所有他真实经历或见证过的事件实际已经带有了他主观的想象与偏见,也使得他的叙述具有相当的不可靠

---

① *Homer & Langley*, p. 391.
② *Homer & Langley*, p. 75.
③ 转引自 Paul John Eakin, *How Our Lives Become Stories—Making Selves*, Ithaca, New York: Cornell University Press, 1999, p. 112。
④ *Homer & Langley*, p. 3.

性。但正因如此，他对造成他们现状的社会的反讽，与他人建立起联系、排解孤寂并认识自我的渴望才变得清晰。而这引发的应是对他们的同情而非排斥。

三 "我哥哥的弟弟"：偏执的囤积癖与孤寂中的兄弟温情

多克托罗将小说的名称定为《霍默与兰利》，从标题即可看出，霍默的叙述不只是关于自己，这是兄弟二人的故事。霍默对兰利的叙述极为详细，因为兰利是霍默唯一始终保有的自我与世界的联系，是他证明自我存在的证人。霍默的叙述是他认识自我，解释自我，阐释为什么科利尔兄弟变成人们眼中的科利尔兄弟的过程。激发他进行叙述甚至写作自己回忆录的是来自欧洲的记者，某种程度上，霍默与这位记者，更确切地说是与所有读者形成了某种叙事的契约关系。费伦在区分疏远型与契约型不可靠叙事时提出，契约型不可靠叙述存在的主要根源在于，叙述者的叙述提供了报道、阐释与判断，而作者的读者对叙述者叙述的内容有自己的推断，这些推断与叙述者所述内容之间存在差异，这就会产生悖论效果，作者的读者与叙述者之间在信息阐释、情感体验与伦理判断方面的距离会缩短，作者的读者即便意识到叙述者的叙述存在不可靠的地方，但这是隐含作者与作者的读者都认同的交际信息[1]。多克托罗想要通过霍默的叙述探究那成堆的垃圾背后的兄弟时，持有的并不是美国文化中对囤积癖的厌恶姿态，相反，他在一定程度上秉持了《大进军》中关注个体生命的主旨，给予了霍默更多的同情。因而霍默所呈现的兄弟俩的一生实际与真实读者或批评家们的认识存在差异，这种认知上的不可靠所产生的效果才是多克托罗真正通过这部小说想要表现的。霍默自认为在完全忠实地报道他们生活中的各种遭遇和当下的境遇，但他实际表达的是浓厚的

---

[1] James Phelan, "Estranging Unreliability, Boding Unreliability, and the Ethics of *Lolita*." *Narrative*, Vol. 15, No. 2, 2007, pp. 223-225.

第三章 "后9·11"小说中的叙述视点与家庭伦理

孤独感,是其对兰利的极度依赖和兄友弟恭的亲情,那是隐藏在成吨的废物垃圾背后,他想让读者真正读到的东西。

在霍默的眼中,哥哥兰利在"一战"前过着富家子的生活,有着乐观、积极、正直到单纯的世界观,但"一战"毁了他。他接受不了战场上要向陌生的敌人开枪,在目睹壕沟里的尸体被大如猫的硕鼠啃食后,他从战场上失踪当了逃兵,返回家园的他失去了父母双亲,剩下的只有眼盲的弟弟。霍默认为这场战争改变了哥哥,他想要留住某种永恒的东西。他如此向读者解释为什么回来后的兰利会买每日出版的各种版本的报纸:想要造出他那份"永恒"(one-time-for-all)的报纸。而留住霍默一定程度上也成为兰利追求的永恒的一部分。兰利的囤积癖,在霍默看来,始于对他的爱。霍默说过,他的父母都不会像兰利那样,因为兰利永远不会抛弃他。所以,从他眼盲开始,兰利便会收集各种诗集和图书,朗读给霍默听;他会因为霍默会弹钢琴而鼓励他谱曲,并且为他买回各类钢琴;会因为意识到霍默被剥夺了艺术欣赏的能力而收集悬雕作品;他更会为恢复霍默的视力而对他进行多种治疗……他囤积很多物品,主要是因为他在其中看到了某种需要。囤积报纸,因为他要发展他的"替代理论";囤积钢琴、绘画作品,因为他要发展霍默的兴趣;囤积军需品,因为他有靠战备物资发财的希望,虽然没有成功。霍默对兰利的囤积癖始终持有纵容与保护的态度。他们的住宅因为囤积的报纸和汽车而发出霉味、汽油味,家里的老厨娘与他谈论兰利的某些不正常之处——例如,将一辆福特车改装成战车并置于饭厅——认为他从战场回来脑子就有些不正常时,霍默说那是他最不想听到的事情,并且强调,"我哥哥是个才华横溢的人。他那么做肯定是有睿智的动机"[①]。霍默还说服自己,他哥哥的所有行为或许总是始于某个考虑不周的冲动,但他总会反复思考并将之发展成他的理论。无论外界如何评价兰利,无论历史中真

[①] *Homer & Langley*, p. 79.

实的兰利如何，霍默叙述的兰利是友爱的哥哥，有怪癖却能力卓绝，始终承担着"照顾身体不断残疾的弟弟"① 的责任。霍默为兰利的辩护中，让读者时常感受到一个全心照顾弟弟、维护兄弟俩利益的好兄弟形象，霍默的辩护本身也体现了他对兄长的依赖。由此可见，霍默的叙述建构起一个友爱兄弟、受战争侵害的受害者兰利的形象，而非平面式的具有囤积癖的疯子，以此呼唤读者的同情。

霍默的讲述旨在呈现他和哥哥如何成为人们眼中的臭名昭著之人，豪宅中聚集的物在其中发挥了根本性的作用。这些物源自哪里？它们在霍默的讲述中承担着怎样的作用？霍默的叙述中传递的信息是，他是被动的接受者，豪宅中的任何后来侵入的物都源自兰利。哥哥兰利从满怀豪情地奔赴战场到回来时完全变了个人，霍默对哥哥的叙述很大程度上聚焦哥哥兰利不断往家里引入的各种新鲜物品。霍默从没有给过读者故事准确的发生时间，但这并不妨碍读者以线性的顺序阅读并理解兄弟俩的人生，因为霍默所列举的物和各种事件都能给读者提供几乎确切的时间点。对于霍默而言，他其实只能从这些物中感知时间，感知自己与他人的关系。霍默从未质疑过兰利对各种物品的囤积，在他的眼中，兰利似乎是在建造一座物的堡垒，如此他才能感觉到安全。因此，豪宅内部空间被废弃，被各种兰利认为是"必备的"物填塞。

霍默用了许多笔墨详细列举了兰利所囤积的必备物，包括每日的报纸，各类书籍，钢琴，军用物资，先进的科技产品，如收音机、电视、电脑②，甚至还有一台福特汽车。这些收藏于家中的物品基本是伴随20世纪的科技进步与发展而出现的，它们被详尽地罗列在小说中，向读者展示的是美国人信奉的"进步神话"。多克托罗借此勾起他的隐含读者的记忆，让他们审视科技的力量，尤其是原子弹已留给

---

① *Homer & Langley*, p. 201.
② *Homer & Langley*, pp. 85, 102, 195, 206.

第三章 "后9·11"小说中的叙述视点与家庭伦理

人类的无法磨灭的阴影。在兰利的囤积物中，武器和应对战争的必需品占了很大比重。兰利寄希望于靠这些科技产品来对抗人造的灾难，体现的是整个人类的普遍心态，但人类推动的进步技术所制造出来的物也会带给人类各种反噬，这极端地表现在人类对原子弹的使用中。兰利不无讽刺地说，人类对这些武器的制造与使用将会"消灭人类自己，上帝会为此松上一口气"[①]。

霍默对家宅中的物的叙述多源自物的有用性，这些物成了收藏美国20世纪的时间博物馆。物对人的侵入性运动，首先是从住宅外流向住宅内，进而从外在于人的存在侵入灵魂。物在这部小说中不仅是美国丰富物质文化的体现，是历史的反映，同时也暗示了物对现实的侵占。兰利对物的过度追求，是马克思所阐释的"拜物教"思想的扭曲性体现。兰利的囤积欲始于他自身的需要和对物的使用价值的认识。马克思在资本主义经济关系中指出："商品首先是一个外界的对象，一个靠自己的属性来满足人的某种需要的物。"[②] 而当商品成为拜物教的存在，其基本原则是"社会以'可见而不可见之物'的统治，在景观中得到绝对的贯彻，在景观中真实的世界被优于这一世界的影像的精选品所取代，然而，同时这些影像又成功地使自己被认为是卓越超群的现实之缩影"[③]。兰利所囤积的物品除了满足他们某些方面的生存需要外，实际组成了他们与外界唯一的社会关系。囤积物/堆积于家中的商品成为兄弟二人生活中不可或缺的组成部分，浓缩了他们的生存现实，那是一个脱离了人与人之间交往关系，由物构建起的景观社会。而他们自己也因此成为景观，报纸上报道他们的故事，"我们的家成了人们想要探究的地方，有时候，通常是周末，总会有那么一小群人聚在一起，从我们木封了的窗户中窥探，希望两个

[①] *Homer & Langley*, p. 104.
[②] 《资本论》第一卷，人民出版社1975年版，第47页。
[③] [法]居伊·德波：《景观社会》，王韶风译，南京大学出版社2006年版，第13页。

参与的诗学：E. L. 多克托罗小说的叙事伦理

疯子兄弟中的一个出来，握着拳吓他们"①。迈克尔·德达尔（Michael Dirda）敏锐地指出，科利尔兄弟实则是"美国物质主义的象征"②。他们对商品极尽扭曲的接纳是20世纪美国消费主义侵入社会与个体生活的极端例证。

兰利对物病态的囤积癖，即便是霍默都无法理解。兄弟二人在经济大萧条期间突发灵感，想以举办下午茶聚会的方式赚钱，却因为不愿配合警察的勒索，家里遭到了打砸。霍默弄不清楚那些被"砸坏的唱片，砸烂的唱机"，都已经成了要处理的垃圾，为什么兰利却花费了好几天的时间"把它们都当成抢救下来的宝贝，认真地审视每一样东西的价值，包括电线、转盘、断裂的椅子腿、打碎的玻璃——并把它们按种类分装进不同的纸箱"③。这些废物逐渐压缩了科利尔兄弟生活的空间，让霍默感到陌生，也让霍默认识到，他们"似乎不再是住在童年时期就居住的房子里面，而像是在一个新的、未曾住过的地方，它烙在我们灵魂之上的印记尚未明确"，但这却标志着他们"开始抛弃外部的世界"④。

霍默与兰利之间的关系是唯一的持续始终的人际关系。因而，他对兰利的叙述明显是在为其辩白，对兰利的理论和观点多数时候持有默认与支持的态度。他叙述中的兰利"天生地不具有幻想力"，但具有很强的理论设定能力和各种其他能力。兰利最重要的理论便是他的"替代理论"——生活中的所有人与物都会被取代⑤。在霍默与兰利关于这一理论的讨论中，显然他并不完全赞同兰利的观点，但他却能理解，兰利之所以创造出"替代理论"，其实是因为他的生活充满痛苦与绝望。他对每日诸种报纸的囤积，旨在创立出"史上唯一一期

---

① *Homer & Langley*, p. 182.
② Michael Dirda, "Book World: Micheal Dirda on E. L. Doctorow's *Homer & Langley*", http://www.washingtonpost.com/wpdyn/content/article/2009/09/02/AR2009090203827.html.
③ *Homer & Langley*, p. 86.
④ *Homer & Langley*, p. 76.
⑤ *Homer & Langley*, p. 13.

第三章 "后9·11"小说中的叙述视点与家庭伦理

的科利尔报";在表达了战争带给他绝望后,随之而来的是愤怒:"我要像在这里的所有这些报纸,就在这里看着这个世界。世界上的其他报纸可以继续每天更新它们愚蠢的版面。然而它们并不知道,它们和它们所有的读者都凝固成了时间的标本。"[1] 他所期待的是将美国的生活锁定在一期报纸中,让其成为一期永恒存在并始终是现在的报纸。他不停地购买报纸,对之进行分析、归纳,看似是为了完善他的"唯一一期的科利尔报",实则是让自己不断地投身于某项他自己设定的计划,而不是沉溺于他那令人沮丧的世界观中。

霍默与兰利之间的兄弟之情是相互的。表面看来,霍默的叙述中凸显了哥哥兰利对弟弟各方面的照顾,但霍默深层想要透露的其实是霍默对兰利各种行为的纵容。他默许了兰利对女仆的处置,将后者赶出家门;听任兰利用各种偏方治疗他的感冒、眼疾、听力障碍;只要是兰利的决定,他即便不理解或不认同,也会表示支持。对于任何质疑兰利的行为,他都会予以反驳。比如家里原先负责厨房事务的罗比洛奶奶想要与他谈论哥哥兰利的问题,并对他说:"你哥哥从战场上回来后脑子不太对了。"霍默直接拒绝谈论这个问题,并且说,"这是我最不想听到的。这不是问题"[2],还劝对方不用担心。当罗比洛奶奶说出她的困扰在于兰利囤积的各种奇怪的机械的东西,包括汽车部件等,尤其是提到"整栋房子都很脏并开始散发臭味",没有人维护房子时,他尽管震惊,却刻意不让罗比洛奶奶看出来,并且辩驳说:"我哥哥是个了不起的人。这后面一定有什么充满智慧的目的,我向你保证。"[3] 但实际上,他并不清楚那目的是什么。霍默的叙述中,无论是他选择讲述的事件,还是讲述态度本身,都有为哥哥兰利辩护的意味。他在回忆中想要解释清楚为什么自己依赖兰利,也想说明他相信哥哥的古怪囤积癖自有其道理。这样的包容中透露出的是

---

[1] *Homer & Langley*, p. 99.
[2] *Homer & Langley*, p. 89.
[3] *Homer & Langley*, p. 90.

依赖。

多克托罗虽然不是在写科利尔兄弟的传记，但霍默的叙事将史实与虚构结合，呈现的正是他与兰利的一生。多克托罗借助这种"似传非传"的形式不断发掘着美国的文化记忆。霍默的叙事有他自己的评判，他自身的生理缺陷尤其是其眼盲的事实使其自述本身带有明显的不可靠性。但或许就是因为他的不可靠，才更能彰显他的渴望；渴望建立与他者的联系，而这正是他叙事的伦理内涵。与《比利·巴思格特》中比利的第一人称叙事不同——比利的叙事中没有为曾经的罪责忏悔的成分，他只是想讲述自己的经历，而且在叙述中不乏对自己的自满和对身份的隐匿，《霍默与兰利》中霍默的第一人称叙事则是在通过叙事表达自己的身份——不是那个人们所看到的封闭在住宅里被视为疯子的兄弟，而是见证了美国历史、被社会边缘化的可怜人。基于此，多克托罗突出了丧失其他人际关系却尚能拥有兄弟亲情的可贵。

第三节　交替式叙述视点与被困的"夫"与"父"：《安德鲁的大脑》中的创伤与身份危机

多克托罗创作的最后一部小说《安德鲁的大脑》继续他"9·11"以来的小说所关注的主题，即描摹普通人和小人物的生存与命运。不同的是，多克托罗不再如先前的作品那样将故事置于19世纪或20世纪美国历史中的某个时期，而是回到创作的当下，直击"9·11"事件本身，探讨该事件十多年后的遗留问题及其对间接受害者的持续影响。如果说多克托罗在"9·11"事件后创作的第一部小说《大进军》中直接书写了美国历史中最重要的一次创伤事件，借之关注战争中的个体命运，并由此唤起了他的读者的集体记忆，《安德鲁的大脑》则是一部聚焦个体、家庭之历史记忆的作品。有书评称："在这

第三章 "后9·11"小说中的叙述视点与家庭伦理

部紧张、令人焦躁且满是谜题的故事中,技艺非凡的多克托罗令人印象深刻地控制好了每一个方面。他在这部小说中处理了关于大脑的恒久谜题——创伤与记忆、拒绝接受与难辞其咎感,将我们带回因震惊与谎言、战争与罪责而给我们留下深重创伤的历史时刻。与马克·吐温、爱伦·坡、卡夫卡一样,多克托罗将他在语言、滑稽幽默、想象方面的精湛技艺和他明确的政治立场贯注于这部令人极度不安、道德上极度复杂、可悲可叹却又满是黑色幽默的小说中。小说在令人困惑的矛盾中记述了美国人的集体无意识和人类本性。"[1] 多克托罗也在这部小说中再次呈现了他所关注的主题,即"个体的历史总是一场记忆与自我之间的战斗,其目的在于维持某种道德或当下状态的想象"[2]。可以说,多克托罗在这部小说中,借助安德鲁这位普通又特殊的人物——神经学家,审视了经受"9·11"创伤的受害者们的心理状况。

《安德鲁的大脑》体现了多克托罗的又一次叙事创新。作家在作品中模拟了弗洛伊德心理治疗中的谈话疗法,以对话的形式构成小说基本叙事框架,对话的主体为不知名的心理医生(Doc)和安德鲁。表面看来,Doc在对话过程中鼓励并聆听安德鲁讲述其经历,间或以一些引导性的问题和极少的无奈做出的评述,努力带安德鲁走出创伤记忆与创伤经历。不过,Doc经常会被安德鲁牵着走,不是安德鲁回答Doc提出的问题,而是安德鲁去讲述他想要讲述的记忆中的人和发生过的事件。小说的文本内部实则形成了两层叙述交流:第一层为Doc与安德鲁之间的对话层;第二层是作为神经学家的安德鲁与自己的交流层。这也就向读者呈现了Doc与安德鲁之间的交替性视点和作为讲述者的"我"与故事中的安德鲁——那个"他我"之间的交替性视点。

---

[1] 参见 http://eldoctorow.com/。
[2] 参见 http://eldoctorow.com/。

参与的诗学：E. L. 多克托罗小说的叙事伦理

视点与聚焦密不可分，从安德鲁出发的视点多为内聚焦，也就是对其自身的看和展现其自身所具有的立场。内聚焦是一种"有限视野"①，一切的叙述都以其所看到的、思考的、评价的为出发点。内聚焦视点的伦理意义可以通过调节叙事角度、控制与人物的距离实现，也可以通过选定具有特殊身份的视点人物，表达一般视点无法表达的伦理态度。小说中的 Doc 所言不多，但他与安德鲁的对话形成了他对安德鲁的外在感知。Doc 对安德鲁的外聚焦是心理医生对其病人带有专业导向性的观察，他对安德鲁叙述的引导、他与安德鲁之间的对话，前提都在于安德鲁是需要治愈的病人。他与安德鲁之间对话性的交替视点，形成了审视安德鲁的内外双重聚焦，凸显了被安德鲁否定的自我形象。安德鲁从"我"的视点讲述"我的朋友安德鲁"——被他者化的自我，形成了自我与他我的又一组交替视点。安德鲁从作为神经学家的自我出发，对幻化成故事中的他我进行不断审视，在缺乏明确时间线的混乱叙述中反复强调自己是失败的丈夫和失败的父亲。Doc 鼓励安德鲁讲述的目的在于引导他走出创伤，但安德鲁只是借讲述印证自己的失败，其结果是强化了其陷入混乱的自我意识。多克托罗借这部小说嘲讽了"9·11"事件前后的美国政治作秀，主张创伤受害者实现与自我的和解和对自我的宽恕，以悲情的口吻唤起读者对失"家"的安德鲁的同情。

一 内、外聚焦的交替：失败的谈话疗法与自我否定的安德鲁

《安德鲁的大脑》很像一份心理学诊疗记录，是不知名的心理医生的一次看诊经历，看诊对象是安德鲁，因而读者看到的往往是医生插入安德鲁的讲述过程中，对其所述内容提出些疑问，从而鼓励并引导安德鲁不断讲述自己的故事。它沿用了弗洛伊德的谈话疗法，其目

---

① ［法］热拉尔·热奈特：《叙事话语 新叙事话语》，王文融译，中国社会科学出版社 1990 年版，第 129 页。

第三章 "后9·11"小说中的叙述视点与家庭伦理

的是鼓励病患讲述自己的创伤经历,在讲述中厘清自己是谁,实现与过去的和解。弗洛伊德倡导的谈话疗法双方存在着地位上的不对等,其中医生处于主导地位,病患处于被主导甚至屈从的地位。Doc 与安德鲁之间存在相似的医患关系:Doc 引导安德鲁讲述,让安德鲁将记忆中的创伤事件和创伤经历讲述出来,他们之间形成交替的双重视点。但在小说末尾处,Doc 一声无奈的"安德鲁——"[1] 显然宣告了谈话疗法的失败,安德鲁在讲述中不断否定自己,甚至最终陷入了更深的记忆混乱。

从文本中的叙事结构看,Doc 与安德鲁交替发声,Doc 始终充当着安德鲁叙述的引导者。他的话语简单明了,基本是仔细聆听安德鲁所述的内容后,对其中一些不甚清晰的地方提出一两点疑问。多数时候,安德鲁会顺着 Doc 的提问继续讲述,但正如安德鲁回应对方的好奇与质疑时所说,Doc 听到的只是安德鲁选择说给他听的内容。作为外聚焦视点的 Doc 代表的是医学权威,更代表了确定正常与反常的标准。他极力让安德鲁讲述,动机是治愈后者,但实际形成了外界的施压,是带有规训的引导。从安德鲁自己选定讲述什么,到指导 Doc 神经科学方面的专业知识,再到小说结尾处 Doc 的无奈叹息,这场谈话疗法显然并没有实现 Doc 想要的效果。

安德鲁也确实在 Doc 的提示下讲述,但不同于后者的治愈目的,安德鲁讲述只是因为他想讲述。讲述行为触发了安德鲁对自我的回忆,其中充满了对自我的否定。安德鲁的讲述中,无论是以"我"还是以"安德鲁"出现,"我"作为叙事主体进行的自我聚焦中时常出现"自我憎恨""自我指责"[2] 的情绪,甚至将自己当成是不祥之人。对自我的完全否定令安德鲁陷入了记忆的混乱中。表面看来,安德鲁是在接受创伤之后的心理治疗,不知名的 Doc 始终处于鼓励安德

---

[1] E. L. Doctorow, *Andrew's Brain*, New York: Random House, 2014, p. 200. 下文中出现的《安德鲁的大脑》中的引文皆出自该版本,将仅以书名加页码形式标注。

[2] *Andrew's Brain*, pp. 86, 89.

参与的诗学：E. L. 多克托罗小说的叙事伦理

鲁讲述的位置，希望帮其走出创伤。然而，安德鲁却完全占据着这个谈话疗法中的主导地位，始终控制着讲述的进程。他既将自己置于旁观者的位置用第三人称叙事方式聚焦自己的记忆，也会直接从"我"出发反思自己的过往。作为认知学家，安德鲁的讲述中不乏他对自己以及与记忆相关的大脑问题的分析，且还会略带调侃地指导心理医生Doc。在对方的心理疏导中，安德鲁经常沉浸于自己的讲述与思考中，没有听到Doc的问题，甚至故意对其问题置之不理。前一刻他在讲述着自己喜欢的小狗在中央广场被一只鹰叼走，啄瞎了双眼，下一刻他则讲到他与布莱欧妮前往加利福尼亚的路上收留了一条狗。Doc连续两次追问他为什么会去加利福尼亚，他却始终置若罔闻，反而专注地讲述布莱欧妮与小狗的相处、小狗的命名和他们最后不得已将那条狗送人的经历。安德鲁的讲述迫使作为聆听者的Doc不得不依照他的思维流动，不断调整自己的问题，以便与安德鲁进行对话。至于他为什么会去加利福尼亚的问题，安德鲁选择避而不谈，盖因他在童年时期没能保护好自己的小狗，这件事深深印在了他的脑海中，似乎让他更加坚信自己是个不祥之人。他大脑中的潜意识透露出他一直在自责：或许不与布莱欧妮前往加利福尼亚，不与她在关系上有进一步的发展，便不会有布莱欧妮随他定居纽约，致使她成为那个事件的受害者。

在安德鲁的讲述中，他的每一次工作变动都会带动他的身份发生变化。在讲述伊始，他就为自己的故事奠定了基调："这个故事有点凄惨。"[1] 故事中的他是一个离异后刚刚找到点幸福生活，却又因"9·11"事件失去妻子、孩子也被送去他处的可怜的丈夫与父亲形象。他在事业上也始终在走下坡路，从大学里的认知学家到中学老师再到精神病院接受治疗的病人，作为总统的中学同学，安德鲁本应成功的人生却越过越糟，活得"有点凄惨"。虽然与总统偶遇后其被抬

---

[1] *Andrew's Brain*, p. 1.

第三章 "后9·11"小说中的叙述视点与家庭伦理

升为白宫神经学研究办公室的首脑,但他的日常工作只是"坐在那里,一句话不要说"①。总统智囊团的人要求他"不要抬头看,不要给予任何关注。坐在这里读读这本杂志,就好像你坐在牙医办公室……我的在场没有人解释,就好像他(总统)不知道我在那里,就好像我只是其他人幻想出来的……我变得匿名,就像是他投射的阴影"②。他的白宫工作经历不仅令他变得隐形,而且他的名字也从"安德鲁"变成了"安卓"(Android),一种移动操作系统。甚至在讲述之末,他对自己的存在都产生了困惑。他问Doc:"我是一台计算机吗?……我是第一台被赋予意识的计算机吗?被输入了可怕的梦、情感、苦痛和热望?"③ 由认知学家安德鲁到"我",再到一种移动操作系统,叙述者发现自己越来越脱离社会关系,失却温暖,甚至困惑于自己是否只是冰冷的程序。

谈话疗法并没有让安德鲁走出创伤,相反,他在此过程中一遍遍回顾其经受的创伤和创伤中的孤独。多克托罗选择创伤受害者作为叙述对象,用他的视点揭示创伤后的孤独,主要还是为了发掘背后的动因、希望在困顿的关系中找到某种出路。多里·劳布(Dori Laub)讲述创伤幸存者们如何活下去时说,他们"不仅需要活下来,去讲述他们的故事;他们也需要通过讲述来理解他们的故事……去理解埋在自己内心的真相"④。安德鲁曾对Doc解释,"如果不跟你讲讲这些,我肯定会比现在更糟"⑤。只是安德鲁的对话性叙述中时时透露出他从认知学领域的专业知识出发对真相进行的思考其实是一种折磨,反复引发他的愧疚与自责。认知学提供给他的是科学理性的方法,帮他整理记忆以排解创伤,但情感上他始终无法释怀。提及丧妻

---

① *Andrew's Brain*, p. 173.
② *Andrew's Brain*, p. 173.
③ *Andrew's Brain*, p. 197.
④ Dori Laub, *Trauma: Explorations in Memory*, Baltimore: Johns Hopkins University Press, 1995, p. 63.
⑤ *Andrew's Brain*, p. 196.

参与的诗学：E. L. 多克托罗小说的叙事伦理

后照顾女儿的经历，安德鲁解释："想想布莱欧妮就会让我获得所有知觉方面的有利条件。那就好像她的头脑仍然活跃于我的身体里。"Doc 询问那是不是认知科学？他的解释却是："与其说是认知学，不如说那更像是折磨。"① "9·11" 事件中，布莱欧妮的前男友在其中丧生。安德鲁家的电话机中记录了他在丧生前的留言和那场事故中的哭喊声、呼救声，这些深深地印在了他的大脑里：

> 我的大脑就像在拍摄，那些幻影、梦，还有我不认识的人的所行所言。我听到那些无声的声音，那些幻影隐隐约约出现在我的睡眠里，投射到墙上，逗留在那里，因痛苦而畏缩着，因身体疼痛而扭曲、蜷缩，在那里无言地哭喊着向我求助。你们在做什么！我大喊着，倒在床上，盯着漆黑的天花板。我的房间就像是黑着灯的影院，另一场无声的恐怖电影即将上映。我表现出人们提到的忠诚正直。之后寄望于隐于其后的科学，我才能忍受这一切。或许，我的大脑中携带了关于早前岁月的神经元。我知道你没有过我这样的经历。你接受了你的经历，它们存在于你的大脑里，达到了你大脑储藏能力的极限。但是如果你像我这样无情的话——那些早期潜伏的遗传微量轨迹就有机会表现在你的梦里。②

安德鲁强调，这些不是认知科学，"只是折磨"③。那些"无声的"（soundless）声音、"无言的"（wordless）哭喊是他不曾亲身经历的灾难事件在他大脑中的印记，是布莱欧妮前男友拨打的那通电话里记录下来的记忆。他不是"无情"，相反，他是因为自己无能为力而饱受精神折磨。即便幸存，即便在讲述，安德鲁只是在不断地经受

---

① *Andrew's Brain*, p. 182.
② *Andrew's Brain*, pp. 196 – 197.
③ *Andrew's Brain*, p. 197.

第三章 "后9·11"小说中的叙述视点与家庭伦理

真相所带来的痛苦。

多克托罗在这部小说中用对话的方式，让 Doc 与安德鲁的视点交替进行，他们之间的交流符合弗洛伊德谈话疗法的基本形态，但事实上，真正的主导者是安德鲁。他的叙述为读者塑造了一个在灾难中失去家庭幸福的可怜人形象，正是对家庭的眷恋，才让他像创伤中的受害者那般归咎于自我，甚至怀疑自己只是安卓系统，是有意识的计算机。多克托罗在为《哀悼9·11》（*Lamentation 9/11*，2002）一书配文时安慰所有在这场灾难中失去亲人的人们，希望他们能在上帝的祝福中找到新的生活，能实现与自我的和解，且这只能是个体化的，无人能够提供帮助[1]。多克托罗在《安德鲁的大脑》中表达了相同的期盼，也展示出个体因无法与自己和解所陷入的困境。安德鲁的叙述中事件的先后顺序被彻底打乱，叙述的中心也不断发生着变化，造成这一切的根本原因在于深陷创伤的安德鲁无法实现与自己的和解。

二 自我与他我交替的视点："圣愚"的孤独复仇与失妻的安德鲁

小说开头始于"我"对安德鲁的讲述，读者并不能一下子分辨出叙述者"我"是谁。"我"视安德鲁为朋友，努力讲述他的经历："我可以给你说说我的朋友安德鲁，那位认知学家的故事。"[2] 叙述的第一句话即交代了安德鲁的身份是认知学家，直到叙述了约24页后，在 Doc 说到"听起来不像我熟悉的安德鲁"时，叙述者"我"回答："在学生面前我成了另外一个人。"[3] 我们到此才知道叙述者"我"就是安德鲁本人，但他显然将安德鲁当成了审视的对象，创造了一个"他我"。这个他我是当下的自我进入精神病院接受治疗前的安德鲁，作为叙述者的自我以神经科学家的视点讲述也在剖析作为他我的安德

---

[1] E. L. Doctorow, *Lamentation 9/11*, New York: Ruder-Finn Press Inc., 2002, p. 84.
[2] *Andrew's Brain*, p. 5.
[3] *Andrew's Brain*, p. 29.

参与的诗学：E.L. 多克托罗小说的叙事伦理

鲁，剖析中也将呈现故事的视点让渡给作为他我的安德鲁，由之形成了自我与他我交替出现的视点。申丹分析了第一人称"我"所兼有的两个主体："一是讲故事时的'叙述主体'，二是经历故事事件的'体验主体'。"① 这就形成了"两种不同的叙事眼光（聚焦）。一位叙述者'我'目前追忆经历事件的眼光，另一位被追忆的'我'过去正在经历事件时的眼光"②。我们也可以将之类比为安德鲁的自我与他我的两种眼光。无论是从哪一种视点进行呈现，安德鲁凸显的是一个失去妻子布莱欧妮、失去家庭幸福的孤独丈夫，是一位对抗在灾难事件后毫无作为的政府的"圣愚"。

　　作为自我存在的安德鲁为作为他我存在的安德鲁的故事定下的基调是悲剧，悲剧中的安德鲁的故事主要围绕两次创伤事件展开：一次是在与第一任妻子的婚姻中，因失误造成刚出生不久的女儿死亡，导致第一段婚姻结束；另一次是在纽约才刚开始稳定的家庭生活，"9·11"事件夺走了第二任妻子的生命。成家不久的安德鲁因为工作的压力，无意中将药剂弄错，害死了自己的幼女，导致自己与第一任妻子陷入无可缓解的悲伤，也因此结束了两人的婚姻。他的讲述平铺直叙，并没有为此事件做任何辩解，毫不隐藏自己对女儿之死和第一段婚姻关系终结的自责。结束这段无法承受工作与家庭压力的婚姻之后，他辞去工作前往西部的一所高校工作，在那里收获了一段师生恋。他并非利用教师身份诱惑女学生，而是经过多番心理挣扎，才与第二任妻子布莱欧妮走到一起并移居纽约定居。只是相对美好的生活刚刚开始，他便在"9·11"事件中失去了布莱欧妮，这给安德鲁造成了极大的心理创伤。他在叙述中并没有谈及这个事件，也没有指向他人的怨憎，而是直白地自我归咎，认为是自己的出现将布莱欧妮带离了她原本的生活，导致了她的死亡。布莱欧妮带给安德鲁的是

---

① 申丹：《叙述学与小说文体学研究》，北京大学出版社2004年版，第27页。
② 申丹：《叙述学与小说文体学研究》，北京大学出版社2004年版，第209—210页。

第三章 "后9·11"小说中的叙述视点与家庭伦理

和谐的婚姻关系和家的温暖，是经历了第一次婚姻失败和丧女之痛后的救赎。安德鲁所遇到的布莱欧妮年轻又充满活力，能懂他，照顾他的感受。对于安德鲁来说，布莱欧妮是他的"柏拉图洞穴之光"，将他变成了"一个正常的、能够发挥作用的公民"。他曾说，与布莱欧妮在一起，他变得"不再是安德鲁"（un-Andrew）了，做了许多安德鲁不曾做过的事情，例如会"在公共场所手牵手，会幸福"[1]。"会幸福"与"我"叙述之初所说的凄惨故事形成了冲突，也进一步说明了为什么"我"认为这便不再是安德鲁了。这样彻底否定的自我认知很难不让读者产生同情之感。也正是因为与布莱欧妮幸福过，所以突如其来的事件夺走了布莱欧妮，令安德鲁极为无措，迷茫中将他与布莱欧妮尚不足一岁的女儿送至前妻处，请她代为养育，最终因对方搬家而丧失了女儿的消息，丧失了最后一点家庭关系。读者能在其叙述中感知到安德鲁深藏于内心的自责与恐惧，感知他为作为父亲的失察而深感愧疚，极度渴望作为丈夫享受家的温暖。

"我"的讲述从来不是以线性的形式呈现，其中混杂着混乱的片段，从创伤叙事角度而言，这极符合创伤受害者的叙事特征。不过，如果对安德鲁的叙述做一个线性的梳理便可发现，整部小说共分为十一个部分，前四个部分占据了全书约三分之二的篇幅，它们几乎以安德鲁与布莱欧妮两人间的事件为中心，展示了从他们的相遇直到组成家庭，在纽约一起生活，并最终布莱欧妮离世的经过。接下来约四分之一的内容聚焦安德鲁在白宫短暂的从业经历，讲述他与他的大学同学，即现任美国总统之间的关系和安德鲁眼中的总统。Doc 在聆听安德鲁的讲述中曾对此产生好奇，也就是安德鲁所讲述的大部分内容都与布莱欧妮有关，而总统身份的大学同学并没有成为安德鲁讲述中大书特书的内容。在 Doc 看来，这"太不寻常"，与总统相交应是"终

---

[1] *Andrew's Brain*, pp. 29, 110, 81.

参与的诗学：E. L. 多克托罗小说的叙事伦理

其一生茶余饭后都会拿出来说"①的事件。安德鲁则认为那样一件茶余饭后都会拿来讲的与总统相交的事情会让生活变得"想入非非"②，而他不多提及，因为这件事对他而言不重要，重要的是他与布莱欧妮之间的种种，是他从布莱欧妮那里获得的存在感和幸福感。尽管深陷混乱的记忆旋涡，安德鲁始终知道自己想要回忆与讲述的是什么，这也是面对 Doc 的好奇与质疑之时，安德玛回应对方："你听到的只是我选择说给你听的内容。"③ 对于安德鲁而言，显然幸福的家庭和挚爱的妻子对他来说更为重要。作为叙述者的"我"对安德鲁作为客体和安德鲁作为叙述主体的聚焦，是在怀念，更是为自责找一个宣泄的出口，反复将妻子的意外殒命归罪于自己。此处叙述的反讽反而更能体现安德鲁对突然破碎的家庭耿耿于怀，处于混乱的记忆深处仍想表达对有布莱欧妮的家庭的渴盼。

即便是向 Doc 讲述他与总统的交集，安德鲁并非为了炫耀，除了 Doc 引导他讲述外，更深层的原因仍然是他没能从破碎的家庭和彻底断裂的家庭纽带中走出来。正如他自己所解释的，他在后来遇到总统并决定成为他身边的影子，是因为他钱包里布莱欧妮和女儿的合影，合影中所洋溢的幸福感，正因为失去了这一切，他才最终下定决心踏进历史，为自己也为那些死难者真正做些什么。在叙述者"我"的眼中，总统"没有价值观、不负责任，还容易头脑发热""他把他众所周知的懒怠带给了联邦政府的大脑"④。在给 Doc 的讲述中，"我"又一次站在了旁观者的角度，回忆了其在大学时与总统相交的经历。"我"的追忆明显带有评判色彩，他以"安德鲁"称呼曾经的那个自己，向 Doc 描述了总统年轻时的家庭，还特别提到了"本森灯事故"——总统年轻时做化学实验引发爆炸，安德鲁是受害者，却最

---

① *Andrew's Brain*, p. 152.
② *Andrew's Brain*, p. 153.
③ *Andrew's Brain*, p. 71.
④ *Andrew's Brain*, p. 136.

第三章 "后9·11"小说中的叙述视点与家庭伦理

终被认定为肇事者,受到了留校察看的处分。总统家假期邀请安德鲁去他家做客以示安抚,但只过了一夜便将安德鲁赶走。那样的一家人并没有让安德鲁感受到任何家庭的温暖:他的母亲令人敬畏,对安德鲁投去"冰冷的一瞥";他的父亲待人"漫不经心",安德鲁觉得这样的举止"粗鲁随意";而他们的儿子显然早已对此"习以为常"[1]。安德鲁被突然带入这个陌生的领域,见证到的是一个没有书籍、奢靡的、宴会安排等级分明的世界,他只能做个边缘人,进不去那个圈子,也没有人想让他进去。在校期间,安德鲁便是年轻时候的总统身边的影子,有责他担,无事时别人也不会将他放在心上。如果没有那场灾难性事件,或许安德鲁与总统也不会再有什么交集。但就是在这样一位总统的领导下,如安德鲁一般的家庭遭受了亲人的离世,也没有得到任何的安慰。安德鲁因此而选择进行一场孤独的复仇。

将女儿薇拉送至前妻那里抚养后,安德鲁便离开纽约这座令他失去幸福的城市,迁往华盛顿,随后在白宫附近的一所中学里代授物理课。某日课上,碰巧他的那位大学同窗兼舍友,也就是时任总统来视察。总统花了五分钟时间鼓励了安德鲁授课班级的学生,赞扬学生们能坚持学习,不受周遭环境的影响,希望学生们能够坚强,"锻炼得如同钢铁一般",还表达了他坚定的信念,那就是当下学生们所面临的困难必将有利于他们的成长。本是鼓励、振奋人心的话语,在安德鲁眼里,带给学生们的只是"震惊"[2]:总统这瞬间到来又瞬间消失,前后持续约十分钟的行为就是作秀。尽管如此,总统的行程显然是整个政府高层策划的,他们想要转移公众对个体的关注,强化集体记忆。

出现在教学现场的总统并未关注安德鲁,但之后安德鲁被总统团队找到,开始受雇于白宫工作。与大学时代充当总统的影子一样,安

---

[1] *Andrew's Brain*, p. 178.
[2] *Andrew's Brain*, p. 149.

参与的诗学：E. L. 多克托罗小说的叙事伦理

德鲁的工作场所位于地下室，担任的是神经学研究办公室主任，工作的主要任务是跟踪全世界神经学的发展，并且之后成立认知学家委员会以为政府规划大脑研究的各项政策。总统管辖下的政府设立这一机构的终极目标是要其预测国民，还包括外国人对各种刺激的反应情况，存在着产生幻觉的大脑，从而控制这种大脑的适应程度，进而预测对政府有用的其他百种大脑问题。这些终究是为了服务于政府对民众的控制。某种程度上说，这很像美国20世纪50年代"麦卡锡主义"对公众的洗脑，反复强化美国是受害者的理念，加深公众印象，即其他国家与个人都会对美国构成威胁。安德鲁接受这份工作，是因为在他看来，已发生的那场灾难本可以避免，而他则是要"插足历史"①，以一己之力对抗政府。不过，他的梦想终是敌不过权力的运作，他再次成为总统不为人知的影子，连总统自己都不见得有多少自主权。因为新闻报纸和博主们的各种真假参半的猜测，安德鲁在总统办公室出现后不久又被贬至地下室，总统去地下室看他成为其对抗智囊团的一种方式。如此的安德鲁别说复仇，身份都被简化成了总统办公室的"神秘人"②和总统的影子。即便如此，安德鲁还是进行了孤独的复仇：在总统办公室以甚为滑稽的倒立表达了他的不满，并以危害总统安全罪被捕。

孑然一身的安德鲁以自己的方式为这个国家，也是为他逝去的过去哀悼。安德鲁在此引入了前妻的现任丈夫的内聚焦，对方曾称安德鲁为"冒牌者"（The Pretender），因为在他看来，安德鲁只是"假装成一个好人，慷慨地偏向自己的同胞"，而实际上他是一个"危险的冒牌货，生性虚伪，是个凶手"③。在此，安德鲁并没有立即为自己正名，相反，他先追根溯源地讲了源于沙俄宫廷的"冒牌者"的故事。故事里，鲍里斯·戈都诺夫（Boris Godunov）杀害了王位继承人

---

① *Andrew's Brain*, p. 154.
② *Andrew's Brain*, p. 167.
③ *Andrew's Brain*, p. 98.

第三章 "后9·11"小说中的叙述视点与家庭伦理

沙皇太子德米特里（Dmitry）后成为皇帝，之后被投机分子，也就是僧侣格里高利（Grigoriy）逼迫退位。格里高利与太子年龄相仿，便冒充太子，纠集起一支军队，打着自己是真正王位继承人的旗号，举起"正义"大旗讨伐鲍里斯。因为鲍里斯对杀害太子一事深为悔恨，且他极为迷信，无法说服自己相信冒牌太子的格里高利是冒充者，他便甘愿赴死。格里高利最终登位，但在沙俄仍有许多"圣愚"（Holy Fool）为国家的命运哀悼。冒牌者安德鲁认为，因为有布莱欧妮的存在，他已经"不再是冒牌者，而是经过了变形，正在变成圣愚"[①]。或许布莱欧妮的离世最终促成了安德鲁的变身。他在白宫被逮捕，被总统身边的人称作"蠢人"时，他强烈要求自己被当作圣愚。他解释，因为总统就是个冒牌者，他只能成为圣愚。他指责总统是"迄今为止最糟糕的总统"，他正将美国人引入"阴暗的森林"。他还强调圣愚之所以是圣愚，因为他"为他的国家哀悼"[②]。安德鲁从最初的混乱记忆与叙述，到明确具体地讲述他在白宫的经历，已经越来越明显地梳理清楚了他的记忆。他在叙述中自比圣愚，是在为失去爱人与家庭的创伤寻找宣泄口，也是在以个体的方式为这个国家哀悼。虽然安德鲁这孤独的复仇撼动不了政权，但正是他这样戏谑又带有黑色幽默的试图挤入集体记忆的举动，让集体记忆中留下了个体记忆的空间。法国哲学家莫里斯·哈布瓦赫（Maurice Halbwachs）提出集体记忆这一概念时指出："人们通常正是在社会中获得他们的记忆。也正是在社会中，人们回忆、辨认出他们自身的记忆，并将其个性化。而我所在的那个群体在任何时候都会给我重新塑造记忆的方法。"[③] 不可否认，政府对"9·11"事件的强化和整个美国社会对该事件的集体记忆都为安德鲁确立自己受害者的身份认同提供了社会环境。不

[①] *Andrew's Brain*, p. 106.
[②] *Andrew's Brain*, p. 191.
[③] ［法］莫里斯·哈布瓦赫：《论集体记忆》，毕然、郭金华译，上海世纪出版集团、上海人民出版社2002年版，第38页。

291

过,哈布瓦赫也曾悲叹,"现代社会佯装尊重个体的个性……社会也仅仅在表面上听任个体自由"①,这体现了他对个体记忆"臣服"于集体记忆框架下的社会事实的担忧。这一观点虽悲观却不无道理,因为集体记忆常常是权力范式运作的结果,有时甚至会冲淡个体记忆。安德鲁作为个体对创伤事件的回忆,他的圣愚行为,他的讲述,都是个体记忆挤入集体记忆的努力,形成个体记忆对集体记忆的补充。

安德鲁顺着心理医生的引导讲述被他自己称为"我的朋友安德鲁"的经历,自导自演了一场精神学家安德鲁对作为他我的安德鲁的审视。这样的组合关系与 Doc 和安德鲁之间的审视关系相对照,但在安德鲁自我与他我视点的交替中,安德鲁讲述的重点在自己失去的妻子和幸福的婚姻生活。如果说 Doc 鼓励安德鲁讲述是让他忘却创伤,重新找到自我,那么作为精神学家的安德鲁选择性地讲述则更加深了失去妻子的创伤。他戏谑的复仇注定无法成功,但却让读者看到了一个孤独的"圣愚",给了读者一个再审视"9·11"事件影响的机会。

三 清醒与混乱自我的交替:残存的个体记忆与"弃"女的安德鲁

安德鲁的叙述,越接近小说最后,越是显示出他自我意识的混乱。他时而清醒地讲述自己身上发生的事情,时而又感觉自己像是在梦中。"9·11"事件残存的个体记忆让他饱受折磨,清醒时他会记得自己还有个女儿,混乱时会觉得自己是一台被编程的计算机。他与 Doc 的对话越往后越简洁,安德鲁似也没有再说下去的欲望,但即便如此,在 Doc 认为已经听到了想要听的内容之后,安德鲁始终无法释怀的还是他的"两个小姑娘"——妻子布莱欧妮和女儿薇拉,希望自己如马克·吐温那样爱护着自己的妻女,享受幸福的家庭生活。正

---

① [法]莫里斯·哈布瓦赫:《论集体记忆》,毕然、郭金华译,上海世纪出版集团、上海人民出版社 2002 年版,第 88 页。

第三章 "后9·11"小说中的叙述视点与家庭伦理

因为安德鲁再也无法拥有这些,失去妻女的创伤让他陷入了自己的世界,不断否定自己,甚至在讲述中模糊了自己的身份。女儿是他仅剩的家庭关系,但也被从他身边剥夺。他对唯一女儿的记忆似乎是他证明自己还是人,而不仅仅是一台会存储记忆的机器的根据。多克托罗在小说的末尾借助安德鲁对马克·吐温的讨论,突出了对于遭遇过"9·11"事件的受害者而言,家庭的关爱是治愈创伤的良方。

实际上,Doc与安德鲁的交谈是在激励他讲述创伤事件,从而走出创伤经历,获得对自己及对创伤事件新的认知。在《身份与叙述》一文中,迈克尔·班伯格(Michael Bamberg)说:"反思的过程发生在现在,但是却指向过去或虚构的时间与空间,使得过去的(或想象的)的事件与讲述行为有关,进而指向有意义的关系和有价值的生活。"[1] 但对于安德鲁而言,他分裂了身份的叙事聚焦反而使他越来越陷入身份的困惑之中。有论者提出:"人类对自身的存在和身份的感知是以记忆的延续为前提的。一旦丧失了记忆或中断了记忆的连续性,身份就无法得到确认,自我就没了灵魂,存在就成了虚无。"[2] 叙事中的"我"称呼安德鲁为他自己的"朋友"[3],是一位认知学家。讲述在"安德鲁"与"我"之间不断切换。一定程度上可以说,安德鲁是在试图以"我"的旁观者姿态分析曾经的安德鲁,只是这种借助认知科学将自我变成"他我"进行分析的科学尝试并不能消除他本人所饱受的记忆折磨。

安德鲁的困扰来源于时常如梦境般出现的无声的求救声,那些蜷缩的躯体的无声哭喊,是他作为认知学家无法用科学解释的。亚里士多德在《论记忆》中曾有言,当人们记忆不在场的事物时,所出现的只是影像而已,人们必须在灵魂中有这样的影像,再由感觉刺激形

---

[1] Michael Bamberg, "Identity and Narration", in Peter Hühn et al, eds., *Handbook of Narratology*, New York: Walter de Gruyter, 2009, p.133.
[2] 张德明:《西方文学与现代性的展开》,中国社会科学出版社2009年版,第139页。
[3] *Andrew's Brain*, p.5.

参与的诗学：E. L. 多克托罗小说的叙事伦理

成图像，进而想象成一种画面，这便成了记忆的最佳状态①。安德鲁大脑中那些消磨不去的影像与无声的声音正是他对他未曾身临其境的场景的记忆，是印在他的灵魂深处不得纾解的创伤，一定程度上折射出美国当权者注重宣扬集体创伤、忽视个体情感的操控性做法。

哈布瓦赫认为，"对同一个事实的记忆可以被置于多个框架之中，而这些框架是不同的集体记忆的产物"，同时，"集体记忆的框架把我们最私密的记忆都给彼此限定并约束住了"，集体记忆赋予个体记忆意义，似乎个体记忆只有放在集体记忆中才能被理解，或曰个体在记忆方面是依赖于社会的②。因此，与多种传媒渲染下的"9·11"集体记忆相对应的是那些个体生命留下的切身感受和那些失去亲人的无数个体陷入的创伤记忆。安德鲁便是这些个体之一。留在安德鲁家电话答录机中的现场录音成为他的记忆的重要组成部分，那些求救声是当时处于双子星爆炸现场的杜克死前进行的现场直播：

  噢，上帝。那是他们的飞机。
  ……我现在退到了窗框这里，尽量走得远些，走到高处。热……就像是站在裸露的钢板上……我理解的从高处跳下就是我碰到地面之前……就会死。我当然希望这样，我真的希望这样。我会不会像在飞？我要飞，我要自由飞翔。在外面飞肯定会很凉快，这里热得像地狱。我想现在是时候了，钢板——噫——我的鞋子都给烫化了。起跑，为什么不呢，为什么不呢。我会把手机放在口袋里，他（Andrew）会听到我的飞翔，还会保存给后代，给他们演说：布莱欧妮的旧情人是怎么死的……③

---

① ［古希腊］亚里士多德：《亚里士多德全集（第三卷）》，苗力田主编，中国人民大学出版社 1992 年版，第 113 页。
② ［法］莫里斯·哈布瓦赫：《论集体记忆》，毕然、郭金华译，上海世纪出版集团、上海人民出版社 2002 年版，第 92—93 页。
③ *Andrew's Brain*, pp. 129, 130.

第三章 "后9·11"小说中的叙述视点与家庭伦理

录音文件回溯了布莱欧妮前男友杜克死前的经历,安德鲁还向 Doc 讲述了他在这段录音后面听到杜克身后的火焰"就像怪物的呼吸发出呼呼的声音",他还听到:

> 第 95 层楼上与他在一起的人的声音,他们正被烧死,他们的叫声成了他们燃烧着的骨头中的器官的最后痕迹。那是一段奇怪又可怕的和声,最终融于石油大火的咆哮声、火中钢铁燃烧变形过程中发出的吱嘎声、石油大火中翻卷的浓烟因为不断有可燃物的加入而不时发出的爆裂声,再也分辨不出来。然后我听到下落的身体在空气中的摩擦声,那个声音就像是喷气发动机越往高处声音越大,这仅持续了几秒钟便再也没有声音了。之后我什么也听不见,只有电话答录机结束一通电话时响起的哔哔声。①

这些深埋于安德鲁大脑中的影像成为他创伤记忆的根源,也塑造了他对"9·11"的个体记忆。当各种录音片段反复出现于媒体、网络,向公众传递着集体的创伤记忆时,那些在该事件中失去亲人的人,甚至亲历者们只能偏居一隅独自承受创伤、舔舐伤口。安德鲁将电话机中的死亡留言接入大脑,由此,布莱欧妮的死亡信息像一部无声电影进入他的脑中,她的面孔热切地讲述着他听不到的话语,就像电视屏幕上她那张放大的面孔一点点消失,最终变成黑屏。他常常看向水池上方的镜子,以确定还有人在身边陪着自己。他甚至认为"哪怕变疯了,这都甚于那种正常心智之下的沉思中感受到的孤独"②。

那些属于个体并难以诉说的记忆片段,在社会记忆研究范式中即为记忆的微光。《回忆的暗巷,历史的迷夜》一书中曾有如此论述:"任何'重述'创痕、'重启'回忆的努力,都只能以片段的、零散

---

① *Andrew's Brain*, p. 131.
② *Andrew's Brain*, p. 141.

的方式，显现这努力本身的局限性……然而我们不断地写，是因为我们无法将那伤痕写完全；我们不断地追忆，是因为我们再也忘不掉，却又记不起那过去"①。多克托罗以《安德鲁的大脑》为题创作的这部小说，将安德鲁的创伤记忆与他对大脑的科学分析相结合，以他个体记忆的微光补充集体记忆，同时也让像安德鲁一样自我封闭的创伤经历者在叙事中得到慰藉。这既是在彰显个体自由，也是在彰显历史正义。

多克托罗在图文集《哀悼9·11》一书中曾说，"我们所有人将一起坚强地生活下去……""虽然我们彼此从未谋面，但我们却很容易能理解彼此……"② 显然，他在此处强调的是他们集体所共享的记忆，因为共同经历过，所以彼此理解。然而，《安德鲁的大脑》则是对个体记忆的彰显。作品中的安德鲁深陷片段式记忆中，他总是会在做一件事情时，看到布莱欧妮，却听不到她的声音。他的讲述中只要涉及布莱欧妮，他便会陷入回忆。安德鲁的讲述所占文字篇幅不足170页，但其中"回忆"这一字眼出现了25次，可见这次创伤事件对这位认知学家的影响。多克托罗用安德鲁个体行为的滑稽性和黑色幽默感揭示了政权的虚伪与不作为。总统会去鼓励中学的学生，然而与其说那是对下一代的关心，不如说那是一场政治秀。白宫邀请安德鲁去工作，其目的只是转移公众视线，为下一届总统竞选造势。他们根本不会关心受个体记忆折磨的安德鲁，其对集体记忆的强调也只是服务于他们的政治需要。

小说在安德鲁对马克·吐温给女儿讲故事的叙述中结束，Doc 的一声"安德鲁——"充满无奈，宣告谈话疗法对安德鲁的失效，表明安德鲁并没有因为讲述而走出创伤记忆。他就像自己所读到的马克·吐温那样无法把握自己的生活，对着镜中的自己，看到的只是孤寂

---

① 转引自刘亚秋《从集体记忆到个体记忆 对社会记忆研究的一个反思》，《社会》2010年第5期。
② *Lamentation 9/11*, pp. 37, 42.

第三章 "后9·11"小说中的叙述视点与家庭伦理

的灵魂。但不可否认,通过对话进行讲述既对他个人而言极为重要,也对用更为丰富、真实的记录充实历史极为重要。Doc 在其中承担着启发与鼓励的作用,其作用,借助布迪厄的说法:有助于"使那种未被阐述、备受压抑的话语昭然若揭……协助被访者发现和表述他们生活中所存在的惨痛的悲剧或日常的不幸背后所潜藏的规律,帮助他们摆脱这些外在现实的禁锢和袭扰,驱散外在现实对他们的内在占有,克服以'异己'的怪兽面目出现的外在现实对人自身存在之中的创造力的剥夺"①。可以说,多克托罗是在借助安德鲁的遭遇表达一种期待,那就是拥有个体创伤记忆的受害者能够找回生活的勇气,并正常融入社会生活。

法国著名哲学家、解释学家保罗·利科(Paul Ricoeur)在《记忆、历史、遗忘》(Memory, History, Forgetting, 2006)一书中指出:"指向自我的记忆是片面和错误的,真正符合伦理的记忆应该是指向他者,即从他者的视角去进行回忆。"② "9·11"事件刺激了全世界的神经,促使美国当代作家不断创造他者视角进行对集体记忆的重组与补充。德里罗的《坠落的人》、厄普代克的《恐怖分子》无不如此。善于探索"我们是谁与我们希望自己是谁"③ 的多克托罗同样创作了一部凝固了时间与记忆的作品。

书中安德鲁的女儿薇拉于2001年夏出生,小说结束处,薇拉12岁,粗略算来,正是小说进入出版中的一年。可以说,多克托罗是在"9·11"事件后沉淀数年,终借助这部作品思考这一事件对其中丧失亲人的普通人的深刻影响。《安德鲁的大脑》是一部没有时间的作

---

① [法]皮埃尔·布迪厄、华康德:《实践与反思——反思社会学导引》,李猛、李康译,中央编译出版社1998年版,第264页。
② Paul Ricoeur, Memory, History, Forgetting, Chicago: University of Chicago Press, 2006, p. 89.
③ David L. Ulin, "E. L. Doctorow Gets Inside Andrew's Brain", http://articles.latimes.com/2014/jan/09/entertainment/la-ca-jc-el-doctorow-20140112.

品。除了"那天"① 直指 2001 年 9 月 11 日，以及安德鲁的女儿薇拉已经 12 岁可推测时间为 2013 年外，书中没有任何有关时间指示词。某种程度上可以说，"9·11"事件中丧失爱妻的安德鲁将自己尘封在了时间、记忆和认知学中。Doc 曾建议安德鲁记日记，因为"如此就好像是在与自己交谈"②。然而，安德鲁的日记却独独缺少了日记中重要的时间信息，转而用"另一天""又一个早上"③ 等字眼代替。凯·埃里克松（Kai Erikson）说："如果把人描述为受过创伤，就等于说他们躲进了某种具有保护性质的信封，一个沉默的、痛苦的、孤独的场所"④。安德鲁有意遗忘此事件、选择将自己停留在那个事件之前与布莱欧妮一起的时间，这正是经历创伤事件者的典型反应。尽管安德鲁的叙述与谈话治疗并没有实现真正的治愈，但多克托罗让失却婚姻关系且走不出集体创伤事件与个体创伤记忆的安德鲁这位间接的创伤受害者进行叙述，表达的是他对那些仍沉溺于创伤事件与情绪中的个体的关怀，是希望他们能够"宽恕与忘记"⑤，宽恕自己、忘记个体创伤受害者所不应承受的愧疚。

本章小结

多克托罗在"9·11"事件后创作的三部小说《大进军》《霍默与兰利》和《安德鲁的大脑》中充满悲悯与人文关怀。无论是呈现将美国带入现代化进程的内战参与者，还是如纽约兄弟那般的孤独"隐士"，抑或饱受"9·11"事件创伤的受害者，多克托罗都赋予了

---

① *Andrew's Brain*，p. 128.
② *Andrew's Brain*，p. 51.
③ *Andrew's Brain*，pp. 52，53.
④ Kai Erikson, "Notes on Trauma and Community", in Cathy Caruth, ed., *Trauma: Explorations in Memory*, Baltimore: The Johns Hopkins University Press, 1995, p. 185.
⑤ ［以］阿维夏伊·玛格利特：《记忆的伦理》，贺海仁译，清华大学出版社 2015 年版，第 195 页。

第三章 "后9·11"小说中的叙述视点与家庭伦理

他们看事件的眼光,透过他们体察世界,感受人与人之间的温情。在这些作品中,多克托罗赋予普通人"看"的权利,呈现他们的个体体验、他们的心理和他们的期盼。

作为对美国内战的重写,《大进军》择取了进军这一流动的意象,让进军裹挟南北方军民,尤其是南方的奴隶主与奴隶们一起随着进军移动,或主动或被动地参与到这场决定美国立国数十年后的命运的重大事件,借助大人物如统帅谢尔曼和无数小人物如南北方士兵、南方女性奴隶主、南方黑人等的不定视点表达他们对战争的厌恶、恐惧和希望战争早日结束、回归正常生活的期盼。《霍默与兰利》以霍默的固定视点叙述他与兄弟兰利传奇一生中遇到的人与事,描绘了从19世纪末期直至20世纪80年代近百年的美国大事,尤其是其对兄弟二人造成的直接影响——将他们推向了对物的极度依赖。霍默的叙述视点具有局限性,他叙述中涉及的人与空间不断减少、压缩为哥哥兰利和他们的豪宅,表现出了极致的孤独和孤独中的兄弟亲情。《安德鲁的大脑》虽采用了对话体的叙事模式,但主要是以安德鲁的固定视点审视其过往,尤其是"9·11"事件对间接受害者们的持久影响。多克托罗借助安德鲁的内视角审视自身,外视角审视创伤事件的发生以及其对间接受害者家庭生活的影响,让个体记忆挤入集体创伤记忆,希冀如安德鲁般的受害者能够宽恕自己,重新找到家庭的温暖。

多克托罗始终坚持让那些被湮没的声音发声,他的创作中不仅恢复了那些被政治、强权压制的叙述声音,也同样恢复了被边缘化的视点对灾难、对自身的审视。无论是战争中的将军、士兵、黑人、女性,现代物侵袭下有囤积癖的"隐士",还是在创伤事件中丧失亲人的受害者,从他们的视点出发的叙述都带有身份、种族、性别、空间、创伤心理等的限定性,但正因此也往往能引起读者的同情和深思,感受聚焦者眼中与心里的世界。

结论 "连接可见与不可见"的"参与诗学"：多克托罗小说的正义观

  作为 20 世纪最重要的美国作家之一，多克托罗在其半个多世纪的文学创作生涯中留下了一部又一部赢得学界瞩目又广受普通读者欢迎的作品。普通读者读他的作品，遭遇的是既熟悉又陌生的历史纪实，是历史、文化名人们的逸事，触摸的是生动又丰满的人。学者们读他的作品，欣喜于作者一次次的叙事创新，在关注作品中新的叙事风格、叙事结构、叙事背景、叙事动机、叙事口吻乃至文学类别等的同时，又会去归纳作者惯常书写的主题，如个体的美国梦、强权政治、宏大历史中被抹除的个体等。正因如此，学者们评价多克托罗既是一位敢于创新的后现代作家，又是一位关注"传统"主题、坚守文学教化功能的作家。多克托罗的创作宗旨是要记述世间万物，这其中蕴含的是他作为作家的责任，如他所说，是通过讲故事连接可见与不可见，体现作家本人对未曾留下印记的个体与群体的伦理关怀。多克托罗的文学创作始于 20 世纪 60 年代，当时正是后现代思潮风起云涌之际，后现代文学创作尤其是后现代叙事技巧成为主流，多克托罗同样在他的小说中进行着新的叙事形式的尝试，思索着怎样更好地将故事说给他的读者听的问题。总体来说，研究多克托罗小说的叙事特

结论 "连接可见与不可见"的"参与诗学":多克托罗小说的正义观

征,探究谁在讲故事、怎么讲故事以及为什么这么讲故事,有助于系统了解多克托罗小说创作中对叙事技巧的考量,进而了解作家重写美国不同历史时期大事件时担负的责任。

多克托罗的小说总能让读者读到熟悉又陌生的美国历史片段,他也因此被贴上了历史小说家的标签。其文学创作初期正值后现代思潮兴起的阶段,后现代思潮的质疑声浪波及了包括历史学领域在内的众多领域,文学参与历史话语建构、探求历史真相成为这个时期文学创作的一大潮流。相比于历史学家们记录、编写的客观史实,文学家们更关注历史史实背后的历史真实。海登·怀特对历史学领域的客观性提出质疑,认为历史具有叙事性,在此方面,历史与小说是一样的。多克托罗与海登·怀特的思想不谋而合。在多克托罗看来,历史与小说使用着共同的语言,差别只在于是谁在使用语言。他创造性地提出了小说作为"超级历史"的构想,强调小说更具有想象力,更能依据叙事的手段探究真相、表达思想。多克托罗擅长审视美国历史进程,他对历史的想象性重写将历史中的那些小人物与边缘化的他者带回到历史的场景中,借他们的故事叩问历史真相,展示了作家本人对公正、自由、平等历史性问题的关注,体现了作家对话官方历史,揭示历史为谁书写、由谁书写、书写谁的问题,蕴含了作家本人的政治伦理思想。

尽管多克托罗的小说风格并非奠立于历史小说创作,但系统考量其作品便可发现,他创作于20世纪60—70年代的作品中已经具有他成名之作《拉格泰姆时代》的特征。虽说《欢迎来到哈德泰姆镇》是多克托罗的试笔之作,但这部小说中的个体撰写历史的方式已初现多克托罗1975年开始将小说作为"超级历史"来书写的端倪。多克托罗直接揭示了历史编撰中的个体主观性。无论编撰者声称其历史撰写有多客观,其对历史史实与信息的选择都充满了主观立场。所谓的历史编撰成了叙述者表达欲望、实现与读者交流的个人史书写。通过布鲁的第一人称历史编撰,多克托罗给读者呈现的是其小镇历史编撰

参与的诗学：E. L. 多克托罗小说的叙事伦理

中深藏的个体追求美国梦的欲望以及在西部小镇实现经济自由的渴望。

借虚构的卢森堡夫妇之子丹尼尔之口，多克托罗将作品的背景设置在了美国20世纪50年代的卢森堡案、20世纪六七十年代的左翼激进主义运动时期，揭露政治操纵下的美国历史撰写的虚假，以激进的个体书写重新审视以民主为标榜的美国的个体自由问题。通过丹尼尔第一人称亲历者视角与第三人称研究者视角进行的双重视域的叙述，多克托罗试图向读者揭开历史的迷雾，探查个体历史书写对极权政治下的历史书写的挑战。蕴含于双重叙事视域中的是作为叙述者的丹尼尔的愤怒和情感宣泄。多克托罗强调他想写的是忠实于历史的事件，而非实际发生的事件，因而，对历史真实事件进行的重写成为他以叙事揭露政治压制下的个体不自由的方式。他将个体对历史的质询融入了历史叙事中，突出了美国政治体制与个体自由之间的对立。

多克托罗对历史的重新开掘不同于传统历史小说中将历史史实置于背景的做法，他的小说如许多后现代历史小说一样，历史史实在其中被置于前景。从被人诟病《拉格泰姆时代》中的一个个历史人物如同提线木偶到《大进军》中有着丰沛情感的历史真实人物，多克托罗独特的历史书写方式，即将历史真实与虚构并置，让历史真实人物与虚构人物共同出现在历史真实事件与场景中，形成了尤为典型的后现代历史小说叙事模式。一边呈现历史的宏大画面，一边质疑历史叙述的客观性是多克托罗小说创作的中心。在《拉格泰姆时代》中，宏大历史叙事的气息扑面而来，但作者戏谑地加入了预叙，提醒读者历史编撰并不那么客观，隐身的叙述者可以对叙述的顺序随意进行调整，由此引导读者好奇是谁在叙述。正是在叙述者时不时现身的叙述中，读者判断出文本中以"我们"出现的叙述人称是见证甚至亲历了这段所述历史的成年小男孩与小女孩，借由他们的立场还原了被历史宏大叙事排除在外的有色人种与移民；置入有着钢琴师身份和稳定收入的黑人科尔豪斯，描摹其追求个体平等权利的经过，揭示了正史

结论 "连接可见与不可见"的"参与诗学":多克托罗小说的正义观

对有色人种存在痕迹的抹灭。尽管始终想要保持客观,隐身的叙述者还是以成长后的"我"和"我们"显现于叙述中,评判有色人种遭受的不公正待遇,唤起读者的兴趣并与之形成对话,体现了多克托罗历史书写中探讨历史的可能真实,在其中发掘被历史与权力掩埋的他者,对历史中应有的"面孔"做出回应的见证作用。

多克托罗早期的小说创作被认为具有激进的犹太人文主义思想,很大程度上是因为他对美国社会体制之下政治不公正问题的书写。尽管韦恩·布思提出第一人称还是第三人称叙事模式的差异只在于这是讲述他人还是自己的故事,多克托罗却借助不同的人称叙事对话历史叙事,探查他一直关注的美国历史进程中的政治压迫问题,尤其是政治体制与社会意识形态造成的社会不公正、不平等以及政治对个体自由的极大限制。相应的,他的小说在叙事结构上多采用编史元小说结构,再现历史事实并挑战其真实性,利用碎片化的互文将真实与虚构并置,对历史真实事件进行复写,发掘掩藏在历史事实中的可能真实。这样的叙事结构有助于揭示:处于上升阶段的美国民族并没有为不同肤色的普通个体提供平等的社会权利;极权政治以维护国家利益之名侵害个体,辜负其自由民主之国的许诺;国家的西部经济政策赋予个体追求经济平等的渴望,但却还没能准备好与之相匹配的社会,丛生的罪恶摧毁了经济平等的可能。

解决了"谁在讲述历史"的问题之后,多克托罗对历史的质疑精神和他再现历史真实画面的政治立场持续出现在他之后的创作中,但在其20世纪80—90年代创作的作品中,历史画面里的那些个体以及他们在生存境遇中的选择问题成为作家更为关注的内容。多克托罗赋予每个个体直接发声的权利,允许讲述他们自己的或是他们参与的他人的故事。探究这些叙述者如何讲述故事,有助于在叙述者对自己所述故事进行的干预中探查其作为讲故事的人的伦理立场,所述故事本身的伦理蕴含及其所能唤起的读者的伦理情感。

作为第三代欧洲犹太裔移民,多克托罗已经彻底融入了美国社

参与的诗学：E. L. 多克托罗小说的叙事伦理

会，他不像菲利普·罗斯等犹太作家那样，创作的作品带有典型的犹太性，但犹太裔的身份的确使他常常以旁观者的身份审视着他所生活的这个国度。多克托罗对社会不公正的揭示，目的在于思考个体的生存境遇与伦理选择。他的小说中那些作为叙述者的个体往往与他一样，带着旁观者的视角审视周围的世界，在叙事中对其叙述的内容进行有意识的选择与评价，它们无不折射出叙述者讲述的欲望、讲述行为本身以及所述故事传递出的伦理立场。作为隐含作者的多克托罗以或反讽、或认同的态度隐在这些叙述者的身后，在他们的叙述中表达自己对个体生命叙事中境遇伦理的思考。齐格蒙特·鲍曼提出，后现代伦理应是一种视角透视伦理。在多克托罗的小说中，他的叙述者们无一不带着自己的主观意识与判断看待他们所生活的社会，带着自己的伦理立场为自我辩护，寻求着作为个体存在的自由。

美国曾被鲍德里亚描述为"实现了的乌托邦"，欧洲所梦想的一切社会体制及阶级结构似乎都在这里得到了实现。美国人相信，其他国度的人所梦想的，诸如正义、繁荣、法治、财富与自由都在此得到实现。然而"乌托邦"的表象之下存在着诸多暗流：蓄奴问题，移民问题，黑人问题，困扰着世界的屠犹问题，工业化所带来的阶级问题，生命存在问题，黑帮问题，科技进步问题，价值与信仰问题等。美国不同时代的作家都会以这种或那种方式书写他们尤为关注的问题，多克托罗自然也不例外。在其80—90年代的作品中，他让有着特殊身份的叙述者，如少年、犹太妇女、报业主编、作家等，揭露"乌托邦"中的种种问题和他们面临的伦理困境。同时，多克托罗让他的叙述者讲述他们亲历或他们获知的故事，由他们调节自己讲述故事的节奏，插入自己对所述事件的评判、个人感受等，让读者直面叙述者在面临价值选择时的辩解、挣扎与判断。

多克托罗的叙述者们在叙事过程中总是会对其所传递的信息、对自己的行为做出干预式的评价与辩护，引导读者见证他们所参与的历史时期和他们其时所面临的伦理境遇及伦理选择，也让读者窥见作者

结论 "连接可见与不可见"的"参与诗学":多克托罗小说的正义观

对个体自由的伦理审思。多克托罗关注美国20世纪30年代这一特殊经济时期的少年成长问题,在《鱼鹰湖》和《比利·巴思格特》两部小说中呈现成长者的不可靠叙事,借之探究这段历史时期的社会、政治环境,审视成长者在叙述中对身份信息的刻意隐瞒、对功成名就的自得以及对"弑父"行为似是而非的自我评判。现代社会的工业与商业精神使人与人之间关系发生变化,人与人之间产生陌生感,丧失道德的共契感。由之而来的是个体通过自身的主体性确定自身行为的伦理正当性,道德成为人的主观意向,成为自己欲望和感觉的影像。多克托罗笔下的比利和乔无不是犯了罪或参与了暴力,却在叙述中有意识地为自己辩白,淡化自己的罪感与道德责任感。他们的个体叙述有对个体经历的客观陈述,也有看似真诚却难掩为自己的行为与伦理选择辩护的成分。他们如无数现代人一样,无法把握自己生活的真实感,对自己的行为是否符合道德漠然处之,对自己与他人的关联浑然不觉,对现世的罪与恶感到麻木,成为自己存在的局外人。比利和乔生长于20世纪30年代的美国,见证了物欲横流的美国社会,身处于贫穷的社会阶层的他们,往上爬并获得更高的身份地位、更多的财富成为他们当下的追求。他们对自己经历的叙述是成功者对往昔经历的回顾,这些经历对他们而言只是"一个男孩的冒险故事",是拯救金融巨鳄的奇幻经历。因而,他们的叙述中哪怕是对自己的弑父行为,都只以传奇经历轻轻带过。他们沾沾自喜地以成功者自居,成为掌握了话语权并融入美国社会的隐遁者。

多重叙述声音形成的复调性叙事因视角与立场的差异而呈现给读者同一事件、同一人物的不同侧面,叙述者叙述中视角的局限,其对所报道事件的评述与叙述节奏的干预会暴露个体叙事中的偏狭、不足与渴望。多克托罗在《世界博览会》中让犹太移民妇女和第三代移民后代讲述令他们彼此联系起来的人物大卫,他们各自提供的信息和出于不同立场所给出的评判,让读者看到了犹太移民或随波逐流或努力改变的生存选择和融入美国的前景。作为小说中的主要叙述者,埃

参与的诗学：E. L. 多克托罗小说的叙事伦理

德加天真又敏锐地感知他周围的世界，以儿童的限知视角报道自己对生活空间与社会空间的认知。在此过程中，他逐渐认清作为"典型美国男孩"，他可以保有自己的犹太身份，并且以犹太传统与家庭伦理作为其身份之根。小说中的罗兹和弗朗西斯姑妈与哥哥唐纳德的叙述弥补了埃德加叙述中的认知不足，补充了他所呈现的世界中缺失的信息，展现了两个犹太家庭的家族史和不同的行事方式与各自遭遇。他们各自带有主观情感的评述显示了他们的社会定位和对自己族裔身份的取舍，表现出了他们对个体自由与家庭责任的不同看法。

人物叙述者的叙事干预既表现出叙述者讲述他人故事时的选择性干预，也暗示了身在故事中的叙述者报道事件的局限性。《供水系统》中的麦基尔文对其所述内容的干预便是如此。他既充当了追踪马丁失踪事件的报道者，详细叙述了整个探案过程，又展露了自己在探案方面的明显不足。尽管麦基尔文的叙述主线是寻找失踪的马丁，但叙述者在寻踪探案的过程中对自己所生活的城市有了新的认识，他的叙述时常跃出案件本身，以敏锐的探案者和新闻发现者的眼光带着读者一起审视隐藏在城市喧嚣之下的罪与恶，向读者揭示技术进步所滋生的罪恶。以医生萨特里厄斯为代表的科技进步力量与政府合谋，将供水系统这座现代"工业丰碑"降格为埋葬流浪儿童的坟墓，将他们的性命置换给了某些富人，以满足其延长生命的要求。萨特里厄斯将突破自然对人的本体存在的限制作为终生追求，麦基尔文唾弃他为实现自己追求的目标而违背伦理纲常与道德准则。隐含作者与叙述者持有相同的伦理观点。多克托罗借助叙述者之口深思了现代美国城市扩张之下人与人、人与超自然的对话。

"作者"对自己的创作素材与作品进行的自反式叙事干预让读者走近作家的创作过程和笔下的可能世界，直观地辨认作者创作中的选材与取舍，体察其创作的伦理立场。《上帝之城》中的艾弗瑞特的叙述过程就是记录其创作素材并讨论自己所创作的可能世界中的真实性的过程。小说融合了多种叙事模式，以作者工作日志的形式呈现了作

结论 "连接可见与不可见"的"参与诗学":多克托罗小说的正义观

家的生活世界和他的创作焦虑,邀请读者参与见证20世纪整个人类历史上最极致的人对人的奴役、上帝对人与人对上帝的双向摒弃,抒发作为叙述者、见证者的作家忠实再现现实的坚守。多克托罗对叙述者干预的使用令他的小说呈现了叙述者的伦理态度,同样也显示了隐于叙述者背后的隐含作者乃至真实作者多克托罗本人持有的个体自由观。

多克托罗的小说创作重心在美国"9·11"事件后更多地表现为对家庭的关注。他的小说中,家庭承担着道德载体的作用。他笔下的家庭总是处于美国社会与政治的重压之下,充斥着父子之间的冲突、夫妻之间的背叛、亲缘关系的丧失。在此创作阶段,多克托罗的小说既书写影响现代美国的内战的宏大场面,也再现深藏在当代美国集体记忆中的创伤事件,让经历这一切的鲜活个体参与"民族文化心理的建构",借他们的个体感受表达修复创伤、回归家庭温暖的渴望。人为制造的灾难强行侵入,造成家庭血亲关系破裂,现代世界的物化令人与世界、人与自我、道德与生活之间发生断裂与分离,"9·11"事件的深远影响令创伤受害者难以回归正常的家庭关系,多克托罗选择那些亲身经历事件却不一定有机会得到聆听的被抛弃、边缘化的人物,呈现他们眼中的世界,探究重大历史事件对他们的影响,由此铺陈出他本人对以爱与宽恕为基础的家庭关系的维护。

美国历史上被书写最多的内战成为多克托罗建构民族文化心理、剖析家庭关系的背景。他在《大进军》中利用被战争裹挟的南方白人妇女、男女黑奴、南北方兵将等的不定式视点,呈现了普通人眼中的战争和战争对他们家园的摧毁,对他们的生活空间、家庭血亲关系的割裂。多克托罗对不定视点的使用让所有主动或被迫参与进军的主体都能表达他们对战争的体验,他们或陷入失去家园的恐慌,或找不到战争的意义,成为战争机器运转中的屠戮者也是其受害者,彻底迷失了自我。但多克托罗并没有让他们沉溺于悲伤与绝望中,相反,这些视点也代表了大进军中一个行进的民族即将迎来的新变化和重建家园的希望。

固定式的叙述视点呈现的是单一个体的感知，多克托罗在《霍默与兰利》中特意让臭名昭著的纽约兄弟之一霍默进行固定式视点的叙述，戏剧化又悲悯地向他的读者再现了美国人所熟悉的囤积者兄弟。充当固定视点的霍默并非一成不变，事实上，随着活动空间与社会关系的不断压缩，霍默的身份从上流社会的"宠儿"变成了"老鼠窟"中的隐士，他看到了周围世界的变化和外界对他们的排斥。加上视觉上彻底陷入黑暗，霍默失去了对确切时间的感知，被抛入了绝对的个体孤独中。他对时间的感知依赖于家宅中不断涌入的"有用"之物。兰利囤积他认为的有用之物，不仅令豪宅成了别人眼中的废物洞穴，也使他本人和霍默成了外界眼中异类的存在。尽管如此，霍默眼中的兰利是被战争戕害、在囤积物中寻找安全感的可怜人，他在兰利的囤积行为中感受到的是孤寂中的兄弟亲情。

"9·11"事件的持续影响不仅体现在其后美国国际、国内的政治决策中，也同样表现在在事件中失去亲人的间接受害者身上。多克托罗在《安德鲁的大脑》中就以安德鲁这一典型又极端的受害者为书写对象，借助他与治疗他的心理医生之间内聚焦与外聚焦相交替的视点，揭示安德鲁在创伤事件中丧失妻子又失去女儿踪迹之后对自身的禁锢与自责，他对自我价值甚至自我存在的否定导致本应帮其纾解的谈话疗法最终失败，安德鲁陷入了更为混乱的自我意识。作为神经学家的安德鲁借助谈话疗法中的个体讲述将经历创伤和创伤事件之前的自己幻化成了"他我"安德鲁，在自我与他我之间进行着视点切换，揭露事件发生后政治的无所作为和个体沉湎记忆的无尽孤独与悲伤。多克托罗对安德鲁充满戏谑又悲悯的书写实则表达了他希望创伤受害者与创伤经历者能宽恕自己、重建信心。他借这部小说与他的读者进行交流，也是在呼唤读者关注身边那些仍沉浸于创伤中的人，主张用家庭的温暖来抚慰那些难以释怀的灵魂。

现代社会中的人将世界视作可统治对象的整体，世界变成了纯粹

结论 "连接可见与不可见"的"参与诗学"：多克托罗小说的正义观

的材料世界，万物皆成为人为了使用目的而加以改造的对象，人本身与其所处的世界都被物化。这种物化关系导致价值的颠覆，人本身丧失了特殊的生命价值，失去了表现其特性的道德意识。个体因为人与人之间的相遇，才有了彼此的直接联系，并使自身成为伦理存在。多克托罗试图令这些孤立的我能够找到依托，因而他的小说中会有血亲的重聚、潜在家庭关系的重构、兄弟亲情的持存，而不会让人失去希望。多克托罗对叙述视点的灵活运用，令其"9·11"事件之后的文学创作明显呈现出对家国与亲情的偏重，彰显了他对饱受集体创伤的美国家庭的伦理关怀。

多克托罗的小说创作始终践行他作为作家的责任，即记述世间万物，通过讲故事"连接可见与不可见"。他的创作思想与实践回答了萨特在《什么是文学》中提出的三个问题，即什么是写作？为什么写作？为谁写作？萨特主张文学是"介入式"的，认为对于作家而言，他们笔下的文字应当与世界达成一种密切的关系，作家的写作应当是对所处世界的一种"介入"或干预，以此来达到最终和读者一起争取并保卫自由的目的。多克托罗的文学同样是介入式的。他质疑历史并称小说为"超级历史"，让读者关注撰写历史的人，弄清楚历史由谁讲述，借之开掘那些官方历史或宏大叙事中不可见的人。读者也从小人物与边缘化的他者身上窥得历史中更为丰富的画面。多克托罗的叙述者或因自己的交流欲望，或想留下其存在的痕迹而讲述。他们都是讲故事的高手，要么时时宣称自己是在进行客观叙述，要么声称自己讲述的是传奇经历、探案经历、写作经历甚至是孤独的体验，但他们都无一例外地在讲述中越出所述故事并反复提醒读者自己的讲述初衷和彼时的思考与感受。正因此，读者才能看到他们作为叙述者的局限和故意隐瞒，读到他们对自己所述故事与所关涉的人的评判，识别他们的价值考量与伦理立场。

多克托罗的小说从来不是作家的文字游戏，他书写美国不同历史时期的社会，书写被宏大叙事抹除的个体，让他们在他的故事中变得

参与的诗学：E. L. 多克托罗小说的叙事伦理

"可见"；他让曾经"不可见"的个体叙述历史，讲述自己的故事或讲述个体参与的他人的故事，让读者"可见"个体叙述者的叙事动机、立场、选择及选择背后的伦理取位；他让生活在我们身边却不得我们关注的个体充当视点去看，让读者"可见"个体在灾难、隔绝状态、创伤事件中的切身感受。通过叙事连接"可见"与"不可见"，多克托罗承担了作家作为见证人的身份。他以敏锐的探查力和高超的叙事能力展现了美国一百多年间的历史中不可见的部分，在不同的创作时期表达了他对政治、个体与家庭的伦理关怀，体现了作家本人从激进趋于平和的创作历程。多克托罗的文学创作考量的既有作者在再现历史他者上的责任，亦有叙述者对其所述故事的责任，还有读者对阅读对象中的叙述者及其所述故事的责任，这些责任是多克托罗在其文本中极力主张的并呼唤读者回应的社会正义、个体自由及家庭所衍生出的亲情。多克托罗对历史的重写，对历史中的人的生存境遇的刻画，其旨归在于"人"。因而，他让那些被历史湮没的声音发声，再现被历史边缘化的人在美国不同历史阶段可能的生存状态，借小说探查并还原"那些遗落在过去的事情"，表达作者所注重的人与社会、人与自我、人与亲缘间的关系中的政治伦理、个体伦理与家庭伦理、实现"参与的诗学"中所蕴含的犹太伦理的正义观。

引用文献

多克托罗作品

Doctorow, E. L., 1960/1980, *Welcome to Hard Times*, New York: Penguin Group.

——, 1971/1996, *The Book of Daniel*, New York: Penguin Group.

——, 1975, *Ragtime*, New York: Random House.

——, 1980, *Loon Lake*, New York: Random House.

——, 1985, *World's Fair*, New York: Random House.

——, 1989, *Billy Bathgate*, New York: Random House.

——, 1993, *Poets and Presidents*, New York: Random House, Inc.

——, 1994, *The Waterworks*, New York: Random House.

——, 2000, *City of God*, New York: Random House.

——, 2002, *Lamentation 9/11*, New York: Ruder-Finn Press Inc.

——, 2004, *Reporting the Universe*, Cambridge: Harvard University Press.

——, 2005, *The March*, New York: Random House.

——, 2006, *Creationists: Selected Essays, 1993 – 2006*, New York:

Random House.

——, 2009, *Homer & Langley*, New York: Random House.

——, 2014, *Andrew's Brain*, New York: Random House.

[美] E. L. 多克托罗:《拉格泰姆时代》,常涛、刘奚译,译林出版社1996年版。

[美] E. L. 多克特罗:《比利·巴思格特》,杨仁敬译,译林出版社2000年版。

[美] E. L. 多克特罗:《上帝之城》,李战子、韩秉建译,译林出版社2005年版。

[美] E. L. 多克托罗:《大进军》,邹海仑译,人民文学出版社2007年版。

[美] E. L. 多克托罗:《纽约兄弟》,徐振锋译,人民文学出版社2011年版。

[美] E. L. 多克托罗:《世界博览会》,陈安译,山东文艺出版社2014年版。

相关研究论著

Alter, Robert, 1978, *Partial Magic: The Novel as a Self-Conscious Genre*, Berkley and Los Angeles, California: University of California Press.

Appleby, Joyce, Lynn Hunt and Margaret Jacob, 1995, *Telling the Truth about History*, New York: W. W. Norton & Company.

Arnold, Marilyn, 1983, "History as Fate in E. L. Doctorow's *Tale of a Western Town*", in Richard Trenner, ed., *E. L. Doctorow: Essays and Conversations*, Princeton: Ontario Review Press, pp. 207–216.

——, 2000, "Doctorow's *Hard Times*: A Sermon on the Failure of Faith", in Ben Siegel, ed., *Critical Essays on E. L. Doctorow*, New York: G. K. Hall & Co., pp. 153–159.

引用文献

Baba, Minako, 1993, "The Young Gangster as Mythic American Hero: E. L. Doctorow's *Billy Bathgate*", *MELUS: Society for the Study of Multi-Ethnic Literature of the United States*, Vol. 18, pp. 33 – 46.

Bakhtin, Mikhail, 1990, *Art and Answerability: Early Philosophical Essays*, eds., Micheal Holquistand and Vadim Liapunov, trans., Vadim Liapunov, Ausin: Texas University Press, 1990.

——, 1986, "The Bildungsroman and its Significance in the History of Realism", *Speech Genres and Other Late Essays*, trans., Vern W. McGee, Austin: University of Texas Press.

——and P. N. Medvedev, 1978, *The Formal Method in Literary Scholarship: A Critical Introduction to Sociological Poetics*, trans., Albert J. Wehrle, Baltimore: Johns Hopkins University Press.

Bal, Mieke, 1993, "First Person, Second Person, Same Person: Narrative as Epistemology", *New Literary History*, Vol. 24, pp. 293 – 320.

——, 1999, *Narratology*, Toronto: University of Toronto Press.

Bamberg, Michael, 2009, "Identity and Narration", in Peter Hühn et al., eds., *Handbook of Narratology*, New York: Walter de Gruyter, pp. 132 – 143.

Banker, Paul V., 2006, "Doctorow's *Billy Bathgate* and Sophocles's *Oedipus Rex*", *The Explicator*, Vol. 64, No. 3, pp. 177 – 180.

Barth, John, 1980, "The Literature of Replenishment", *Atlantic*, pp. 29 – 34.

Barthes, Roland, 1977, *S/Z*, trans., Richard Howard, New York: Hill Publishers.

Barthes, Roland, 1981, "The Discourse of History", trans., Stephen Bann, *Comparative Criticism*, No. 3, pp. 7 – 21.

Bauman, Zygmunt, 2000, *Liquid Modernity*, Cambridge: Polity Press.

Bawarshi, Anis, 2000, "The Genre Function", *College English*, Vol. 62,

No. 3, pp. 335 – 360.

Beardsmore, R. W., 1989, "Literary Examples and Philosophical Confusion", in A. Phillips Griffiths, ed., *Philosophy and Literature*, Cambridge: Cambridge University Press, pp. 59 – 73.

Bergström, Catharine Walker, 2010, *Intuition of an Infinite Obligation: Narrative Ethics and Postmodern Gnostics in the Fiction of E. L. Doctorow*, Frankfurt am Main: Peter Lang.

Bevilacqua, Winifred Farrant, 1990, "Narration and History in E. L. Doctorow", *American Studies in Scandinavia*, No. 22, pp. 94 – 106.

——, 2011, "*Loon Lake*: E. L. Doctorow's Pastoral Romance", *Critique: Studies in Contemporary Fiction*, Vol. 53, No. 1, pp. 49 – 65.

Blight, David W., 1989, "Between Memory and History: Les Lieux de Memoire", *Representations*, Vol. 26, pp. 7 – 25.

——, 2002, *Beyond the Battlefield: Race, Memory, and the American Civil War*, Boston: University of Massachusetts Press.

Booth, Wayne C., 1983, *The Rhetoric of Fiction*, Chicago: Chicago University Press.

——, 1988, *The Company We Keep: An Ethics of Fiction*, Berkeley: University of California Press.

——, 1996, "Distance and Point-of-View: An Essay in Classification", in Michael J. Hoffman and Partick D. Murphy, eds., *Essentials of the Theory of Fiction*, 2nd Ed, Durham: Duke University Press, pp. 60 – 79.

——, 2005, Wayne C. Booth, "Resurrection of the Implied Author: Why Bother?", in James Phelan, Peter J. Rabinowitz, eds., *A Companion to Narrative Theory*, Oxford: Blackwell Publishing Ltd., pp. 75 – 88.

Braendlin, Bonnie Hoover, 1983, "Bildung in Ethnic Women Writers", *Denver Quarterly*, Vol. 17, No. 4, pp. 75 – 87.

Bradbury, Malcolm, 1977, *The Novel Today: Contemporary Writers on*

Modern Fiction, Manchester: Manchester University Press.

——, 1992, "Writing Fiction in the 90s", in Kristiaan Versluys, ed., *Neo-Realism in Contemporary American Fiction*, Amsterdam-Atlanta, GA: Rodopi, pp. 13 – 25.

Brienza, Susan, 2000, "Writing as Witnessing: The Many Voices of E. L. Doctorow", in Ben Siegel, ed., *Critical Essays on E. L. Doctorow*, New York: G. K. Hall & Co., pp. 193 – 215.

Buell, Lawrence, 1999, "Introduction: In Pursuit of Ethics", *Ethics and Literary Study*, coordinated by Buell, special issue of *PMLA*, Vol. 114, No. 1, pp. 7 – 19.

Cannadine, David, 1998, *G. M. Trevelyan: A Life in in History*, New York: Penguin Books, 1998.

Carr, Edward Hallett, 1990, *What is History?*, R. W. Davies, ed., New York: Penguin Books.

Cavarero, Adriana, 2000, *Relating Narratives: Storytelling and Selfhood*, trans., Paul A. Kottman, New York: Routledge.

Ciabattari, Jane, 2009, "Doctorow's High-Society Hermits", http://www.thedailybeast.com/articles/2009/08/31/doctorows-high-society-hermits.html?cid=topic: mainpromo1.

Chatman, Seymour, 1978, *Story and Discourse: Narrative Structure in Fiction and Film*, Ithaca: Cornell University Press.

Clayton, John, 1983, "Radical Jewish Humanism: The Vision of E. L. Doctorow", in Richard Trenner, ed., *E. L. Doctorow: Essays and Conversations*, Princeton, New Jersey: Ontario Review Press, pp. 109 – 119.

Coetzee, J. M., 1992, *Doubling the Point: Essays and Interviews*, Cambridge, Massachusetts, London: Harvard University Press.

Cohn, Dorrit, 1999, *The Distinction of Fiction*, Baltimore: The Johns

Hopkins University Press.

Cooper, Stephen, 1993, "Cutting Both Ways: E. L. Doctorow's Critique of the Left", *South Atlantic Review*, Vol. 58, No. 2, pp. 111 – 125.

Culler, Jonathan, 1975, *Structuralism Poetics: Structuralism, Linguistics and the Study of Literature*, London: Routledge.

Currie, Mark, 1988, *Postmodern Narrative Theory*, New York: St. Martin's Press.

Davies, Russell, 2000, "Mingle With the Mighty", in BenSiegel, ed., *Critical Essays on E. L. Doctorow*, New York: G. K. Hall & Co., pp. 70 – 73.

Diemert, Brian, 2003, "*The Waterworks*: E. L. Doctorow's Gnostic Detective Story", *Texas Studies in Literature and Language*, Vol. 45, No. 4, pp. 352 – 374.

Dirda, Michael, 2009, "Book World: Micheal Dirda on E. L. Doctorow's *Homer & Langley*", http://www.washingtonpost.com/wpdyn/content/article/2009/09/02/AR2009090203827.html.

Doctorow, E. L., 1993, "The Beliefs of Writers", *Poets and Presidents*, New York: Random House, pp. 103 – 116.

——, 1993, "False Documents", in E. L. Doctorow, *Poets and Presidents*, New York: Random House, Inc., pp. 149 – 164.

——, "Interview with E. L. Doctorow (Continued, Part 2 of 2)", Interviewed by Diane Osen, http://www.nationalbook.org/authorsguide_edoctorow2.html#.VBhP3I1jPWk.

——, 1978, "Living in the House of Fiction", *The Nation*, 22 April, pp. 459 – 462.

——, 1986, "Ultimate Discourse", *Esquire*, Vol. 106, p. 41.

——, 2009, "With Charlie Rose", The Charlie Rose Show, http://www.alacrastore.com/storecontent/Voxant – TV – Transcripts/THE –

CHARLIE – ROSE – SHOW – E – L – Doctorow – Discusses – New – Novel – Sprint – Nextel – CEO – Analyzes – Telecommunications – Technology – 2009pb091001cc111.

——, 1993, "Orwell's *1984*", *Poets and Presidents*, New York: Random House, pp. 53 – 69.

Eakin, Paul John, 1999, *How Our Lives Become Stories—Making Selves*, Ithaca: Cornell University Press.

Eichelberger, Julia, 2005, "Spiritual Regeneration in E. L. Doctorow's 'Heist' and *City of God*", *Studies in American Jewish Literature*, Vol. 24, pp. 82 – 94.

Emblidge, David, 1977, "Marching Backward into the Future: Progress as Illusion in Doctorow's Novels", *Southwest Review*, Vol. 62, pp. 397 – 409.

Erikson, Kai, 1995, "Notes on Trauma and Community", in Cathy Caruth, ed., *Trauma: Explorations in Memory*, Baltimore: The Johns Hopkins University Press.

Estrin, Barbara L, 1975, "Surviving McCarthyism: E. L. Doctorow's *The Book of Daniel*", *Massachusetts Review: A Quarterly of Literature, the Arts and Public Affairs*, Vol. 16, No. 3, pp. 577 – 587.

Evans, Richard J., 1997, *In Defence of History*, London: Granta Books.

Faulkner, William, 1994, *Requiem for a Nun*, New York: Vintage.

Fiedler, Leslie A, 1971, "Cross the Border—Close the Gap", *The Collected Essays of Leslie Fiedler*, Vol. II, New York: Stein and Day, pp. 461 – 485.

Fleishman, Avronm, 1971, *The English Historical Novel: Walter Scott to Virginia Woolf*, Baltimore: Johns Hopkins Press.

Foley, Barbara, 1978, "From *U. S. A* to *Ragtime*: Notes on the Forms of

Historical Consciousness in Modern Fiction", *American Literature*, Vol. 50, No. 2, pp. 85 – 105.

Fowler, Douglas, 1992, *Understanding E. L. Doctorow*, Columbia: University of South Carolina.

Friedl, Herwig, 1988, "Power and Degradation: Patterns of Historical Process in the Novels of E. L. Doctorow", in Herwig Friedl and Dieter Schulz, eds., *E. L. Doctorow: A Democracy of Perception*, Essen: Blaue Eule, pp. 17 – 44.

Frisby, David, 2002, "The Metropolis as Text: Otto Wagner and Vienna's 'Second Renaissance'", in Neil Leach, ed., *The Hieroglyphics of Space: Reading and Experiencing the Modern Metropolis*, New York: Routledge, pp. 15 – 30.

Gardner, John, 1977, *On Moral Fiction*, New York: Basic Books Inc.

Genette, Gérard, 1997, *Palimpsests: Literature in the Second Degree*, Lincoln and London: University of Nebraska Press.

Gibson, Andrew, 1999, *Postmodernity, Ethics and Novel: From Leavis to Levinas*, London and New York: Routledge.

Goldberg, S. L., 1993, *Agents and Lives: Moral Thinking in Literature*, Cambridge: Cambridge University Press.

Grabes, Herbert, 1996, "Ethics, Aesthetics and Alterity", in Gerhard Hoffmann and Alfred Hornung, eds., *Ethics and Aesthetics: The Moral Turn of Postmodernism*, Heidelberg: Universitätsverlag C., pp. 13 – 28.

Gracen, Julia, 2000, "Rev. of *City of God* by E. L. Doctorow", http://www.salon.com/2000/02/18/doctorow_2/.

Graham, Sarah, 2019, "The American Bildungsroman", in Sarah Graham, ed., *A History of The Bildungsroman*, Cambridge: Cambridge University Press.

Gray, Paul, 2000, "City of the Living Dead (Review of *The Water-*

works)", in Ben Siegel, ed., *Critical Essays on E. L. Doctorow*, New York: G. K. Hall & Co., pp. 133 – 134.

de Groot, Jerome, 2010, *The Historical Novel*, London: Routledge.

Gross, David, 1986, "E. L. Doctorow", in Larry McCaffery, ed., *Postmodern Fiction: A Bio-Bibliographical Guide*, New York: Greenwood Press, pp. 339 – 342.

Halbwachs, Maurice, 1992, *On Collective Memory*, Chicago: University of Chicago Press.

Hales, Scott, 2009, "Marching through Memory: Revising Memory in E. L. Doctorow's *The March*", *War, Literature, and the Arts: An International Journal of the Humanities*, Vol. 21, pp. 146 – 161.

Harlan, David, 1989, "Intellectual History and the Return of Literature", *American Historical Review*, Vol. 94, pp. 581 – 609.

Harper, Phillip Brian, 1994, *Framing the Margins: The Social Logic of Postmodern Culture*, New York and Oxford: Oxford University Press.

Harpham, Geoffrey Galt, 1985, "E. L. Doctorow and the Technology of Narrative", *PMLA*, Vol. 100, No. 1, pp. 81 – 95.

——, 1992, *Getting It Right: Language, Literature and Ethics*, Chicago and London: University of Chicago Press.

Harter, Carol C. and James R. Thompson, 1990, *E. L. Doctorow*, Boston: G. K. Hall & Co.

Hassan, Ihab, 1987, *The Postmodern Turn: Essays in Postmodern Theory and Culture*, Columbus: Ohio State University Press.

Herman, David, 2003, "Story as a Tool for Thinking", in David Herman, ed., *Narrative Theory and the Cognitive Sciences*, Stanford: CSLI Publications.

——, Manfred Jahn and Marie-Laure Ryan, eds., 2005, *Routledge Encyclopedia of Narrative Theory*, London and New York: Routledge.

Hüske, Annike B., 2008, *The Cultural Ecology of the Postmodern American Novel: E. L. Doctorow, The Book of Daniel and T. C. Boyle, The Tortilla Curtain*, Saarbrücken: VDM Verlag Dr. Müller.

Hutcheon, Linda, 1993, "Beginning to Theorize Postmodernism", in Joseph Natoli and Linda Hutcheon, eds., *A Postmodern Reader*, New York: State University of New York Press, pp. 243 – 272.

——, 1988, *A Poetics of Postmodernism: History, Theory, Fiction*, New York: Routledge.

Jameson, Fredric, 1981, *The Political Unconscious: Narrative as a Socially Symbolic Act*, Ithaca, NY: Cornell University Press.

Jauss, Hans Robert, 1982, "Theory of Genres and Medieval Literature", *Toward an Aesthetic of Reception*, trans., Timothy Bahti, Minneapolis: University of Minnesota Press, pp. 76 – 109.

Johnson, Diane, 1982, "The Righteous Artist: E. L. Doctorow", in Diane Johnson, ed., *Terrorists & Novelists*, New York: Knopf, pp. 141 – 149.

Jonas, Hans, 1963, *The Gnostic Religions*, Boston: Beacan.

Kauffmann, Stanley, 2000, "Wrestling Society for a Soul (Review of *The Book of Daniel*)", in Ben Siegel, ed., *Critical Essays on E. L. Doctorow*, New York: G. K. Hall & Co., pp. 64 – 67.

Keen, Suzanne, 2006, "The Historical Turn in British Fiction", in J. F. English, ed., *A Concise Companion to Contemporary British Fiction*, Oxford: Blackwell, pp. 167 – 187.

Kelly, Adam, 2001, "Society, Justice and the Other: E. L. Doctorow's *The Waterworks*", *Phrasis: Studies in Language and Literature*, Vol. 47, No. 1, pp. 49 – 67.

Knapp, Peggy A., 1980, "Hamlet and Daniel (and Freud and Marx)", *Massachusetts Review*, Vol. 21, No. 3, pp. 487 – 501.

Korhonen, Kuisma, 2006, "General Introduction: The History/Literature

Debate", in Kuisma Korhonen, ed., *Tropes for the Past*: *Hayden White and the History/Literature Debate*, Amsterdam-New York: Rodopi, pp. 9 – 22.

Koukenhoven, John A., 1988, *The Beer Can by the Highway*, Baltimore: John Hopkins University Press.

Kurth-Voigt, Lieselotte E., 1977, "Kleistian Overtones in E. L. Doctorow's *Ragtime*", *Monatshefte*, Vol. 69, No. 4, pp. 404 – 413.

Laub, Dori, 1995, *Trauma: Explorations in Memory*, Baltimore: The Johns Hopkins University Press.

Lawson, John Howard, 2014, *Theory and Technique of Playwriting and Screenwriting*, New York: G. P. Putnam's Sons.

Leavis, F. R., 1948, *The Great Tradition: George Eliot, Henry James, Joseph Conrad*, New York: G. W. Stewart.

Lefebvre, Henri, 1991, *The Production of Space*, trans., Donald Nicholson-Smith, Cambridge, Massachusetts: Basil Blackwell.

John Leonard, 2000, "Bye Bye Billy (Review of *Billy Bathgate*)", in Ben Siegel, ed., *Critical Essays on E. L. Doctorow*, New York: G. K. Hall & Co., pp. 116 – 122.

Levi, Primo, 2017, *The Downed and the Saved*, New York: Simon & Schuster Paperbacks.

Levin, Paul, 1983, "The Writer As Independent Witness", in Richard Trenner, ed., *E. L. Doctorow: Essays and Conversations*, Princeton: Ontario Review Press, pp. 57 – 69.

——, 1985, *E. L. Doctorow*, New York: Methuen & Co.

Levinas, Emmanuel, 1979, *Totality and Infinity: An Essay on Exteriority*, trans., Alphonso Lingis, The Hague, Boston, London: Martinus Nijhoff Publishers.

——, 1987, *Time and the Other*, trans., Richard A. Cohen, Pittsburgh, PA: Duquesne University Press.

Lewis, Oscar, 2000, "A Realistic Western", in Ben Siegel, ed. , *Critical Essays on E. L. Doctorow*, New York: G. K. Hall & Co. , pp. 56 – 57.

Lively, Robert A. , 1957, *Fiction Fights the Civil War: An Unfinished Chapter in the Literary History of the American People*, Chapel Hill: The University of North Carolina Press.

Lodge, David, 1971, *The Novelist at the Crossroads and Other Essays on Fiction and Criticism*, Ithaca: Cornell University Press.

Lorsch, Susan E. , 1982, "Doctorow's *The Book of Daniel* as Künstlerroman: The Politics of Art", *Papers on Language and Literature*, Vol. 18, No. 4, pp. 384 – 397.

Lubarsky, Jared, 1999, "History and the Forms of Fiction: An Interview with E. L. Doctorow", in Christopher D. Morris, ed. , *Conversations with E. L. Doctorow*, Jackson: University Press of Mississippi, pp. 35 – 40.

Martin, Raymond, 1993, "Objectivity and Meaning in Historical Studies: Toward a Post-Analytic View", *History and Theory*, Vol. 32, pp. 25 – 50.

McCaffery, Larry, 1983, "A Spirit of Transgression", in Richard Trenner, ed. , *E. L. Doctorow: Essays and Conversations*, Princeton: Ontario Review Press, pp. 31 – 47.

McGowan, John, 2011, "Ways of Worldmaking: HannahArendt and E. L. Doctorow Respond to Modernity", *College Literature*, Vol. 38, No. 1, pp. 150 – 175.

McHale, Brian, 1987, *Postmodernist Fiction*, London and New York: Routledge.

Manzoni, Alessandro, 1986, *On the Historical Novel*, trans. , S. Bermann, Lincoln, NE: University of Nebraska Press.

Margolin, Uri, 2001, "Collective Perspective, Individual Perspective, and the Speaker in Between: On 'We' Literary Narratives", in Willie Van Peer & Seymour Chatman, eds., *New Perspectives on Narrative Perspective*, New York: State University of New York, pp. 247 – 253.

Marrs, Cody, 2020, *Not Even Past: The Stories We Keep Telling about the Civil War*, Baltimore: Johns Hopkins University Press.

Martin, Raymond, 1993, "Objectivity and Meaning in Historical Studies: Toward a Post-Analytic View", *History and Theory*, Vol. 32, pp. 25 – 50.

W. Matheson, 1984, "Doctorow's *Ragtime*", *The Explicator*, Vol. 42, No. 2, pp. 21 – 22.

Millard, Kenneth, 2006, *Contemporary American Fiction: An Introduction to American Fiction since 1970*, Beijing: Foreign Language Teaching and Research Press.

Miller, J. Hillis, 1991, *Theory Now and Then*, Durham: Duke University Press.

Minden, Michael, 1997, *The German Buldungsroman: Incest and Inheritance*, Cambridge: Cambridge University Press.

Moraru, Christian, 1997, "The Reincarnated Plot: E. L. Doctorow's *Ragtime*, Heinrich von Kleist's 'Michael Kohlhaas,' and the Spectacle of Modernity", *The Comparatist*, Vol. 21, pp. 92 – 116.

Moretti, Franco, 2000, *The Way of the World: The Bildungsroman in European Culture*, London: Verso.

Morris, Christopher D., 1999, "Fiction Is a System of Belief", in Christopher D. Morris, ed., *Conversations with E. L. Doctorow*, Jackson: University Press of Mississippi, pp. 165 – 182.

——, 1999, "Introduction", in Christopher D. Morris, ed., *Conversations with E. L. Doctorow*, Jackson: University Press of Mississippi, pp.

vii – xxv.

Morrison, Toni, 1984, "Rootedness, the Ancestor as Foundation", in Mari Evans, ed., *Black Women Writers (1950 – 1980): A Critical Evaluation*, New York: Anchor/Doubleday, pp. 344 – 352.

Müller, Wolfgang G., 2008, "An Ethical Narratology", in Astrid Erll, Herbert Grabes, and Ansgar Nunning, eds., *Ethics in Culture: The Dissemination of Values Through Literature and Other Media*, Berlin: De Gruyter, pp. 117 – 130.

Navasky, Victor, 1999, "E. L. Doctorow: 'I Saw a Sign'", in Christopher D Morris, ed., *Conversations with E. L. Doctorow*, Jackson: University Press of Mississippi, pp. 59 – 63.

Newton, Adam Zachary, 1997, *Narrative Ethics*, Cambridge, Massachusetts: Harvard University Press.

Nigro, Georgia, Ulric Neisser, 1983, "Point of View in Personal Memories", *Cognitive Psychology*, Vol. 15, No. 4, pp. 467 – 482.

Nünning, Ansgar, 1999, "Unreliable, Compared to What? Towards a Cognitive Theory of Unreliable Narration: Prolegomena and Hypotheses", in Walter Grnzweig and Andreas Solbach, eds., *Transcending Boundaries: Narratology in Context*, Tubingen: Gunther Narr Verlag, pp. 53 – 73.

——, 2001, "On the Perspective Structure of Narrative Texts", in W. van Peer & S. Chatman, eds., *New Perspectives on Narrative Perspective*, Albany: SUNY Press, pp. 207 – 223.

——, 2005, "Reconceptualizing Unreliable Narration: Synthesizing Cognitive and Rhetorical Approaches", in James Phelan and Peter J. Rabinowitz, eds., *A Companion to Narrative Theory*, Oxford: Blackwell, pp. 89 – 107.

Nussbaum, Martha, 1986, *The Fragility of Goodness: Luck and Ethics in*

Greek Tragedy and Philosophy, Cambridge: Cambridge University Press.

——, 1992, *Love's Knowledge: Essays on Philosophy and Literature*, Oxford: Oxford University Press.

O'Donovan, Susan and Ann Claunch, 2011, *Teaching the Civil War in the 21st Century*, College Park: University of Maryland Press.

O'Gorman, Ellen, 1999, "Detective Fiction and Historical Narrative", *Greece & Rome*, Vol. 46, No. 1, pp. 19 – 26.

Parker, David, 1994, *Ethics, Theory and the Novel*, Cambridge: Cambridge University Press.

Parks, John G., 1991, *E. L. Doctorow*, New York: The Continuum Publishing Company.

Perry, Richard J., 2007, *"Race" and Racism*, New York: Palgrave Macmillan.

Phelan, James, 2007, "Estranging Unreliability, Boding Unreliability, and the Ethics of *Lolita*", *Narrative*, Vol. 15, No. 2, pp. 222 – 238.

——, 2005, *Living to Tell about It: A Rhetoric and Ethics of Character Narration*, Ithaca: Cornell University Press.

——, 2014, "Narrative Ethics", http://www.lhn.uni-hamburg.de/article/narrative-ethics.

——, 2017, *Somebody Telling Somebody Else: A Rhetorical Poetics of Narrative*, Columbus: The Ohio State University Press.

Prescott, Peter S., 1980, "Doctorow's Daring Epic", *Newsweek*, pp. 88 – 89.

Prince, Gerald, 2003, *A Dictionary of Narratology*, Lincoln: University of Nebraska Press.

Ouellet, Pierre, 1996, "The Perception of Fictional Worlds", in C. A. Mihailescu & W. Hamarneh, eds., *Fiction Updated*, Toronto: University of Toronto Press, pp. 76 – 90.

Richardson, Brian, 2009, "Plural Focalization, Singular Voices: Wandering Perspectives in 'We'-Narration", in Peter Hühn, Wolf Schmid, Jörg Schönert, *Point of View, Perspective, and Focalization: Modeling Mediation in Narrative*, New York: New York, pp. 148 – 156.

Ricoeur, Paul, 2006, *Memory, History, Forgetting*, Chicago: University of Chicago Press.

Riggan, William, 1981, *Picaros, Madmen, Naifs, and Clowns: The Unreliable First-Person Narrator*, Norman: University of Oklahoma Press.

Rodriguez, Francisco Collado, 2002, "The Profane Becomes Sacred: Escaping Eclecticism in Doctorow's *City of God*", *Atlantis*, Vol. 24, No. 1, pp. 59 – 70.

Rose, Charlie, 2009, "E. L. Doctorow Discusses New Novel", *Finance Wire*, 11 Sep.

Ruas, Charles, 1985, *Conversations with American Writers*, New York: Alfred A. Knopf.

Ryan, Marie-Laure, 2001, "The Narratorial Functions: Breaking down a Theoretical Primitive", *Narrative*, Vol. 9, No. 21, pp. 46 – 52.

Said, Edward W., 1979, *Orientalism*, New York: Vintage Books.

Saldivar, Jose David, 2005, "Literature in the Late Half of 20th Century", in Elliott Emory, Cathy N. Davidson et al., ed., *The Columbia History of the American Novel*, Beijing: Foreign Language Teaching and Research Press; New York: Columbia University Press, pp. 512 – 538.

Saltzman, Arthur, 1983, "The Stylistic Energy of E. L. Doctorow", in Richard Trenner, ed., *E. L. Doctorow: Essays and Conversations*, Princeton: Ontario Review Press, pp. 73 – 108.

Sanders, George. http://eldoctorow.com.

Sanoff, Alvin P., 1999, "The Audacious Lure of Evil", in Christopher

D. Morris, ed. , *Conversations with E. L. Doctorow*, Starkville: University Press of Mississippi, pp. 144 – 146.

Schama, Simon, 1994, "New York, Gaslight Necropolis. " Rev. of *The Waterworks. New York Times Book Review*, June 19, p. 31.

Schillinger, Liesl, 2009, "The Odd Couple", *The New York Times*, Vol. 9, pp. 7 – 11.

Scholes, Robert, 1979, *Fabulation and Metafiction*, Chicago: University of Illinois Press.

Schulz, Dieter, 1988, "E. L. Doctorow's America: An Introduction to his Fiction", in Herwig Friedl and Dieter Schulz, eds. , *E. L. Doctorow: A Democracy of Perception*, Essen: Blaue Eule, pp. 9 – 18.

Scott, A. O. , "A Thinking Man's Miracle", https: //archive. nytimes. com/www. nytimes. com/books/00/03/05/reviews/000305. 05scottt. html.

Seymour, Eric and Laura Barrett, 2009, "Reconstruction: Photography and History in E. L. Doctorow's *The March*", *Literature and History*, Vol. 18, No. 2, pp. 49 – 69.

Shaw, Harry E, 1983, *The Forms of Historical Fiction: Sir Walter Scott and His Successors*, Ithaca: Cornell University Press.

Sheppard, R. Z. , 2000, "The Music of Time", in Ben Siegel, ed. , *Critical Essays on E. L. Doctorow*, New York: G. K. Hall & Co. , pp. 68 – 69.

Soll, David, 2012, "City, Region, and In Between: New York City's Water Supply and the Insights of Regional History", *Journal of Urban History*, Vol. 38, No. 2, pp. 294 – 318.

Solotaroff, Ted, 2000, "Of Melville, Poe and Doctorow", in Ben Siegel, ed. , *Critical Essays on E. L. Doctorow*, New York: G. K. Hall & Co. , pp. 137 – 143.

Stark, John, 1974, "Alienation and Analysis in Doctorow's *The Book of Daniel*", *Critique: Studies in Contemporary Fiction*, Vol. 16, No. 3, pp. 101 – 110.

Tang, Weisheng and James Phelan, 2007, "The Ethical Turn and Rhetorical Narrative Ethics: An Interview with Professor James Phelan", *Foreign Literature Studies*, No. 3, pp. 9 – 18.

Tani, Stefano, 1984, *The Doomed Detective: The Contribution of the Detective Novel to Postmodern American and Italian Fiction*, Carbondale and Edwardsville: Southern Illinois University Press.

Todorov, Tzvetan, 1975, *The Fantastic: A Structural Approach to a Literary Genre*, trans., Richard Howard, Ithaca: Cornell University Press.

Tokarczyk, Michelle M., 2000, *E. L. Doctorow's Skeptical Commitment*, New York: Peter Lang.

Treadwell, T. O., 2000, "Time-Encapsulating: Review of *World's Fair*", in Ben Siegel, ed., *Critical Essays on E. L. Doctorow*, New York: G. K. Hall & Co., pp. 110 – 111.

Trenner, Richard, 1999, "Politics and the Mode of Fiction", in Christopher D. Morris, ed., *Conversations with E. L. Doctorow*, Jackson: University Press of Mississippi, pp. 64 – 71.

Ulin, David L., 2014, "E. L. Doctorow gets inside *Andrew's Brain*", http://articles.latimes.com/2014/jan/09/entertainment/la-ca-jc-el-doctorow-20140112.

Updike, John, 2005, "A Cloud of Dust", *The New Yorker*, September 12.

Vieira, Nelson H., 1991, "'Evil Be Thou My Good': Postmodern Heroics and Ethics in *Billy Bathgate* and *Bufo & Spallanzani*", *Comparative Literature Studies*, Vol. 28, No. 4, pp. 356 – 378.

Wachtel, Eleanor, 1996, "E. L. Doctorow", *More Writers and Compa-*

ny: *New Conversations with CBC Radio's Eleanor Wachtel*, Toronto: Knopf.

Wake, Paul, 2016, "'Except in the Case of Historical Fact': History and the Historical Novel", *Rethinking History*, Vol. 20, No. 1, pp. 80 – 96.

Watt, Ian, 2001, *The Rise of the Novel: Studies in Defoe, Richardson and Fielding*, Berkeley and Los Angeles: University of California Press.

Weber, Bruce, 1999, "The Myth Maker: The Creative Mind of Novelist E. L. Doctorow", in Christopher D. Morris, ed., *Conversations with E. L. Doctorow*, Jackson: University Press of Mississippi, pp. 92 – 101.

Welleck, Rene, Austin Warren, 1986, *Theory of Literature*, Harmondsworth, Middlesex: Penguin Books Ltd.

Williams, John, 1996, *Fiction as False Document: The Reception of E. L. Doctorow in the Postmodern Age*, Columbia: Camden House.

Williams, Raymond, 1983, *Keywords: A Vocabulary of Culture and Society*, New York: Oxford University Press.

Wills, Garry, 2000, "Juggler's Code (Review of *Billy Bathgate*)", in BenSiegel, ed., *Critical Essays on E. L. Doctorow*, New York: G. K. Hall & Co., pp. 123 – 128.

Wutz, Michael, 2003, "Literary Narrative and Information Culture: Garbage, Waste, and Residue in the Work of E. L. Doctorow", *Contemporary Literature*, Vol. 44, No. 3, pp. 501 – 535.

——, 2015, "Remembering E. L. Doctorow, the Conscience of the USA", *The Conversation*, July 22.

段德智：《死亡哲学》，湖北人民出版社1996年版。
胡亚敏：《叙事学》，华中师范大学出版社2004年版。
金衡山：《厄普代克与当代美国社会——厄普代克十部小说研究》，

北京大学出版社 2008 年版。

刘小枫：《沉重的肉身》，华夏出版社 2012 年版。

南帆：《文本生产与意识形态》，暨南大学出版社 2002 年版。

聂珍钊、王松林：《总序（一）》，载聂珍钊、王松林主编《文学伦理学批评理论研究》，北京大学出版社 2020 年版。

乔国强：《美国犹太文学》，商务印书馆 2008 年版。

任翔：《文学的另一道风景：侦探小说史论》，中国青年出版社 2001 年版。

芮渝萍：《美国成长小说研究》，中国社会科学出版社 2004 年版。

申丹：《叙事、文体与潜文本：重读英美经典短篇小说》，北京大学出版社 2009 年版。

申丹：《叙述学与小说文体学研究》，北京大学出版社 2004 年版。

申丹、韩加明、王丽亚：《英美小说叙事理论研究》，北京大学出版社 2005 年版。

申丹、王丽亚：《西方叙事学：经典与后经典》，北京大学出版社 2010 年版。

苏彦捷主编：《发展心理学》，高等教育出版社 2012 年版。

谭君强：《叙事学导论——从经典叙事学到后经典叙事学》，高等教育出版社 2014 年版。

万俊人：《现代西方伦理学史》（下卷），北京大学出版社 1992 年版。

汪民安、陈永国编：《后身体：文化、权力和生命政治学》，吉林人民出版社 2011 年版。

刘海平、王守仁主编：《新编美国文学史（第四卷，1945—2000）》，王守仁主撰，上海教育出版社 2002 年版。

王志华：《历史叙述：从客观性到合理性》，中国政法大学出版社 2013 年版。

吴飞：《译者说明》，载［古罗马］奥古斯丁《上帝之城：驳异教徒（上）》，吴飞译，上海三联书店 2007 年版。

向玉乔:《人生价值的道德诉求——美国伦理思潮的流变》,湖南师范大学出版社2006年版。

许德金:《成长小说与自传——成长叙事研究》,高等教育出版社2008年版。

严翅君、韩丹编:《后现代理论家关键词》,江苏人民出版社2011年版。

杨仁敬:《关注历史和政治的美国后现代派作家 E. L. 多克托罗》,载李德恩、马文香主编《后现代主义文学导读》,河南大学出版社2007年版。

张德明:《西方文学与现代性的展开》,中国社会科学出版社2009年版。

张进:《新历史主义与历史诗学》,中国社会科学出版社2004年版。

赵澧、徐京安主编:《唯美主义》,中国人民大学出版社1988年版。

赵炎秋:《狄更斯长篇小说研究》,社会科学文献出版社1996年版。

［以］阿维夏伊·玛格利特:《记忆的伦理》,贺海仁译,清华大学出版社2015年版。

［美］埃默里·埃利奥特（Emory Elliot）编:《哥伦比亚美洲小说史》,外语教学与研究出版社2005年版。

［法］罗兰·巴尔特:《历史的话语》,载［英］汤因比等著,张文杰编《历史的话语:现代西方历史哲学译文集》,广西师范大学出版社2002年版。

［苏联］米哈伊尔·巴赫金:《小说理论》,白春仁、晓河译,河北教育出版社1998年版。

［古希腊］柏拉图:《理想国》,郭斌和、张竹明译,商务印书馆1986年版。

［法］波德莱尔:《恶之花 巴黎的忧郁》,钱春绮译,人民文学出版社1991年版。

［法］皮埃尔·布迪厄、华康德：《实践与反思——反思社会学导引》，李猛、李康译，中央编译出版社1998年版。

［美］查尔斯·鲁亚斯：《美国作家访谈录》，粟旺、李文俊等译，中国对外翻译出版公司1995年版。

［美］丹尼尔·贝尔：《资本主义文化矛盾》，赵一凡、蒲隆、任晓晋译，生活·读书·新知三联书店1989年版。

［美］丹尼尔·夏克特：《找寻逝去的自我——大脑、心灵和往事的记忆》，高申春译，吉林人民出版社1998年版。

［英］F. R. 利维斯：《伟大的传统》，袁伟译，生活·读书·新知三联书店2009年版。

［美］詹明信：《晚期资本主义的文化逻辑：詹明信批评理论文选》，张旭东编，陈清桥等译，生活·读书·新知三联书店1997年版。

［美］弗雷德里克·詹姆逊：《政治无意识：作为社会象征行为的叙事》，王逢振、陈永国译，中国社会科学出版社1999年版。

［德］H·R·姚斯、［美］R·C·霍拉勃：《接受美学与接受理论》，周宁、金元浦译，辽宁人民出版社1987年版。

［美］海登·怀特：《后现代历史叙事学》，陈永国、张万娟译，中国社会科学出版社2003年版。

［美］海登·怀特：《叙事的虚构性：有关历史、文学和理论的论文1957—2007》，［美］罗伯特·多兰编，马丽莉、马云、孙晶姝译，南京大学出版社2019年版。

［美］海登·怀特：《元史学：十九世纪欧洲的历史想象》，陈新译，彭刚校，译林出版社2004年版。

［古希腊］亚理斯多德、［古罗马］贺拉斯：《诗学　诗艺》，罗念生、杨周翰译，人民文学出版社1962年版。

［法］亨利·勒菲弗：《空间与政治》，李春译，上海人民出版社2008年版。

［美］华莱士·马丁：《当代叙事学》，伍晓明译，北京大学出版社

2005年版。

［英］罗吉·福勒：《现代西方文学批评术语词典》，袁德成译，四川人民出版社1987年版。

［美］杰拉德·普林斯：《叙事学：叙事的形式与功能》，徐强译，中国人民大学出版社2013年版。

［法］居伊·德波：《景观社会》，王韶凤译，南京大学出版社2006年版。

［英］马克·柯里：《后现代叙事理论》，宁一中译，北京大学出版社2003年版。

［美］雷·韦勒克、奥·沃伦：《文学理论》，刘象愚等译，北京三联书店1984年版。

［英］理查德·艾文斯：《捍卫历史》，张仲民、潘玮琳、章可译，广西师范大学出版社2009年版。

［美］威廉·卡卢什、赖瑞·史罗曼：《胡迪尼的秘密世界：美国第一超级英雄的诞生》，吴妍蓉译，百花洲文艺出版社2017年版。

［加］琳达·哈琴：《后现代主义诗学：历史·理论·小说》，李杨、李锋译，南京大学出版社2009年版。

［加］琳达·哈琴：《后现代主义诗学理论》，载王岳川、尚水编《后现代主义文化与美学》，北京大学出版社1992年版。

［匈］乔治·卢卡奇：《小说理论：试从历史哲学论伟大史诗的诸形式》，燕宏远、李怀涛译，商务印书馆2017年版。

［法］埃马纽埃尔·列维纳斯：《塔木德四讲》，关宝艳译，商务印书馆2002年版。

［荷］米克·巴尔：《叙述学：叙事理论导论》，谭君强译，中国社会科学出版社2003年版。

［法］米歇尔·福柯：《什么是作者？》，载王岳川、尚水编《后现代主义文化与美学》，北京大学出版社1992年版。

［法］莫里斯·哈布瓦赫：《论集体记忆》，毕然、郭金华译，上海世

纪出版集团、上海人民出版社2002年版。

［法］娜塔莉·萨洛特：《怀疑的时代》，载柳鸣九编选《新小说派研究》，中国社会科学出版社1986年版。

［美］欧文·豪：《父辈的世界》，王海良、赵立行译，顾云深校，生活·读书·新知上海三联书店1995年版。

［英］卢伯克、福斯特、缪尔：《小说美学经典三种》，方土人、罗婉华译，上海文艺出版社1990年版。

［英］齐格蒙特·鲍曼：《后现代伦理学》，张成岗译，江苏人民出版社2003年版。

［英］齐格蒙特·鲍曼：《流动的现代性》，欧阳景根译，上海三联书店2002年版。

［美］乔治·H·米德：《心灵、自我与社会》，赵月瑟译，上海译文出版社2008年版。

［法］让-雅克·卢梭：《一个孤独漫步者的遐想》，陈阳译，江西人民出版社2016年版。

［法］热拉尔·热奈特：《叙事话语　新叙事话语》，王文融译，中国社会科学出版社1990年版。

［美］萨克文·伯科维奇主编：《剑桥美国文学史（第七卷）》，孙宏主译，中央编译出版社2005年版。

［法］萨特：《什么是文学？》，沈志明、艾珉主编《萨特文集（第7卷）》，人民文学出版社2005年版。

［美］罗伯特·斯科尔斯、詹姆斯·费伦、罗伯特·凯洛格：《叙事的本质》，于雷译，南京大学出版社2015年版。

［美］T·帕森斯：《现代社会的结构与过程》，梁向阳译，光明日报出版社1988年版。

［美］W·C·布斯：《小说修辞学》，华明、胡晓苏、周宪译，北京大学出版社1987年版。

［挪威］雅各布·卢特：《小说与电影中的叙事》，徐强译，申丹校，

北京大学出版社2011年版。

[法] 拉康:《拉康选集》,褚孝泉译,上海三联书店2001年版。

[古希腊] 亚里士多德:《亚里士多德全集(第三卷)》,苗力田主编,中国人民大学出版社1992年版。

[美] 约翰·罗尔斯:《正义论》,何怀宏、何包钢、廖申白译,中国社会科学出版社2009年版。

[美] 詹姆士·O·罗伯逊:《美国神话 美国现实》,贾秀东等译,中国社会科学出版社1990年版。

[美] 詹姆斯·费伦:《作为修辞的叙事:技巧、读者、伦理、意识形态》,陈永国译,北京大学出版社2002年版。

后　　记

书稿完成之际，我觉得像是长途的旅人跋涉许久，终于看到了绿洲。作为国家社科基金（17BWW047）的结项成果，这部著作是在我的博士论文观点基础上的新拓展与研究。选择美国"国宝级作家"E. L. 多克托罗的作品作为研究对象，源于2013年一个下午一气呵成地读完他的《大进军》。如此具有历史广度与思想深度的作品吸引我找来并阅读了多克托罗的所有小说与非小说的作品，并将之作为我博士论文的研究对象。对多克托罗和他的作品的喜爱也促使我之后申报国家项目时坚持做更充分与更深入的研究。

本书是一项研究的成果性凝结，它代表的是多克托罗研究的一种视角，以及我本人学术道路上的一个阶段。多克托罗的小说内容丰富，对美国内战前后直至当代美国数百年间的历史都有再现，其中蕴含了作家的批判立场，也不乏怀旧情感。除了本书从叙事伦理方面进行的探究，他的作品还有许多可做进一步研究的内容。这项研究以及我对他的《大进军》的兴趣促使我又开掘出了新的研究方向，激励我拓展新的研究领域。

写在一本书的最后，我有必要感谢恩师——南京大学的杨金才教授。杨老师从我读硕士时便时常提点我的阅读方向，指导我的论文选

后 记

题。到了我的博士学习阶段，杨老师也早早提出，让我放弃硕士时的研究对象和研究路径，挑战新的研究方法，在阅读中找到真正的研究兴趣。再到国家社科基金项目的申报时，我又向老师求教选题和研究思路，最终申报成功并顺利结项。我从文学研究的"小白"走到今天踏进英美文学研究领域，成长过程中一直有老师的指导与帮助。老师严谨的治学作风和宽和的待人态度是我学习的榜样，让我受益终生。我也要在此感谢本书的责任编辑梁世超老师。尽管与她素未谋面，但我从她对本书初稿字斟句酌的修改中，能感受到她极为认真负责的态度。也因为有她，本书能尽快出版。

本书的出版是我文学研究生涯一个阶段结束的见证。研究之路漫漫，我自当坚持上下求索。